Doreen Wilde

Bauchschmerzen im Kopf

Doreen Wilde

BAUCH-SCHMERZEN *im Kopf*

ROMAN

Community EDITIONS

Bauchschmerzen im Kopf

Klimaneutral Druckprodukt ClimatePartner.com/20273-2210-1010

MIX Papier | Fördert gute Waldnutzung FSC® C014496

1. Auflage

Weyerstraße 88-90
50676 Köln

Text: © Doreen Wilde
Fotos: © Doreen Wilde
Layout, Design & Satz: Marietheres Schoppmann – www.marietheres-viehler.de
Projektleitung: Hanna Kirsch
Lektorat: Kanut Kirches
Illustration: Watercolor Background Cover © jenteva – stock.adobe.com,
alle weiteren: © Marietheres Schoppmann – www.marietheres-viehler.de

Gesetzt aus der Adobe Garamond Pro und
der Charming Lines von Set Sail Studios.

Gesamtherstellung: Community Editions GmbH

ISBN 978-3-96096-954-9

Printed in Germany

www.community-editions.de

Für alle,
die noch im Team *Kopf* spielen.

Playlist

Wildest Dreams (Taylor's Version) - Taylor Swift
Every Breath You Take - The Police
Sweater Weather - The Neighbourhood
I Wanna Be Yours - Arctic Monkeys
Listen to Your Heart - Roxette
Right Here Waiting - Richard Marx
Earned It - The Weeknd
Lover - Taylor Swift
The Heart Wants What It Wants - Selena Gomez
Don't Blame Me - Taylor Swift
Ohne Kleider - Madeline Juno
Infinity - Jaymes Young

1

»Dieses Jahr kriege ich einen Kürbis.«

»Mathilda! Euer Bus kommt gleich, beeil dich!«, schreit meine Mutter aus dem Wohnzimmer, als ich gerade das Video beende. Vor ein paar Monaten habe ich mit meinem digitalen Tagebuch angefangen. All die Gedanken, die durch meinen Kopf schwirren, kann ich kaum zu Papier bringen, da musste schließlich eine Alternative her. Ich schmeiße mein Mathebuch in die Tasche, renne die Treppe hinunter und werde schon von den großen Augen meiner Schwester begrüßt.

»Wir haben doch noch vier Minuten!«

Augenrollend streckt mir meine Mutter eine Flasche Wasser entgegen. »Du kennst Vici doch. Schafft ihr es, euch mal zu einigen?« Jeden Morgen ist die Laune bei uns dreien angespannt. Während meine Schwester am liebsten schon an der Bushaltestelle stehen würde, binde ich seelenruhig meine Schnürsenkel.

»Ich will den Bus nicht verpassen.« Sie greift zu meiner Tasche und hält sie mir auffordernd entgegen.

»Du tust so, als würden wir einen Kilometer laufen müssen.« Provokant stopfe ich die Schnürsenkel seitlich in die Schuhe – einen nach dem anderen –, bis mir das Schmunzeln vergeht.

»Du willst ihn *heute* auch nicht verpassen.« Ihre Betonung auf dem »Heute« ist so eindeutig, dass ich ins Nachdenken gerate. »Matti! Du weißt, dass Montag ist, oder?«, schiebt sie hinterher. Vici zwinkert und öffnet die Haustür. Im nächsten Augenblick verstehe ich es.

»O nein. Ich beeile mich.«

Meine Stimmung ist wie ausgewechselt. »Sag das doch gleich.«

Verwundert über die plötzliche Meinungsänderung drückt unsere Mutter Vici und mir einen Kuss auf die Stirn, stellt sich in den Türrahmen und winkt uns kopfschüttelnd hinterher.

»Es geht doch um dich, nicht um mich«, stichelt Vici und läuft mit großen Schritten voraus. Als wir die Ampel erreichen, wird diese im letzten Moment rot. »Verdammt!«

»Ich will gar nicht hingucken.« Mit gesenktem Kopf wühle ich in meiner Handtasche, um der Versuchung zu entgehen, auf die andere Straßenseite zu schauen.

»Nutz doch wenigstens die rote Ampel. Der merkt doch eh nicht, wenn du ihn beobachtest«, flüstert Vici und haut ein zweites Mal auf den Ampelkasten.

»So wird die auch nicht schneller grün.« Aber trotzdem zu schnell. Sie springt um und mir bleiben nur noch wenige Meter, in denen ich meine Nervosität überspielen kann. Aus dem Augenwinkel nehme ich seine Gegenwart wahr. Vorsichtig hebe ich meinen Kopf. Er soll nicht merken, dass ich ihn angucke, doch seine Ausstrahlung zwingt mich dazu.

»Wie immer – Verspätung«, meckert Vici und verschränkt die Arme.

»Verstehst du jetzt, wieso ich es nicht einsehe, meine wertvollen Minuten im warmen Bett für diese Zeitverschwendung herzugeben?« Als der Bus genau sechs Minuten später endlich um die Ecke biegt, löst Vici ihre Arme und signalisiert mir mit einer Kopfbewegung, dass ich vorne einsteigen soll. »Auf keinen Fall«, flüstere ich und steuere auf unseren Stammplatz zu – hinten rechts, zweite Reihe. Das Bild ist jede Woche das Gleiche. Kai setzt sich in den Vierer – vorne links am Fenster, Blick nach hinten –, richtet seine Kopfhörer und starrt nach draußen, die Kapuze seines Pullis über den Kopf gezogen. So tief versinkt er in seinen Gedanken, dass meine Blicke ihn unter keinen Umständen erreichen könnten. Mit einer Hand zieht er eine zerdrückte Kaugummipackung aus der Hosentasche, drückt sich mit Daumen und Zeigefinger eins raus und wirft es sich in den Mund. Am Wochenende war er wieder im Fuchs – die einzige angesagte Bar bei uns in der Stadt. Auch wenn sie mit ihrer rustikalen Einrichtung eher einer Kneipe gleicht, in der Familienväter umgeben von muffigem Geruch ihr Feierabendbier genießen, passieren dort die Dinge, die nach dem Wochenende durch die gesamte Oberstufe die Runde machen. So bekommt jeder, der noch nie dort war, das Gefühl, auch an den Bierfasstischen gestanden zu haben. Ich bin so ein jemand. Ich war noch nie im Fuchs. Du musst erwünscht sein – oder du traust dich einfach, riskierst dann aber, von unbeeindruckten Blicken in Empfang genommen zu werden.

»Der checkt gar nichts.« Vici deutet mit ihrem Blick nach vorne. Einen Moment dauert es, bis Kai die ältere Dame wahrnimmt. »Okay, doch kein Arschloch«, scherzt sie und lacht in sich hinein, als er ruckartig aufsteht und der Frau seinen Sitzplatz anbietet. Er greift zur Stange über sich und läuft – gerade auf uns zu.

Die Fragen, wann, wie und ob überhaupt, jagen seit Wochen durch meinen Kopf. Ich nehme alles wahr. Jedes Gespräch auf dem Schulhof, jedes geteilte Selfie und jeder kleinste Blick durch die Stuhlreihen verleitet mich, mir diesen letzten Ruck zu geben. Den letzten Ruck, auch im Fuchs aufzutauchen. Der Gedanke lässt mich nicht los, aber ich komme nicht zu dem Punkt, die Entscheidung zu treffen. Ständig höre ich Zoe und Greta über die – laut ihnen unvergesslichen – Nächte sprechen und in meinem Kopf entsteht ein Puzzle, zu dem ich ein eigenes Teil beisteuern möchte.

An ihrer schnellen Atmung merke ich, dass auch Vici nicht mit Kais Nähe klarkommt. Inzwischen steht er unmittelbar neben unseren Sitzplätzen. Ich hatte gehofft, er bleibt bei der Tür stehen, aber durch den Kinderwagen, der sich an der letzten Haltestelle noch in den sowieso schon überfüllten Bus quetschen musste, blieb ihm nichts anderes übrig, als auch diesem Platz zu machen. Jetzt steht Kai hier und seine direkte Anwesenheit ist kaum auszuhalten. Holzig-rauchiges Aroma – so würde man vielleicht den Duft beschreiben, der meine Sinnesorgane neugierig macht. Es ist schwer, sich nicht von der Energie zwischen uns ablenken zu lassen. Die Energie, die leider nur ich verspüre. Ich kann nicht sagen, ob Kai mich je wahrgenommen hat, aber die Hoffnung, dass sich das ändern wird – die gibt es.

Als wir schließlich an unserer Haltestelle ankommen und Kai als einer der Ersten durch die Tür verschwindet, können wir aufhören, unseren Atem anzuhalten. Die gesamte Fahrt haben wir uns nichts anmerken lassen, doch jetzt verraten unsere Blicke, dass wir dieselben Gedanken hatten und Vici meinen Augen die Fantasie entnehmen kann.

Hinter dem Drehkreuz verabschieden wir uns und laufen zu den Klassenräumen.

»Matti!«, höre ich es laut über den Schulhof schallen. Meine beste Freundin Carla sitzt mit einem breiten Grinsen auf den Stufen zum Eingang unserer Klassenräume. »Herr Peters ist eben in einer Pfütze ausgerutscht.« Die Schadenfreude in ihrer Stimme ist kaum zu überhören. »Die Chance, dass wir heute Nachmittag frei kriegen, besteht also doch noch«, hofft sie und bindet ihre blonden Locken zu einem neuen Halbzopf – mit ihrem großen Samthaargummi. Jeden Tag taucht sie mit einem andersfarbigen auf – aber immer aus Samt.

»Darauf würde ich mich nicht verlassen.« Mit dem Finger deute ich Richtung Henri, der gerade mit Herrn Peters redet. »Scheint ihm wieder gut zu gehen.« Carla verdreht nur die Augen, dann reißt sie plötzlich die Arme hoch.

»AUA!« Noch bevor Carla ihn abwehren kann, trifft mich der Fußball am Hinterkopf.

»Hoffe für dich, dass es jemand gefilmt hat.« Dario schnappt sich den Ball und verschwindet mit seinen Jungs im Flur. *Solche Idioten.* Bloß, weil er ein paarmal gesehen hat, wie ich mein Mittagessen filme, muss er mich nun ständig mit meinem Tagebuch aufziehen.

»Was war das gerade?« Henri scheint mitbekommen zu haben, wie mich der Ball getroffen hat. Als mein bester Freund hat er mit den Jahren diesen Beschützerinstinkt entwickelt – über den wir uns aber auch gern lustig machen.

»Alles gut. War ein Versehen.«

Seine Hand streift langsam über meinen Hinterkopf, dann holt er tief Luft und pustet auf die getroffene Stelle. »Besser?« Seine Lippen sind aufeinandergepresst. Er versucht, sein Schmunzeln zu unterdrücken.

»Ja, Herr Doktor, vielen Dank. Kann ich also auch am Sportunterricht teilnehmen?«

Henri nickt.

Carla schüttelt sofort den Kopf. »Der fällt doch sowieso aus.«

Jetzt schüttelt Henri den Kopf. »Herr Peters geht's super. Er hat mir gerade noch erzählt, wie sehr er sich auf heute Nachmittag freut.«

In Carlas Augen erlischt der letzte Funke Hoffnung, ihre Energie nicht in der Sporthalle liegen lassen zu müssen. »Als wäre Mathe für einen Montag nicht schon genug.« Die Schulglocke klingelt, wir nehmen unsere Taschen und schleppen uns in den Klassenraum.

...

Das letzte Ticken der Uhr entlässt uns in die Mittagspause. »Kiosk?«, fragt Henri und zieht sein Portemonnaie aus der Hosentasche. »Heute gibt es Pizzabaguette, beeilt euch.« Schnell werfen Carla und ich die Bücher in unsere Taschen und folgen Henri, der schon durch die Tür ist. Die Frage, ob ich Tomate-Mozzarella oder Spinat-Feta nehme, ist in dem Augenblick, als ich *ihn* an der ausgeblichenen gelben Wand neben der Kiosktheke angelehnt sehe, zweitrangig.

»Matti, welches jetzt?«, fragt Henri ein weiteres Mal, während meine Augen verfolgen, wie Zoe auf *ihn* zukommt und sich ebenfalls unter die dunkelgrüne Markise stellt.

»Entscheide du.« Seit einigen Tagen lässt mich die Befürchtung, dass Zoe und Kai zusammen sind, nicht mehr los. Zoe ist Gretas beste Freundin. Eine Brünetten-Blondinen-Freundschaft wie aus dem Bilderbuch. Sie gehen mit Carla, Henri und mir in die elfte Klasse. Es sind die Mädchen, mit denen jeder befreundet sein möchte. Die Mädchen, um die sich jede Geschichte aus dem Fuchs dreht, und die Mädchen, die mit den Jungs aus der zwölften Klasse befreundet sind. Jeder kennt sie, jeder redet über sie und jeder meidet sie. Die Energie, die Zoe und Greta ausstrahlen, wenn sie einen Raum betreten, lässt mich jedes Mal für einen Augenblick zusammenzucken und bringt mich erneut dazu, zu hinterfragen, ob ich jemals aus eigener Kraft den Fuchs betreten werde.

Die lange Umarmung zwischen Kai und Zoe, die in dieser Sekunde meine heile Welt ins Schwanken bringt, sorgt dafür, dass ich nicht mitbekomme, wie Henri mir mein Mittagessen entgegenstreckt. »Bist du noch da?« Erst ein Schnipsen lässt mich erkennen, dass Henri sich für Tomate-Mozzarella entschieden hat.

»Danke, genau richtig.« Ich schmunzele. Dann setze ich mich zu Carla und Henri an eine der Holzgarnituren, die vor dem Kiosk aufgestellt sind. Es ist zur Gewohnheit geworden, dass wir uns mit dem Bezahlen abwechseln, da wir sowieso jede Mittagspause miteinander verbringen.

»Ich glaube, ich sage Herr Peters, dass ich meine Tage habe«, murmelt Carla mit vollem Mund vor sich hin.

»Wann hast du das letzte Mal richtig mitgemacht?«, stichelt Henri und grinst mich dabei an. Er weiß, wie sehr ich mich freue. Und ich weiß, wie sehr er sich freut. Der Abschluss der Volleyball-Reihe ist unsere Chance auf eine gute Note. Unsere Mütter haben sich damals im Verein kennengelernt. Schon da war abzusehen, dass wir irgendwann beste Freunde werden und früher oder später ebenfalls im Verein landen. Das ist dann auch passiert und wir waren ziemlich gut. Doch diese Phase unseres Lebens mussten wir vor zwei Jahren begraben. Als Henri wegen einer Verletzung pausieren musste, bin ich auch raus. Inzwischen kann er wieder wie gewohnt Sport machen, doch die Zeit für Turniere fehlt uns inzwischen. Ab und zu spielen wir in seinem Garten noch ein paar Sätze und dementsprechend groß war die Freude, als Herr Peters vor ein paar Wochen die neue Reihe ankündigte.

»Es gibt Menschen, die einfach nicht dafür geboren sind, Sport zu machen«, antwortet Carla, als sie plötzlich ihren Blick auf etwas hinter mir fixiert und die Augenbrauen zusammenzieht. Ruckartig drehe ich mich um. Jetzt ist sie kaputt. Meine unausgesprochene Hoffnung, dass Kai und Zoe sich nicht küssen werden, zerbricht in dem Moment, als ich sehe, wie er ihr wortwörtlich die Zunge in den Hals steckt.

»Die sind zusammen?«, stutzt Carla erschrocken. Vor den Augen aller Leute küssen sie sich leidenschaftlich. Ihre Hand an seinem Nacken. Seine Hände an ihrer Taille. Sekunden, in denen sie uns das Gefühl übermitteln, sie wären allein. Doch in Wirklichkeit werden sie beobachtet von meinen verletzten Blicken und in mir spüre ich einen Schmerz, der in dieser Intensität nicht da sein sollte.

»Was interessiert dich das?« Henri verdreht die Augen, richtet seine runde Brille und macht mit einem großen Bissen das höhere

Interesse an seinem Baguette deutlich. Ich versuche, mich ebenfalls auf mein Essen zu konzentrieren, doch der Drang, mich erneut umzudrehen, versetzt meinen Körper in Unruhe. Carlas Augen schielen immer wieder über meine Schultern.

»Wenn Kai eine neue Freundin hat, kann man schon mal drüber sprechen«, antwortet Carla und wirft mir einen enttäuschten Blick zu.

»Meinst du wirklich, die beiden sind zusammen?«

Irritiert von meiner Frage verzieht Henri die Stirn. »Fängst du jetzt auch damit an?«

Ich schüttele den Kopf und widme der Tomate, die von meinem Baguette gerutscht ist, die volle Aufmerksamkeit – zumindest nach außen hin. Mein Kopf rattert. Die Hand vor Henris Stirn macht seine Abneigung deutlich und mit der Frage, ob wir uns auf den Weg zur Sporthalle machen wollen, wechselt er das Gesprächsthema. Ich nicke, nehme meine Tasche und schmeiße die Servietten in die Tonne. Dabei starre ich auf den Boden. Ich sehe ihre Schuhe. Mein Blick hebt sich. Es ist kaum möglich, nicht zu schauen. Sie küssen sich nicht mehr – lächeln sich an.

»Carla, kommst du nach Sport noch mit zu mir? Dann können wir am Projekt weiterarbeiten.« Jetzt kann ich sie nicht mehr sehen. Ich muss mich ablenken. Carla nickt, Henri lacht.

»Ich bin echt froh, dass ich keinen Vortrag halten muss«, ärgert er uns. »Aber vielleicht helfen euch die gelernten Theorien ja dabei, die Psyche der Jungs zu beeinflussen, sodass sie sich in euch verlieben«, fährt er fort, woraufhin Carla ihm einen genervten Blick zuwirft. »Vielleicht könnt ihr sie an euch koppeln. Klassische Konditionierung oder so was in der Art?«

Ich unterdrücke mein Lächeln.

»Wir koppeln dich gleich ab«, kontert Carla.

Nach den Herbstferien findet an unserer Schule ein Wettbewerb aller Pädagogikkurse der Oberstufe statt. Die Teilnahme ist freiwillig, bietet jedoch die Chance, ein Stipendium zu gewinnen. In Gruppen müssen selbst gewählte Experimente aufgestellt, anhand von gelernten Theorien analysiert und vor dem Publikum, bestehend aus Wertungsrichtern, Lehrern, Schülern und Familie, vorgetragen werden. Für Carla war es selbstverständlich, dass wir teilnehmen. Seit Jahren träumt sie davon, im Ausland zu studieren. Die Möglichkeit, dies durch ein Stipendium ermöglicht zu bekommen, kann sie sich unter keinen Umständen entgehen lassen. Also war für mich die Frage, ob ich das Projekt gemeinsam mit ihr erarbeite, schnell beantwortet.

»Wir müssen uns nur auf ein Thema einigen.« Carla war zuletzt noch nicht zufrieden mit der Auswahl an Vorschlägen, aber die Zeit bis zum Wettbewerb ist definitiv ausreichend.

»Schaffen wir«, beruhige ich sie und öffne die Tür zur Sporthalle.

2

»Ich kann mir kaum vorstellen, dass die beiden zusammen sind.« Carla wirft ihre Tasche in die Ecke und setzt sich auf meinen flauschigen rosa Teppich.

Ich ziehe bloß die Achseln hoch und schließe meine Zimmertür. »Der Kuss war eindeutig.« Unkonzentriert krame ich die Notizen, die wir uns bereits letzte Woche bezüglich unseres Vortrags gemacht haben, aus meiner Kommode.

»Du kennst Zoe, da war nichts eindeutig.« Carla zeigt mir das Bild von Zoes neu lackierten Nägeln.

»Schön.« Es ist kein Wunder, dass Kai sich für sie interessiert, und ich muss verstehen, dass wir nun mal nicht ansatzweise vergleichbar sind.

Carla klickt sich weiter durch Zoes Bilder. »Wozu so viel Geld für lackierte Nägel ausgeben?«

Ich nehme ihr das Handy aus der Hand. »Vielleicht mache ich das auch mal.«

Carla stutzt. »Mach lieber was Sinnvolles, als in irgendwelchen Schönheitssalons dein Geld liegen zu lassen.« Ich ziehe bloß die Achseln hoch.

»Mal schauen. Aber wieso haben sie sich dann angelächelt?«, wechsle ich zurück zum Thema. Mit meinem Kuli kritzle ich einen Kreis nach dem anderen auf den Block.

»Ich habe nie gesagt, dass es keine Bedeutung hat.« Sie greift zum Stift und legt ihn beiseite. »Ich hab nur gesagt, dass sie deswegen nicht automatisch zusammen sind«, fährt sie fort.

»Ich würde es gerne wissen.«

»Dann finde es heraus«, antwortet Carla mit auffordernder Miene.

»Wenn du mir noch sagst, wie.« Der Wille, es unmittelbar zu erfahren, lässt meine Aufmerksamkeitsspanne für Pädagogik mit jeder vergehenden Minute kleiner werden.

»Geh Samstag in den Fuchs.« Mein Atem setzt aus. Carla schmunzelt. Nein – das geht nicht. Insbesondere, weil Jannes an dem Abend seinen Geburtstag feiert, das hat inzwischen jeder mitbekommen – es ist schwer, die Vorfreude auf dem Schulhof zu überhören. Jannes ist Kais bester Freund und gemeinsam mit Zoe und Greta sind es die Jungs aus der zwölften, die mit den *Mädchen aus der elften abhängen.*

»Niemals.« Mein Herz rast nur bei der Vorstellung, dort aufzutauchen.

»Dann wirst du es nie herausfinden.« Carla nimmt den Block und füllt die Mindmap weiter aus.

»Warte mal. Wir müssen das erst klären.« Es rast weiter.

»Niemals, hast du gesagt.« Bewusst ignoriert sie den Kampf, den ich mit meinen Gedanken führe.

»Meine ich aber nicht so.« Ich weiß, es ist die Chance, die mein Kopf braucht. Ich weiß, es ist machbar. Aber ich weiß nicht, ob ich es kann. Herausfinden würde ich es irgendwann, doch irgendwann ist nicht die Antwort, die mich befriedigt. Der schnellste Weg bleibt wohl Carlas Vorschlag.

»Ich komme mit.« Carla gibt mir mit ihren Worten den letzten Ruck, um es zu glauben. Dass ich in der Bar auftauchen kann, in der Kai und seine Freunde nächsten Samstag feiern werden.

»Was ziehst du an?«, will ich wissen. Carla hebt ihren Blick und gibt mir wortlos zu verstehen, wie unpassend die Frage gerade jetzt ist.

»Frag mich lieber, welche Ideen ich für unser Projekt habe.« Es ergibt keinen Sinn, Carla zu überzeugen. Sie ist so fixiert auf den

Vortrag, dass mein Versuch, stattdessen über kommenden Samstag zu reden, keine Erfolgsaussicht hat.

Den restlichen Nachmittag gebe ich mein Bestes, um Carlas Vorstellungen zu erfüllen. Doch ich habe Schwierigkeiten, mich auf unsere Ideenfindung zu konzentrieren. Mir kommen immer wieder Aussetzer dazwischen, in denen ich mir den Abend zusammenbastle. Ausschweifende Gedanken, die mich auch nachdem Carla das Haus verlässt weiter einnehmen. Die Entscheidung ist getroffen, aber es bleibt die Frage, ob es die richtige ist. Richtig wird sie sein, wenn ich die Antwort bekomme, die sich mein Kopf wünscht. Dafür nehme ich auch in Kauf, der ungeladene Gast zu sein. Letztendlich sollte mich das auch nicht hindern, da die Bar nun mal für alle offen ist.

Vier volle Tage bleiben mir noch. Sechsundneunzig Stunden, um mich vorzubereiten. Es klingt banal, aber schon allein die Entscheidung, was ich an dem Abend tragen werde, beansprucht mehr Zeit, als es eigentlich sollte. Während ich meinen Schrank durchwühle, klopft es an der Tür.

»Komm rein.«

Vici stampft in mein Zimmer und wirft sich auf mein Bett. »Gibt in zehn Minuten Essen«, erzählt sie, als ich ein weiteres Kleid über den Stuhl hänge. »Was ist deine Mission?«

Unglücklich über die Optionen, die in meinem Schrank hängen, setze ich mich zu ihr. »Halte mich nicht für bescheuert«, beginne ich. Kurz bevor ich ausspreche, dass ich am Wochenende mit Kai feiern gehe, macht sich meine Vorfreude in dem Grinsen, das sich über mein Gesicht zieht, bemerkbar.

»Du bist echt mutig.« Vici legt die Hand auf ihren Mund und schaut mich mit einem Blick an, der mir ihre Zweifel zu verstehen gibt.

»Ich weiß. Vielleicht ist es auch eine dumme Idee.« Mein Gefühl sagt mir, ich soll es lassen. Aber da ist noch ein zweites Gefühl, das mir sagt, es ist genau die richtige Entscheidung – und es löst dieses besondere Kribbeln aus. In solchen Momenten scheint mich Vici besser einschätzen zu können als ich mich selbst. »Soll ich?«, hake ich nach.

»Am Ende wirst du schlauer sein. Also ja.« Für ihre dreizehn Jahre ist sie beim Thema Emotionen reifer als manch andere in meinem Alter.

»Also soll ich mich freuen?« Manchmal denke ich, ich muss es meinem Umfeld in jeglichen Momenten recht machen. Als müsste mir erlaubt werden, welche Emotionen ich zulassen und nach außen tragen darf.

Vici lächelt mich an. »Ja! Freu dich, der Abend wird bestimmt gut.« Es fühlt sich erleichternd an, diese Bestätigung von ihr zu bekommen. Ich mache es. Ich probiere, mich auf Samstag einzustellen, die Vorfreude zuzulassen und die kritischen Fragen beiseitezuschieben. In meinem Kopf baue ich den Plan für die nächsten Tage. Der Fakt, dass sich in meinem Kleiderschrank kein einziges Kleid anbietet, setzt einen Nachmittag in der Stadt auf meine To-do-Liste. Nicht ansatzweise könnte ich mir vorstellen, in einem der fünf Kleider, die lieblos über meinem Stuhl hängen, aufzutauchen. Häufig sehe ich Bilder, auf denen Greta und Zoe in kurzen, engen Kleidern an der Bar stehen – morgen muss ich das passende Outfit finden, ohne Wenn und Aber.

...

Mitternachtsspaziergang?, sehe ich plötzlich auf meinem Bildschirm auftauchen.

Du meinst wohl Eine-Stunde-vor-Mitternacht-Spaziergang, schreibe ich Henri zurück, der genau weiß, dass ich meiner Mutter zuliebe vor vierundzwanzig Uhr zu Hause sein muss.

Ich weiß doch. Bin gleich bei dir.

Ich verdrehe lachend die Augen, werfe mir einen dicken Strickpulli über mein Nachthemd und schlüpfe in meine Boots. Eigentlich hatte ich mich schon bettfertig gemacht, aber zu einer Tradition kann ich schwer Nein sagen, also stehe ich wenige Minuten später vor der Haustür und warte, bis Henri mit seinem dunkelgrünen, klapprigen Auto in unsere Straße einbiegt. Als er aussteigt, sehe ich an seiner gerunzelten Stirn sofort, dass der nächste Kommentar meinem Outfit gewidmet ist.

»Speziell«, bestätigt er meine Vermutung.

»Rück mal lieber deine Brille gerade«, kontere ich und wuschle ihm zur Begrüßung durch seine dicken Haare.

»Bald ist Herbst, dann kannst du nicht mehr in deinem dünnen Schlafkleid rumlaufen.« Henri schließt sein Auto ab, steckt den Schlüssel in seine Jeans und gibt mit einem Nicken die Richtung vor, in die wir laufen sollen – an Kais Haus vorbei.

»Erstens habe ich einen Pulli drüber und zweitens heißt es Nachthemd.« Jetzt sind es nur noch wenige Schritte bis zu Kais Haus und ich gebe alles, mir nicht anmerken zu lassen, dass dieser Augenblick meinen Bauch besonders auf die Probe stellt. Die Entscheidung, dass Carla und ich im Fuchs auftauchen werden, lässt mich auf den letzten Metern erneut realisieren, auf welches Terrain wir uns am Wochenende begeben.

»Wollen wir mal durch die Fenster schauen, ob Zoe bei ihm ist?«, scherzt Henri, als wir an Kais Einfahrt vorbeilaufen. Das große Backsteinhaus ist das nobelste in unserer Nachbarschaft. Der Kies-weg zur Garage ist neben den großen quadratischen Blumentöpfen zusätzlich mit indirektem Licht verschönert und die Trauerweide gibt dem großen Vorgarten einen ganz besonderen Charme. »Kallin«, leuchtet das große Namensschild über dem Briefkasten.

»Spinnst du?«, flüstere ich und halte ihn an der Hand zurück, als er andeutet, seinen Fuß auf die Wiese zu setzen. Dass im Wohnzimmer Licht brennt, scheint Henri besonders zu reizen – und er hat recht. Ich würde gerne wissen, ob Zoe bei Kai ist. Aber dafür kann ich auch von meinem Fenster aus die Straße beobachten, anstatt einen Lauf ins offene Messer zu riskieren.

»Trau dich mal was!«, fordert er mich heraus. Ich weiß nicht, was ihn auslöst, aber ein plötzlicher Adrenalinkick lässt meinen Verstand kurzzeitig aussetzen.

»Scheiße, Henri, wieso machen wir das?«, flüstere ich, als wir tatsächlich die Wiese betreten und uns gebückt zum Fenster schleichen.

»Kai scheint dir wohl wirklich wichtig zu sein«, stichelt Henri, ohne zu wissen, dass er mit seiner Aussage direkt ins Schwarze trifft. Er muss nichts von Carlas und meinen Wochenendplänen erfahren – jetzt sollten wir uns erst mal darum kümmern, dass niemand fremde Augen durch das Fenster schimmern sieht.

»Siehst du was?«, flüstere ich, als sich Henri an der Fensterbank hochzieht und einen Blick durch die Scheibe wirft.

»Niemand da.« Um mich selbst zu überzeugen, wage auch ich einen Blick in das große Wohnzimmer. Alles, was ich sehe, ist der große Kamin, der bei kälteren Temperaturen bald den Raum mit warmem Licht erhellen wird, und die edlen Möbel, die den Raum perfekt ergänzen. Alles sieht so hochwertig und sauber aus. Die Sesselstühle sind zentimetergenau unter den Esstisch geschoben, die Spiegelkommode funkelt vor Glanz und die Sofakissen aus Samt sind frisch aufgeschüttelt. Ich könnte ewig hier stehen und mir vorstellen, wie Kai seinen Alltag lebt. Als ich gerade den Durchmesser des riesigen Flachbildfernsehers schätze, lässt mich ein Klacken zusammenzucken. Henri zieht mich sofort hinter den kleinen Buchsbaum an der Hauswand und legt seine Hand auf meinen Mund. Mit dem Zeigefinger vor den Lippen möchte er mir wortlos zu verstehen geben, dass ich auf keinen Fall auch nur einen Mucks von mir geben darf. Das Klacken wiederholt sich – bis die Haustür aufgeht. Ich erinnere mich nicht, dass ich jemals solche Angst hatte, erwischt zu werden, und in meinem Kopf wird das Traumszenario »Party im Fuchs« schon von der Liste gestrichen. Konzentriert lege ich den Fokus auf meinen leisen Atem, als ich ihre Stimme erkenne.

»Überleg dir gut, ob du bei diesem Mist mitmachen möchtest.« Es ist tatsächlich Zoe, deren Füße ich nun auf die Matte treten höre.

»Stell dich nicht so an«, höre ich Kai im Hausflur. Aus Angst, die Selbstkontrolle zu verlieren, traue ich mich kaum, Henri in die Augen zu blicken. Doch als nach einem Moment des Schweigens das Geräusch von nassen Küssen die Stille bricht, kann ich mir ein Augenrollen nicht verkneifen. Henri schüttelt bloß den Kopf und drückt die Hände auf seinen Mund. Das Risiko, jeden Moment laut loszuprusten, ist viel zu hoch. Wieso komme ich mit Henri immer auf solche dummen Ideen?

»Willst du nicht zurück in mein Bett? Deine Lippen sind zu gefährlich für meine Lust.« Worte, die selbst mich nervös machen.

»Du hast echt nen Knall«, zischt Zoe. Ich frage mich, wie ich an ihrer Stelle reagieren würde, doch meine Neugier muss an Henris Aufmerksamkeit vorbeigehen. Niemals würde er zulassen, dass ich mich dieser Art von Typen hingebe.

»Du machst zu viel Drama. Es ist nur eine witzige Idee.« Ich lausche Kai gespannt und versuche, mir das Gespräch im Kopf zu notieren.

»Dann mal viel Spaß mit deinen Teilnehmerinnen«, zischt Zoe und läuft ohne ein weiteres Wort zu sagen zur Straße. Jetzt raubt mir die Anspannung alle Nerven. Sie darf sich auf keinen Fall umdrehen, sonst war's das mit Henri und mir.

»Die erste Person steht schon auf meiner Liste«, ruft Kai hinterher –

Stille. Zoe darf sich auf keinen Fall umdrehen. Unvorhergesehen packt Henri meine Hand, verschränkt die Finger und drückt fest zu. Unsere Blicke sind auf Zoe fixiert, bis sie ruckartig ihren Arm nach oben reißt und Kai einen Mittelfinger entgegenstreckt. Mein Atem stockt, doch ihr Blick bleibt zur Straße gerichtet, und als plötzlich ein Auto hält – ich nehme an, es ist ihr »Vater, der alles tut, was sie will« –, knallt Kai die Haustür zu, noch bevor sie einsteigt.

Tief ausatmen. Henri und ich verspüren in dem Augenblick nur eins: Erleichterung. Doch schnell wird diese von der Erkenntnis abgelöst, was alles hätte schiefgehen können. Doch wenigstens die Frage, ob Kai und Zoe zusammen sind, scheint sich schon vor dem Wochenende für mich zu beantworten – in den Fuchs werde ich trotzdem gehen.

»Dass wir nicht weiter als bis zu Kais Haustür kommen, hätte ich nicht vermutet«, lacht Henri, nachdem wir uns über die Wiese zurück auf die Straße geschlichen haben.

»Nie wieder höre ich auf deine beschissenen Ideen«, platzt es aus mir heraus – mein Herz hängt immer noch in der Hose.

Weiterhin irritiert über das Gespräch zwischen Kai und Zoe liege ich schließlich im Bett – hellwach.

…

Dass ich in der letzten Nacht kaum ein Auge zubekommen habe, macht sich an meiner Laune bemerkbar, als meine Mutter zum dritten Mal ruft, dass ich aufstehen soll.

»Ja, Mama, ich bin wach!«

»Mathilda!«

»JA, MAMA, ICH HAB'S GEHÖRT!« Sonst ist sie diejenige, die sich beschwert, wenn wir durch das Haus schreien und nur die Hälfte verstehen. Vier Stunden habe ich maximal geschlafen.

Die restlichen lag ich wach. Stunden, in denen ich mir an unaufhaltbaren Gedanken den Kopf zerbrochen habe. Meine Mutter sagt immer, ich soll nicht den großen Berg vor mir sehen. Eins nach dem anderen. Wenn ich erst mal mein Kleid für den Abend gefunden habe, wird es mir besser gehen – der Nervenkitzel von gestern Nacht liegt mir aber immer noch schwer im Magen.

Mit entsprechender Laune schleppe ich mich in die Schule. Ich komme gerade noch so rechtzeitig, dass ich gemeinsam mit meinem Biolehrer Herrn Jansen den Klassenraum betrete.

Er legt sofort los. »So, Leute, worüber haben wir letzte Woche gesprochen? Greta, kannst du mir etwas erzählen?«

Die Frage scheint sie aus dem Konzept zu bringen. »Ähm, irgendwas über das Auge?«

Ihr fragender Tonfall scheint ihm nicht zu gefallen. Provozierend öffnet er die Tafel, nimmt sich ein Stück Kreide und malt einen großen Kreis.

»Sagst du mir jetzt bitte, welchen Begriff ich hier reinschreibe?«

Die Selbstsicherheit, die man sonst von Greta gewohnt ist, verschwindet umgehend unter seinem strengen Blick. Sie scheint zu spüren, wie Zoe sie von der Seite kritisch anstarrt und sich ein Lachen verkneift. Unruhig fährt Greta mit der Hand durch ihre blonden Haare – der Wolf-Cut-Schnitt steht ihr besser, als ich vermutete hatte –, zuckt mit den Achseln und signalisiert Herrn Jansen, dass sie die Frage nicht beantworten kann.

»Super, da bin ich ja echt mal auf deine nächste Klausur gespannt, Greta … Mathilda?« Unerwartet liegt sein Fokus plötzlich auf mir. Die Kreide wirft er von der linken in die rechte Hand und wieder zurück.

»Könnten Sie die Frage bitte noch einmal wiederholen?« Ich habe kaum gemerkt, wie schnell meine Gedanken wieder zum kommenden Samstag abgeschweift sind. Der Anblick von Zoe und

Greta in der hintersten Reihe hat genügt, um meine Entscheidung sofort wieder infrage zu stellen.

Herr Jansen schüttelt den Kopf. »Ey, ihr spinnt doch, hört mir hier überhaupt jemand zu?«

Ich schlucke und versuche, die stichelnden Blicke meiner Mitschüler nicht an mich ranzulassen.

»LETZTE WOCHE, worüber haben wir da gesprochen?«

»Die Fototransduktion« antworte ich, ohne ein zweites Mal zu überlegen.

»Geht doch!« Er wirft die Kreide hoch. Fängt sie wieder auf. Schreibt das Thema auf die Tafel. »Dann kannst du uns jetzt bestimmt im nächsten Schritt aufzeichnen, was passiert, wenn das Licht auf unsere Netzhaut trifft.« Jetzt wirft er mir die Kreide zu. Überrascht fange ich sie auf. Immerhin funktionieren meine Reflexe. Die Überwindung, aufzustehen und an die Tafel zu gehen, wo mich alle beobachten können, wird mit jedem Tuscheln, das ich in meinen Ohren wahrnehme, größer. Doch der Ehrgeiz, eine gute Note zu bekommen, überwiegt.

»Sie muss sich immer einschleimen«, höre ich hinter mir, als ich meinen Stuhl vom Tisch wegschiebe. Mit jedem Kichern habe ich mehr das Gefühl, meinen Plan fürs Wochenende streichen zu müssen. Herr Jansens Lob, nachdem ich ganz nach seiner Vorstellung den Prozess auf die Tafel gezeichnet habe, kann er sich meinetwegen sparen. Alles, was ich in dem Augenblick davon habe, sind verdrehte Augen, die mir noch die restliche Stunde im Nacken sitzen.

...

Danach bin ich froh, Carla und Henri zu sehen. Es tut gut, zu wissen, dass wir den verbleibenden Tag gemeinsam Unterricht haben.

»Carla, kommst du kurz mit?« Bevor Mathe losgeht, muss ich noch einmal auf die Toilette.

»Werde ich schon wieder alleine gelassen?«, macht sich Henri bemerkbar, als ich Carla hinter mir herziehe.

»Du wirst schon mal zwei Minuten ohne uns auskommen«, antwortet Carla, als würde sie bereits spüren, dass mir etwas auf dem Herzen liegt.

»Was ist los?«, fragt sie besorgt.

»Sollen wir wirklich zu der Party gehen?« Mich lässt die Befürchtung, dass es keine gute Idee ist, einfach nicht los.

»Jetzt, wo ich mich auch drauf freue, änderst du plötzlich deine Meinung?«

Ich stutze. »Du freust dich?« Ich hatte erwartet, dass ihr es ziemlich egal ist, ob wir am Samstag dort auftauchen.

»Ja, wir gehen hin. Keine Frage!«

Bei der Motivation fällt es schwer, meinen Bedenken den Vortritt zu gewähren. »Weihen wir Henri noch in unseren Plan ein?« Im Grunde wäre es so ein entspannter Abend unter Freunden, den wir nur an einen anderen Ort verlagern.

»Auf keinen Fall!« Die Aussage hat es in sich. Ich suche einen Hinweis in ihrem Gesichtsausdruck, um die Ironie zu erkennen. Fehlanzeige, sie möchte nicht, dass Henri dabei ist.

»Er würde mitkommen, um uns vor den ›bösen‹ Jungs zu beschützen.« Ich schmunzle. Recht hat sie. Dennoch fühlt es sich falsch an, diese Entscheidung zu treffen.

...

»Ich werde nie verstehen, wieso Mädchen so lange auf der Toilette brauchen.« Henri sitzt auf der Mauer neben dem Eingang, als wir zurückkommen. Ich merke, wie Carla sich nichts anmerken lassen will. Meine Blicke hingegen weichen Henris aus. Carla boxt mir leicht in die Seite – wohl, um mir zu signalisieren, dass meine auf den Boden fixierten Augen deutlich auffälliger sind. Die Stille zwischen uns scheint auch Henri einordnen zu können. Die Entscheidung, ihm wieder in die Augen zu schauen, bereue ich, als ich ihm ansehe, dass er die Anspannung spürt. Ich schmunzle. Dann schmunzelt auch er, nimmt seinen Rucksack und läuft ohne ein Wort zu sagen in den Klassenraum. Carla schaut mich an. Ich schüttele den Kopf. Das ist nicht fair. Kaum konzentrieren kann ich mich auf den Unterricht, der sowieso schon schleppend genug verläuft. Aber obwohl das Thema Prozentrechnung nicht wirklich mein Fall ist, kann ich immerhin mit Sicherheit sagen, dass ich genau neunzig Prozent der Stunde überlege, welches Outfit ich am Samstag anziehen kann. Die anderen zehn Prozent widme ich Henris Unruhe. Vielleicht auch zwanzig.

3

Mittwoch. Ich zähle die Stunden bis zur Party. Trotz des flauen Gefühls in meinem Magen, das mich seit gestern begleitet, bleibt mir keine Wahl, als heute in die Stadt zu gehen – in der Hoffnung, ein passendes Kleid zu finden.

Nachdem mich Carla gestern angerufen und nach meinem Outfit gefragt hat, haben wir eine Ewigkeit telefoniert und uns gegenseitig verrückt gemacht. Heute kam dafür die Rechnung: Mein Kopf rattert vor Aufregung. Wie soll ich mich in diesem Zustand darauf konzentrieren, in welchem Winkel meine Beine gestreckt sein müssen, um elegant über die Hürde zu springen? Und obwohl ich noch am Montag beim Volleyballturnier mit Henri alles gegeben habe und wir tatsächlich gewinnen konnten, gibt Herr Peters mir heute zu verstehen, wie unangebracht meine geistige Abwesenheit ist. Egal, heute muss die oberste Priorität eine andere sein. Ich bin erleichtert, als ich nach Hause komme und meine Schulsachen ablegen kann. Um jedem kleinsten Stressfaktor zu entweichen, möchte ich sofort wieder los, doch auf dem Weg zur Haustür werde ich von meiner Mutter abgefangen, noch bevor ich einen Fuß auf die Matte setzen kann.

»Mathilda, hast du den Müll rausgebracht?«

Ich seufze. »Ich muss los.«

Als wolle sie verhindern, dass ich den Bus bekomme, verschränkt sie die Arme und nickt in Richtung Küche. »Prima, dann kannst du den Müll ja mitnehmen, wenn du sowieso aus der Tür gehst.«

Kopfschüttelnd stampfe ich zum Mülleimer, ziehe die Tüten raus und werfe meiner Mutter einen genervten Blick zu.

Sie zuckt mit den Schultern. »Du hast es doch sonst auch nie so eilig.«

Ich werfe die prall gefüllten Mülltüten über die Schulter und gehe augenrollend an meiner Mutter vorbei. »Du machst neue Tüten rein, ja?«

Sichtlich verwundert vom Ton meiner Worte dreht sie sich um und verschwindet, ohne ein weiteres Wort zu sagen, im Wohnzimmer. Vorsichtig entleere ich den Biomüll über der Tonne. Bei der Menge an Kartoffelschalen ist es kein Wunder, dass er kurz vorm Überquellen ist. Zu jedem Gericht könnte meine Mutter Kartoffeln essen – das ist fast schon eine Art Tick. Sofort ärgere ich mich wieder darüber, dass man auf die Idee kommt, offensichtliche Pastagerichte mit Kartoffeln zu kochen. Die Tonne ist zu, und nach einigen weiteren verschwendeten Minuten, in denen ich mich über die blöden Kartoffeln aufrege, sitze ich endlich im Bus.

...

Nachdem die ersten drei Läden auf meiner Liste meine Vorstellungen nicht erfüllen konnten, bleibt mir jetzt nur noch eine Option. Hoffnungsvoll lasse ich meinen Blick über die Kleiderstangen schweifen. Der Druck, ein passendes Outfit finden zu müssen, ist am Ende oft der Auslöser dafür, dass Erwartungen nicht erfüllt werden und man im schlimmsten Fall mit leeren Händen nach Hause geht. Die Sorge wird mir genommen, als ich es sehe. Das schwarze Samtkleid löst schon beim Anblick Vorfreude aus. In meinem Hinterkopf sehe ich die Klamotten der anderen und die Stimmigkeit, die dieses Kleid mit sich bringen würde. Die Frage, ob auch Kai das Outfit gefallen würde, beeinflusst mich wohl mehr, als ich zugeben möchte. Er trägt an diesen Abenden meistens selbst schwarz. Oversized T-Shirt, lockere Hose, Schmuck. Zwei Ringe an der rechten und ein Armband an der linken Hand. Dass mein Kopf sich uns gemeinsam vorstellt, bringt mich zum Schmunzeln, aber gleichzeitig ermahne ich mich selbst, nicht durchzudrehen, während ich den Vorhang meiner Umkleide zuziehe. Weicher Stoff, überkreuzte Träger und glitzernde Partikel zieren meinen Körper. Sanft streife ich meine braunen gelockten Haare über die Schultern, sodass sie mein Schlüsselbein bedecken. Ich fühle mich so selbstbewusst wie noch nie zuvor in einem Kleid. Elegant und doch bequem. Das ist es – das ist mein Kleid. In Gedanken stehe ich schon auf der Tanzfläche. Um diesen Moment für mich festzuhalten, krame ich mein Handy aus der Tasche und nehme vor dem Spiegel eine selbstbewusste Pose ein. »Das erste Kleid, in dem ich mich richtig attraktiv finde«, flüstere ich leise. Im nächsten Moment werde ich unterbrochen, als ich plötzlich bekannte Stimmen wahrnehme. Sofort beende ich das Video, werfe mein Handy zurück in die Tasche und lausche am Vorhang.

»Was ziehst du zuerst an?«

»Die schwarze Corsage«, höre ich und rücke noch ein Stück näher an den Vorhang, um herauszufinden, ob ich mit meiner Vermutung richtig liege. »Wenn ich dazu die schwarze Hose anziehe, könnte das richtig gut aussehen.«

»Das wird ihn sowieso umhauen«, antwortet die andere Stimme. Jetzt bin ich mir sicher.

Schnell streife ich das Kleid ab, hüpfe in meine Jeans, ziehe den ausgewaschenen rosa Strickpulli über meinen Kopf und binde mir einen provisorischen Zopf. In meine Boots geschlüpft, ziehe ich in der Hoffnung, dass die beiden noch in der Umkleide sind, den Vorhang beiseite und schaue direkt in Gretas Augen. Mist. Anscheinend möchte nur Zoe Outfits anprobieren.

»Oh, Mathilda!«, stutzt sie und senkt den Blick zum Kleid.

»Ahh, Greta, was machst du hier?« In dem Wissen, dass sie für

Samstag einkaufen, versuche ich, überrascht zu klingen, als Zoe schwungvoll den Vorhang öffnet.

»Wir suchen ein Outfit fürs Wochenende«, ruft sie und präsentiert Greta ihren Look. Mit den Händen richtet sie das enganliegende Oberteil, wobei ihre Brüste noch einmal besonders gepusht werden. Ungern möchte ich mir anmerken lassen, wie gut sie in der Corsage aussieht. Greta hat offensichtlich keine solchen Bedenken. »Du siehst so gut darin aus! Das musst du kaufen – oder, Mathilda?« Greta und Zoe schauen mich erwartungsvoll an.

»Ähm, ja … das sieht wirklich toll aus«, quetsche ich aus mir heraus und verstecke das Kleid hinter meinem Rücken, als ich Zoes musternde Blicke wahrnehme.

»Wofür brauchst du das Kleid?« Zu spät, sie hat es gesehen.

»Oh. Das hier? Das hing schon vorher in der Umkleide, ich nehme es einfach nur mit raus.« Mein Herz rast, weil ich in dem Augenblick realisiere, dass es das einzige Kleidungsstück ist, das ich in der Hand habe.

»Du bist ja vorbildlich«, stichelt Zoe. Schnell laufe ich zur Kleiderstange, damit keine Rückfragen kommen, wo denn die Klamotten sind, die ich eigentlich anprobiert habe. Doch sie redet einfach weiter. »Das Kleid ist sowieso hässlich. Kein Wunder, dass es jemand hängen lassen hat.« Danach richtet sie ihre Aufmerksamkeit wieder auf Greta, die ihr mit einem begeisterten Blick erneut zu verstehen gibt, dass sie die Corsage kaufen soll.

»Ja, vor allem mit dem Samt. Das hänge ich mal ganz schnell weg«, antworte ich und quetsche es zwischen die anderen Klamotten, die an der Stange hängen. »Viel Spaß noch!« Meine Worte werden längst nicht mehr beachtet. Ich schlucke tief, als ich beim Verlassen des Ladens erneut an den aufgereihten Kleidern vorbeilaufe.

Der schlimmste Fall – mit leeren Händen nach Hause zu kommen – tritt nun also doch ein.

…

Zu Hause angekommen, spüre ich erst, wie sehr mich meine Gedanken quälen. Mir wird bewusst, dass Zoe und Greta in dem Augenblick, in dem sie mich am Samstag in den Fuchs kommen sehen, sofort wissen werden, dass auch ich ein Outfit gesucht habe. Eins und eins werden sie zusammenzählen und durchschauen, dass das *hässliche Kleid*, das ich auf die Stange gehängt habe, in meinen Augen nicht hässlich war, sondern das Kleid werden sollte, welches ich auf der Party trage. Die Überlegung, nicht hinzugehen, gewinnt nach diesem Nachmittag wieder an Attraktivität.

Bewusst traurige Lieder hören, obwohl man sowieso schon weint. So fühlt es sich an, als ich zu meinem Handy greife und mir das Video in der Umkleide auf Dauerschleife anschaue. Doch je öfter ich mich vor dem Spiegel posieren sehe, desto unattraktiver finde ich mich selbst in dem Kleid. Womöglich war es doch die richtige Entscheidung, es nicht zu kaufen. Es hilft nicht. Ich klicke auf *Löschen*. Dann lege ich mein Handy beiseite. Je näher der Tag kommt, desto mehr zweifle ich an mir selbst, und als dann auch noch Carla ein Bild von ihrem Outfit schickt und mir klar wird, dass ich den Plan jetzt mit Sicherheit nicht mehr ändern kann, brechen sie aus mir heraus. Ich kann meine Tränen nicht zurückhalten. Zumindest würde ich sie gerne erklären können, aber der Grund für den emotionalen Ausbruch ist nicht in einem Satz zusammenzufassen.

4

»Guten Morgen. Aufstehen, Matti«, weckt mich meine Mutter sanft und streichelt über die Decke, unter der ich mich eingehüllt habe und mein Gesicht verstecke. »Es ist schon kurz vor sieben, du solltest langsam echt aufstehen.« Mit einer Hand probiert sie, die Decke von meinem Kopf zu ziehen.

»Boah, Mama. Nerv mich nicht! Geh zu Vici und quatsch die voll.« Gereizt packe ich die Decke und schlinge sie fest um mich.

»Wie bist du denn drauf?« Sie erhebt sich von meinem Bett und lässt mit einem Seufzer vermuten, mit welchem Gesichtsausdruck sie aus meinem Zimmer verschwindet.

»Ich stehe ja schon auf«, murmele ich, als die Tür schon zufällt.

»Matti, willst du noch schnell mit uns frühstücken?«, ruft Vici von unten, als ich gerade versuche, meine Augenringe mit dem letzten Rest Make-up, den ich aus der Tube quetsche, in den Griff zu bekommen.

»Ich habe keinen Hunger, esse in der Schule.«

...

In der Schule schleppe ich mich die Treppen hoch. Wer kam eigentlich auf die Idee, den Kunstraum in die dritte Etage zu packen?

»Guten Morgen, Sonnenschein.« Die gute Laune in Henris Gesicht ist kaum zu übersehen.

»Sonnenschein? Also in meiner Wetter-App ist dicke Luft angesagt.« Ich ziehe den Stuhl unter dem Tisch hervor und lasse mich wie ein Sack Kartoffeln darauf fallen.

»Was ist denn los? Komm, ich hole den Schirm raus und fange die dicken Regentropfen auf, damit sie dich nicht mehr treffen.« Wie bei Pantomime öffnet Henri einen Regenschirm, stellt sich zu mir und hält ihn über uns.

»Was soll das werden? Ist das eine Art Kunstform, die ihr da praktiziert?«, stutzt Carla, als sie zur Tür reinkommt und uns mit ihrem irritierten Blick sofort zum Lachen bringt.

»Siehst du, manchmal ist zwar Regen angesagt, aber dann kommt plötzlich der Wind und schubst die dicken Regenwolken weg«, vollendet Henri seinen Auftritt.

»Also du bist der Wind und Matti die Regenwolke?« Immer noch verwundert über Henris Veranschaulichung hängt Carla ihre Jacke über den Stuhl und läuft zu den Leinwänden.

»Nein, Matti ist doch nicht die Regenwolke, sie steht nur drunter«, erklärt er stolz. Ich beobachte das Gespräch und kann ein leichtes Schmunzeln nicht unterdrücken.

»Ihr wisst schon, dass wir jetzt Kunstunterricht haben? Literatur findet im anderen Raum statt.« Kopfschüttelnd legt sie ihr Bild auf unseren Tisch und betrachtet es kritisch.

»Das Gleiche könnte ich dir sagen, wenn ich das Bild so sehe«, kontert Henri. Dann lachen wir alle.

...

Der Kunstunterricht startet, und während wir unsere Acrylfarben aus den Schränken holen, erzählt Frau Hase euphorisch von der Kunstausstellung, die sie am Wochenende besucht hat.

»Carla, kannst du mir die blaue Tube aus dem Schrank geben?« Heute muss ich mich dem Himmel auf meiner Leinwand widmen, die ich allerdings letzte Stunde schon mit den roten, sehr abstrakten –

so wie sie Frau Hase beschreiben würde – Blumen zerstört habe.

»Das helle oder das dunkle Blau?«, fragt Carla, als sie zum obersten Brett greift.

»Gib mir einfach beide, dann schaue ich, welches ich nehme«, antworte ich und greife zu der hellblauen Tube in ihrer rechten Hand. Nein, das meint sie nicht ernst.

»Hier, nimm doch.« Carla hängt mit ihrem Blick und der linken Hand noch im Schrank, um auch noch die dunkelblaue Tube zu erwischen.

»Matti, jetzt nimm doch«, bittet sie mich ein zweites Mal. Doch als ich ihr die Tube nicht abnehme, dreht sie sich um und schaut direkt in meine frustrierten Augen.

»Ist das dein Ernst?«, spreche ich nun laut aus.

»Du hast doch gesagt, ich soll dir beide Tuben geben!«

Ich fasse mir an die Stirn. »Ich meine nicht die beschissene Farbe! Ich meine deine Nägel!« Sowieso schon verwundert, wo ihre plötzliche Motivation für die Party herkam, bin ich jetzt erst recht irritiert, beinahe sauer darüber, dass sie offensichtlich im Salon war, und *unnötiges Geld* für schöne Nägel ausgegeben hat.

»Hmm?« Sie steigt vom Stuhl, drückt mir die dunkelblaue Tube in die Hand und läuft zurück zum Tisch.

Ich schaue sie vorwurfsvoll an. »Du redest mir noch aus, dass ich mir die Nägel machen lassen soll, und jetzt stehst du so vor mir?« Es klingt unreif, aber das Gefühl, hintergangen worden zu sein, schwingt dennoch mit. Ich drehe mich zu Henri. »Die Regenwolke ist zurück – und zwar doppelt so groß.« Ich öffne die hellblaue Tube und drücke einen großen Klecks auf meine Farbpalette. »Auch wenn die Sonne scheint, kann ganz plötzlich der Wind kommen und die Wolke wieder herbringen. In diesem Fall bist *du* nur nicht mehr der Wind.« Mit einem Pinsel verteile ich die Farbe lieblos auf meiner Leinwand, was allein Grund genug wäre, Henri stutzig zu machen.

»Was ist jetzt passiert?« Er hebt seinen Blick von der eckigen Rose, die er gerade auf seiner Leinwand skizziert. Als auch keine Antwort von Carla kommt, legt er seinen Stift beiseite. »Was ist in den zwei Minuten passiert, in denen ihr ein paar olle Farbtuben aus dem Schrank gekramt habt?« Dass Carla und ich nicht reagieren wollen, wird durch die Stille deutlich, die unseren Tisch dominiert. »Habt ihr euch gegenseitig mit Farbe bekleckert? Oder Carla, hast du die abstrakten Blumen von Matti beleidigt?«, hakt Henri weiter nach und erntet bloß ein genervtes Kopfschütteln. »Matti, bist du eifersüchtig auf Carlas Bild?«, probiert er die Situation mit Humor zu lockern.

»Nein, sie ist nur neidisch auf meine Nägel.« Ihr Kopf bleibt gesenkt und verhindert so, dass ihr Blick von Henris gekreuzt wird.

»Du verstehst überhaupt nicht, worum es mir geht«, füge ich hinzu.

»Beruhigt …«, beginnt Henri.

»Nein, Henri«, zicken wir ihn gleichzeitig an, sodass er verstummt. Stille. Alle Augen auf die Leinwände fixiert. Minuten vergehen, bis es Henri reicht und er einen neuen Anlauf startet. »Ihr verhaltet euch wie Grundschülerinnen. Klärt mich einfach auf.«

»Ich hab mir die Nägel für die Party gemacht und das nervt Mathilda.« Es dauert bloß eine Sekunde, bis ihr klar wird, was sie gerade gesagt hat. Mit einer Hand vor dem Mund wechseln ihre Blicke zwischen mir und Henri.

»Nägel hin oder her, wann wolltet ihr mir von der Party erzählen?«, fragt er entsetzt und lässt uns mit dem Unterton seiner Worte den Vorwurf spüren. »Mathilda, welche Party?« Er nimmt mir den Pinsel aus der Hand und schaut mich an, worauf ich mir einen anderen Pinsel nehme und ohne eine Reaktion weitermale. »Carla, welche Party?« Seine Stimme klingt rau.

»Wir gehen zu Jannes' Geburtstag«, antwortet sie schließlich.

»Wurdet ihr eingeladen?« Der einzige erklärbare Grund, weshalb wir Henri nicht gefragt haben könnten. Doch seine Hoffnung wird ihm genommen, als Carla ihren Kopf schüttelt und in meine Richtung nickt.

»Kai ist auch da. Du wirst dir wohl denken können, was der Plan war.«

»Blödsinn.« Das ist mir echt zu doof hier.

»Jetzt kannst du auf einmal wieder reden?« Henri schmeißt mir den Pinsel hin, stützt sein Kinn auf der Hand ab und scheint überlegen zu wollen, in welchem Ton er seine Blumen färben wird.

»Tut mir leid«, flüstere ich. »Wir wollten dir davon erzählen.« Mein Bauchgefühl hat mir von Anfang an gesagt, dass es die falsche Entscheidung war, den Plan für Carla und mich zu behalten. Ihr Verhalten bringt zu viel Unruhe in mein Leben.

»Okay. Und wann? Am Sonntag, nachdem die Party vorbei ist?« Er macht kreisende Pinselbewegungen.

Carla lacht leise auf. »Du hast doch sowieso keine Lust auf Partys.« Ich verdrehe die Augen. Es gibt keinen Grund, die Situation noch schlimmer zu machen.

»Wie könnt ihr euch nur freiwillig mit diesen Leuten abgeben? Lächerlich.« Henri stellt den Pinsel in den Becher, steht auf, nimmt seinen Rucksack und verlässt, nachdem er seine Leinwand mit einem Ächzen in die Ecke geworfen hat, den Raum.

»*Ich* beende den Unterricht!« Entsetzt läuft Frau Hase zur Tür hinaus hinter ihm her – vermutlich, um ihn gerade noch auf der Treppe zu erwischen.

»Ihm ist übel geworden, er musste schnell zur Toilette rennen«, improvisiere ich, als sie mit angespannter Körperhaltung zurück in den Raum kommt.

»Verteidige ihn doch nicht.« Carla zeigt gerade deutlich mehr Interesse an ihrem Bild als an der Harmonie der Situation. »Er soll sich nicht wundern, wieso wir ihn nicht gefragt haben. Wir machen uns einfach einen schönen Abend zu zweit.« Konzentriert zieht sie die Konturen ihrer Blumen mit einem schwarzen Marker nach.

»Wo ist deine Empathie hin?« Mehr muss ich nicht sagen. Auf die Party habe ich definitiv keine Lust mehr.

Die Stunde ist vorbei und bleibt für den restlichen Schultag die einzige Zeit, die wir zu dritt verbringen.

...

»Na, wie war die Schule?«, begrüßt mich meine Mutter, als ich in die Küche komme, um mir mein Mittagessen in der Mikrowelle warmzumachen. Es ist untypisch, dass sie so früh zu Hause ist. Seitdem sie für ihre schwangere Chefin zusätzliche Arbeitsbereiche übernimmt, kommt sie öfter spät nach Hause.

»Was machst du schon so früh hier?«, frage ich und öffne das Tiefkühlfach.

»Rate mal, wer gleich eine spontane Verabredung hat. Da hab ich mir doch glatt mal früher freigenommen.« Mit leuchtenden Augen öffnet sie die Mikrowelle, nimmt mir die Packung aus der Hand und stellt sie für mich auf die Glasplatte.

»Du hast ein Date!« Ich stelle den Timer und schaue meine Mutter erwartungsvoll an.

»So sieht's aus.« Dann lächelt sie. »Daher musst du leider den Schwimmreifen zur Post bringen.« Sie streckt mir das provisorisch eingepackte Paket entgegen. Der gehörte zu den Requisiten, die wir für das letzte Video verwendet haben. Ab und zu helfe ich meiner Mutter auf der Arbeit im Reisebüro, indem ich Videos für ihre Website drehe. Auch wenn ich sie gerne dabei unterstütze, stört mich die Bitte, mich um die Requisiten zu kümmern, mehr, als ich zugeben möchte.

»Wieso willst du den wegschicken?«, frage ich und zähle die Sekunden auf der Anzeige der Mikrowelle.

»Der hat ein Loch! Wenn wir ihn heute noch zurückschicken, kriegen wir den ganzen Betrag erstattet.« Ich verdrehe die Augen. Das hätte ihr auch vorher auffallen können.

»Kannst du ihn bitte wegbringen?« Grinsend zieht sie einen Teller aus dem Hängeschrank und streckt ihn mir entgegen.

»Du brauchst dich nicht einzuschleimen.«

»Du wolltest doch sowieso in die Stadt für ein paar Besorgungen, dann kannst du sicherlich einen kleinen Umweg zur Postfiliale machen.« Jetzt piepst die Mikrowelle.

»Meine Pläne haben sich geändert.« Ich nehme mein Essen und laufe die Treppen zu meinem Zimmer hoch.

»Welche Laus ist dir bitte heute über die Leber gelaufen? Erst heute Morgen der Stress und jetzt versaust du mir noch mein Date. Vielen Dank, Mathilda!«, höre ich es aus der Küche tönen.

»Ich bringe das Paket weg, Mama«, ruft Vici aus ihrem Zimmer. Ich werfe die Tür zu, mache Musik an und setze mich mit meiner Gemüselasagne aufs Bett – das Mama wohl eben frisch bezogen hat. Die altrosafarbene Bettwäsche passt am besten zu meinen leicht geblümten Vorhängen, darüber hatte ich noch vor ein paar Tagen mit ihr gesprochen. Gewissensbisse lassen mich mein Essen kaum genießen. Mit jeder Minute bereue ich das Verhalten meiner Mutter gegenüber mehr. Das Klingeln an unserer Haustür reißt mich schließlich aus meinen Gedanken.

»Vici!« Keine Reaktion. »Vici, es hat geklingelt.« Mit Sicherheit werde ich nicht zur Tür gehen. Nur damit ich wieder mit meinem Nachbarn Herrn Baumgarten über den mysteriösen Hund rede, der angeblich immer an die Laterne vor unseren Häusern pinkelt. Jedes Mal die gleiche Geschichte – ich kann es nicht mehr hören.

Ein zweites und drittes Mal klingelt es und ich bin kurz davor, die Fassung zu verlieren. »Mach doch jetzt die Tür auf!«, schreie ich durch das Haus, bis es mir auf einen Schlag wieder einfällt. Vici wollte das Paket von Mama wegbringen. Ich habe nicht bemerkt, wie sie das Haus verlassen hat. Auf dem Weg über die Treppe atme ich tief ein und aus, um die Ruhe zu bewahren, als es noch ein viertes Mal klingelt.

»ICH KOMME SCHON!«, schreie ich über den Flur, greife zur Türklinke und reiße die Tür mit voller Wucht auf. »Henri?!«

»Matti?«

Ich entschuldige mich für meinen Schrei, den er mit Sicherheit gehört hat. »Was machst du hier? Ich habe jemand anderen erwartet.«

»Ich kann auch wieder umdrehen«, scherzt er.

»Nein, nein, nein. Ich war nur schon mental darauf vorbereitet, die neusten Hundepipi-Theorien aufzustellen.« Henri guckt mich irritiert an und muss schmunzeln.

»Für Pädagogik? Da bin ich raus.« Ich bin erleichtert, dass es nicht Herr Baumgarten ist, aber frage mich dennoch, ob es in meiner Verfassung sinnvoll ist, überhaupt mit jemandem zu reden.

»Ich habe nicht die beste Laune.« Die Entscheidung, wie Henri mit der Information umgeht, liegt in seiner Hand.

»Ist die Regenwolke etwa wiedergekommen?«, fragt er, bevor er sich dazu entscheidet, reinzukommen.

»Nein, sie ist immer noch da.« Jetzt muss auch ich schmunzeln. Erleichtert darüber, dass Henri anscheinend nicht mehr wütend wegen der Party ist, erkläre ich ihm, wie es zu dem Missverständnis gekommen ist.

»Aber du gehst schon zur Party?«, hakt er nach, als er bemerkt, wie sich meine Vorfreude auf Samstag in Grenzen hält.

»Ich denke, es macht keinen Sinn.«

Henri legt die Stirn in Falten.

»Darf man sich selber einladen?«, fragt er.

»Ich hab mich auch selber eingeladen – also ja.«

»Dann komme ich mit.« Jetzt schlucke ich. Henri hebt den Blick und nickt. »Wenn du so gerne hingehen möchtest, begleite ich dich auch«, untermalt er seinen Vorschlag.

»Du hast echt noch Lust, mitzukommen?« Ich ziehe meine Augenbrauen hoch. »Nach der Aktion?« Ich bin unsicher, was ich von Henris Idee halten soll. Ich hab das ungute Gefühl, ihn für diesen Abend auszunutzen, doch im Grunde hätte ich ihn sowieso gerne gefragt.

»Ja, ich kann dich nicht allein dort hingehen lassen.« Sein Beschützerinstinkt spricht. Er lächelt und schaut mich erwartungsvoll an. Einen Moment hadere ich mit meiner Entscheidung, bis ich den Vorschlag schließlich annehme.

»Na gut. Ich habe nur kein passendes Outfit.«

»Dein ganzer Schrank ist doch voll.« Da hat er recht, nur nicht mit den passenden Klamotten. Mit langweiligen Strickpullis und Jeanshosen jeder Farbe bin ich gut aufgestellt, doch die wenigen Kleider, die sich in meinem Schrank reihen, erfüllen nicht annähernd meine Vorstellung von einem perfekten Partyoutfit.

»Ich muss gleich zum Bürgeramt. Komm einfach mit und schau in der Stadt noch mal«, schlägt er vor, ohne zu wissen, dass ich das schon längst getan habe – erfolglos. Doch ein wenig Zeit mit Henri zu verbringen, wird sicherlich guttun, also stimme ich zu. Ich packe meine Sachen zusammen, während Henri bereits zu seinem Auto geht und wartet. Das alte grüne Auto hat er vor Kurzem vom Schrottplatz gerettet. So sieht es auch aus. Der Lack ist an einigen Stellen ab, das hintere rechte Fenster lässt sich nicht mehr öffnen, die Musik läuft statt über das Radio über eine kleine Lautsprecherbox, die Henri hinter dem Lenkrad platziert hat, und beim Öffnen der Türe quietscht es ordentlich.

»Muss ich eigentlich aufpassen, dass die Tür nicht abfällt, wenn ich sie zuziehe?«

»Noch ein Kommentar und ich trete das nächste Mal, wenn dicke Luft ist, nicht die Regenwolke weg, sondern dich aus dem Auto«, schießt Henri zurück und startet den Motor.

Nachdem wir die gesamte Autofahrt Sprüche über die kleine grüne Schrottkarre – wie ich Henris Auto getauft habe – raushauen, fahren wir ins Parkhaus.

»Dass wir tatsächlich angekommen sind, überrascht mich.« Ich sage es scherzhaft, aber kurzzeitig hatte ich wirklich das Gefühl, der Motor könnte jeden Moment kaputtgehen.

»Der Termin in der Werkstatt steht schon, so lange muss es auch so funktionieren.« Er zieht die Handbremse, greift sich seinen Rucksack und öffnet die Tür. »Kommst du? Ich muss in zehn Minuten beim Amt sein.« Für einen letzten Blick in den Spiegel reicht die Zeit wohl nicht mehr. Ich kann mir beim Schließen der Autotür nicht verkneifen, es demonstrativ vorsichtig zu tun. »Du musst doch noch abschließen!«, rufe ich, als er in Richtung Aufzug losgeht.

»Das Auto würde doch eh keiner klauen.«

»Das hast du jetzt gesagt.« Ich nehme ihm den Schlüssel aus der Hand und laufe zurück zum Auto, während Henri hektisch auf den Aufzugknopf drückt. »Der kommt so auch nicht schneller!« Ich bin schon wieder zurück und die Anzeige blinkt weiterhin im Erdgeschoss.

»Okay Matti, ich nehme die Treppe. Wir treffen uns gleich, wenn ich den Ausweis abgeholt habe, beim Brunnen, okay?«

Ich nicke, dann verabschieden wir uns mit dem Handschlag, den wir uns damals beim Volleyball überlegt haben. Nach jedem gewonnenen Satz kam er zum Einsatz. Irgendwann ist er in unseren Alltag übergeschwappt. Seitdem machen wir ihn regelmäßig zur

Verabschiedung. Zweimal die Handflächen aufeinanderklatschen, dann die Finger ineinander verschränken und zusammenkneifen. Das war's. »Bis gleich.«

»Stolper nicht.« Im Aufzug hole ich meinen Blick in den Spiegel nach. Ein Stück Petersilie hat sich vom Mittagessen zwischen meinen Zähnen verfangen. Ich hatte es im Gefühl. Wieso sagt Henri denn nichts?

Nachdem ich einige Extrarunden durch die Drogerie gedreht habe und das Kassenband dreimal so voll wie eigentlich geplant beladen habe, gibt mir Henri endlich Bescheid, dass er fertig ist.

»Ich dachte, du brauchst ein Outfit und keine neue Schminke?«, mustert er mich kritisch, als ich mit der großen Tüte am Brunnen ankomme.

»Ich habe keine Schminke gekauft, nur sehr notwendige Hygieneartikel.« Meinen sarkastischen Unterton entlarvt er sofort. Das erkenne ich an seiner hochgezogenen Augenbraue.

»Okay, vielleicht noch einen neuen roten Lippenstift … und Nagellack.«

»Und Rasierklingen!«, erkennt Henri, als er in die Tüte schaut. »Was hast du am Samstag vor?«

»Ich kaufe die immer auf Vorrat, das hat rein gar nichts mit Samstag zu tun.« Das ist gelogen – und er weiß das.

…

Erfolglos klappern wir die Läden ab, die ich allein bereits auf den Kopf gestellt habe. Unauffällig spinkse ich in das Geschäft, in dem das schwarze Samtkleid hängt. Als könnte Henri meine Gedanken lesen, zeigt er entschlossen auf den Eingang. »Da gehen wir rein.«

»Da war ich schon drin, gibt nichts Passendes.« Er schüttelt unbeeindruckt den Kopf.

»Mathilda, das akzeptiere ich nicht.« Seine Überzeugungskraft ist kaum zu überbieten, also stehen wir zwei Minuten später mittendrin. Zwischen all den schönen Kleidern, denen ich überhaupt keine Chance gegeben hatte, mich zu überzeugen. Das brauchte es nicht, da allein das Kleid, das ich in dem Augenblick wieder sehe, mir förmlich den Kopf verdreht hat. Henri registriert meinen gefesselten Blick sofort. »Das schwarze Kleid sieht doch super aus.« Ich schüttele den Kopf.

»Das hatte ich schon an, sah komisch an mir aus.« Völliger Quatsch. Es war mein Kleid. Bis zu dem Zeitpunkt, an dem es nur noch ein *hässliches* Kleid war. Zoes und Gretas Kichern klingt immer noch in meinen Ohren und umso schwerer fällt es mir, Henris Aufforderung, es noch ein zweites Mal – für ihn – anzuziehen, nicht abzublocken.

Henri ist schon dabei, meine Größe rauszusuchen, und streckt mir das Kleid schließlich voller Erwartung entgegen. »Komm, probier das mal an und zeig mir, wie *komisch* es aussieht.«

»Pass auf, dass du dich nicht erschreckst, wenn ich den Vorhang gleich aufziehe.« Ich gehe in die Umkleide, schlüpfe in das Kleid und wage einen Blick in den Spiegel. Langsam hebe ich meinen Kopf und muss direkt schmunzeln. So, wie ich es in Erinnerung hatte. Das Gefühl ist da.

»Hast du es an?« Ich sehe, wie Henri seine Hand durch den Vorhang steckt. »Kann ich aufmachen?« Dann packt er zu und räuspert sich.

»Ja, nur nicht umfallen vor lauter Schreck.«

»DARF ICH PRÄSENTIEREN …«, beginnt er lauthals.

»Henri, spinnst du?«

»… DIE WUNDERVOLLE MATHILDA IN IHREM KOMISCHEN KLEID!« Dann reißt er den Vorhang auf. Beschämt stehe ich in der Ecke und bereue, dass ich Henri mitgenommen habe.

Manchmal wünsche ich mir, er würde sich reifer verhalten.

»Du kannst rauskommen, hier ist keiner.« Langsam setze ich einen Schritt nach vorne und versichere mich, dass wir tatsächlich alleine sind. Mit einem Mal verändert sich die Grimasse in Henris Gesicht zu einem Blick, der so viel heißen soll wie: *Okay, wow, damit habe ich nicht gerechnet.* Ein plötzliches Schweigen entsteht und die Sekunden, in denen er mich mit leicht geöffnetem Mund von oben bis unten ansieht, fühlen sich an wie Minuten. Eine Seltenheit, Henri so zu erleben. Die aufgedrehte Ader lässt seiner feinfühligen ausnahmsweise den Vortritt. »Du siehst echt schön aus.« Dass ihn der Anblick auf eine fragliche Art so sehr überwältigt, hätte ich nicht für möglich gehalten, doch die Komplimente geben mir den Mut, das Kleid kaufen zu wollen.

»Der Glitzer funkelt fast so schön wie deine blauen Augen«, ergänzt er.

»Das war ein Kompliment zu viel«, ärgere ich ihn und verdrehe gespielt genervt die Augen. »Kannst du mir helfen, das Kleid am Rücken zu binden?«

Er macht einen Schritt auf mich zu. Inzwischen ist sein Mund wieder geschlossen. »Keine Garantie, dass ich diese überkreuzten Träger entwirrt bekomme«, lacht er und versucht, die Systematik zu verstehen. Er wirkt so konzentriert – gibt sich Mühe.

»Ja, das ist mein Kleid.« Ich stehe vor dem Spiegel, drehe mich in alle Richtungen und stecke mit meinem Lachen Henri gleich mit an.

»Ja, das ist dein Kleid.«

»Ja, das ist mein Kleid«, wiederhole ich. Da ist sie wieder. Die Vorfreude auf Samstag ist zurück.

Henri setzt mich noch zu Hause ab. Als ich gerade durch die Haustür gehen möchte, werfe ich noch einen letzten Blick über die Schulter. Henri weiß, mit welchen Gesten er einen zum Lächeln bringen kann. Er haucht an die Fensterscheibe seines Autos und malt mit seinem Finger einen Smiley in die beschlagene Fläche. Dann hupt er und fährt mit einem Winken aus meiner Straße.

5

Am nächsten Morgen gehe ich sofort auf Carla zu. Sie sitzt allein vorm Kiosk auf der Bank und starrt auf ihr Handy. Nachdem sich mein Tag gestern doch noch zum Positiven entwickelt hat, ist mir bewusst geworden, wie sinnlos die Auseinandersetzung war. Harmonie ist mir so viel wichtiger als ein mögliches Missverständnis.

»Und, was ziehst du morgen an?«

»Matti?« Carla wirkt überrascht, aber ich sehe an ihrem schmunzelnden Blick, dass sie sich freut. Ich setze mich zu ihr und umarme sie. »Ich hab überhaupt keine Lust auf diese Stimmung zwischen uns.«

»Ich auch nicht! Ich wollte auch mit dir reden und habe mich gestern Abend noch bei Henri entschuldigt.« Ein Glück, dass wir immer so schnell wieder zueinanderfinden. »Er hat erzählt, dass ihr gemeinsam ein Outfit gekauft habt. Also gehst du zur Party?«

»Ja, die Motivation ist zurück.«

»Hoffentlich doppelt so groß wie vorher.« Wir lachen.

»Aha, die Sonne scheint also wieder!« Henri kommt um die Ecke und ist sichtlich froh darüber, dass sich die Stimmung gebessert hat.

»Wenn wir unseren Vortrag noch in den Griff bekommen, sollte das Wetter gut bleiben«, ergänzt Carla und erinnert mich daran, dass ich heute nach der Schule zu ihr kommen wollte. Ein passendes Thema für unseren Vortrag zu finden, stellt sich schwieriger dar, als wir zu Beginn dachten.

Das zeigt sich erneut, als wir bei Carla auf dem Teppich sitzen und verzweifelt unsere bisherigen Unterlagen durchschauen.

»Ich wünschte, es wäre nicht so schwer, einzuschätzen, auf welche Aspekte die Wertungsrichter besonders viel Wert legen.« Vergleiche von den damaligen Gewinnern gibt es zwar, doch Frau Bender meinte, wir sollten uns nicht an diesen orientieren, da die Beurteilung dieses Jahr ganz anders aussehen könnte.

»Nach Gefühl arbeiten sollen wir«, wiederholt Carla Frau Benders Worte. Ich verziehe mein Gesicht.

»Das lässt zu viel Spielraum.« Carla stimmt mir mit einem Nicken zu und startet ihren Laptop.

»Werte der neuen Generation«, liest sie vor. »Das Thema fühle ich wirklich überhaupt nicht.«

»Dazu müssten wir auch Straßenumfragen oder so was in der Art machen.« Um für so eine breite Masse zu sprechen, bräuchten wir eine Menge Daten, um unsere finale Antwort aussagekräftig zu machen.

»Ja, es ist zu aufwendig und wir brauchen eins mit mehr Power.« Mit der Maus markiert sie unsere bisherigen Stichpunkte. »Wir brauchen ein Experiment, mit dem keiner rechnet. Das die Leute berührt.« Dann löscht sie alle Notizen.

Es ist schwierig, sich heute nicht ablenken zu lassen. Auch nach zwei Stunden haben wir neben der Entscheidung, ein anderes Experiment anzugehen, noch keine weiteren konkreten Ideen gesammelt. In Zusammenhang mit der Vorfreude auf Morgen ist heute mit Sicherheit nicht der optimale Zeitpunkt zum Brainstormen. Immer wieder zeigt mir Carla Bilder von den anderen Mädchen. Besonders die Kleider, die Greta an den letzten Abenden trug, versetzen sie in Unruhe. »Wir dürfen nicht negativ auffallen.« Auch ich schweife immer wieder ab. Welche Meinung Kai womöglich über mein Kleid hat, darf die Entscheidung, es zu tragen, nicht wieder infrage stellen.

»Zumindest dürfen sie uns nicht als Außenseiter sehen.« Es ist leicht, sich zu zweit hochzuschaukeln. Der Kopf droht doppelt so stark zu zerbrechen und Dinge beschäftigen einen, obwohl man sie zuvor nicht als auffällig empfunden hat. Wir müssen aufpassen, den Abend nicht schon kaputtzumachen, bevor er überhaupt angefangen hat.

»Hast du schon das passende Haargummi?« Vielleicht lockert das die Stimmung auf.

Carla stößt sich vom Boden hoch, läuft zu dem großen schwarzen Metallregal und greift die gefüllte Box. Ihre Zimmereinrichtung ist das komplette Gegenteil von meiner. Statt Rosa dominieren in ihrem Schlafzimmer Schwarz und Weiß. Bunte Sticker, Schallplatten und Neonlichtzeichen verzieren ihre Wände. Bei mir finden ausschließlich pastellfarbene Poster mit inspirierenden Sprüchen und Fotos von meinen Lieblingsmenschen Platz. Carla öffnet den Deckel und zeigt mir ihre Haargummis. Rote, dunkelblaue, selbst pastellfarbene – alles ist dabei. Jedoch immer aus Samt. »Welches gefällt dir am besten?« Sie drückt mir die Box in die Hand und läuft Richtung Türe. »Ich bin eben auf Toilette, such mir einfach eins aus.« Ich wühle mich durch die Farben, picke ein paar Haargummis raus und staple meine Favoriten auf der Handfläche. Die große Auswahl macht es mir nicht leicht, mich zu entscheiden, und so wird der Stapel immer höher, bis es schließlich eins zu viel ist. Der Turm fällt zusammen – kein Wunder bei der Dicke der Haargummis – und sie landen auf dem Boden.

»Nervig.« Eins nach dem anderen sammle ich wieder ein – nur das schwarze mit den Glitzerpartikeln fehlt. Die anderen Haargummis lege ich auf den Schreibtisch, knie mich auf den Boden, bücke mich – dann sehe ich es. Es liegt unter der Kommode. Jetzt bemerke ich, dass dort noch etwas anderes liegt: ein kleines Buch. Ich hebe es auf, um es zurück ins Regal zu stellen. Carla vermisst es sicherlich schon. Bei dem Chaos kann ich mir gut vorstellen, dass häufig etwas in ihren eigenen vier Wänden verloren geht. *THOUGHTS* steht auf dem Buch. Ein typisches Geschenk, das man von Freunden der Eltern bekommt. Ein kleines Büchlein, um seine Gedanken aufzuschreiben – Klassiker. Das perfekte Geschenk, wie die meisten denken. Aber nein, ein Geschenk, das man nach dem Auspacken ins Regal stellt und nicht mehr anrührt – oder das sogar unter der Kommode landet. Also öffne ich es ohne Erwartungen. Habe ich mich getäuscht? Ich bin irritiert, als ich plötzlich *Ich weiß nicht, ob ich das kann …* auf der ersten Seite lese. Gleichzeitig höre ich die Badezimmertür ins Schloss fallen. Sofort klappe ich das Buch zu und werfe es zurück unter die Kommode.

»Und, welches gefällt dir am besten?« Carla steht in der Tür, als ich mich gerade vom Boden aufraffe.

»Kann mich nicht entscheiden, denke aber das hier.« Ich zeige ihr das schwarze Glitzerhaargummi und weiche ihrem kritischen Blick aus.

»Was machst du da an der Kommode?«, stutzt sie und kniet sich auf den Boden.

»Mir ist die halbe Box auf den Boden gefallen.« An der Aussage ist mehr als ein Funke Wahrheit dran, doch Carla sieht mich zweifelnd an.

»Da liegt nichts mehr!«, ächzt sie, nimmt die Box und stellt sie zurück in das Regal.

Ich weiß nicht, ob ich das kann, wiederhole ich in meinen Gedanken. Ob sie bloß nach dem Haargummi geschaut hat? In ihrem Blick steckt etwas anderes. Es scheint mir, als fühle sie sich ertappt. Ich muss wissen, was auf der nächsten Seite steht. Ich muss wissen, *was* sie nicht kann.

Die wenige Konzentration, die vorher noch da war, ist jetzt endgültig verschwunden. Ich sehe Carla an, dass ihre Gedanken stärker abschweifen als zuvor, und ich hadere mit mir, ob ich sie darauf ansprechen soll. Immer wieder schlucke ich tief. Tief schlucken, einmal durchatmen und sie mit dem Geständnis, dass ich ein mögliches Geheimnis von ihr gelesen habe, konfrontieren. Nicht heute. Die Entscheidung, sie nicht darauf anzusprechen, nimmt sie mir schließlich ab.

»Wir kriegen gleich Besuch. Denke, wir haben für heute genug gearbeitet.« Ich nicke bloß und packe meine Sachen zusammen. Was wohl auf den anderen Seiten steht?

»Ich freue mich auf morgen.« Mit einem Schmunzeln zeigt sie mir, dass sie sich auch freut. Dann verabschieden wir uns. Eine andere Umarmung als sonst. Das Unausgesprochene zwischen uns.

6

»Samstag. Das bedeutet, heute Abend passiert es. Ich bin heute zusammen mit Kai auf der gleichen Party. Wir werden zusammen feiern, das fühlt sich seltsam an. Ich bin gespannt, ob er mich wahrnehmen wird, und drücke mir jetzt mal selber die Daumen.«

Lächelnd beende ich das Video und werfe das Handy auf mein Bett. Ob ich bei den ganzen Schnipseln jemals dazu kommen werde, sie zu sortieren und zusammenzufügen? So oder so war es aber die beste Entscheidung, das Videotagebuch zu starten. In der Zukunft werde ich auf diese Zeit zurückschauen. Wahrscheinlich wird sich bestätigen, was ich jetzt schon unterbewusst fühle, aber noch nicht in der Lage bin, mir einzugestehen.

»Mathilda, kommst du zum Frühstück?«, höre ich von unten aus dem Wohnzimmer.

Samstags frühstücken wir immer zusammen, doch heute muss wohl ein besonderer Tag sein. »Es gibt Avocado und Rührei … und frisch gepressten Orangensaft? Hat jemand Geburtstag? Was habe ich vergessen?« Verwundert setze ich mich an den liebevoll gedeckten Tisch und entschuldige mich für mein gestriges Verhalten, das die beiden anscheinend schon vergessen haben.

»Freu dich einfach«, antwortet Vici, die schon mit der Gabel die Avocado auf ihrem Brot zerquetscht.

»Einfach mal ein schönes, ausgiebiges Frühstück.« Mama grinst und stellt die Pfanne mit Rührei auf den Tisch.

»DAS DATE! Du bist verliebt!«, schießt es aus mir heraus.

Ich habe total vergessen, dass Mama ein Date hatte. Normalerweise essen wir samstags zwar auch Brötchen, aber die frische

Avocado war ein klarer Hinweis, dass hier irgendwas verheimlicht wird. Würden bloß Marmelade und Käse auf dem Tisch stehen, hätte ich nichts bemerkt – doch das ist wirklich auffällig.

»Ich bin doch nicht verliebt«, protestiert sie.

»Mama, damit kommst du bei uns nicht durch. Die Avocado steht für Verliebtsein. Was glaubst du, wieso Codewörter für Jungs immer irgendwas mit Avocados zu tun haben.« Vici beißt in ihr Brötchen und zwinkert mir zu.

»Du bist wirklich leicht zu durchschauen.« Mein fragender Blick ist so eindringlich, dass sie schließlich mit der Sprache rausrückt.

»Okay, Punkt für euch – das Date war wirklich nett.«

»Wann seht ihr euch wieder?« »Wie heißt er?« »Wie alt ist er?« »Riecht er gut?« »Hat er Haustiere?« Vici und ich wollen alles wissen. So sehr würden wir uns für Mama freuen. Es ist eine Schande, dass sie seit unserem Vater keinen Mann mehr an ihrer Seite hatte – zumindest keinen mit ernsten Absichten.

»Halt, halt, halt. Eins nach dem anderen. Heute Nachmittag treffen wir uns auf ein Glas Wein. Wenn er mich dann immer noch überzeugt, erzähle ich vielleicht ein wenig mehr.« Das Strahlen in ihren Augen ist ein anderes. Ein Strahlen, das mir bewusst macht, dass auch ich Lust hätte, mich richtig in diesem Gefühl zu verlieren. Wir frühstücken noch entspannt zu Ende und räumen die Küche auf. Vici verdrückt sich zum Lernen in ihr Zimmer, Mama geht in den Garten die letzten Pflanzen umtopfen und ich habe freie Bahn im Badezimmer. Ohne mir Fantasien ausmalen zu wollen und um doch auf Nummer Sicher zu gehen, stehe ich mit meinem Rasierer in der Dusche und verkneife mir ein beschämtes Lächeln. Ich möchte alles richtig machen und gleichzeitig stelle ich mir die Frage, ob ich überhaupt etwas falsch machen kann. In meinem Kopf spielt sich ein mögliches Szenario nach dem anderen ab, und das Gedankenkarussell, das ich seit dem Aufstehen nicht mehr verlassen habe, dreht sich immer weiter. Es ist doch bescheuert, zu glauben, Kai würde nicht bloß auf mich aufmerksam werden, sondern auch gleich mehr wollen. Die Wahrscheinlichkeit, dass solch ein Szenario eintritt, ist geringer als jeder andere Ausgang dieser Party, und trotzdem reibe ich wenige Minuten später meinen gesamten Körper mit Rasierschaum ein.

»Matti, ich muss auch mal ins Bad.« Vici klopft hastig an die Tür. Die Zeit, in der ich mit meiner Komplettrasur beschäftigt bin, ist wohl schneller an mir vorbeigezogen, als ich meinte.

»Kannst gleich rein, nur noch der kleine Zeh.«

...

Nicht mehr lange, dann müsste Carla an unserer Haustür klingeln. Sie kommt früher, damit wir uns gemeinsam fertig machen können. Henri hab ich gesagt, dass er später kommen soll. Er braucht uns nicht dabei zusehen, wie wir uns hübsch machen und währenddessen analysieren, welche Wendungen der Abend nehmen könnte.

Frisch geduscht und eingecremt werfe ich mich in meinem Bademantel zwischen die Kissen. Ständig stelle ich mir vor, ob es auffallen wird, dass wir nicht eingeladen sind. Die Menge an Leuten, die auf der Party sein wird, sollte uns überschatten – zumindest rede ich mir das ein. Außerdem ist die Bar öffentlich – kein Grund zur Sorge also. Ich schiele zur Tür, an welcher der Bügel mit meinem Kleid hängt. Es ist wirklich ein Traum, und die Vorstellung, gleich hineinzuschlüpfen, lässt meinen Puls höherschlagen. Die Erinnerung an den Moment, als Henri es schaffte, die überkreuzten Träger zu entwirren und ich mich schließlich vor dem Spiegel in der Umkleide betrachten konnte, geht mir nicht mehr aus dem Kopf. Um mir die Zeit zu vertreiben, bis Carla kommt, klicke ich mich durch die Bilder, die Jannes und Kai heute hochgeladen haben. Der Großteil wird bisher von trainierten Oberarmen und Alkohol eingenommen. Anscheinend waren die Jungs eben noch im Getränkemarkt, was mich stutzig macht. Wollen sie vielleicht doch nicht in den Fuchs, sondern zu Hause feiern? Mithilfe von Zoes Bildern versuche ich, die Abendplanung nachzuvollziehen. Meine Vorahnung, dass sich die Gruppe schon mal zum Vortrinken trifft, bestätigt sich, als ich Kai in Zoes Garten sehe. Er sitzt am großen Glastisch und öffnet eine Flasche Weißwein. Gretas Bildern entnehme ich, dass die Gruppe größer scheint, als ich zu Beginn vermutet habe. Das jagt mir die Sorge durch den Kopf, dass sie die Party tatsächlich in Zoes Garten verlegen werden.

…

Endlich klingelt es. Carla steht vor der Tür und strahlt mich an. Sie wirkt völlig normal. Ob sie die Sache von gestern bloß verdrängt? Oder habe ich mir die Spannung zwischen uns lediglich eingebildet?

»Möchtest du hier einziehen?«, scherze ich, als ich ihre überdimensional große Tasche sehe.

»Gerne, aber nicht heute. Ich musste noch ein paar andere Outfitoptionen mitnehmen.«

»Das blaue Kleid hat doch so gut zu deinen blonden Locken gepasst.« Die Befürchtung, dass Carla sich generell gegen das Tragen eines Kleides entscheidet, nimmt sie mir schnell wieder, als sie ihre Tasche auf meinem Teppich entleert und sich nach einigem Hin- und Herprobieren für ein dunkelgrünes Kleid entscheidet. Die Träger funkeln und der zarte Satinstoff schmeichelt ihrer Figur.

»Das sieht auch toll aus.« Kommt es mir bloß so vor, oder ist Carla ihr Aussehen heute besonders wichtig? Im Grunde kein

Wunder, da ich mich selbst besonders verrückt mache, doch ihr sieht das nicht ähnlich. Ich erinnere mich an ihren letzten Geburtstag. Tagelang habe ich mir einen Stress gemacht. Hohe Schuhe oder Sneaker, offene Haare oder Dutt, Kleid oder Hose? Fragen, mit denen ich sie förmlich zum Überkochen brachte. »Entscheide dich einfach mal«, war ihre letzte Ansage, als ich mich wenige Stunden vor der Party immer noch nicht mit einem Outfit zufriedengab. Während Carla glücklich mit Jeans und einem Top war, die sie kurz vorher wahllos aus ihrem Schrank gefischt hatte, kam ich über eine halbe Stunde zu spät, da ich auf dem Weg zu ihr noch mal umgedreht war und die Schuhe gewechselt hatte. Umso erstaunter bin ich, als sie jetzt auch noch zu meinem Schminktisch geht und nach meinem Glätteisen fragt.

»Du stylst dir doch nie die Haare?«, stutze ich, während sie ihren Zopf öffnet und wahrscheinlich das erste Mal in ihrem Leben Hitzeschutzspray auf ihre lockigen Haare aufsprüht.

»Es gibt für alles ein erstes Mal.« Provisorisch die Haare geglättet, bindet sie sich mit ihrem schwarzen Samthaargummi einen Halbzopf und grinst zufrieden in den Spiegel.

...

Pünktlich wie vereinbart steht Henri vor der Tür.

»Ich dachte, du kommst alleine?« Unter seinen rechten Arm hat er einen kleinen Kasten Bier geklemmt. Er lacht in sich hinein, als er meinen verwunderten Blick aufnimmt.

»Ein bisschen Mut antrinken, sonst halte ich den Abend nicht aus.«

»Keiner braucht hier extra Mut. Aber ein Bier nehme ich trotzdem.« Selbstbewusst steht Carla auf der Treppe. Henri schluckt sichtlich.

»Wo ist die Carla, die ich kenne?«, fragt er und folgt uns mit dem Kasten in mein Zimmer.

»Ihr tut so, als würde ich mich nie um mein Aussehen kümmern.« Da hat sie recht – aber mir ist es ehrlich neu, dass sie so viel Wert auf ihre Erscheinung legt. Mein unterdrücktes Lachen auf ihren Vorwurf ruft ein Schmunzeln bei Henri hervor.

»Kann ich da mithalten?« Er stellt den Kasten auf meinem Hocker ab und zieht seine Jacke aus. Ein frischer Duft zieht durch meine Nase. Egal, was Henri trägt, seine Klamotten riechen immer nach frisch gewaschener Wäsche. Jetzt präsentiert er uns stolz sein Shirt. Obwohl er meinte, er würde nicht auf die Idee kommen, sich extra für eine Party neue Klamotten zu kaufen, bin ich mir doch ziemlich sicher, dieses Shirt noch nie an ihm gesehen zu haben. Oversized mit langen Ärmeln. Ein kleiner weißer Aufnäher mit dem Schriftzug »cool« sitzt links über seiner Brust auf dem schwarzen Baumwollstoff.

»Cool.« Carla zeigt einen Daumen hoch und widmet sich dem Kasten Bier.

»Das war alles?« Henri stützt seine Arme ein und läuft einen Kreis um Carla.

»Da steht *cool*, also finde ich das Shirt cool, ich glaube das macht Sinn, oder? Hilf mir mal lieber, das Bier zu öffnen.« Als würden ihn ihre Worte nicht auch nur ein bisschen treffen, nimmt er ihre Flasche und öffnet sie an meiner Bettkante.

»Hey, pass auf!« Mit meinem Daumen fahre ich über das weiße Holz, um zu schauen, ob er einen Kratzer hinterlassen hat.

»Willst du auch eins?« Seine Hand fasst meine und zieht sie von der Bettkante zum Bierkasten. »Das fühlt sich doch besser an.« Er nimmt sich eine zweite Flasche und öffnet meine damit.

»Danke.« Beim ersten Schluck verziehe ich mein Gesicht.

»Stell dich nicht so an.« Auch Carla zeigt mir mit ihrer hochgezogenen Augenbraue, dass meine Abneigung gegenüber Bier anstrengend ist.

»Das Shirt steht dir.« Ich nehme einen zweiten Schluck und warte auf Henris Reaktion. Bis er mich anschaut und sich wortlos mit einem langsamen Blinzeln bedankt, fokussiere ich meine Flasche – dann seine Augen. »Kai trägt die gleichen Oberteile.«

Henri verdreht die Augen.

»Du kannst Henri doch nicht mit Kai vergleichen«, wirft Carla von der Seite ein und bringt durch die Worte eine Stille in mein Zimmer, die für einen Augenblick so leise ist, dass sie gleichzeitig zu laut in meinen Ohren hallt, um ihr länger standzuhalten. Also stehe ich auf, laufe zur Tür und nehme das Kleid vom Bügel. Ich wollte warten, bis ich es anziehe. In der Sorge, ich könnte es bekleckern, wollte ich es bis zum letzten Augenblick hinauszögern. Dieser Augenblick ist jetzt.

Das Klopfen an der Badezimmertür soll mir nun zwei weitere Augen zum Betrachten geben.

»Darf ich reinkommen?« Die Stimme löst plötzliche Bedenken in mir aus.

»Eine Sekunde.« Noch einmal zupfe ich an dem glitzernden Stoff und glätte jede kleinste Falte, bevor ich die Tür öffne und Henris Augen mir die Bestätigung geben, die ich noch ein letztes Mal spüren wollte, bevor wir das Haus verlassen und uns auf den Weg zum Bus machen. Keine Verspätung. Wir setzen uns in den Vierer direkt hinter dem Busfahrer.

»Das ist der Platz, auf dem Kai immer sitzt.« Die Information scheint keinen der beiden so richtig zu interessieren. Stattdessen stoßen Carla und Henri vorsichtig mit ihrem Wegbier an – auf Höhe ihrer Knie, um die Aufmerksamkeit des Busfahrers nicht auf sich zu lenken.

»Wisst ihr eigentlich, ob die anderen schon da sind?«, fragt Henri und bringt Carlas und meine Gelassenheit schlagartig ins Wanken. Ich war so fokussiert auf unser Aussehen und das ganze Drumherum, dass ich dem Wesentlichen keine Sekunde Aufmerksamkeit mehr geschenkt habe.

»Scheiße. Gute Frage.«

»Ach, egal. Wenn wir zu früh sind, können wir wenigstens die Leute beobachten, die zur Tür reinkommen, anstatt beobachtet zu werden, wenn wir reinkommen«, beruhigt mich Carla, obwohl ich ihre eigene Unsicherheit spüre. Wenn sie nervös ist – und das kommt sehr selten vor –, zittern ihre Hände.

»Dir fällt ja gleich die Flasche aus der Hand«, ärgere ich sie und umklammere ihre Finger mit meinen.

»Mir ist bloß kalt«, weist sie mich zurück und drückt auf den Knopf. »Aussteigen.«

»Sollen wir einfach umdrehen?«, frage ich.

Auch wenn Carla Henri zu Beginn nicht dabeihaben wollte, ist sie jetzt wahrscheinlich genauso froh wie ich, dass er hier ist. Denn letztendlich ist er derjenige, der uns den entscheidenden Ruck gibt, nicht in den nächsten Bus zu steigen und zurückzufahren.

»Wir ziehen das jetzt zu dritt durch«, sagt er mit fester Stimme. Obwohl wir nur in eine öffentliche Bar gehen, kommt mir diese Entscheidung so einschneidend vor. Als hätte sie viel größere Auswirkungen, als man im ersten Moment glauben mag. Den gesamten Weg über macht sich mein Bauch bemerkbar. Schritt für Schritt fasse ich meine Gedanken zusammen und merke mit jedem Atemzug, wie unüberlegt und naiv ich mich in diese Situation hineinstürze. Als wäre es der entscheidende Schachzug. So meine ich, im Fuchs auftauchen zu können. In meinem Kopf ist Zoe nicht mit Kai zusammen. In meinem Kopf kennt er mich. In meinem Kopf sind wir gemeinsam auf dieser Party. Doch in Wahrheit sind wir verdammt noch mal unerwünscht und mit jedem Meter, den wir dem roten, flimmernden Fuchskopf näherkommen, der über dem Eingang leuchtet, zweifle ich an meinem Verstand. Wer geht schon in die Stadt – zweimal! –, um sich ein teures Kleid für einen Geburtstag zu kaufen, zu dem man nicht eingeladen ist? Im Sekundentakt schießen immer mehr Fragen durch meinen Kopf, doch es ist zu spät, sie zu beantworten.

Vor ein paar Wochen haben Carla und ich bereits die Bar ausfindig gemacht. Schnell hatten wir sie in einer der kleinen Seitenstraßen der Altstadt gefunden und uns vorgestellt, wie wir zwischen den Tischen tanzen, als wir von außen durch die Fenster schauten. »Irgendwann landen wir hier auch mal«, habe ich zu Carla gesagt.

Jetzt sind wir tatsächlich gleich da. Ich erinnere mich an meine Worte und daran, wie überzeugt ich in diesem Moment war. Danach werde ich bestimmt stolz auf mich sein.

Die Ampel ist rot, was mir die letzte Chance gibt, einmal tief durchzuatmen. Direkt gegenüber befindet sich der Eingang. Ich möchte so viel Zeit wie möglich hinauszögern und versuche zeitgleich, die Gesichter zuzuordnen, die bereits auf der anderen Straßenseite zu erahnen sind.

Die Ampel wird grün. Beinahe an zwei Händen lassen sich die Schritte abzählen, die wir brauchen, um uns dem Fuchs so weit zu nähern, dass wir einen Überblick bekommen. Die Jungs, die vor der Tür rauchen und anschließend ihre Zigarettenstummel an der Hauswand ausdrücken, sind uns unbekannt. Wobei – einen habe ich schon mal gesehen. Bei genauerem Hinsehen fällt mir ein, dass er aus Jannes' Tischtennismannschaft ist, was wiederum darauf schließen lässt, dass der Geburtstag heute hier stattfindet und nicht eventuell verlagert wurde. Die kurzzeitige Erleichterung verfliegt jedoch schnell und wird von noch größerer Aufregung ersetzt. Ich versuche, ruhig zu atmen.

»Sollen wir reingehen?«

Mit einem Kopfschütteln signalisiere ich Henri meine Unsicherheit.

»Lass uns noch kurz draußen warten«, unterstützt Carla meine unausgesprochene Bitte. So sehr ich mir in den letzten Wochen immer wieder vorgestellt habe, einen gemeinsamen Abend mit Kai zu verbringen – die Angst, den ersten Schritt durch die Tür zu wagen, überwiegt. Die Unwissenheit, wer sich bereits hinter der Tür verbirgt, bringt meine Knie zum Zittern.

»Ich kann zuerst gehen«, schlägt Henri vor und deutet mit einem fragenden Nicken zum Eingang. Ein Gefühl, das an den Moment kurz vor einer mündlichen Prüfung erinnert. In deinem Magen zieht sich jede kleinste Faser zusammen. Dein Kopf rattert. Egal, wie sehr du versuchst, deinen Körper mit kontrollierten Gedanken zu steuern, er lässt sich nicht lenken, ist unberechenbar – bis du die Tür öffnest und sich mit einem Moment die gesamte Anspannung bündelt. Wie du sie nutzt, entscheidest du in den folgenden Sekunden.

Wie ich mein Adrenalin nutzen werde, zeigt sich im nächsten Augenblick. Henri greift zur Klinke, nimmt sie in die Hand, drückt sie runter. Jetzt steht mein Körper unter Höchstspannung. Jede Zelle ist aktiviert und wartet auf den nächsten Schritt. Henri öffnet die Tür. Es gibt kein Zurück mehr. Ich halte meinen Atem an.

Niemand. Niemand ist da.

Nicht einmal den Barkeeper sehe ich – der Raum wirkt wie ausgestorben. Die Bierfasstische, die zwischen den anderen Möbeln verteilt im Raum stehen – leer. Die braun geflieste Tanzfläche und die lange Holztheke – leer. Kein einziges gefülltes Bierglas kann ich finden, die Musikanlage scheint noch nicht mal eingesteckt zu sein und keine Jacke hängt in der Garderobe.

Alles, was ich wahrnehme, ist der stickige Geruch, der den Raum bis in jede Ecke dominiert, das klappernde Fenster neben der Theke und das grelle Licht der Deckenbeleuchtung.

»Okay, wir drehen um.« Ich halte die zufallende Tür mit meinem Fuß auf und möchte gerade wieder rausgehen.

»Nichts da.« Henri hält mich am Arm fest und zieht mich zurück in die Bar.

»Wir setzen uns einfach in die Ecke und bestellen schon mal was.« Carla zeigt auf den kleinen runden Tisch rechts neben der Theke.

»Hier ist noch nicht mal ein Barkeeper!«

»Doch, doch, da bin ich wieder«, antwortet mir ein älterer Herr, der offensichtlich gerade von der Toilette kommt. Ob es nun besser ist, dass wir die Ersten sind oder sich später zeigen wird, dass wir hätten gehen sollen, kann ich zu diesem Zeitpunkt nicht einschätzen, also stimme ich Carlas Vorschlag zu.

»Was darf ich euch denn bringen? Wein, Bier?«

»Habt ihr überhaupt geöffnet?«, frage ich skeptisch. Die Atmosphäre gleicht dem genauen Gegenteil meiner Vorstellung. Hier kann doch heute Abend keine Party stattfinden.

»Wir bleiben erst mal bei Bier, danke«, antwortet Henri und übertönt meine Frage. Dann steuert er auf die Theke zu.

»Dann nehme ich halt eine Cola«, rufe ich Henri hinterher und ziehe mir einen Stuhl unter dem kleinen runden Holztisch hervor.

»Okay, dann zwei Bier und eine Cola«, bestellt er und drückt dem Barkeeper zehn Euro in die Hand. »Nächste Runde geht auf euch, wie beim Mittagessen.«

»Die anderen kommen niemals.« Als auch nach einer halben Stunde weder Kai noch irgendjemand anderes aus der Gruppe auftaucht, werde ich immer unruhiger.

»Wir können auch ohne den Rest einen guten Abend haben.« Henri leert sein inzwischen zweites Bier mit einem großen Schluck und probiert, die trübe Stimmung zu verdrängen.

»Ihr seid für den Geburtstag hier, richtig?«, höre ich den älteren

Herren hinter der Theke sagen. »Da seid ihr viel zu früh dran.« Um unsere Laune nicht noch weiter zu drücken, geht der Barkeeper, der wohl gleichzeitig der Besitzer ist, von der Theke zur Musikanlage, steckt sie endlich ein und startet eine Playlist. »Für gute Stimmung kann ich aber schon mal sorgen.« Ein höfliches Lächeln kriege ich gerade noch so über meine Lippen, versacke im nächsten Moment jedoch wieder im Chaos, ausgelöst durch Angst und Nervosität.

»Wie wäre es, wenn wir vielleicht …« Ich möchte den beiden gerade vorschlagen, dass wir unsere Getränke mit nach draußen nehmen und dort warten, als sich plötzlich die Eingangstür öffnet.

»Da kommt jemand!« Ich möchte sehen, wer es ist, reiße meinen Blick jedoch im letzten Moment von der Tür weg und starre Henri an. »Wer ist es?« flüstere ich ihm zu.

Er wendet seinen Blick von mir zum Eingang. Zu viele Gedanken habe ich an diesen Moment verschwendet, nur damit ich in dem Augenblick, wenn es wirklich drauf ankommt, scheitere. Es ist nicht besonders leicht, sich unauffällig zu verhalten, wenn du im gleichen Moment meinst, deinen Körper nicht mehr unter Kontrolle zu haben.

»Dreh dich nicht zu schnell um!«, fordert mich Henri auf.

Ich atme einmal tief durch – probiere es zumindest, doch mir stockt der Atem, sobald ich meinen Mut zusammennehme und mich zur Tür drehe. Ich blicke ihm direkt in die Augen … dem Typ aus Jannes' Tischtennisverein.

»Dein Ernst?« Ich drehe mich zurück und rolle mit den Augen.

»Jetzt ist die Bar wenigstens schon mal etwas voller.« Die Jungs setzen sich an den Tisch am anderen Ende des Raums.

»Die tun so, als müssten sie besonders viel Abstand zu uns halten.« Je mehr Minuten vergehen, desto schneller wird die emotionale Achterbahn, in die ich bereits gestiegen bin, als ich mich dazu entschieden habe, heute Abend hierherzukommen. Dass zusätzlich noch so viele Loopings auf mich warten, hätte ich zu Beginn nicht für möglich gehalten. Mit jeder Minute wird mir bewusster, für welche Attraktion ich mich entschieden habe, und ich kann mich kaum noch auf die Gespräche mit Carla und Henri konzentrieren. Meine selbstsichere Fassade bröckelt langsam. Ja, ich wollte mutig sein und ja, ich habe es bis hierhin geschafft, doch die Achterbahn droht zu entgleisen, je länger ich hier sitze. Ich überlasse Kai nun die Entscheidung. Sollte er gleich auftauchen, bleibe ich. Passiert dies nicht in den nächsten zehn Minuten, verschwinde ich.

»Sie sind hier!«, sagt Carla plötzlich. Ruckartig schaue ich durch die milchige Glastür. Eine große Gruppe scheint sich vor dem Eingang zu versammeln. Die Stimmen werden lauter. Kai hat entschieden.

»Wieso kommen die nicht rein?« Meine Anspannung springt sofort auf Carla über. Nur Henri bleibt ruhig.

»Wie wäre es mit einem Beruhigungstee?«, scherzt er, kriegt von uns aber nur eine verzogene Miene als Antwort. Der Takt meines Herzschlages erreicht eine Geschwindigkeit, die sich mit Carlas zu synchronisieren scheint. Das Glühen unserer Gesichter ist an den roten Wangen kaum zu übersehen und der Kloß in meinem Hals lässt mir nicht mal mehr die Wahl, einen großen Schluck Cola zu trinken, um der Hitze entgegenzuwirken, die meinen ganzen Körper dominiert.

Die Hände unter meine Oberschenkel geklemmt, rutsche ich auf meinem Stuhl hin und her. Ich halte das nicht aus.

Es fühlt sich an wie eine Ewigkeit, bis ich sehe, wie sich die Türklinke langsam nach unten bewegt. Mein Atem hält an. Eine Hitzewelle jagt durch meinen Körper und als sich die Tür langsam öffnet, fühlt es sich an, als stünde jede einzelne meiner Zellen in Flammen. Wie festgewachsen starre ich auf den Eingang. Die Stimmen werden lauter. Jetzt sehe ich ihn. Kai. Wie in Zeitlupe tritt er durch die Tür. Mit seiner rechten Hand fährt er durch seine dunklen, wuscheligen Haare. Sein schwarzes oversized Shirt streift er mit der linken Hand glatt. Der Stoff ist gerade so dick, dass man seine Bauchmuskeln darunter erahnen kann. Ein Hoodie über seine Schulter geworfen. Und obwohl das Licht inzwischen gedimmt ist, die Tische sich immer weiter füllen und die Zapfanlage in Fahrt kommt, ist es alleine er, der dem Raum die entscheidende Atmosphäre verpasst. Er schaut in die linke Ecke und winkt den Jungs zu. Dann dreht er sich. Jetzt bin ich an der Reihe. Ich schaue ihm direkt in seine großen, strahlenden Augen. Unser Blickkontakt fühlt sich an wie eine fesselnde Ewigkeit. Es ist ein unbeschreib–

Kai runzelt seine Stirn, schaut mich uninteressiert an und dreht sich weg.

»Dir läuft ja fast Sabber aus dem Mund.« Carla stupst mich an und reißt mich aus unserem – meinem – Moment.

»Ach du Scheiße, ich habe ihn komplett angestarrt.«

»Das war nicht zu übersehen.« Henri kann sich das Lachen kaum verkneifen und gibt sich nicht mal die Mühe, zu verstecken, wie unangenehm ich mich verhalten habe.

Geschockt über meinen Aussetzer drehe ich mich zur Wand und tippe sinnlos auf meinem Handy rum.

»Mathilda, du verpasst alles«, flüstert Carla und nimmt mir das Handy aus der Hand. Ihre Augen wandern über die gesamte Gruppe. Sie scheut sich anscheinend kaum, ertappt zu werden.

»Es sind so viele Leute, schau doch!« Um zu sehen, wer noch dabei ist, drehe ich mich langsam um und schaue vorsichtig zum Eingang. Henri entgeht unsere Faszination nicht.

»Wir sind hier nicht im Zoo«, stichelt er.

Ich beobachte, wie sich die Jungs an der Theke sammeln. Greta und Zoe verschwinden direkt auf der Toilette.

»Eben, das hier ist deutlich spannender, als Schimpansen beim gegenseitigen Kraulen zu beobachten«, antwortet Carla und schielt Richtung Toilette. »Hast du gesehen, was sie anhaben?«

»Ja, keine Kleider«, antworte ich.

»Henri, willst du auch noch mal was sagen?«

Er bleibt von unserem selbst erschaffenen Drama sichtlich unbeeindruckt, nippt an seinem neuen Bier und betrachtet unsere Outfits. »Ihr seht doch super aus.«

»Du hättest mich nicht überreden sollen, dieses schwarze Kleid zu kaufen. Jetzt falle ich zu sehr auf.« Kaum ist die erste Hürde überwunden, stürze ich mich mit meinen Gedanken direkt in die nächste Sorgenfalle.

Henri stellt sich hin und fordert mich auf, aufzustehen. »Sag mir noch einmal, dass du dieses Kleid nicht hättest kaufen sollen.« Er nimmt meine Hand und dreht mich einmal. Und noch einmal. Am liebsten würde ich in meiner eigenen Unsicherheit versinken und all dem aus dem Weg gehen. Doch bei seinem Strahlen fällt es mir schwer, kein Lächeln auf meine Lippen zu legen.

»Es sieht wirklich gut aus, Matti«, bestärkt mich Carla. »Aber ja, ich finde es auch scheiße, dass wir uns dafür entschieden haben!«, fährt sie fort und lacht. Dann lachen wir alle.

7

Die Stimmung im Fuchs wird besser. Immer mehr Leute betreten die Bar, die Tanzfläche füllt sich und wir können uns gut unter die Menge mischen. Zoe und Greta haben uns noch nicht bemerkt. Sie sitzen inzwischen mit Jannes, Kai und zwei anderen Freunden an der Theke und trinken Tequila-Shots. Die anfängliche Anspannung geht deutlich zurück und mit jedem neuen Song, der über die großen Lautsprecher tönt, schaffe ich es, mich auf die positiven Aspekte des Abends zu konzentrieren. Unter anderem unterhalten wir uns mit ein paar der Jungs aus Jannes' Mannschaft, sind für einen kurzen Augenblick Teil eines Tanzkreises, in dem Carla einen Salsaschritt präsentiert, und spielen an unserem Tisch ein Kartenspiel mit zwei Mädchen, die uns auf Anhieb sympathisch waren.

»Matti, du bist wieder an der Reihe!« Henri zeigt auf die Bar. »Holst du uns drei Shots?«

»Ich brauche keinen Alkohol mehr«, antworte ich ihm.

»Aber du musst die nächste Runde ausgeben. Carla, bist du noch dabei?« Carla nickt und schubst mich leicht in Richtung Theke – Mist. Bisher konnte ich mich auf andere Dinge fokussieren und die Sorge verdrängen, Zoe und Greta zu begegnen. Aber vielleicht ist es jetzt an der Zeit, einen weiteren Schritt in Richtung Kai zu gehen – für den ich mich schließlich überwunden habe, hierherzukommen. Der Raum ist inzwischen so voll, dass ich mich an den Leuten vorbeiquetschen muss und lediglich vermuten kann, dass Zoe, Greta, Jannes und Kai noch an der Theke sitzen. Trotzdem halte ich mich lieber rechts, um nicht unmittelbar neben den vieren meine Bestellung aufzugeben. Ich winke den Barkeeper zu mir, der zum Glück direkt nach meiner Bestellung fragt.

»Zwei Tequila-Shots, bitte.«

»Alles klar. Kommst du bitte einmal rüber zum Bezahlen?«

Er zeigt dorthin, wo ich Greta und Jannes tatsächlich noch sitzen sehe – genau hinter der Kasse. Ich schlängle mich unauffällig an der Theke entlang und strecke dem Barkeeper meine Karte entgegen – meinen Blick nach rechts orientiert.

»Mathilda?« Ich ignoriere ihre Stimme und presse meine Hände zusammen. »Mathilda, was machst du hier?« Zu spät. Ich komme da nicht mehr raus. In der Hoffnung, überrascht auszusehen, drehe mich nach links und schaue direkt in Gretas Augen. Ich sehe, wie sie mich von oben bis unten mustert. Genau jetzt sollte sie bemerken, dass ich mir das Kleid vor ein paar Tagen extra für diesen Geburtstag gekauft habe.

»Bin spontan mit ein paar Freunden hier«, lüge ich und schaue den Barkeeper erwartungsvoll an, als ich seinen kritischen Blick wahr- nehme.

»Ah okay. Jannes feiert heute in seinen Geburtstag rein.« Dass sie mir unterschwellig sagen möchte, dass wir unerwünscht sind, probiere ich mit einem inneren Seufzer sofort zu verdrängen, doch gleichzeitig lässt mich der Barkeeper erneut ins offene Messer rennen.

»Ich brauche noch deinen Ausweis.« Die Aufforderung, die auch Jannes und Greta gehört haben, lässt mich schlucken. Sie schauen sich an und versuchen, ihr Lachen zu verstecken, sind dabei jedoch so offensichtlich, dass ich mir nichts sehnlicher wünsche, als genau jetzt im Erdboden zu versinken.

»Ich bin noch keine achtzehn«, gestehe ich und bereue mit dem nächsten Wimpernschlag, dass ich mir keine Notlüge überlegt habe.

»Dann kann ich dir die Shots nicht geben«, antwortet der Barkeeper und zieht sie zurück vom Tresen.

»Ich weiß.« Ob ich mich jemals wieder selbstbewusst gegenüber Greta und Jannes verhalten kann? Ich bezweifle es. *Ich bin noch keine achtzehn*, wiederhole ich in meinem Kopf. *Ich habe meinen Ausweis nicht dabei*, diese und viele andere Antworten hätte ich finden können, aber die offensichtlich dümmste Antwort zu geben, hätte wirklich nicht sein müssen. Mit gesenktem Kopf dränge ich mich durch die Menge weg von der Bar zurück zu unserem Tisch. Immerhin haben Kai und Zoe nicht auch noch Wind von meiner Aktion bekommen. Die Befürchtung, dass die beiden zusammen sind, verdränge ich, seitdem ich hier bin, obwohl sie doch irgendwie der Grund war, hier aufzutauchen. Ich habe Angst, ihm zu begegnen, möchte aber gleichzeitig alles über ihn erfahren.

Als ich mit leeren Händen zurück an unseren Tisch komme, blicke ich in enttäuschte Gesichter. Mein Glück, dass gleichzeitig einer von Jannes' Kumpels eine Runde ausgibt, mit dem Tablett in der Hand die Shots verteilt und so Henris und Carlas unerklärlichen Durst befriedigt. In wenigen Minuten ist Mitternacht – heute hat meine Mutter ein Auge zugedrückt –, das bedeutet, Jannes wird jeden Augenblick ein Jahr älter, und ich bin gespannt, ob sich seine Freunde etwas überlegt haben. Die Frage wird spätestens beantwortet, als plötzlich die Musik ausgeht und das Mikrofon knistert. Es ist Kais Stimme, die durch die Lautsprecher tönt.

»Jannes, hörst du mich?«, beginnt er und zieht alle Blicke auf sich. »Fünf Minuten hast du noch, um abzuhauen.« Der Raum ist erfüllt von Neugier, was um Mitternacht passieren wird. Carla, Henri und ich werfen uns fragende Blicke zu und lauschen gespannt Kais Rede.

»Doch wenn du das tust, wirst du leider die beste Show verpassen, die du in deinen neunzehn Jahren je gesehen hast.« *Die beste Show.* Ein Kumpel von Jannes zieht ihn von den Barhockern Richtung Tanzfläche. Der schüttelt bloß lachend den Kopf und setzt sich auf den Stuhl, den ein weiterer Kumpel für ihn platziert hat.

»Was habt ihr vor, Jungs?«, fragt er leicht verzweifelt und legt sich eine Hand vor die Stirn. Inzwischen hat sich ein großer Tanzkreis gebildet. Alle Leute im Raum beobachten gespannt, wie Kai und die anderen Kumpels drei weitere Stühle gegenüber von Jannes hinstellen. *Du machst zu viel Drama. Es ist nur eine witzige Idee*, erinnere ich mich an Kais Worte zu Zoe, als die Uhr 00:00 anzeigt, das Licht ausgeht, ein Raunen durch die Menge zieht und mit einem Taktschlag die Tanzfläche wieder hell erstrahlt. Drei – extrem hübsche – Mädchen, die ich ab und zu auf dem Schulhof sehe, stehen hinter den Stühlen. Sie sind Teil des Freundeskreises und es wundert mich kaum, dass sie bei dieser Idee mitmachen. Kai und die anderen beiden sitzen vor ihnen. Das Mikrofon übernimmt nun der Barkeeper – offensichtlich war er in die Überraschung eingeweiht.

»Herzlichen Glückwunsch, Jannes! Genieß die Show – und entscheide weise.«

»Was soll ich entscheiden?«, ruft Jannes irritiert in den Raum.

»Wer am besten tanzt, kriegt ein Date mit dir«, erklärt das rothaarige Mädchen hinter Kai die Spielregeln. Jetzt verstehe auch ich die Überraschung und frage mich, ob ich in einer Realityshow gelandet bin. Jannes darf sich anschauen, wie seine Jungs eine Tanzeinlage bekommen, und muss danach entscheiden, wer am besten performt hat. Dieses Mädchen bekommt dann ein Date mit ihm.

»Was ist denn das für ein Geburtstagsgeschenk, wenn nur ihr angetanzt werdet?«, stutzt Jannes und schaut Kai skeptisch an.

»Dafür geht dann das Date auf unseren Nacken«, verteidigt sich Kai und gibt dem Barkeeper das Zeichen, die Musik laut zu drehen. Die Stimmung droht zu kippen, doch Jannes Schmunzeln verrät, dass er die Date-Idee wohl doch nicht so doof findet.

Dann mal viel Spaß mit deinen Teilnehmerinnen, klingen Zoes Worte in meinem Kopf, als die Mädchen mit ihrer Show beginnen.

Mein Blick wandert durch den Raum, in dem jetzt aufgeheizte Stimmung herrscht. *Wo ist Zoe?* Jetzt sehe ich sie. Ihr Blick folgt jeder Bewegung und scheint Kais Reaktion genau unter die Lupe zu nehmen. Den Gedanken, dass ich Kai anstelle der Rothaarigen antanze, möchte ich mir sofort verbieten, als mir die Vorstellung unvorbereitet durch den Kopf schießt. Doch ich kann die Bilder nicht aufhalten. Ich schäme mich vor meinen Gedanken, doch wünsche mir gleichzeitig genau dieses Selbstbewusstsein. Immer wieder schielen meine Augen zu Zoe und probieren ihr Verhalten zu entschlüsseln. Sie zieht bloß noch die Augenbrauen hoch und schüttelt den Kopf. Jetzt kann ich zwar den Mittelfinger zuordnen, den sie Kai entgegenstreckt hatte, bevor sie ins Auto stieg, doch ob dieser angemessen war, hinterfrage ich. Kai macht nicht eine Anstalt, in dieser Tanzeinlage mehr als eine *witzige Idee* zu sehen, und trotzdem verschwindet Zoe wenige Augenblicke später durch die Menge nach draußen.

...

»Ich gehe mal eben an die frische Luft.« Carla schiebt ihren Stuhl zurück und läuft quer über die Tanzfläche zum Ausgang. Inzwischen ist die Show vorbei, jeder hat zu seinem Platz zurückgefunden, und Jannes und seine Auserwählte stoßen grinsend mit einem Glas Sekt an.

»Wollen wir auch raus?«, fragt Henri und möchte gerade aufstehen, als ich ihn am Arm packe.

»Nein, lass uns bitte hierbleiben.« Einen Moment zum Durchatmen brauche ich.

Zu tief in meinen Gedanken versunken, bemerke ich kaum, dass sich Henri anders verhält. Mir war zuerst nicht aufgefallen, dass er seit den Tanzeinlagen ruhiger geworden ist. Statt gesprächig zu sein, schunkelt er zur Musik und scheint sich an verschiedenen Punkten im Raum mit seinen Augen festzuhalten.

»Alles okay bei dir?«

Henri guckt mich nur verwirrt an und wippt weiter.

»Henri? Alles gut bei dir?«, frage ich erneut, bis ich alleine durch seine Wortwahl die Antwort bekomme.

»Blendend. Mir geht's fantastisch.«

»Bist du dir sicher?«, hake ich noch ein weiteres Mal nach, nehme ihm sein Bier aus der Hand und stelle es auf den Tisch neben mir.

»Ey, gib's zurück!«, jammert er, greift zum Tisch und möchte die Flasche an sich reißen.

»Du bist komplett besoffen!«

»ÜBERHAUPT NICHT!«, schreit er mich an, steht auf und beginnt, neben mir wilde Tanzbewegungen zu machen.

»Guck, ich kann noch ganz normal tanzen!« Er kickt mit dem Fuß durch die Luft und wedelt mit den Armen umher.

»Henri, hör auf!«

»Schau mal, das hab ich im Sportunterricht gelernt.« Henri schwingt seine Arme viermal hin und her, setzt einen Schritt nach vorne und macht einen … Handstand?! In der Menge! Oder er versucht es zumindest. Sofort knickt er zusammen und fällt mit voller Wucht auf den Boden.

»Scheiße, Henri!« Die Leute um uns herum hören auf zu tanzen und sind sichtlich genervt von seiner Aktion.

»Junge, steh auf!« »Du blockierst die ganze Tanzfläche.« »So ein Opfer, macht der einfach 'nen Handstand«, höre ich um uns herum. Ich strecke Henri meine Hand hin und ziehe ihn vom Boden hoch.

»Alles gut bei dir?«, frage ich besorgt und versuche gleichzeitig, mir meine Wut nicht anmerken zu lassen.

»Hä, ja, war doch voll lust…« möchte Henri gerade noch sagen, als er es nicht mehr zurückhalten kann. Er guckt mich an und reißt eine Hand vor den Mund. Sekunden, in denen er den Würgereiz noch unterdrücken kann. Dann ist es zu spät. Wie eine Fontäne kommt es aus ihm rausgeschossen. Er erbricht – direkt auf mein Kleid. Auf mein neues Kleid. Das Kleid, das ich nur für diesen Abend besorgt habe.

»Nein, nein, nein.« Das ist jetzt nicht wirklich passiert. Ich starre Henri an. Er starrt mich an. Die Reue, die sich in seinem Ausdruck zeigt, hält nur für einen kurzen Atemzug. Beim nächsten wird ihm bewusst, dass es noch nicht alles war.

»Ist ja ekelhaft«, höre ich neben mir. »Vorsicht, der kotzt gleich noch mal«, klingt es in meinen Ohren. Ich starre auf den Boden und dennoch spüre ich jeden einzelnen Blick, der in diesem Augenblick auf uns gerichtet ist. Ich packe Henri an der Hand und renne aus der Menge zur Toilette. Kann der Abend noch schlimmer werden? Selbst Carla ist nicht mehr aufzufinden, und wäre gerade in diesen Minuten wichtiger denn je. Ich drängele mich an den Leuten vorbei – bemüht, niemanden mit meinem Kleid zu berühren. Henri sagt kein Wort. Seine volle Konzentration muss auf dem Weg zur Toilette auf der Unterdrückung seines pulsierenden Würgereizes liegen. Ich öffne die Tür, aber die Toilette ist besetzt. Henri schüttelt hektisch den Kopf.

»Halte durch, bitte!« Nervös laufe ich vor der Toilette auf und ab, schiele dabei immer wieder zu Henri, um sicherzustellen, dass er noch durchhält. Wie kann das so lange dauern? Dass es in dieser Bar auch nur eine einzige Toilette gibt, ist fast nicht zu glauben und bringt meine Wut so langsam zum Überkochen. Ein Wunder, dass Henri noch nicht grün anläuft, so gequält hockt er an der Wand und wartet auf die Erlösung.

»Scheiße, kannst du schneller machen?« Kräftig klopfe ich zweimal an die verschlossene Tür. Die letzte Option, das Waschbecken zu benutzen oder nach draußen zu laufen, kommt für Henri nicht infrage, das sehe ich alleine an seinem starren Blick Richtung Toilette. »Hier muss sich jemand übergeben!«, schreie ich und hämmere noch einmal gegen die Tür.

»Henri, bitte durchhalten!« Niemand öffnet die Tür, also halte ich mein Ohr an das Holz, um die Geräusche dahinter zu deuten. Beim genauen Hinhören nehme ich ein unvorhergesehenes Aufatmen wahr. Ich ahne nichts Gutes, greife Henris Hand, um schnell nach draußen zu gehen, als ich schon das Schloss höre. Die Klinke wird nach unten gedrückt und die Tür öffnet sich. Da steht sie. Zoe tritt mit einem frechen Grinsen aus der Kabine und richtet ihre Corsage. Angespannt versuche ich sie zu ignorieren und starre auf den Boden, doch werde durch das »Fuck, Zoe« sofort alarmiert. Ich reiße meinen Kopf nach oben und bestätige damit meine Vorahnung. Kais Augen wandern sofort zu Henri, der sich mit einem festen Stoß an ihm vorbeidrückt und keine Sekunde zögert, die Kloschüssel und den Boden drumherum mit seinem Erbrochenen zu bedecken.

»Ey, Vorsicht«, keucht Kai und hält sich angewidert die Hand vor den Mund. Stille. Sich kreuzende Blicke – zwischen Zoe und mir, zwischen Kai und mir. Blicke, die es eindeutig machen. Ich bin in jeder Hinsicht gescheitert. Ganz davon abgesehen, dass Henri einen Handstand in der Menge gemacht, mein Kleid versaut und jede Ecke der Toilettenkabine mit seinem Erbrochenen markiert hat, stand ich nur wenige Zentimeter neben Kai und Zoe, während sie auf der Toilette wohl mehr als nur rumgemacht haben. Das ist zu viel, und jetzt verstehe ich gar nichts mehr. Dafür, dass Zoe eben noch so aussah, als würde sie nie wieder ein Wort mit Kai reden, verhält sie sich mit dieser Aktion nun sehr unglaubwürdig – ihr Egoproblem ist einfach zu groß.

Sie verlassen den Raum, ohne uns einen weiteren Blick zu schenken. Keine weitere Minute halte ich es in dieser beschissenen

Bar aus. Keine weitere Minute warte ich darauf, dass Carla auf die Idee kommt, uns zu suchen. Keine weitere Minute lasse ich Henri über der Schüssel hängen und keine weitere verdammte Minute kann ich mir das Kopfkino mit Zoe und Kai geben. Ich hole unsere Sachen, bestelle mit meinem letzten Geld ein Taxi und fahre zu mir nach Hause. Henri nehme ich mit.

8

Ich spüre warmen Atem. Mein Körper fühlt sich an, als wäre ich einen Marathon gelaufen. Mit meiner Hand fahre ich an meinem Bein entlang und spüre die Wärme neben mir. Die Vögel zwitschern und ein leichter Windzug zieht durch mein gekipptes Fenster. Meine Augen öffnen sich langsam. Henris Gesicht ist zu mir gedreht.

»Ey, hör auf, mich so anzuatmen.« Ich stupse ihn leicht an und drehe mich auf die andere Seite, um noch ein bisschen weiterzuschlafen. Ein leichter Tritt, dann drehe ich mich um und kriege auch schon ein Kissen ins Gesicht geklatscht.

»Ich hätte mir ja die Zähne geputzt, aber du hast mich direkt ins Bett geschickt.«

Gestern Abend wollte ich Henri den Stress mit seiner Mutter ersparen und hab ihn einfach mit zu mir genommen. In der Vergangenheit gab es öfter mal Momente, in denen sie wegen Partyabenden Streit hatten und er daraufhin eine Art Hausarrest bekam. Letzten Sommer hat er heimlich eine Gartenparty geschmissen, während seine Familie auf Sylt Urlaub gemacht hat. Das Ganze ist eskaliert. Leute, die nicht eingeladen waren, sind gekommen und haben durch veröffentlichte Bilder dafür gesorgt, dass es seine Eltern über Ecken mitbekommen haben. Danach war erst mal wochenlang Ruhe bei ihm angesagt. Darauf haben wir alle keinen Bock mehr und dafür nehme ich auch gerne in Kauf, dass er an einem schönen Sonntagmorgen mit einer Fahne aus Erbrochenem und Alkohol neben mir aufwacht. Den Handstand verzeihe ich ihm dennoch nicht. Ich kann mir nicht erklären, wie ich es gestern geschafft habe, die Ruhe zu bewahren. Jetzt klopft es an meiner Tür.

»Wen haben wir denn da?« Meine Mutter kommt mit einem großen Berg an Wäsche in mein Zimmer gelaufen. »Wie damals im Volleyballcamp. Da habt ihr euch auch immer ein Bett geteilt.« Sie legt die frisch gewaschene Unterwäsche auf meine Kommode. Schnell richtet sich Henri aus seiner eingerollten Position auf und begrüßt meine Mutter.

»Kommt gerne runter zum Frühstück. Vici hat schon den Tisch gedeckt.«

»Danke, Anni, wir helfen dann beim Abräumen!« Meine Mutter heißt eigentlich Annette, aber meine Freunde nennen sie Anni. Zumindest diejenigen, die sie schon seit der Kindheit kennen.

»Bist du überhaupt wieder fit?«, frage ich Henri, als meine Mutter mit einem kaum übersehbaren Grinsen aus dem Zimmer geht.

»Es geht, mein Magen fühlt sich zwar ein bisschen durchgewühlt an, aber vielleicht hilft das Frühstück ja.«

»Ich würde da lieber vorsichtig sein«, albere ich. Dann kämpfe ich mich aus meiner gemütlichen Decke, stehe auf und räume die Unterwäsche von der Kommode weg.

»Pinke Spitzenunterwäsche?« Henri beobachtet mich vom Bett aus, während ich meine Unterhosen in die Schubladen einsortiere.

»Ich bin älter geworden«, verteidige ich mich.

»Ich kenne dich nur noch in Blümchenunterhose.«

»Da haben sich wohl ein paar Sachen verändert.« Ich nehme einen Slip, knäule ihn zusammen und werfe Henri damit ab.

»Pass auf, sonst ziehe ich den gleich an und setze mich so zu deiner Familie an den Frühstückstisch«, scherzt er und wirft ihn nach genauer Betrachtung wieder zurück. »Hast du so einen auch unter deinem Schlafkleid an?«

»Es heißt Nachthemd, du Doofkopf.«

…

Nach dem Frühstück fährt Henri direkt nach Hause. Vici ist mit einer Freundin verabredet, Mama beim Yoga und ich kuschle mich wieder ins Bett. Nach dem aufwühlenden Abend brauche ich echt ein wenig Ruhe. Auch wenn der Sonntag perfekt ist, um den ganzen Tag rumzuliegen und die Bilder und Videos der anderen von gestern zu durchforsten, verdränge ich ehrlicherweise die Geschehnisse. Aber ich kann gleichzeitig nicht ruhig bleiben, solange ich nicht sicher sagen kann, dass ich auf keiner der Aufnahmen zu sehen bin. Heute Morgen haben Henri und ich kein einziges Wort über die Vorfälle gesagt. Wahrscheinlich schämt er sich. Ich hätte aufpassen müssen, dass er nicht zu viel trinkt. Wären es ein oder zwei Bier weniger gewesen, hätte er sich nicht bloßgestellt und mich nicht direkt mit in den Schlamassel gezogen. Sonst trinkt er doch auch nicht so viel – wieso gerade gestern? Genau dann, wenn Kai mich das erste Mal wahrnimmt. Dass er seine Erinnerung an mich nun mit diesem Augenblick verbindet, hätte ich mir selbst in meinem schlimmsten Albtraum nicht ausmalen können. Ich wünschte, das alles wäre nicht passiert. Wieso sind wir überhaupt zu dieser überbewerteten Party gegangen? Carla hat sich nicht mehr gemeldet, und die Nachrichten, die ich ihr gestern geschickt habe, hat sie bisher nicht geöffnet. Inzwischen mache ich mir wirklich Sorgen. Was ist plötzlich mit ihr passiert? Wo ist sie gestern Abend hin, als ich sie brauchte? Aufgewühlt greife ich zum Nachttisch und nehme mein Handy. Bitte lass mich nichts sehen, was ich nicht sehen möchte.

Ich klicke durch jedes einzelne Bild. Die Angst, auf dem nächsten Foto mich selbst zu erkennen, wird immer größer. Die Bar, Anstoßen mit Tequila-Shots, ein Video von der tanzenden Menge. Stopp, bin ich da irgendwo zu sehen? Macht Henri gerade seinen

Handstand? Nein, ein Glück. Noch nicht mal ein gemeinsames Bild von Zoe und Kai finde ich. Was ich gestern auf der Toilette mitbekommen habe, möchte ich ein für alle Mal aus meinen Erinnerungen streichen. Dennoch kann ich immer noch nicht mit voller Gewissheit sagen, ob die zwei zusammen sind. Es ist kein Geheimnis, dass Zoe von einem zum anderen Typen springt, also würde es mich nicht wundern, wenn Kai ihr nächstes Opfer wäre. Wobei ich Kai schwer eine Opferrolle in diesem Zusammenhang zuteilen kann. Ich klicke mich weiter durch die Aufnahmen. Alles Weitere, was ich sehe, sind nur noch mehr Alkoholkonsum und Videos von der Tanzfläche. Moment – ist das Carla? Das Funkeln der Träger macht mich sofort stutzig. Ja, das ist Carla. Sie tanzt in der Menge Salsa – mit Greta. Kurz nachdem Henri und ich gefahren sind, muss das gewesen sein. Ich zögere nicht und in der Hoffnung, dass sie inzwischen erreichbar ist, schicke ich ihr das Video mit einem Fragezeichen. Sie antwortet sofort.

Ihr wart so früh weg, da musste ich mir andere Leute zum Tanzen suchen.

Erleichtert, dass es ihr offenbar gut geht, bin ich gleichzeitig geschockt über die Antwort. Ich könnte ihr die ganze Geschichte mit Henri um die Ohren hauen und sie mit Vorwürfen zutexten, aber ich halte mich lieber erst mal bedeckt, um herauszufinden, was es mit Greta auf sich hat.

Wieso genau Greta? Und warum hast du gestern nicht geantwortet?

Sie hatte wenigstens Lust auf Tanzen. Und mein Handy hatte gestern keinen Empfang.

Ich wünschte, sie könnte meinen Frust spüren und von allein auf die Idee kommen, wie empathielos ihre Antworten sind.

Also habt ihr euch angefreundet?, hake ich nach, um sie zu provozieren.

Nein, ich hatte nur Bock, zu tanzen. Aber sie meinte, dass nächstes

Wochenende wieder Party im Fuchs ist. Hast du Lust?

Beim Lesen der Worte presse ich meine Lippen fest aufeinander. Ich schließe den Chat, lege das Handy beiseite und atme tief ein. *Nächstes Wochenende wieder Party im Fuchs.* Die bloße Vorstellung reicht, um mir einen Schauer durch den Oberkörper zu jagen.

Sie hat dich gefragt, ob du wieder mit feiern gehen möchtest?, antworte ich nach einem kontrollierten Ausatmen.

Nein, nicht direkt. Sie meinte, dass wir nächste Woche wieder Salsa tanzen, das war's.

Als ich heute Morgen aufgewacht bin, hätte ich mit allem gerechnet, aber nicht mit einer Entscheidung, die ich mir zuvor noch geschworen hatte, nicht noch einmal zu treffen – ganz davon zu schweigen, dass ich eigentlich wütend auf Carla bin. Schon auf der Toilette war für mich entschieden, dass mich niemand mehr in diese Bar kriegt, doch aus unerklärbaren Gründen fühlt es sich wie eine zweite Chance an. Eine mögliche Chance, das Ruder wieder rumzureißen und mich so zu zeigen, wie ich wirklich gesehen werden möchte.

Theoretisch habe ich Lust, antworte ich und bekomme umgehend eine Antwort, die mein noch vorhandenes ungutes Gefühl überschattet.

Dann gehen wir nächste Woche wieder feiern.

Die Aussage genügt, um meinen Magen erneut in Bewegung zu versetzen. Krampfhaft kralle ich meine Finger in meine Bettdecke. Es hilft, sie als Ventil meiner Nervosität zu nutzen, doch im folgenden Augenblick reicht das nicht mehr aus. Ich stehe direkt vor dem nächsten Dilemma. Henri hatte mir erzählt, dass er nächstes Wochenende bei seinen Großeltern zu Besuch ist. Soll ich ihm nun gestehen, dass Carla und ich wieder so dumm sind, denselben Fehler machen und voller Erwartungen in den Fuchs gehen? Oder ich erzähle ihm nichts davon, weil er dann sowieso nicht zu Hause ist. Der Konflikt lässt mein Gedankenkonstrukt endgültig einstürzen. Hinzu kommt die Vertuschung von Henris Absturz und so langsam merke ich, dass ich mich in einen Tunnel aus Lügen begebe. Obwohl mir genau das bewusst ist, entscheide ich mich schließlich dazu, Henri nichts von unserem Vorhaben zu erzählen. Jetzt stecke ich mittendrin und kann nur hoffen, dass am Ende des Tunnels keine bösen Konsequenzen warten.

Wir gehen nur zu zweit. Bleibt unter uns, okay?, antworte ich, lege mein Handy beiseite und versuche, die Gewissensbisse nicht an mich heranzulassen.

9

»Carla weiß immer noch nichts von der Toilettenaktion, und Henri hat nicht die leiseste Ahnung von der nächsten Party. Kai habe ich nicht mehr gesehen. Wir haben schon Donnerstag und ich bin ihm immer noch nicht über den Weg gelaufen. Liegt vielleicht aber auch daran, dass ich mich seit vier Tagen mit dem Fahrrad zur Schule quäle. Ich habe absolut keine Lust mehr, aber das Risiko, Kai im Bus zu treffen, ist mir zu groß. Am Wochenende ist das etwas anderes. Aber bevor ich ihn das nächste Mal sehe, muss ich mir unbedingt eine Entschuldigung überlegen, damit diese Toilettensituation aus dem Weg geräumt wird. Sonst muss ich wohl den Rest meiner Schulzeit mit dem Fahrrad fahren«, erzähle ich vor mich hin. Dann beende ich das Video, weil mich Vici von unten ruft.

»Fahren wir heute wieder zusammen?«, fragt sie.

Ich werfe mein Handy in die Tasche und laufe zum Treppengerüst. »Nein, ich fahre wieder Fahrrad.«

Meine Mutter mischt sich in das Gespräch ein. »Das ist doch blöd, wenn ihr nicht zusammen fahrt. Wo kommt die Motivation zum Fahrradfahren so plötzlich her?«

»Nur noch diese Woche! War ein Auftrag von Herr Peters!« Ich hoffe sehr, dass es wirklich nur bei dieser Woche bleibt.

Die Tage bis zur nächsten Party ziehen sich sowieso schon viel zu lang, da würde ich gerne auf den Morgensport verzichten. Weil Carla und ich nicht über die kommende Party und Henri und ich nicht über die letzte Party reden können, gibt es in den Mittagspausen kaum spannende Gesprächsthemen. So sitzen wir auch jetzt wieder vor dem Kiosk und essen schweigend unsere belegten

Brötchen. Henri piddelt die Körner ab und wirft sie den Tauben hin, während Carla die Remoulade mit einer Plastikgabel abkratzt und an der Serviette abschmiert. Ich beobachte das Geschehen, bis meine Augen plötzlich automatisch umgelenkt werden. Sein grauer Hoodie lässt mich sofort zusammenzucken. Kai steht mit dem Rücken zu uns. Unauffällig beobachte ich ihn dabei, wie er sein Mittagessen bestellt. Ich schlucke tief, da es das erste Mal ist, dass ich ihn seit dem Wochenende sehe. Carla und Henri bemerken ihn nicht. Langsam greife ich zu meiner Tasche, krame den Handspiegel raus und stelle sicher, dass ich kein Mohnkorn zwischen den Zähnen hängen habe. Kai gibt der Dame am Kiosk einen Fünfeuroschein, wartet einen Augenblick auf das Rückgeld, steckt es in die Hosentasche, nimmt sein belegtes Baguette und dreht sich schließlich um. Ich habe als Einzige freien Blick auf ihn, da mir Henri und Carla gegenübersitzen. Ich beobachte, wie er dem kleinen Jungen lauscht, der nach ihm an der Reihe ist. Anscheinend hat er nicht genug Geld, um sein Essen zu bezahlen. Kai zögert nicht, greift in seine Hosentasche und gibt ihm ein paar Münzen. Mit einem schmunzelnden Nicken lehnt er sich an die Wand und gibt dem kleinen Jungen die Faust, als dieser mit einem belegten Brötchen an ihm vorbeiläuft. Kaum konzentrieren kann ich mich auf einen weiteren Bissen, da die Schmetterlinge in meinem Bauch durchdrehen. Ich wünschte, Carla hätte diese unfassbar süße Aktion mitbekommen. Doch sie wischt bloß den letzten Rest Remoulade an der Serviette ab. Jetzt hebt sie ihren Blick und scheint zu merken, dass meine Augen auf etwas fixiert sind, obwohl ich mir Mühe gebe, Kai nicht zu offensichtlich zu beobachten. Sie dreht sich um, sieht ihn, verdreht die Augen und beißt in ihr Brötchen. In ihrem Ausdruck steckt die Aufforderung, mich nicht so unreif zu verhalten, sondern endlich einen Schritt zu wagen. Bloß weiß sie nicht, dass ich das irgendwie schon hinter mir habe. Henri bekommt zum

Glück nichts von unserem Blickkontakt mit. Im nächsten Moment sehe ich Zoe um die Ecke laufen. Es scheint, als würde Kai auf sie warten, da sie entschlossen auf ihn zuläuft. Ich nehme einen großen Bissen, schiele jedoch gleichzeitig zu der gezwungenen Umarmung. Dass kein Kuss fällt, stellt meine Vermutung, dass die beiden ein Paar sind, sofort wieder infrage. Das Lächeln, das bis gerade noch auf seinen Lippen lag, verschwindet schlagartig – eben hat er mir besser gefallen. Auch wenn ich kein Wort verstehe, reicht die verzogene Miene der beiden aus, um auf alles andere als eine glückliche Beziehung zu schließen. Kai schüttelt den Kopf. Zoe verschränkt die Arme. Uninteressiert beißt er in sein Baguette und schaut durch die Gegend, bis sein Blick plötzlich bei mir landet. Sofort reiße ich meinen Kopf nach unten. Hebe ihn dann doch wieder, weil ich seine Augen an mir haften spüre. Ein leichtes Lächeln verlässt meine Lippen, doch ich verkneife es mir sofort, da mich die Unsicherheit schlagartig einholt. Er runzelt die Stirn. Kommt es mir bloß so vor, oder fragt er sich womöglich gerade, woher er mein Gesicht kennt? Mein Glück, wenn er den Vorfall vergessen hätte. Und so scheint es tatsächlich, als er mir ein Lächeln zurückwirft und damit geradewegs in mein Herz trifft. Ich habe mit allem gerechnet, aber nicht damit. Jetzt bemerkt auch Henri, dass ich mich seltsam verhalte. Wahrscheinlich sieht er meine geröteten Wangen.

»Alles gut?«, fragt er und legt seine Hand auf die warme Haut. Sofort streife ich sie aus meinem Gesicht, verdrehe die Augen und stelle sicher, dass Kai mich nicht mehr anblickt. Tut er nicht mehr. Stattdessen hält er Zoe sein Handy hin, schüttelt noch mal den Kopf und dreht sich schließlich um. Meine Augen folgen seinen Schritten. Er bewegt sich selbstbewusst. Jeder seiner Schritte sieht so sicher aus. Aufrecht und stark. Als wüsste er genau, was er will. Das weiß er mit Sicherheit. Wie in Zeitlupe nehme ich seinen Gang ins Visier, bis er seinen Kopf plötzlich dreht. Jetzt trifft sein Blick mein Herz noch intensiver als zuvor. Er schaut direkt durch mich hindurch. Weiß er wirklich nicht, woher er mich kennt?

»Er schläft mit Zoe, vergiss ihn«, reißt mich Henri aus meinen Gedanken. Ich bin mir allerdings sicher, dass er es nicht mehr tut.

»Das weißt du nicht«, antworte ich und kann mich endlich wieder auf mein Essen konzentrieren.

»Kein Grund zur Sorge«, fügt Carla hinzu, die jedoch nicht weiß, was ich auf der Toilette mitbekommen habe.

»Anderes Thema.« Das sind mir schon wieder zu viele Gedanken, die ich an diesen Abend verschwende. Wenn Kai es schafft, die Geschehnisse zu vergessen, kann ich das ebenfalls. Der Reset-Knopf wird am Samstag gedrückt. Den restlichen Schultag kann ich mich trotzdem nicht mehr konzentrieren. Wie immer lösen wir in Mathe irgendwelche nervigen Gleichungen. Und das Einzige, was ich mache? Ich setze Kai = X und versuche, sein Verhalten zu entschlüsseln. Aber alles, was ich sicher nach der Stunde weiß, ist, dass ich nicht mehr mit dem Fahrrad in die Schule muss.

...

»Heute kann ich endlich wieder mit dem Bus fahren. Ich bin echt gespannt, ob Kai gleich schon an der Bushaltestelle steht. Vielleicht schaffe ich es, ihn anzulächeln. Wenn er mich nicht schon wieder vergessen hat. Spätestens ab morgen sollte er mich in Erinnerung behalten. Die Woche hat sich zwar unfassbar gezogen, aber jetzt geht mir das doch schon wieder viel zu schnell. Diesmal bin ich null vorbereitet, habe kein Outfit und meine Beinhaare sind in doppelter Geschwindigkeit zurückgekommen. Vielleicht gehe ich den ganzen Abend einfach komplett anders an als den letzten. Ich habe das Gefühl, diesmal wird es viel besser, wenn nicht sogar richtig gut.

Doch die Sache mit Henri belastet mich immer noch. Vielleicht hätte ich ihm einfach von unserem Plan erzählen sollen. Aber mit Sicherheit würde er uns davon abraten. Er darf einfach nicht sauer sein, falls er es erfährt. Letztes Mal hat er es auch verstanden und dieses Wochenende ist er sowieso bei seinen Großeltern, das heißt, er würde eh nicht mitkommen. Ich erzähle ihm nächste Woche von der Party, dann muss er sich keine Gedanken machen und kann die zwei Tage mit seiner Familie entspannen.« Ich beende das Videotagebuch, verdränge meine Rechtfertigung und mache mich auf den Weg zur Schule.

...

Ich hätte mir definitiv wertvolle Denkzeit sparen können, da Kai ausgerechnet heute nicht mit dem gleichen Bus fährt. Wenn er auch die letzten vier Tage nicht gefahren ist, dann wäre die Fahrradquälerei umsonst gewesen, aber darüber möchte ich gar nicht mehr nachdenken. Obwohl ich innerlich vor Vorfreude fast platze, schaffe ich es auch heute, kein Wort über die Party zu verlieren. Kais Lächeln begleitet mich seit gestern pausenlos und macht es schwer, nicht drüber sprechen zu können. Carla und ich werfen uns dafür immer wieder andeutende Blicke zu und schicken uns heimlich Nachrichten. Nach der letzten Stunde begleite ich Henri noch mit zum Fahrradstellplatz. Carla musste schon loslaufen, um ihre Bahn noch zu erwischen.

»Mein armes Fahrrad – wurde einfach alleine gelassen.« Henri holt seinen Schlüssel raus und öffnet das Schloss.

»Ich muss dich leider enttäuschen, es wird auch den Rest der Schulzeit allein bleiben. Das war nur ein kleiner Aussetzer bei mir.« Auch wenn es die letzten Tage lustig war, eine kurze Strecke unseres Heimweges zusammen zu fahren – bei dem ich übrigens extra für

Henri einen kleinen Umweg eingebaut habe –, bin ich froh, dass ich gleich wieder entspannt in den Bus steigen kann und mein Fahrrad sorglos und ohne Stress in unserer Garage steht.

»Wie geht's dir eigentlich gerade?«, fragt Henri plötzlich. »Nach dem Wochenende konnte ich mich einfach nicht überwinden, den Abend anzusprechen.«

Das habe ich nicht erwartet. Ich bin nicht vorbereitet darauf, mich wieder auf das unangenehme Gefühl einzulassen.

»Alles gut, ich brauchte ein paar Tage, um die Aktion zu verarbeiten, aber jetzt geht es.«

»Noch mal wirklich sorry! Ich hab mich total danebenbenommen. Ich wollte dich nicht in so eine Situation bringen, habe es echt verkackt.« Ich sehe an Henris zerknirschtem Blick, dass es ihm nicht leichtfällt, die Situation wieder aufzuwärmen. Er schaut mich kurz an, scheint den Blickkontakt aber nicht auszuhalten, sondern widmet sich seinem Schloss, rollt es ein und klemmt es auf den Gepäckträger. Dann zupft er an seinem Fleecepulli.

»Nein, alles gut. Ich hätte auch schauen können, dass du nicht zu viel trinkst.«

Er guckt mich an und schüttelt den Kopf. »Quatsch, das ist meine Aufgabe! Vor allem hast du dich danach auch noch so lieb um mich gekümmert.«

»Ich lasse dich doch nicht komplett besoffen im Stich!«

»Du hättest mich auch zu Hause rausschmeißen können. Aber ich durfte bei dir pennen, sogar in deinem Bett, und hab auch noch ein fettes Frühstück bekommen.«

»Hat es wenigstens was gebracht? Hat deine Mutter irgendwas mitbekommen?«, frage ich.

»Nein, zum Glück ist sie komplett planlos. Danke! Wirklich, Matti, das kommt nicht mehr vor.«

»Du musst dich nicht entschuldigen, du bist auch immer für

mich da.« Henri richtet den Blick wieder auf mich. Er kommt mit ausgestreckten Armen auf mich zu. Zweimal einklatschen und zusammenkneifen. Diesmal drückt Henri richtig fest zu. Der Abend im Fuchs hat ihn die Woche anscheinend sehr belastet. Er schmeißt sich auf den Sattel und tritt in die Pedale.

»Viel Spaß bei deinen Großeltern!«, rufe ich ihm noch hinterher und spüre sofort die Gewissensbisse, die ich durch diese Worte anlocke.

10

Der Wecker klingelt. Ich bin mehr als bereit für den Tag. Nach unserem gemeinsamen Wochenendfrühstück, bei dem Mama uns wieder ihre neusten Dategeschichten mit dem Weinmann erzählt hat, die erfreulicherweise nur positiv waren, kommt Vici in mein Zimmer und hilft mir bei der Outfitsuche.

»Plötzlich Stammgast im Fuchs, oder was?«

»Warten wir ab. Heute mache ich mir keine falsche Hoffnung.« Ich öffne mit Schwung meinen Kleiderschrank, um meine Tops zu durchsuchen, doch die Tür hakt.

»Ein bisschen mehr Ordnung würde dem Ganzen nicht schaden«, stichelt Vici und schielt mich schräg an.

»Kann nicht jeder so ordentlich sein wie du.« Ich ziehe ein Oberteil aus der Schiebetür, das sich dort eingeklemmt und alles blockiert hat.

»Das habe ich gesucht!« Ich zeige Vici das dunkelgrüne Corsagen-Top, das ich vor ein paar Wochen in einem Onlineshop bestellt, aber bisher noch nicht getragen habe – heute ist der richtige Moment. Das einzige Oberteil dieser Art in meinem Schrank – ich bin froh, dass es mir wieder eingefallen ist.

»Du meinst es aber heute richtig ernst.« Vici nimmt es mir aus der Hand und beäugt den großen Ausschnitt.

»Ich hab doch eh kaum Brüste, da fällt schon nichts raus.«

Alle Tops, die ich auf den Boden geworfen habe, krame ich wieder zusammen und schmeiße sie in einem Haufen zurück in den Schrank.

»Du kannst mir nicht erzählen, dass du die freiwillig trägst«, sagt Vici, als ich ihr die schwarze Skinny-Hose hinhalte.

»Vielleicht nicht ganz freiwillig, aber es ist mal etwas Neues und sieht gut aus.«

»Fühlst du dich denn überhaupt wohl in dem Outfit?«

»Hä? Na klar.« Ich ziehe mich schnell um und präsentiere Vici den Look. »Kannst du kurz ein paar Fotos von mir machen?« Nachdem Carla und ich letzte Woche mit unseren Kleidern total danebenlagen, haben wir uns dieses Mal von den Outfits der anderen von letzter Woche inspirieren lassen. Dementsprechend fühle ich mich gleich viel wohler und selbstbewusster, was womöglich auch damit zusammenhängt, dass Carla von Greta eingeladen wurde. Das Gefühl, erwünscht zu sein, ändert alles.

…

Den Nachmittag arbeite ich noch an unserem Pädagogikexperiment. Nach den Herbstferien stehen wir gemeinsam auf der Bühne und präsentieren unseren Vortrag. Ich weiß, dass man die Zeit oft unterschätzt, deshalb werde ich jedes Mal aufs Neue unruhig, wenn ich mich an unseren aktuellen Stand setze und das Gefühl habe, wir kommen kaum weiter. Eigentlich habe ich nicht bloß das Gefühl – wir kommen wirklich nicht weiter. Es fällt uns schwer, das passende Thema zu finden. Wie schaffen wir es, ein Experiment zu entwerfen, bei dem das Ergebnis unserer Arbeit am Ende der Auslöser für etwas sein kann? Wir wollen einen Eindruck hinterlassen und nicht bloß irgendwelche Daten analysieren. In meiner Vorstellung läuft alles perfekt. Wir einigen uns auf ein Thema, jeder arbeitet konstant an dem Projekt, wir fügen alles zusammen, haben eine Aussage, die knallt, sind überpünktlich fertig, stehen auf der Bühne und bekommen lauten Applaus. Eine Vorstellung, die gerade unerreichbar scheint. Auf meinem Notizblock sammle ich lauter

Themen, bei denen ich allerdings noch für keines brenne – und für Carla gilt dasselbe. Sie ist in der Sache sogar noch deutlich kritischer und gibt sich mit keinem meiner Vorschläge zufrieden. Sie möchte ein Thema, bei dem man während des Vortrages »verwirrt ist und um die Ecke denken muss«. Klingt gut, doch bis wir so eins gefunden haben, ist der Wettbewerb längst vorbei. Wenn es die nächsten Tage so weiterläuft, weiß ich nicht, wie lange ich es noch schaffe, Teil dieses Projektes zu sein.

Heute Abend treffen wir uns bei Carla, um uns für die Party fertig zu machen. Auch wenn ich das Gefühl habe, dass ich es nicht verdient habe, heute feiern zu gehen – da ich auch die letzten Stunden mit dem Projekt kein bisschen weitergekommen bin –, packe ich meine Tasche und versuche mich zu freuen.

»Bin weg, Mama!«

»Viel Spaß! Mal sehen, mit welchem Typ du morgen im Bett aufwachst«, ruft sie mir aus der Küche hinterher.

»Falls die Situation eintreffen sollte, dann belästige ihn bitte nicht mit den Kartoffeln, die du da gerade wieder kochst.«

Meine Mutter kommt aus der Küche in den Flur und sieht mich stirnrunzelnd an. »Das war nur ein Witz, ich dachte, die Situation mit Henri war eine Ausnahme.«

Ich binde meine Schuhe zu und lächle sie an. »Keine Sorge, bis ich einen Freund habe, wird es wohl noch dauern«, beruhige ich sie, hoffe jedoch das Gegenteil.

»Na, dann freue ich mich, nur dich morgen mit den Kartoffeln aus dem Schlaf zu reißen.« Mama lacht, gibt mir einen Kuss auf die Stirn und verschwindet zurück zur Herdplatte. Bis nichts konkret passiert ist, muss sie erst mal nichts von Kai erfahren. Ich möchte vermeiden, dass sie sich grundlos Gedanken macht. Da Henri schon seit einigen Jahren mein bester Freund ist, bleibt sie bei ihm entspannt. Wir haben schon so viel gemeinsam erlebt, und sie weiß, dass er anders ist als jeder andere Kerl. Aber würde plötzlich ein fremder Typ in ihre Augen blicken, wenn sie meine Schlafzimmertür öffnet, sähe das Ganze schon anders aus. Zum Glück hat sie keine Ahnung, welche Szenarien ich mir ausmale. Ich schmunzle, nehme meine Tasche und laufe zum Bus.

...

In ihrem Outfit für den Abend empfängt mich Carla mit bester Laune. Skinny-Hose und bauchfreies Top, da waren wir uns heute schnell einig.

»Ich hole noch Gläser, du kannst schon mal hochgehen«, sagt sie und verschwindet in der Küche. Auf der Treppe schießt mir sofort der Gedanke an ihr Buch in den Kopf. Das wäre meine Chance, noch einmal reinzuschauen, um zu verstehen, was sie mir verheimlicht. Begleitet werde ich von dem Gefühl, beobachtet und gleich ertappt zu werden. Also beeile ich mich, werfe meine Sachen in die Ecke und knie mich auf den Boden.

Wo ist es hin? Das Buch liegt nicht mehr unter der Kommode. Hat sie es absichtlich weggeräumt, oder hat ihre Mutter es beim Aufräumen gefunden und zurück ins Regal gepackt? Ich scanne mit dem Blick das Bücherregal. Wie soll ich dieses winzige Buch so schnell zwischen all den Liebesromanen und Schulbüchern finden? Mein Herz pocht. Ich kriege regelrecht einen Adrenalinschub, als ich Carla bereits auf der Treppe höre. Eilig fliege ich weiter mit meinen Augen über das Regal – zu spät. Carla steht mit zwei Gläsern im Zimmer.

»Dieser Abend wird anders.« Sie holt eine Flasche Wein aus dem Schrank. Ihr ist hoffentlich nicht aufgefallen, wie mein Blick ruckartig vom Regal zur Tür geschwenkt ist.

»Ich habe keine Lust, noch einen Absturz mitzuerleben.«

»Wer hat denn letzte Woche zu viel getrunken?«, hakt sie nach und schenkt uns ein. Verdammt!

»Ach, irgendein Mädchen, das ich nicht kannte. Aber es war echt nicht schön anzusehen«, lüge ich, um Henri in Schutz zu nehmen – oder eher mich?

»Wird schon nichts passieren, wir kennen unsere Grenzen ja«, beruhigt sie mich, obwohl meine Abneigung eigentlich deutlich genug sein sollte. Immerhin fragt sie kein zweites Mal nach, also sträube ich mich besser auch nicht gegen ihre Bitte, mit ihr ein Glas zu trinken. Begleitet von dem schlechten Gewissen, dass wir Henri wieder mal nicht in unseren Plan eingeweiht haben, kommen wir in Stimmung und schaukeln uns gegenseitig hoch. Wir tanzen zur Musik, posieren im Spiegel, machen Bilder voneinander. Immer wieder wage ich einen Blick ins Regal, doch ich sehe die Aufschrift, nach der ich suche, nicht. Carla scheint von meiner Unruhe nichts mitzubekommen und die Theorien, die sie über den Abend aufstellt, bestimmen unsere Gesprächsthemen. Dieses Mal werden wir nicht die Ersten sein. Das haben wir uns nach letzter Woche fest vorgenommen. Ich will keine großen Erwartungen an die Partynacht haben. Bei zu optimistischen Aussichten wird man nur enttäuscht. Doch umso länger wir hierbleiben, desto schwieriger wird es, sich nicht auszumalen, wie der Abend verläuft. Inzwischen ist es ohnehin spät genug, also hören wir noch das letzte Lied und trinken unser Glas aus.

»Ich gehe noch kurz auf Toilette, dann können wir los.« Carla verlässt das Zimmer. Ich setze mich aufs Bett und möchte gerade einmal durchatmen, als ich es plötzlich sehe. Hinter der Lampe auf dem Nachttisch liegt es – das Buch! Soll ich? Gepaart mit der Nervosität wegen der Party meint mein Herz mir gleich aus der Brust springen zu wollen. Es ist verlockend, hineinzuschauen, doch die Angst, dass Carla zu schnell ist, bringt meine Hände zum Zittern.

Ich muss mich entscheiden – jetzt. Wenn ich noch länger zögere, kann ich es direkt lassen. Okay, ein kurzer Blick. Vorsichtig greife ich das Buch. Meine Sinne erbringen Höchstleistungen, damit ich schnell handeln kann, sollte Carla schneller zurückkommen als gedacht. Mit dem Daumen streife ich über die eingestanzte Schrift. *Thoughts.* Es sind Gedanken – Carlas Gedanken. Und ich nehme mir das Recht raus, diese zu lesen. Ein weiterer Blick zur Tür, bevor ich die erste Seite aufschlage. *Ich weiß nicht, ob ich das kann,* lese ich erneut. Schnell blättere ich die Seite um. Jetzt höre ich die Klospülung. *Das Gefühl, wenn ich ihn sehe, ist so anders. Ich weiß nicht, ob ich so was schon mal gefühlt habe.* Ich höre das Schloss. Noch eine Seite – schnell blättere ich um. *Es gibt da nur dieses eine unausgesprochene Hindernis.* Ich höre Carlas Schritte. Jeden Moment müsste sie um die Ecke kommen. Ich kann das nicht so stehen lassen, also blättere ich weiter – hastig, schneller, hektisch –, aber die nächsten Seiten sind leer. Das kann nicht sein! Was ist das Hindernis? Wo ist die Antwort? Jede Sekunde müsste Carla im Zimmer stehen. Ich knalle das Buch zu, lege es schnell hinter die Lampe, packe mein Handy und rede über unsere Busverbindung, als Carla gerade zu Tür reinkommt.

»Wenn wir in fünf Minuten losgehen, bekommen wir den Bus noch.«

Sie scheint nichts zu merken und stimmt mir bloß zu. »Okay, von mir aus können wir los.«

Die Ungewissheit, wie der Abend verlaufen wird, versetzt meine Synapsen schon auf dem Weg zur Bushaltestelle in Rage. Mit dem Wissen, Kai gleich wieder zu begegnen und die Möglichkeit zu haben, eventuell herauszufinden, über welchen Typ Carla in ihrem Buch schreibt, versuche ich zwanghaft, meinen Fokus umzulenken. Doch gleichzeitig lande ich wieder bei Henri, der mir mit meinen Gewissensbissen im Nacken sitzt, und drehe mich somit weiter im

Kreis. Es gibt keine andere Lösung für diesen Abend, als sich wohl oder übel einfach hineinzustürzen – die Alternative, nicht zu gehen, käme sowieso nicht infrage. *Es gibt nur dieses unausgesprochene Hindernis.* Ich kriege diese Worte nicht aus dem Kopf. *Das Gefühl, wenn ich ihn sehe, ist so anders.* Wer ist er? Wer ist der Typ, über den Carla in ihrem Buch spricht? *Viel Spaß bei deinen Großeltern.* Immer noch ärgere ich mich über diese Worte. Immer mehr Fragen steigen in mein Gedankenkarussell. *Sind Zoe und Kai zusammen? Wie werden sie sich heute verhalten? Werde ich sie wieder erwischen?* Kreuz und quer fliegen sie durch meinen Kopf und hindern mich, den Schwerpunkt auf das Wesentliche zu legen – einen schönen Abend im Fuchs.

…

Die Türen öffnen sich. Wir steigen aus dem Bus und steuern direkt auf den kleinen Kiosk neben der Haltestelle zu. Unser Glück, dass er so günstige Pizzastücke verkauft, also genehmigen wir uns jeweils ein Stück und machen uns langsam auf den Weg zur Kneipe.

»Eine gute Grundlage muss sein«, scherzt Carla und beißt mit großen Augen in ihr Stück Margherita. Die Pizza schmeckt, doch ich wünschte, ich könnte sie mehr genießen. Obwohl mein Selbstbewusstsein heute größer schien als letzte Woche, werde ich mit jedem Schritt, den wir uns dem roten Fuchskopf nähern, besorgter. Doch die Gewissheit, dass Carla von Greta erwartet wird, schmälert die Sorgen immerhin ein wenig. Vor der Bar steht wieder eine Gruppe Jungs. Diesmal unterdrücke ich das Bedürfnis, auf den Boden zu starren. Ich versuche, selbstsicher an ihnen vorbeizugehen und greife mit einem Lächeln nach der Türklinke.

»Bist du bereit?« Jetzt drücke ich sie runter und schaue geradewegs zum Tisch, der von Zoe, Jannes, Greta und Kai umrundet wird. Ein paar fremde Gesichter sehe ich auch, doch die interessieren mich nicht. Mein Herz rutscht schneller in die Hose, als ich meinen Fuß in den Raum setzen kann. Ich fühle mich wie auf dem Präsentierteller.

»Irgendwie war es doch angenehmer, als Erstes da zu sein.« Auch Carla scheint sich mit einem Mal unwohl zu fühlen.

Ich rede innerlich auf mich selbst ein. *Mathilda, verlier jetzt nicht dein Selbstbewusstsein, das du bis vor ein paar Sekunden noch hattest. Du siehst gut aus, fühlst dich wohl und hast jetzt einfach einen schönen Abend.*

»Komm, wir hängen erst mal unsere Jacken auf.« Aus meiner Tasche krame ich ein Zwei-Euro-Stück und nehme auch Carlas Jacke entgegen. »Wieso bist du so unruhig?«, frage ich, da mir diese Nervosität beinahe seltsam vorkommt.

»Dachte, ich wäre entspannter«, antwortet sie und dreht sich mit dem Rücken zum Raum.

»Greta hat dich doch eingeladen. Ich wäre an deiner Stelle tiefenentspannt.« Ich halte dem Mann hinter der Garderobe die Jacken hin und gebe ihm zwei Euro.

»Da gibt es noch etwas, das ich dir sagen muss.« Carla zieht mich zu ihr. Was kommt jetzt? »Greta hat mich gar nicht eingeladen, auch nicht indirekt.«

Moment. Was?

»Sie hat nie gesagt, dass ich diesen Samstag wieder zum Salsatanzen kommen soll.« Noch bevor Carla den Satz beendet hat, fällt meine Kinnlade runter. Ich starre sie bloß an. »Tut mir leid Matti, aber sonst wärst du nicht mitgekommen.« Das stimmt. Ich schüttle den Kopf und schlage mir die Hände vors Gesicht.

»Carla, das meinst du nicht ernst, oder?« Gerade fehlen mir die Worte. Ich weiß nicht, wie ich mit der Information, die mit einem Schlag alles ändert, umgehen soll. Für einen Augenblick stehen wir nur da. Schauen uns an. Wir wissen beide, dass wir gerade erwägen, die Bar sofort wieder zu verlassen.

»Egal jetzt. Wir gehen erst mal an die Theke«, sagt Carla schließlich und nimmt meine Hand.

Wie sehr soll mein Selbstbewusstsein noch in den Keller rutschen? Ich habe mich so wohlgefühlt, weil ich wusste, dass Greta Carla erwartet. Jetzt ist es doppelt so unangenehm wie letztes Wochenende. Einmal ungewollt auftauchen – okay. Zweimal ungewollt auftauchen – Katastrophe. Immerhin feiert heute niemand einen Geburtstag, auf den wir uns selbst einladen. Unauffällig laufen wir zur Bar und Carla bestellt auf meinen Wunsch zwei Gläser Cola. Da sich die Gruppe sowieso nur auf sich konzentriert, ist es eigentlich kein Wunder, dass sie uns bisher noch nicht bemerkt hat. Wir stellen uns in die andere Ecke des Raumes – gerade noch so weit entfernt, dass wir freien Blick auf den Tisch haben. Um herauszufinden, wie die Situation zwischen Kai und Zoe ist, schiele ich immer mal wieder rüber. Die Stimmung an dem Tisch ist ausgelassen. Sie spielen Trinkspiele und verlieren mit jeder Runde immer weiter ihre Hemmungen. Alle singen zur Musik und ständig steht jemand auf und tanzt um die Stühle rum. Doch was ich nicht sehe, ist auch nur ein einziger Blickkontakt zwischen Kai und Zoe. Ich habe mir die Anspannung vor dem Kiosk wohl nicht eingebildet. Sie interagieren kein bisschen miteinander. Stattdessen sitzt Zoe neben Dennis. Ich hab ihn schon öfter mit der Gruppe gesehen und es würde mich nicht wundern, wenn sie gleich auf seinen Schoß springt, so innig wie sich die beiden verhalten. Ihre Hand liegt auf seinem Bein, während seine durch ihre glatten Haare fährt, und es scheint für alle am Tisch normal zu sein. Letzte Woche mit Kai auf der Toilette und heute das? Ich blicke da nicht durch und ich muss Zoe nicht verstehen, aber doch merke ich, wie ein Stück Ruhe zurück in meinen Körper kehrt. Die Gewissheit, dass Kai nicht mit ihr zusammen ist, lässt mich aufatmen. Ich spüre allein durch die Vorstellung ein Kribbeln.

»Wäre schon lustig, da mitzuspielen, oder?« Auch Carla beobachtet gekonnt das Geschehen.

»Die scheinen echt viel Spaß zu haben.« Doch einen Platz am Tisch einzunehmen – undenkbar.

Oder doch nicht? »Ich regle das.« Carla stellt ihr Glas ab und bewegt sich langsam auf die anderen zu.

»Was machst du da?«, rufe ich ihr hinterher.

In leicht tänzerischen Bewegungen geht sie an dem Tisch vorbei. Sie schaut einmal nach rechts, und plötzlich erwidert Greta ihren Blick. Sie sagt etwas zu Carla. Angespannt beobachte ich, was vor wenigen Minuten noch unvorstellbar für mich erschien. Das ging schnell. Was hat sie gesagt? Greta klopft auf den Stuhl neben ihr. Spielt sie jetzt mit? Carla setzt sich. Warte, was ist mit mir? Soll ich rübergehen? Sie dreht sich um und winkt mich zu ihr. Ich schlucke tief und bin unsicher, ob ich Carlas Aufforderung folgen soll. Alle Augen werden auf mich gerichtet sein, wenn ich da ankomme. Ich zerbreche mir den Kopf, aber kann nicht noch länger warten.

»Mathilda, komm!«, ruft Carla durch die Menge und gibt mir den letzten Ruck.

Okay, Mathilda, du schaffst das. Einfach cool sein. Das kann nicht so schwer sein. Wie im Tunnel steuere ich auf den großen Tisch zu. Kaum nehme ich das Gewusel um mich herum wahr. In Sekundenschnelle toben Worte durch meinen Kopf, mit denen ich mich bei der Gruppe vorstellen kann. Carla scheint bereits integriert zu sein. Um sie herum chaotisches Gerede. Sammle dich, Mathilda. Ein letzter Atemzug, dann stehe ich vor ihnen.

»H-H-Hi« stottere ich, als ich am Tisch ankomme. Ich hebe meinen Blick vom Boden und sehe, dass mich niemand wahrnimmt – keine Reaktion von Kai. Alle reden weiter, als wäre ich

Luft. Die Überwindung, die ich für ein zweites »Hi« aufbringen muss, kostet mich doppelt Kraft. Dann winke ich zusätzlich einmal in die Runde.

»Wir können mitspielen.« Endlich nimmt mich Carla wahr. Sie war schon im Gespräch versunken. Von allen anderen werde ich weiterhin ignoriert, sie richten nicht mal einen Blick auf mich. Am liebsten würde ich umdrehen, meine Jacke holen und aus der Bar verschwinden. Doch Carla zuliebe bleibt meine Entscheidung alternativlos. Der Stuhl neben Zoe ist noch frei. Ein letztes Mal nehme ich meinen ganzen Mut zusammen, ziehe den Stuhl unter dem Tisch weg und frage sie, ob ich mich zu ihr setzen kann.

»Ist hier noch frei?« Keine Antwort. »Zoe, ist der noch frei?«, frage ich noch ein zweites Mal mit etwas lauterer – aber zitternder – Stimme. Dann dreht Zoe sich um. Schaut mich genervt an.

»Was ist denn?«

»Carla hat mich hergerufen, ihr spielt gerade Trinkspiele, oder?« Ein Wunder, dass ich die Frage überhaupt über meine Lippen kriege.

»Ja, wieso?«, antwortet sie trocken.

»Ich wollte fragen, ob ich hier sitzen kann?« Immer wieder schiele ich zu Kai, um zu schauen, ob er unser Gespräch mitbekommt.

»Ach so, du willst mitspielen«, sagt sie, dreht sich wieder zu Dennis und flüstert ihm etwas ins Ohr.

»Matti, setz dich einfach.« Carla zeigt auf den Stuhl und will mir damit sagen, dass ich mich nicht so anstellen soll, also setze ich mich. Allerdings würde ich gerade lieber im Erdboden versinken. Ich sitze auf meinem Stuhl und keiner redet mit mir. Es ist eine Untertreibung, dass ich mich unwohl fühle. Ich fühle mich mehr als Fehl am Platz, versuche meine Unsicherheit jedoch durch Blicke in die Menge und Wippen zur Musik zu überspielen. Blickkontakt mit den Leuten am Tisch versuche ich zu vermeiden – auch wenn es mir beim *ihm* schwerfällt. Kai sitzt mir direkt gegenüber, was bedeutet, dass ich freien Blick auf seine Attraktivität habe. Es ist nicht leicht, die Ringe an seinen Fingern zu ignorieren, während er an den Bändeln seines schwarzen Hoodies spielt und das weiße Shirt zurechtzieht, das am Kragen rausblitzt. Genau in diesem Moment stelle ich mir vor, wie sein Hals von Tattoos geziert sein könnte. Und es ist alleine der Gedanke, der mich unruhig auf meinem Stuhl wippen lässt. Ich quetsche die Hände unter meine Oberschenkel und beiße mir nervös auf die Lippe. Ich darf ihn nicht so offensichtlich anstarren, doch seine Nähe lässt mir keine Wahl. Aus dem Augenwinkel sehe ich, dass er Jannes etwas ins Ohr flüstert. Wie lange soll das jetzt noch so gehen? Carla hat sich ins Gruppengespräch integriert und ich starre durch die Gegend. Ich dachte, wir spielen Trinkspiele. Jetzt sitzen wir bloß am Tisch und Zoe räumt bereits die Spielkarten zusammen.

»Okay, jetzt Flaschendrehen«, ruft Jannes plötzlich. O nein, bitte nicht. Das wäre der Zeitpunkt, an dem ich schon gegangen sein müsste – doch dafür ist es zu spät. Wenn ich jetzt den Tisch verlasse, verbleibe ich als größtes Weichei in deren Erinnerung. Hier komme ich so schnell nicht mehr raus, und es ist vielleicht die letzte Chance, einen Abend wie diesen mit Kai zu verbringen. Jannes nimmt seine leere Bierflasche und legt sie in die Mitte. »Wahrheit oder Pflicht, Leute.« Er greift und dreht sie. Die Flasche zeigt auf Zoe.

»Wahrheit«, sagt sie.

»Wann hattest du das letzte Mal Sex?«, fragt Jannes.

Sie verdreht die Augen, als wäre ihr die Frage zu langweilig. »Eben, vor der Party.«

»Du hast es echt nötig«, mischt sich Kai plötzlich in das Gespräch ein.

Zoe nimmt die Flasche und legt ein freches Grinsen über ihre

Lippen. »Nein, aber ich habe eben Ansprüche, die erfüllt werden sollten.«

Der hat gesessen. Jannes klopft Dennis auf die Schulter. »Läuft, Bro.«

Kai verzieht bloß das Gesicht und schüttelt den Kopf. »Scheiß drauf, Alter«, sagt Jannes dann noch zu Kai. Ich sehe den Stolz in Dennis' Augen, den er in diesen Sekunden verspürt. Immer noch geschockt über die seltsamen Verbindungen, die in der Gruppe herrschen, fixiere ich meine Augen auf die Flasche, die Zoe nun dreht.

»Mathilda!« *Nein – Scheiße.* »Wahrheit oder Pflicht?«, fragt sie.

Jetzt sind wirklich alle Augen auf mich gerichtet. Jetzt werde ich wahrgenommen und alle warten auf meine Antwort, auch Kai – das sehe ich aus dem Augenwinkel, während mein Blick weiter an der Flasche haftet.

»Ähm … Pflicht«, antworte ich unsicher – in der Hoffnung, dass Zoe mir eine entspannte Aufgabe gibt.

»Geh in die Menge und tanze einen fremden Typ dreißig Sekunden lang an, ohne dass er es mitbekommt.« Okay, das schaffe ich. Mit zusammengekratztem Selbstbewusstsein stehe ich auf und gehe in die Menge. Irgendwie fühlt es sich auch gut an, für einen Augenblick die Aufmerksamkeit der Gruppe zu bekommen, also laufe ich direkt auf den nächsten Typ zu und tanze ihn von hinten an. Ich schwinge meine Hüfte und versuche, gut dabei auszusehen – immer im Bewusstsein, dass Kai mir gerade zusieht. In der kurzen Zeit überlege ich mir bereits die nächste Aufgabe und vergesse dabei das Zählen. Eigentlich müsste mir jemand Bescheid geben, wenn die Zeit um ist. Erwartungsvoll drehe ich mich um und schaue zu den anderen – die mich nicht mehr beachten. Sie haben das Spiel fortgesetzt. Ich sehe, wie Kai die Flasche dreht. Alle Augen sind darauf gerichtet und ich stehe auf der Tanzfläche. Ich könnte auf der Stelle in Tränen ausbrechen, unterdrücke sie aber angestrengt. So gedemütigt habe ich mich noch nie gefühlt, und die Verlockung, abzuhauen, ist so groß, wird jedoch durch den letzten Funken Hoffnung, dass sich das Spiel doch noch positiv für mich entwickelt, überlagert. *Mathilda, bleib ruhig und setz dich wieder zu den anderen.* Ja, ich reiße mich zusammen und setze mich zurück an den Tisch, an dem mich auch als ich zurückkomme keiner beachtet.

Das Spiel läuft ein paar Runden weiter – mich trifft die Flasche nicht mehr. Greta muss ihr Glas exen, Carla soll Dennis antanzen, Jannes erzählt von seinem ersten Mal, greift zur Flasche und stößt die nächste Runde an.

»Zoe«, ruft er mit provokantem Unterton.

»Pflicht«, antwortet sie selbstbewusst.

»Du musst mit Kai rummachen.« Stille.

Zoe schüttelt den Kopf. »Unnötig«, antwortet sie, schiebt den Stuhl unterm Tisch hervor und steht auf. Aus ihrer Handtasche greift sie eine Haarklammer und steckt sich ihre langen braunen Haare elegant nach oben – wohl, damit sie ihr beim Kuss nicht ins Gesicht fallen. Ihre großen funkelnden Creolen kommen mit dieser Frisur erst recht zur Geltung. Sie sieht einfach immer so perfekt aus. Jannes grinst und zwinkert Kai zu. Kommt es mir bloß so vor, oder wollte er Kai damit einen Gefallen tun? Genau in dem Augenblick, als Zoe auf ihn zuläuft, bereue ich meine letzte Entscheidung. Ich hätte gehen sollen. Auch wenn ich es nicht wahrhaben möchte, spüre ich Eifersucht in mir aufkochen. Ich habe kein Recht dazu, doch es tut weh, Zoe und Kai so vertraut zu sehen.

»Ich will dich nicht küssen.« Kai dreht seinen Kopf zur Seite, doch Zoe lässt sich von seiner Abneigung nicht aufhalten. Im Gegenteil. Es scheint sie noch mehr anzuspornen. Dennis muss tief schlucken, als er ihre Angriffslust sieht. Er tut mir leid. Auch ich schlucke, als ihre Hand Kais Kinn packt und zu sich zieht.

»Na gut, dann küss mich halt«, provoziert Kai sie und packt gleichzeitig ihre Taille. Ich schlucke erneut. Dann küsst sie ihn – intensiv. Die Zungen der beiden vereinen sich, umspielen sich gegenseitig. Zoe stoppt. Schwingt ihr Bein über Kais Schoß. Setzt sich auf ihn und küsst ihn erneut. Ein Raunen zieht über den Tisch.

»Reicht«, platzt es schließlich aus Dennis raus.

»Der kommt doch sowieso nicht an dich ran«, beruhigt Zoe ihn, löst sich von Kai und kommt zurück an ihren Platz. Erst jetzt realisiere ich, was ich da in den letzten Minuten beobachtet habe. Für den Rest der Gruppe scheint es normal zu sein. Bloß Carla wirft mir einen geschockten Blick zu. Sie verzieht das Gesicht und gibt mir wortlos zu verstehen, dass sie die Spannung, die an diesem Tisch herrscht, genauso anstößig findet wie ich.

Jannes lacht und freut sich offensichtlich, dieses Geschehen gerade beobachtet zu haben. »Weiter geht's, ihr Loser.«

Zoe dreht und scheint die Flasche mit ihrem eindringlichen Blick steuern zu wollen. Die Flasche zeigt auf Kai. Zoe lacht. Die Schadenfreude klingt hörbar aus ihr heraus, als sich Kai auch für Pflicht entscheidet.

»Du musst mit Mathilda rummachen, um mir danach zu sagen, dass du meine Küsse vermisst.«

Mein Atem stockt. Der der anderen auch. Hat sie gerade meinen Namen gesagt? Ja, das hat sie, und genau das realisiere ich schlagartig, als Kai mich anspricht.

»Du bist Mathilda, oder?« Ich nicke bloß, da mir jegliche Luft zum Sprechen fehlt. Hilflos schaue ich Carla an, die schon ihre Lippen zusammenpresst und wohl selbst nicht weiß, was sie davon halten soll. Zoe ist sichtlich amüsiert über meine Nervosität. Aus dem Augenwinkel sehe ich ihren Blick an mir haften und automatisch steigt meine Körpertemperatur. Mein Gesicht glüht. Jetzt rutscht er mit dem Stuhl nach hinten. Ich starre auf den Tisch. Alle

Augen sind auf mich gerichtet – und zwar mit voller Aufmerksamkeit. Kai kommt näher. Ich traue mich nicht, hochzuschauen. Ich kann das nicht. Nicht, wenn alle Augen auf mich gerichtet sind.

»Mathilda, aufwachen!« Zoe stupst mich an. Sie weiß ganz genau, was sie mit dieser Aufgabe in mir auslöst. Nicht nur will sie Kai eins reindrücken, sondern auch mich vor der gesamten Gruppe bloßstellen. »Dreh dich doch mal zu ihm.« Doch ich bin wie festgewachsen. *Mathilda, reiß dich zusammen.* Ich rutsche mit meinem Stuhl zurück und spüre seine Nähe neben mir. Jetzt wage ich einen Blick zu ihm. Er schaut Zoe an, dann schaut er zurück zu mir. Zoe lacht. In mir zieht sich alles zusammen. Ich rechne damit, dass er sich vor mich kniet und mir einen Kuss gibt, doch was ihm jetzt durch den Kopf fährt, macht mich endgültig machtlos. Er greift meine Hände, zieht mich bestimmt vom Stuhl und setzt sich auf diesen. Ich atme auf, als seine Hände meine Hüfte bereits fest packen. Entschieden geleitet er mich auf seinen Schoß, schielt ein letztes Mal zu Zoe, greift meinen Nacken und küsst mich mit einer Lust, die mich in andere Sphären katapultiert. In meinem Körper wird ein Feuer entfacht. Der Kuss so selbstsicher, seine Zunge so dominant, dass ich kaum atmen kann. Ein Schauer nach dem anderen schießt durch meine Adern und jetzt schalte ich ab. Ich vergesse alles.

...

Seine Lippen lösen sich – was ist passiert?

Die Hitze steht noch bis zum Anschlag.

»Unangenehm.« Zoes Worte holen mich zurück in die Realität. Die Augen der anderen warten nur darauf, dass ich mich umdrehe und somit verletzlich mache. Doch zuerst schenke ich ihm meinen Blick. Ich kann nicht anders, als Kai anzustrahlen. Meine Freude bricht buchstablich aus mir heraus, auch wenn ich sie zügeln möchte. Das Gefühl ist kaum einzuordnen, neu für mich, unbeschreiblich. Ich lächle ihn mit einem breiten Grinsen an. Sein tiefer Blick wechselt von meinen Augen auf mein Lächeln.

»Du hast da was zwischen den Zähnen.«

Mein Mund ist vom einen auf den anderen Moment zu. Ich schlage meine Hand davor und springe von seinem Schoß. Wie wild geworden krame ich mit einer Hand den kleinen Spiegel aus meiner Handtasche und höre schon das Kichern um mich herum. Kai steht auf, klatscht sich auf die Schulter und setzt sich zurück an seinen Platz.

»Die Aufgabe ist noch nicht durch«, stichelt Zoe.

»Zoe, ich vermisse deine Küsse nicht.« Kais Worte bringen meine Lippen erneut zum Schmunzeln. »Dieser Kuss war besser.« Nein – jetzt schmunzle ich. Worte, die für Zoe ein Schlag ins Gesicht sind. Ruckartig stößt sie sich vom Tisch weg, verdreht die Augen und zieht Dennis hinter sich her.

»Wir gehen jetzt auf der Toilette vögeln.« Stille – lautes Lachen. Wir schauen den beiden hinterher. Und ich – ich habe das erste Mal das Gefühl, dass ich dazugehöre.

11

Zoe und Dennis sind wohl wieder aus der Toilette raus, denn als ich durch die Tür komme, ist die Kabine frei. Ein paar Runden haben wir noch weitergespielt, jetzt brauche ich einen Moment zum Durchatmen. Ich drehe das Schloss und lasse mich auf den Klodeckel sinken. Was ist in der letzten Stunde passiert? Bei dem ganzen Gewusel war es leicht, sich abzulenken, doch hier allein in der Kabine trifft mich die Wahrheit wie ein Schlag. Ich könnte vor Freude platzen, mich jedoch im selben Moment vor Scham zusammenkrümmen. Kai und ich haben uns geküsst. Wie kann ich das auf die leichte Schulter nehmen? Ich verhalte mich beinahe so, als wäre das nichts Besonderes. Mit meiner Handfläche haue ich leicht gegen meine Stirn. »Mathilda, Kai hat dich geküsst«, flüstere ich vor mir her, um mir das Ausmaß dieses Abends bewusst zu machen. »Er hat dich gepackt und fast aufgegessen«, führe ich mir vor Augen. »So nah wirst du ihm wohl nie wieder sein. So nah wirst du nie wieder den Stoff seines Pullis auf deiner Haut spüren und den Duft seiner wuscheligen Haare einatmen.« Nie habe ich einen Typ so nah an mir gespürt – bloß als Henri neben mir im Bett lag –, aber er zählt nicht. Kann mich bitte mal jemand kneifen? Ich habe mir das zwar immer gewünscht, aber dass es wirklich passiert – ich werde wohl ein paar Tage brauchen, um das zu realisieren. Doch parallel dazu verkrampft sich die Angst vor Ablehnung in meinem Kopf. Warum habe ich das Stück Pizza gegessen? Warum musste sich ein Stück Oregano zwischen meinen Zähnen verfangen? So schön und besonders der Kuss auch war, umso mehr bin ich besorgt, dass Kai das Gegenteil empfindet. *Zoe, ich vermisse deine*

Küsse nicht. Dieser Kuss war besser. Zwei Sätze, die runtergehen wie weiche Butter. Doch war das seine Wahrheit oder bloß eine Wahrheit, vor der Zoe Angst hat? Es klopft an der Tür.

»Wie lange willst du die noch blockieren?« Mist, ich bin total in Gedanken versunken. In meinem Handspiegel checke ich noch ein letztes Mal, ob alles an Ort und Stelle sitzt, und werfe mir ein Kaugummi in den Mund. Dann öffne ich die Tür und gehe mit neuem Selbstbewusstsein zurück in die Bar. Schon auf dem Weg zu unserem Tisch sehe ich, dass die Leute, die dort sitzen, vorher noch nicht da waren. Alle sind weg. Jannes, Kai, Greta, selbst Carla ist nicht mehr da. Für einen Moment denke ich, mich im Tisch geirrt zu haben, doch es stimmt – sie sind weg. War ich so lang auf der Toilette, dass sie mich vergessen haben? Hektisch schaue ich in die Menge, in der Hoffnung, ein bekanntes Gesicht zu sehen. Ein Glück, Carla steht an der Bar. Ich möchte sie gerade rufen, als mein Blick auf jemanden neben ihr fällt. Ich erstarre in der Bewegung. Sie steht an der Bar – mit Kai. Kälte erfüllt meinen Körper und signalisiert mir, dass meine Befürchtung hier und jetzt schlagartig und unvorbereitet bestätigt wird. Die beiden lachen, Carla scheint glücklich, Kai interessiert. Ist es das, was ich glaube? Ist er es? Ist Kai der Typ, der *ein Gefühl auslöst, das, wenn sie ihn sieht, so anders ist?* Ist Kai der Typ, über den Carla in ihrem Buch schreibt? Und das *unausgesprochene Hindernis* – bin ich?

Ich brauche ein paar Minuten, um die Situation sacken zu lassen, und stelle mich dafür in eine ruhige Ecke. Das Gefühl, ein Teil der Gruppe zu sein, ist schneller verschwunden, als ich es genießen konnte. Als wäre ich kurzzeitig in einer Blase gewesen, die wieder geplatzt ist. Und jetzt vermisse ich ihn. Ich vermisse Henri und wünschte, er wäre hier. Die einzige Person, bei der ich mich in diesem Raum dachte wohlzufühlen, ist Carla. Aber kann sie das jetzt noch sein? Dieses plötzliche Unwohlsein lässt mich unüberlegt handeln. Ich ziehe mein Handy aus der Tasche und öffne unseren Chat. Die Situation quält mich zu sehr – ich muss Henri davon erzählen. Das Risiko, dass er wütend auf mich wird, wenn er erfährt, dass ich ihn erneut angelogen habe, gehe ich ein. Doch gerade jetzt brauche ich nichts mehr, als mich von seinen tröstenden Worten auffangen zu lassen.

Henri, ich habe Scheiße gebaut. Bevor ich die nächste Nachricht abschicken kann, landet seine Reaktion schon im Chat.

Was ist passiert?, schreibt er sofort.

Bitte sei nicht sauer. Mir fällt es schwer, direkt mit der Tür ins Haus zu fallen.

Sag mir doch einfach, was passiert ist. Ich ahne, dass er gleich von allein die Situation verstehen wird. *Du bist feiern, oder?* Ich hatte recht. *Du bist wieder mit diesen Leuten unterwegs?* Dass er auf Kai und seine Freunde anspielt, ist kein Geheimnis, und gerne würde ich mich sofort rechtfertigen, da letztendlich bloß Zoe heute unangenehm aufgefallen ist, doch das würde unserem Gespräch nicht helfen. Ich muss schlucken. *Es tut mir leid*, antworte ich, doch Henri geht offline. Genau davor hatte ich Angst. Tief einatmen. Er wird gleich antworten. Mein Handy vibriert – und tatsächlich.

Du musst dich nicht bei mir entschuldigen. Es tut mir leid für dich, dass du dich mit diesen Leuten abgibst. Tief ausatmen. Nicht das, was mir jetzt hilft.

Aber was ist denn los?, schickt er noch hinterher. Das ist die Frage, die ich lesen wollte.

Kai hat mich geküsst. Henri liest die Nachricht sofort.

Wo ist jetzt das Problem? Ich schlucke. Wenn er in meinen Kopf schauen könnte, wüsste er sofort, was los ist.

Kai beim Flaschendrehen geküsst, Oregano zwischen den Zähnen, Carla lacht mit Kai. Ich bezweifle, dass er dieses Puzzle versteht, schicke die Nachricht aber genau so ab.

Okay, Moment, kommt zurück.

Vielleicht muss ich ein paar mehr Zusammenhänge reingeben, doch ich merke, wie meine Konzentration nachlässt. Ich bin total aufgewühlt und kann mich kaum auf etwas fokussieren. Also stehe ich nur da und kann gar nicht sagen, wie viel Zeit vergangen ist, bis eine lange Nachricht von Henri auf dem Display erscheint.

Also, ihr habt euch bei einem Trinkspiel geküsst. Wahrscheinlich waren Zoe und so weiter auch dabei, sodass du dich eh schon unwohl gefühlt hast. Der Kuss war bestimmt schön, aber durch die Situation mit dem Oregano zwischen den Zähnen fühlst du dich jetzt irgendwie eklig und hast Angst, dass du ihn damit abgestoßen hast? Ich blicke zwar nicht durch, wieso Carla mit Kai redet, aber nach dem Kuss fühlst du dich wahrscheinlich gerade allein. Richtig interpretiert? Mach dir keinen Kopf. Weißt du …

Weiter komme ich nicht, da ich plötzlich von der Seite berührt werde. Wie aus dem Nichts steht Kai neben mir. Ich schalte mein Handy aus.

»Hey.« Bilde ich mir das ein, oder redet er wirklich mit mir? Ich schaue neben mich, um sicherzustellen, dass er mich meint – er meint mich.

»Hi«, antworte ich schließlich irritiert. Was möchte er von mir? Erwartungsvoll schaue ich ihn an. Er lächelt nur und stößt mit seinem Bier und meinem nicht vorhandenen Glas an. Ich halte diese unangenehme Stille zwischen uns nicht aus. Nervös knibble ich an meinen Fingern und mein Blick springt zwischen seinen Augen und der Bar hin und her. Jetzt stellt er das Bier auf den Tisch neben sich und scheint etwas sagen zu wollen.

»Tut mir leid wegen eben, hoffe, du hast dich nicht unwohl gefühlt.« Meint er den Kuss oder das Stück Oregano?

»Was meinst du?«, frage ich, immer noch verwirrt. Mit einer Kopfbewegung deutet er auf den Tisch, an dem wir gespielt haben.

»Dass ich dich vor allen anderen geküsst habe.«

»War ganz schön intensiv, ja«, antworte ich und stelle sofort infrage, ob es meine Worte waren, die gerade meinen Mund verlassen haben. *Ganz schön intensiv*, wiederhole ich in meinem Kopf und schäme mich über die Wortwahl.

»*Zu* intensiv?«, hakt er nach und legt ein Lächeln auf sein Gesicht. Jetzt gebe ich keine Garantie mehr, dass die nächsten Antworten, die ich gebe, Mathilda ähnlichsehen.

»Nein, gut so.« Wieder zieht sich mein Gesicht zusammen. Die Situation ist seltsam. Eigentlich sollte ich mich freuen oder nervös sein, aber ich werde von seiner Aura förmlich befallen. Mit dem Wissen, dass Carla wenige Minuten zuvor mit ihm gesprochen hat, befinde ich mich gerade auf einem schmalen Grat. Was kann ich da noch ernst nehmen? Zu viele Fragen. Meine Augen fixieren den Boden.

»Du kannst mich auch anschauen.« Er lässt nicht locker. »Mathilda, schau mich an.« Jetzt lässt er mit seinen Worten die Blase platzen, in der ich bis gerade noch gefangen war. Meine Nervosität kommt zurück. Sie kommt schneller zurück, als ich mich hätte drauf einstellen können, aber ich wage dennoch einen Blick nach oben.

»Der Oregano hat mich aus dem Konzept gebracht.«

Kai prustet laut los. »Welcher Oregano?«

Wieso habe ich das gerade angesprochen? Er schaut mich fragend an, also rede ich weiter. »Du hast mich doch selbst darauf hingewiesen, dass ich etwas zwischen den Zähnen habe.«

»Ach, das meinst du. War doch nur ein kleines Stück.«

Ich bin von der gesamten Situation verwirrt.

»Du fandest das nicht ekelhaft?«

»Was denkst du, was ich für ein Typ bin? Jeder hat mal etwas zwischen den Zähnen«, antwortet er und schüttelt lachend den Kopf. Mit einem Schlag fühle ich mich in dem Moment angekommen. Als hätte sich ein Knoten in meinem Kopf gelöst. Jetzt nehme ich Kai wahr. Ich sehe ihn, spüre ihn, rieche ihn. Wo war ich gerade gefangen?

»Ich war mir sicher, ich habe dich damit abgeschreckt«, antworte ich erleichtert. Wie schnell sich ein Empfinden ändern kann, wenn man seine Gedanken laut ausspricht und sortiert. So häufig lassen sich Missverständnisse durch einen kleinen Wortwechsel beheben.

»Ich konzentriere mich lieber auf die Eigenschaften, die anziehend sind.« Kai berührt den Träger meines Corsagen-Tops und zieht ihn hoch. Er lässt ihn los und auf meine Haut prallen. »Autsch.« Das hat gebrannt.

»Oh, tut mir leid. Wie kann ich das wiedergutmachen?«

Ich schüttle den Kopf und schaue schmunzelnd auf den Boden. »Keine Ahnung, das musst du dir schon überlegen.« Obwohl ich sonst eher blockiert reagieren würde, finde ich gerade Spaß daran, mit ihm zu flirten. Ich merke, dass ich auftaue und dazu auch eine Art Neugier verspüre.

»Bist du schüchtern?« Sein Blick ist die ganze Zeit auf mich gerichtet, während er mit Daumen und Zeigefinger langsam seinen Ring dreht – wieso finde ich diese Kleinigkeit so verdammt attraktiv?

»Ich weiß nicht.« Bin ich schüchtern? An und für sich ja, aber möchte ich es gerade sein? Sein durchdringender Blick signalisiert mir, dass er auf eine Antwort wartet – dass er auf eine bestimmte Antwort wartet. Ich kann bloß vermuten, aber könnte es womöglich sein, dass er mich ein zweites Mal küssen möchte? Eilig bastele ich mir eine passende Antwort zusammen, bevor er noch dichter an mich herankommt, als er sowieso schon ist. Seine Nähe wird wieder mal von seinem markanten Duft begleitet. Sie umspielt meinen Geruchssinn und schickt mich gedanklich einige Minuten zurück in die Vergangenheit.

Bei der Vorstellung an einen zweiten Kuss steigt die Temperatur in meinem Körper exponentiell, umso länger ich darüber nachdenke.

»Kommt darauf an«, antworte ich, um ein wenig Zeit zu gewinnen. Damit scheint er sich noch nicht zufriedenzugeben. Vorsichtig fährt Kai mit seiner warmen Hand durch meine Locken.

»Möchtest du es herausfinden?« Ich wusste es. Er will mich küssen. Kai möchte mich ein zweites Mal küssen. Diese Gewissheit wünscht sich noch mehr Zeit, um richtig klarzuwerden, bevor das passiert, wozu Kai offensichtlich gerade ansetzen möchte. Die Hand, die meine Haare bereits umspielt, streift mein Kinn erst und streichelt es dann sanft. Einen Blick schenke ich ihm, drehe meinen Kopf aber sofort wieder zur Seite, da die Intensität seines Blicks kaum auszuhalten ist. Tief einatmen, dann ausatmen. *Eben hast du es auch geschafft, Mathilda. Gib dir einen Ruck.* Als ich mich wieder zu ihm drehe, bemerke ich, dass ich ihn so mit Sicherheit nicht küssen kann – Scheiße. Wieso habe ich es mir eben in den Mund geworfen? Dieses blöde Kaugummi! Wie komme ich aus der Situation raus? Sekundenschnell muss ich handeln, bevor es zu spät ist und er auf meinen Lippen aufsetzt.

»Meine Schuhe!« Ruckartig bücke ich mich.

»Was?«, stutzt Kai in einem Ton, der nicht eindeutig zu interpretieren ist.

»Meine Schnürsenkel sind auf, nicht dass jemand drauftritt.« Hastig drücke ich das Kaugummi mit der Zunge an meine Zähne, packe es mit den Fingern und stehe wieder auf. »Tut mir leid.« Dann lächle ich ihn verlegen an. In der Hoffnung, dass er nichts gemerkt hat und gleichzeitig nicht plötzlich doch abgeneigt ist, warte ich auf den nächsten Schritt seinerseits. Es dauert einen Augenblick, bis er ebenfalls lacht, und einen weiteren, bis ich realisiere, was das gerade für eine seltsame Aktion war. Moment – ich halte das Kaugummi immer noch in der Hand. Seine Anwesenheit bringt mich mehr als aus dem Konzept, ich kann nicht mehr klar denken. Wohin mit dem Kaugummi? Ich kann das doch nicht in meiner Hand lassen, das klebt total. Sekunden später streift Kais Hand erneut über mein Gesicht.

»Lass uns herausfinden, wie schüchtern du bist«, flüstert er mir mit einem warmen Hauch zu. Das Kribbeln, das mein Ohr erfüllt, setzt meine Aufmerksamkeit auf Reset. Jetzt liegt sie nur noch auf Kai. Um mich herum wird alles verschwommen. Ich sehe nur noch, wie seine Lippen näher kommen, spüre, wie sie meine berühren, und erlaube seiner Zunge die Führung – dann bin ich weg. Das Gefühl vom ersten Kuss ist nichts gegen dieses.

»Ich wusste, da steckt mehr hinter.« Er stoppt kurz und flüstert in meinen geöffneten Mund. Das Verlangen in mir wird stärker, als seine Hände dazu über meinen Nacken und durch meinen Haaransatz gleiten. Die Schmetterlinge scheinen größer zu werden und mein Herz pocht so stark, als würde es gleich aus mir herausbrechen wollen.

»Eins kann ich dir sagen, schüchtern bist du nicht«, flüstert Kai erneut und bringt meine Nackenhaare in Bewegung. Jetzt fasse ich mit meiner Hand an seinen Rücken. Was ist plötzlich in mich gefahren? Ich kann mich fallen lassen – und dass ich jemanden mal so küssen würde, hab ich bis gerade nicht für möglich gehalten. Um uns herum geht das Leben weiter und unsere Zeit bleibt stehen. Mit seinen großen Händen zieht er mich nah an seinen Körper. Ich spüre die Wärme unter seinem Shirt. Meine Fantasie geht so weit, dass ich es ihm am liebsten ausziehen würde, doch ich erinnere mich daran, dass wir noch an der Tanzfläche stehen und überall um uns herum Leute sind. Auf einmal nehme ich ein Pfeifen in der Menge wahr. Kai beendet den Kuss und dreht seinen Kopf in die Richtung. Jannes winkt ihm zu.

Haben die uns die ganze Zeit beobachtet? Auch wenn mein

gerade erst gewonnenes Selbstbewusstsein bei dem Gedanken kurz bröckelt, sehen jetzt auch die anderen, dass ich ernst genommen werde – dass ich dazugehöre.

»Ich komme gleich wieder, gehe eben auf die Toilette.« Kai hält mich an der Hüfte, gibt mir noch einen schnellen Kuss und verschwindet in der Menschenmenge. Ich atme tief durch. Meine Gefühle müssen sich sammeln und mit der Reizüberflutung umgehen. Ist das gerade wirklich geschehen? Ich warte darauf, dass ich meinen Wecker höre und aus dem aufregendsten Traum aufwache, den ich je hatte. Klingelt er?

Nein, der Wecker klingelt nicht – ich stecke mitten in der Realität. Wie angewachsen stehe ich an der Wand und warte, bis Kai zurückkommt. Unruhig springe ich mit meinem Blick von Gesicht zu Gesicht, in der Hoffnung, Kai wieder auftauchen zu sehen – doch er kommt nicht zurück. Das dürfte doch nicht so lange dauern. Er kommt mit Sicherheit gleich wieder.

Er kommt nicht wieder. Ich schaue auf mein Handy, um nach der Uhrzeit zu schauen, als ich mich mit einem Mal wieder an die offene Nachricht erinnere. Ich habe Henri nicht geantwortet. Überrollt von dem schlechten Gewissen, lese ich seine restlichen Worte. *Schau mal, mach dir keinen Kopf. Weißt du …* Bis hierhin hatte ich gelesen.

… wie egal dir die anderen sein können? Genieß das Gefühl, das dir der Kuss gegeben hat. Es ist doch schön, dass du diesen Kuss mit dem Typ hattest, der dir anscheinend so viel bedeutet. Scheiß auf das Stück Oregano! Das sollte 'nem vernünftigen Kerl egal sein. Er sollte schätzen, dass er dich abbekommt. Du kannst viel selbstbewusster sein, Matti! Aber wenn dir das jetzt doch alles zu viel ist, dann ruf gerne an und ich lenke dich ab, lese ich, während das Schuldgefühl kaum auszuhalten ist. Erst reiße ich Henri mit meinem Geständnis, dass ich ihm erneut nicht von der Party erzählt habe, aus seinem Familien-

wochenende, dann verzeiht er mir, ohne zu zögern, und nimmt sich die Zeit, mich aufzubauen, und ich lese nicht mal die ganze Nachricht und gebe ihm keine Antwort. Dass ich insgeheim eben noch darüber nachgedacht habe, ihm auch direkt von dem zweiten Kuss zu erzählen und erneut um Rat zu fragen, schockiert mich selbst auf ganz unangenehme Weise. Wenigstens ein *Danke schon mal, antworte dir gleich* hätte ich schreiben können.

Aber nein, Kai hat mich gefesselt. So sehr, dass mir mit einem Mal alles andere egal war. Und jetzt lässt er mich hängen, kommt nicht zurück. Immer noch stehe ich allein in der Ecke und warte auf die Erleichterung. Ich will nicht glauben, dass er mich stehen gelassen hat. *Ich wusste, da steckt mehr hinter*, das hat Kai gesagt. Er hat es genau so gemeint, ich spüre es. Aber dennoch stehe ich hier, allein, zurückgelassen mit einem Gefühl der Bloßstellung – als wäre ich ins offene Messer gerannt.

Wo steckst du?

Ich bin erleichtert, die Nachricht von Carla zu lesen. Während wir uns zusammenschreiben, schiele ich immer wieder in die Menge. Es fühlt sich falsch an, den Abend zu beenden, ohne mich von Kai verabschiedet zu haben. Als Carla und ich uns schließlich an der Garderobe treffen, merke ich sofort an ihrem Blick, dass auch ihre Laune nicht mehr die beste ist. Wir sind uns sofort einig, unsere Jacken zu holen und nach Hause zu fahren.

»Ich kann nicht mehr.«

»Was ist los?«, frage ich besorgt.

»Bin megamüde«, antwortet Carla und öffnet die Tür nach draußen. Das ist nicht die komplette Wahrheit und sie weiß, dass ich es weiß. Obwohl der Abend so einen guten Verlauf genommen hat, dominiert bei mir das Schuldgefühl. Henri hat es nicht verdient, untere Priorität zu haben, zudem Kai mich noch versetzt hat.

12

Soll ich es wirklich machen? Ich greife zu meinem Handy. Die ganzen ausgedachten Szenarien haben mich gestern Nacht kaum ein Auge schließen lassen. Mir fällt es schwer, mir selbst einzugestehen, wie weit ich in meiner Fantasie gegangen bin. Heute früh kamen dann die ernüchternden Gedanken. Wie geht es jetzt weiter? Vor ein paar Stunden habe ich in meinem Kopf schon unsere Kinder zur Schule gebracht, aber allmählich wird mir die bittere Realität bewusst. Der Kuss mit Kai war unglaublich aufregend, aber es ist kein Geheimnis, dass er oft – wenn nicht sogar sehr oft – von Mädchen umringt ist. Außerdem darf ich nicht rechtfertigen, dass er mich gestern stehen gelassen hat. *Er wird wiederkommen*, hab ich mir eingeredet – aber nein, ich hab mich selbst belogen. Ich bin unsicher, ob ich ihm schreiben soll, aber gleichzeitig muss ich wissen, ob da mehr Interesse ist oder eben nicht. In dieser Verfassung halte ich keine zweite Nacht aus. Ich brauche Gewissheit. Wenn ich ihm jetzt schreibe, bin ich vielleicht zu voreilig. Soll ich lieber noch bis heute Abend warten? Ich schäme mich für mein Verhalten, möchte aber eine gute Strategie finden, um sein Interesse zu wecken. Ständig springe ich zwischen dem Wissen, dass seine Absichten mit Sicherheit nicht ernst sind, und dem Glauben, dass ein kleiner Funke Hoffnung besteht, dass es bei mir anders ist, hin und her. Vielleicht frage ich Henri ein letztes Mal um Rat? Auch wenn er nicht der Typ ist, der viel Erfahrung hat – eine feste Freundin hatte er zumindest noch nicht –, kommt ihm eventuell trotzdem eine Idee, wie ich mich Kai gegenüber begehrenswert mache. Heute Morgen habe ich Henri sofort angerufen. Das Gefühl, ihn auf *Gelesen* stehen gelassen zu haben, konnte ich nicht mehr aushalten. Ich habe ihm alles von dem Kuss erzählt, worauf er entspannt reagiert hat. Er hat angeblich Verständnis dafür, dass ich ihm gestern Abend nicht geantwortet habe. Ob er das nur vorgibt? Keine Ahnung. Auf jeden Fall sollte ich aufpassen, dass ich seine Lässigkeit nicht ausreize. Dennoch frage ich ihn ein weiteres Mal um Rat.

Darf ich dich noch einmal etwas zu Kai fragen?, schicke ich ab und bin verwundert, dass er die Nachricht nicht sofort liest. Was macht er gerade? Er müsste auf dem Rückweg von seiner Familie sein, da hat er doch genug Zeit, Nachrichten zu lesen. Ich warte fünf, zehn, zwanzig Minuten – immer noch keine Antwort. Ich schicke ein Fragezeichen, ärgere mich allerdings direkt darüber. Aber wieso antwortet er nicht? Warte ich Henris Antwort ab oder riskiere ich auf eigene Faust einen Fehltritt? Inzwischen ist eine Stunde vergangen und ich bin in meiner Entscheidung kein bisschen weiter. Durch die Unruhe in meinem Bauch kann ich mich auf nichts anderes konzentrieren, als ausschließlich zwischen Henris Chat und Kais Profil hin und her zu wechseln. Parallel habe ich einige Bilder von meinem Profil gelöscht, die Kai eventuell nicht gefallen könnten.

»Was ist das denn? Mathilda?«, höre ich meine Mutter laut von unten rufen. Aus meinen Gedanken gerissen, werfe ich mein Handy aufs Bett und laufe die Treppe runter. Neben ihr steht der Wäschekorb mit frischen Klamotten. Sie hält die Hose, die ich gestern Abend getragen habe, hoch. »Das klebt total!« Sie zieht an der rechten hinteren Hosentasche. O nein – jetzt fällt es mir wieder ein. Das Kaugummi! Vor lauter Aufregung hatte ich es im letzten Moment vor dem Kuss in meine Hosentasche gesteckt. Ich habe alles um mich herum ausgeblendet und dann ist es irgendwie in der Tasche gelandet. »Ist das ein Kaugummi?« Meine Mutter kratzt am Stoff herum. »Wie ist das denn da hingekommen?«

Ich verkneife mir ein Lachen. »Gute Frage.« Eine bessere Antwort kommt mir so schnell nicht in den Kopf, also schaue ich sie verwundert an.

»Die kannste nicht mehr retten.« Sie faltet die Hose zusammen und läuft Richtung Mülltonne.

»Nein, warte! Ich behalte sie.« Als Erinnerung an unseren Kuss brauche ich die Hose. Die kommt auf keinen Fall weg! Ich hab das Kaugummi einfach in meine Hosentasche gesteckt, wie unüberlegt war das bitte? Schmunzelnd nehme ich die Hose und laufe zurück in mein Zimmer. Die Erwartung, dass Henri in den fünf Minuten, in denen ich mal nicht auf den Bildschirm gestarrt habe, geantwortet hat, wird nicht erfüllt. Wie kann er begründen, dass er über eine Stunde nicht auf sein Handy schaut? Ich will mir nicht eingestehen, dass er womöglich bewusst so handelt, da mich diese Möglichkeit mit einer Kraft in der Magengrube trifft, die ich nicht spüren möchte.

Ich kann nicht länger warten, sondern muss selbst entscheiden. Also traue ich mich und schreibe Kai. Einige Umformulierungen später bin ich mit der Nachricht, die ich genau jetzt abschicke, zufrieden. Natürlich hab ich sie in den Notizen vorgeschrieben. Zu riskant, direkt im Chat zu tippen.

Hey, wollte mich noch mal melden. :) War ein sehr cooler Abend gestern, hoffe, ihr hattet auch noch eine gute Zeit! Seid ihr nächstes Wochenende wieder im Fuchs?

Ich drücke auf Senden und brauche einen Atemzug, um zu kapieren, dass ich diesen Schritt gewagt habe. Die Hoffnung, dass ich mich jetzt auf andere Dinge konzentrieren kann, war wohl zu optimistisch. In meiner Vorstellung wollte ich nun mein Handy beiseitelegen und mich an unser Pädagogikprojekt setzen. Leichter gesagt als getan. Schon als ich meinen Laptop öffne und die Stichpunkte durchgehe, schiebt sich von der Seite ein nervöser Gedanke nach dem anderen dazwischen. Obwohl ich die Benachrichtigungen auf laut gestellt habe, kontrolliere ich in immer kürzer werdenden Abständen, ob sie tatsächlich auf laut eingestellt sind – in der Sorge, ich könnte eine Nachricht überhören. Ich hintergehe mich selbst und merke, wie quälend diese Abhängigkeit ist, traue mich nur noch nicht, mir diese im vollen Bewusstsein einzugestehen. Von zwei Antworten erlöst werden zu wollen, bringt meine Nerven an ihre Grenzen, und mit jeder vergehenden Minute steigere ich mich bloß weiter in dieses Durcheinander hinein. Ich muss hier raus.

...

Mittlerweile dämmert es draußen. Ich ziehe meine Jacke an, steige in meine Boots und nehme meine Kopfhörer von der Kommode. Meine Mutter weiß Bescheid, dass ich diesen Moment für mich brauche, also schließe ich die Tür und laufe zur Bushaltestelle. Der Herbst steht kurz davor, die Tage komplett zu bestimmen, und auch jetzt regnet es wieder. Ich ziehe meine Kapuze auf und genieße die kühle Luft. Die Ampel ist rot, ich schließe für einen Moment die Augen. Für diese Sekunden höre ich nur meinen Atemzug. Spüre, wie die frische Luft von meinem Körper aufgenommen wird. Die Ampel wird grün. Ohne zu schauen, wann der Bus kommt, bin ich einfach losgelaufen. Ich habe kein Ziel. Ich muss bloß raus. Es wundert mich nicht, dass niemand auf der morschen Holzbank sitzt – es ist immerhin Sonntag. Also setze ich mich, überschlage die Beine, ziehe meine Kopfhörer auf und warte. Bis schließlich der Bus einfährt, beobachte ich die Regentropfen, die an der eisernen Stange der Überdachung entlangfließen. Das grelle Leuchten der Lichter im Bus holt mich für einen Augenblick zurück in die Realität, lässt mich jedoch schnell wieder rausgleiten, sobald ich auf meinem Platz sitze und durch das Fenster auf die Straße blicke.

Neben dem Busfahrer bin ich die Einzige. Es gibt keinen Anlass, an einem verregneten Sonntag durch unsere kleine Vorstadt zu fahren, doch für mich ist es die Flucht vor der Gedankenflut. Wenn ich durch meine eigene Stimme im Kopf drohe, zu überhitzen, setze ich mich in den Bus und fahre bis zur Endstation, mache Musik an und beobachte das Geschehen hinter den Fenstern. Dann warte ich, bis der Busfahrer die gleiche Route zurückfährt, und steige wieder aus. Unsere Vorstadt ist schnell abgeklappert, also bin ich mit Sicherheit vor Mitternacht wieder zu Hause – die einzige Bitte meiner Mutter. Meine Ohren werden mit Musik umspielt, der Bus fährt durch, ohne anzuhalten – niemand steigt dazu und ich zähle die Regentropfen an der Scheibe. Jedes Mal, wenn Henri oder Kai sich in meinen Kopf drängen, beginne ich, von vorne zu zählen. So sehr ich versuche, nicht auf eine Antwort zu warten – unterbewusst tue ich genau das. Ich habe mein Handy gezielt in den Flugmodus gesetzt, um nicht auf den Ton einer Benachrichtigung warten zu können, doch umso länger ich im Bus sitze, desto mehr muss ich mich zwingen, ihn nicht wieder auszustellen. Das unbeschwerte Busfahren, das mir sonst diese Ruhe vermittelt, entfaltet bislang nicht seine Wirkung, und als der Busfahrer schließlich an der Endstation umkehrt, werde ich nervös. An diesem Punkt sollte ich in meiner Ruhe gefasst sein, doch selbst der kleinste Versuch, mich wieder auf die Regentropfen zu konzentrieren, scheitert. Mein Herz schlägt schneller und es fühlt sich an, als müsste ich einen Entzug stemmen. Ohne zu wissen, ob ich eine Nachricht bekommen habe, bin ich machtlos. Es ist wie eine Droge und ich kann nicht länger darauf verzichten. Also entscheide ich mich, den Flugmodus auszustellen. Über meine Kopfhörer tönt weiterhin meine Playlist. Eine Songauswahl, die mich noch emotionaler macht, als ich es sowieso schon bin. Meine Augen folgen der Fahrbahn, meine Ohren warten auf die Erlösung. Jetzt sollte ich wieder Nachrichten empfangen.

Doch ich höre nichts, ich spüre nichts. Keinen Ton, kein Vibrieren. Habe ich Empfang? Einen Blick wage ich auf meinen Bildschirm und sehe an der Anzahl der Balken, dass ich längst eine Nachricht hätte bekommen sollen – wäre da eine gewesen. Wie eine erbarmungslose Hand packt es meine Kehle. Sie schnürt sich zu und raubt mir den Atem. *Matti, konzentrier dich, schau auf die Straße!* Zu spät. Ich kann meine Tränen nicht zurückhalten. Ganz automatisch verlassen sie meine Augen und es werden immer mehr. Als würden sie gegen die Regentropfen kämpfen, laufen sie in Windeseile über meine glühenden Wangen. Es tut so weh. Es tut so unglaublich weh, diese Stille auszuhalten. Ich brauche eine Antwort, ich brauche die Gewissheit der Beachtung, ich brauche diese Bestätigung. So kann ich nicht nach Hause. Es fehlt die Erlösung. Wie komme ich zur Ruhe? Wie kann ich meinen Puls abkühlen? An meiner Haltestelle angekommen, schaffe ich es kaum, den Fuß aus der Tür zu setzen. Draußen schließe ich die Augen, lege den Kopf in den Nacken, atme ein, atme aus.

Dann breche ich zusammen.

Fest umschlungen hocke ich auf dem Boden und weine. Ich weine so sehr, dass ich Angst vor meinem geistigen Zustand habe. Was ist mit mir los?

Stille, Schluchzen, Tränen, Regentropfen – Vibrieren. Mein Handy vibriert und in dieser Sekunde fällt die Last ab. Ich atme tief durch und kann wieder aufstehen. Ich stütze mich aus meiner Hocke nach oben, ziehe ein altes Taschentuch aus der Jackentasche und entsperre mein Handy.

Was ist los?, lese ich. Dann schließe ich den Chat, laufe nach Hause und schlafe ein.

13

Alles, was ich in der Voransicht lesen kann ist: *Hey, ja, das stimmt! Nächstes Wochenende …*

Soll ich schon draufklicken, um die ganze Nachricht zu sehen? Mit dem Ton meines Weckers habe ich sofort geschaut, ob Kai mir geantwortet hat. Schon beim Lesen der ersten Worte kann ich mein Grinsen kaum unterdrücken, also klicke ich auf den Chat, um die ganze Nachricht zu sehen.

Hey, ja, das stimmt! Nächstes Wochenende kein Fuchs, dafür Gartenparty mit Tischtennisturnier bei Greta. Kannst ruhig kommen. Meine Kinnlade fällt runter. Eben dachte ich, ich bin wach – nein, *jetzt* bin ich wach. Meine Augen starren auf die Nachricht und fahren über jedes einzelne Wort, noch mal und noch mal. Kai hat mir nicht bloß geantwortet, er hat mich auf die nächste Party eingeladen. In entsprechender Hochstimmung schlage ich die Decke zur Seite, stehe auf und laufe ins Badezimmer. Doch beim Blick in den Spiegel werde ich schlagartig zurück in die letzte Nacht versetzt. Meine Augenringe sind nicht zu übersehen. Eilig wasche ich mein Gesicht mit eiskaltem Wasser, putze meine Zähne und stelle die Temperatur der Dusche ein. Ich verdränge es – versuche es zumindest, doch spätestens als die Wassertropfen auf mich einprasseln, stehe ich wieder im Regen an der Bushaltestelle. Sie holen mich ein. Die Emotionen der letzten Nacht holen mich ein, doch mit dem Wissen, dass mich Kai auf die nächste Party eingeladen hat, versuche ich sie konzentriert beiseitezuschieben.

…

»Bis später, Mama!«, ruft Vici, als ich unsere Haustür schließe.

»Bist du bereit für die mündliche Prüfung?« Gestern Abend habe ich noch mitbekommen, wie Mama sie Vokabeln abgefragt hat, als ich mich leise in mein Zimmer geschlichen habe.

»Ja, bin ich.« Vici drückt auf den Ampelknopf. »Gegenfrage: Bist du bereit für Kai?« Sie deutet auf die gegenüberliegende Straßenseite. Ich habe es mir nicht anmerken lassen, aber die Vorfreude, ihn gleich zu sehen, würde Vicis Vorstellungen übertreffen. Außerdem möchte ich sie vor der Prüfung nicht ablenken. Ihr sollen schließlich Vokabeln und keine Kussszenen durch den Kopf flattern, auch wenn es mir unter den Fingern brennt, ihr jetzt auf der Stelle jedes Detail zu erzählen, doch ich darf nicht egoistisch sein.

»Klar«, antworte ich, als die Ampel grün wird und wir weiter auf ihn zusteuern. Da ich ihm noch nicht auf seine Nachricht geantwortet habe, liegt der Ball quasi bei mir, doch mit jedem Schritt, den wir uns ihm nähern, würde ich diesen Ball gerne beiseitelegen. Soll ich ihn anschauen? Soll ich meinen Blick gesenkt lassen? Ich kann kaum so tun, als würde ich ihn nicht bemerken, da gerade mal eine weitere Person an der überschaubaren Bushaltestelle steht. Ich habe meine Nervosität maßgeblich unterschätzt. Doch als ich gerade meinen Kopf hebe und mich dazu entscheide, ihn anzuschauen, ist sein Blick bereits gefesselt – an sein Handy. Bis der Bus vorfährt, wendet er diesen auch nicht mehr ab, und selbst beim Einsteigen starrt er weiter auf seinen Bildschirm. Enttäuschung und Erleichterung vereinen sich zu einem Gefühl, als wir uns auf unseren Stammplatz setzen und Kai nicht den Anschein macht, mich wahrnehmen zu wollen. Er möchte sich gerade auf den Platz im Vierer setzen, als ihm unerwartet ein älterer Herr den Vortritt nimmt. Kai scheint das nicht zu stören, er lächelt bloß und läuft weiter – wieder genau auf uns zu. Vici bekommt von all dem diesmal nichts mit, da sie tief in ihrem Vokabelheft versunken ist. Gibt es ein schlimmeres Gefühl, als zu wissen, dass man sich, nachdem man sich geküsst hat, gleich das erste Mal wieder in die Augen schaut? Ich denke nicht – sonst würde mir mein Herz nicht jeden Moment aus der Brust springen wollen, umso näher ich ihn aus dem Augenwinkel kommen sehe.

»Mathilda?« Jetzt springt es aus der Brust. Er hat mich gesehen. Selbstsicher möchte ich meinen Blick heben, kriege danach aber bloß ein »H-Hi« aus mir heraus. Vici klappt ihr Heft zu, schaut nach oben, klappt es wieder auf, schaut rein und sagt kein Wort – sie ist sichtlich geschockt.

»Was machst du hier?«, fragt er verwundert. Das ist der Moment, in dem mir klar wird, dass er mich noch nie bemerkt hat – in all den Jahren, die ich in diesem Bus sitze.

»Ich nehme immer den Bus.« Mir ist es unangenehm, ihm das zu gestehen, da ich genau merke, wie ihn die Information verwirrt.

»Das ist mir nie aufgefallen.«

Ich weiß. Er schmunzelt und schaut zurück auf sein Handy. Ich muss hier raus. Ich halte diese Anspannung nicht aus. Ich sehe genau, dass Vici, seitdem Kai aufgetaucht ist, immer und immer wieder die gleichen Vokabeln anschaut. Die Aktion scheint sie mehr als aus der Fassung gebracht zu haben – genau das, was ich vermeiden wollte. Langsam dreht sie sich auf die Seite und wirft mir einen Blick zu, der so viel heißen soll wie: *Was verheimlichst du mir?* Ich schüttele bloß den Kopf und gebe ihr wortlos zu verstehen, dass ich sie nachher aufkläre. Kurz vor unserer Haltestelle wendet Kai seine Augen zurück nach oben.

»Kommst du am Samstag?« Nicht nur seine, sondern auch Vicis Ohren sind gespitzt und warten auf meine Antwort. Wie werde ich jemals ruhig auf ihn reagieren können, wenn er mich mit dieser Ausstrahlung jedes Mal aufs Neue umwirft? Das war schon immer so. Doch der Kuss – die Küsse – haben meine körperliche Reaktion auf seine Nähe ein Level höher gesetzt. Bei jedem Wort, das seine Lippen an mich verlässt, zuckt jeder noch so kleine Muskel in meinem Körper zusammen.

»Natürlich«, kriege ich schließlich aus mir raus, lächle angespannt und warte auf seine Reaktion.

»Cool.« Dann schaut er zurück auf sein Handy. Innerlich sterbe ich vor Scham, die ich nur nicht begründen kann. Er macht es mir nicht leicht, einzuschätzen, ob er mich gut findet. Seine Reaktionen wirken auf mich unerklärlich. Die restliche Fahrt sagt er kein Wort mehr. Der Bus hält, die Türen öffnen sich, alle stürmen nach draußen. Kai dreht sich zu mir. »Bis Samstag!« Er nickt mir zu und steigt aus, bevor er meine Antwort hört.

»Bis dann!«

Ich sehe nur noch, wie er Jannes an der Kreuzung begrüßt und sie zum Bäcker einbiegen. Schaffe ich es, mich die Woche auf die Schule und nicht nur auf das kommende Wochenende zu konzentrieren?

...

»Ich muss die Regel für die Klausur einfach in meinem Kopf verankern«, seufze ich.

»Ableitungen kannst du doch, dann wirst du das auch noch verstehen.« Henri klappt sein Mathebuch zu und steckt es in den Rucksack. Ich sitze noch am Tisch und versuche, die Lösung der letzten Aufgabe zu entschlüsseln.

»Das kannst du auch später machen!« Carla kommt zu meinem Platz und zieht mir das Heft unter den Händen weg.

»Ey, ich will das verstehen!«

»Aber ich habe Hunger, hatte kein Frühstück!« Mit Carla ist nicht zu spaßen, wenn sie hungrig ist. Sie ist diese Art von Mensch, die sich ohne zu fragen das letzte Stück Pizza nimmt.

»Ich erkläre dir das, wenn du es bis zum Wochenende nicht verstanden hast«, ermutigt mich Henri. Nächsten Montag schreiben wir die Klausur. Wenn ich bis dahin nicht den Durchblick habe, bin ich aufgeflogen. Wobei ich eigentlich gut in Mathe bin. Doch seit diesem Thema habe ich den Anschluss verloren, und als wäre der Stress durch Pädagogik nicht genug, vergrößern sich meine Sorgen dadurch enorm. Die Zehnminutenpause reicht gerade für Carla, sich am Kiosk anzustellen und ein belegtes Brötchen zu kaufen. Henri und ich warten währenddessen an der Seite. Kein Wort reden wir miteinander. Stille dominiert den Moment, in dem wir zu zweit sind, und ich habe die Befürchtung, der Hintergrund dieser Leere ist größer, als ich mir zum aktuellen Zeitpunkt vorstellen mag. Carla kommt zurück und gibt mir Anlass, uns aus der Ruhe zu befreien.

»Du hast mir immer noch nicht von deinem Abend erzählt.« Ich hatte erwartet, dass Carla selber auf mich zukommt, aber da es bisher noch nicht passiert ist, spreche ich sie jetzt darauf an. Sie stutzt, da sie mit Sicherheit irritiert darüber ist, dass ich sie vor Henri darauf anspreche.

»Alles gut, ich weiß schon Bescheid«, äußert er sich und hält sich weiter ruhig im Hintergrund.

»Okay. Du hast mir auch noch nichts erzählt«, antwortet sie. »Was hast du nach dem Flaschendrehen gemacht? Da hab ich dich nicht mehr gesehen.« Der Augenblick, in dem sie mit Kai an der Bar stand. Ich bin gespannt, ob sie mir die Wahrheit erzählt oder gekonnt meine Anspielung umgeht.

»Ich hab dich auch nicht mehr gesehen! War draußen und in der Menge tanzen.« Sie umgeht sie – bloß nicht gekonnt.

»Mit wem warst du denn unterwegs?« Ihre letzte Chance, mit der Wahrheit rauszurücken.

»Warum ist das so wichtig? Erzähl mir lieber von deinem Kuss.«

Ich verdrehe die Augen.

»Von welchem von den beiden?«, beteiligt sich Henri erneut am Gespräch. Die Provokation in seinem Ton lässt mich ein weiteres Mal die Augen verdrehen.

»Es gab doch nur den einen?« Carla stockt und hört auf zu kauen.

»Tut mir leid, ich ärgere dich doch nur.« Henri stupst mich von der Seite an und kriegt das erzwungene Lächeln, das er sich von mir wünscht.

»Hallo, welcher Kuss?« Carla lässt nicht locker.

»Kai hat sie nach dem Flaschendrehen noch mal geküsst.«

Carla schaut Henri schockiert an – danach wirft sie mir einen vorwurfsvollen Blick zu. »Kann Mathilda auch selber reden? Stimmt das?«

Ich lächle nur und bestätige Henris Aussage mit einem Nicken.

»Glückwunsch! Kann ich das so sagen?« Carla lacht und hebt die Hand, um mir ein High Five zu geben. Zurückhaltend schlage ich ein. Die Ungewissheit, ob die Freude echt ist oder ihren möglichen Neid tarnt, hält mich davon ab, mich ihr voll und ganz zu öffnen. Ich muss wissen, wieso sie an dem Abend mit Kai geredet hat, werde aber von der Angst vor der Wahrheit daran gehindert, diese Frage konkret auszusprechen.

»Mit wem warst du denn jetzt unterwegs?«, hake ich ein letztes Mal nach.

»Du weißt, ich bin eher eine Alleingängerin.«

»Aber du kannst mir nicht erzählen, dass du die ganze Zeit allein warst?« Wenn sie jetzt nicht mit der Sprache rausrückt, gebe ich auf.

»Die meiste Zeit schon, aber ansonsten mit ein paar anderen Mädels und dann hat mich ein Typ nach meiner Nummer gefragt. Mit dem habe ich dann ein bisschen getanzt und draußen eine Art Spiel zum Kennenlernen gespielt.« Unbefriedigende Antwort, dennoch bekomme ich ein Gefühl für die Wahrheit.

»Kannst ihn mir ja nächstes Mal vorstellen.«

»Ja, schauen wir dann.« Sie stopft sich das letzte Stück vom Brötchen in den Mund und steuert zum Klassenraum. Henri wirft mir von der Seite einen verwirrten Blick zu und gibt mir damit zumindest das Gefühl, wieder im gleichen Team zu spielen.

...

»Seid ihr bereit für den Hürdenlauf?«

»Na klar, ich hab zu Hause die Sprungposition geübt«, antworte ich Henri. Nachdem mich Herr Peters in der einen Stunde kritisiert hat, muss ich ab sofort wieder mein Bestes geben.

»Wie muss ich mir das vorstellen? Setzt du dich dann überall, wo du sitzen musst, im Hürdensitz hin?«, hakt Carla nach.

»Also letztes Mal beim Frühstück saß sie ganz normal.« Henri muss lachen und schubst mich leicht mit seiner Schulter an.

»Welches Frühstück?« Carla guckt verwundert.

»Da hat Henri bei mir gepennt. Ist 'ne andere Geschichte, nicht wichtig«, antworte ich in der Hoffnung, dass sie keine weiteren Fragen stellt.

»Okay, aber dann will ich heute trotzdem die perfekte Sprungposition sehen.«

»Nicht wichtig?« Henri zieht mit Absicht seine Mundwinkel nach unten und dreht sich weg.

Ich packe ihn an den Schultern und ziehe ihn zurück. »Erzähl gerne, wie du mich angesabbert hast.« Schlagartig hält er seine Hand vor meinen Mund.

»Das will ich überhaupt nicht wissen.« Carla schüttelt lachend den Kopf und öffnet die Tür.

In der Sporthalle angekommen ist Herr Peters schon in vollem Gange.

»Leute! Runter vom Mattenwagen!«

Jede Stunde wird er durch solche Aktionen aufs Neue gereizt.

»Wir brauchen keine Matten«, rufe ich in die Menge.

»Lass das Einschleimen, Mathilda«, höre ich von der Gruppe Jungs, die auf dem Wagen rumturnen. Doch sie springen runter, als sie sehen, wie Herr Peters mit eindeutigem Blick auf sie zuläuft.

»Los, runter! Stellt lieber mal die Hürden auf.« Ich quetsche mich an den Reckstangen und den Tischtennisplatten vorbei und greife zu den Hürden. Eine nach der anderen reiche ich durch.

»Leute, mithelfen!« Wieso meint jeder, beim Aufbau so unbeholfen rumstehen zu müssen? Eine gefühlte Ewigkeit später schafft es auch die letzte Hürde in die Halle. Bevor es losgeht, müssen wir uns aufwärmen. Herr Peters schaltet die Musik an und beginnt mit dem Warm-up. Hampelmann, leichtes Laufen, Springen und Dehnen.

»Ich frage mich jedes Mal, wieso du so gedehnt bist.« Henri kommt mit seinen Händen kaum weiter als über die Knie.

»War schon mal besser«, flüstere ich zurück. Früher war es mein Traum, Ballerina zu werden. Also habe ich mich jeden Tag gedehnt. Dieser Moment, als ich es nach Monaten an Übung geschafft habe, in den Spagat zu rutschen, war unglaublich. Jetzt komme ich nicht mehr ganz runter, aber gelenkig bin ich weiterhin und freue mich jedes Mal, wenn ich im Unterricht davon profitiere. Wir machen einen Kreis und besprechen die richtige Sprungposition, platzieren die Hürden in Reihen und ziehen einer nach dem anderen unsere Bahn.

»Und spring! Schneller, ja, spring! Weiter, weiter, mehr Kraft!« Herr Peters ist top motiviert und gibt uns buchstäblich das Gefühl, er wolle uns zu Leistungssportlern trainieren. Er war selbst auch mal einer – im Badminton –, auch wenn man das beim Anblick seines gemütlichen Jogginganzugs nicht unbedingt denken würde. Jede Stunde kombiniert er diesen mit wechselnden Caps, womöglich, um seine grauen Haare zu bändigen, die in alle Richtungen abstehen.

Jetzt bin ich an der Reihe. Ich nehme meine Startposition ein und auf das Go von Herrn Peters sprinte ich los. Die erste Hürde – ich sammle meine gesamte Sprungkraft und fliege förmlich über das Hindernis.

»Super, Mathilda!« Das gibt mir die weitere Motivation für die zweite Hürde. »Los, spring!« Herr Peters klatscht, als ich auch die dritte und vierte Hürde sauber überwinde. »Sehr gut!« Das hat Spaß gemacht! Er kommt zu mir, wirft seine Cap nach oben, fängt sie wieder auf und setzt sie mir auf den Kopf. Ich lache und gebe ihm ein High Five. Da hat sich das Üben ausgezahlt. Bei meiner Sportnote bin ich viel zu ehrgeizig. Die Cap werfe ich Herrn Peters wieder zu und beobachte als nächstes, wie Henri Anlauf nimmt. Sein Start und der Sprint sind sehr gut, aber …

»Nein, so springt man nicht über eine Hürde!« Herr Peters zieht ihn aus der Bahn. »Mathilda, komm mal her«, winkt er mich rüber. »Kannst du ihm bitte noch einmal die richtige Beinstellung zeigen? Geht rüber in die andere Ecke und dann hilf ihm ein bisschen, okay?«

»Nichts lieber als das.« Schadenfroh ziehe ich Henri hinter mir her. Es fühlt sich gut an, auch ihm mal bei etwas helfen zu können. In jedem anderen Fach steht er über mir. Aber hier und jetzt bin ich an der Reihe.

»Okay, hinsetzen.« Ich zeige auf den Boden. »Jetzt präsentier mir doch noch einmal deine Sprungposition.«

Henri lacht. »Nicht übermütig werden, junge Dame.« Dann setzt er sich hin und streckt beide Beine nach vorne.

»Jetzt das rechte nach hinten ziehen.« In strengem Ton gebe ich ihm die Anweisung zur korrekten Ausführung.

»So, oder nicht?« Unkonzentriert knickt er sein rechtes Bein ab.

»Größerer Winkel!« Ich hocke mich zu ihm auf den Boden. »Schau mal.« Mit der linken Hand greife ich seine Wade und drücke leicht mit der rechten Hand gegen die Innenseite seines Oberschenkels. »Du musst die Beine weiter auseinandermachen.«

»Au! Ich bin nicht so gelenkig.« Er drückt mit dem Bein entgegen der Kraft, die ich mit meinen Händen anwende. »Dann dehn dich halt öfter!«, wende ich ein und lasse ihn los.

»Oh, dann rechne du doch auch einfach mal mehr in deiner Freizeit, anstatt auf Partys deine Zeit zu vergeuden.« Der hat gesessen. Ohne eine Reaktion zu zeigen, drücke ich mich vom Boden hoch, werde jedoch sofort aufgehalten.

»Nein, warte, so war das nicht gemeint.« Henri umschlingt meine Hand und zieht mich zurück auf den Boden. »Mach es einfach mit ein bisschen mehr Feingefühl.«

In mir brodelt es, doch mit dem Wissen, dass Herr Peters uns von der Seite beobachtet, reiße ich mich zusammen. »Okay, also noch mal.« So sanft wie möglich drücke ich sein Bein in die richtige Position. »Geht das?«

Henri nickt nur. Er konzentriert sich auf die Atmung, um nicht direkt aufzugeben.

»Genau so!«, ruft Herr Peters von der anderen Seite der Sporthalle. Ich schmunzle.

»Siehst du, klappt doch«, motiviere ich ihn. »Jetzt noch mit der rechten Hand den linken Fuß berühren.« Ich fasse seinen Arm und ziehe ihn vorsichtig in die Position. »Wenn du das zu Hause ein paarmal machst, kannst du nächste Stunde richtig glänzen«, motiviere ich ihn, worauf er seine Augenbrauen hochzieht und sich vom Boden abdrückt.

»Danke, Matti.« Dann hält er mir seine Hände hin. Zweimal einklatschen und zusammendrücken. »Jetzt solltest du nur aufpassen, dass ich dich nächste Stunde nicht überhole.«

Nach dem Unterricht muss ich schnell nach Hause. Morgen

haben wir Pädagogik und besprechen den aktuellen Stand unseres Experiments. Obwohl wir geplant hatten, nach der Schule zu Carla zu fahren, telefonieren wir stattdessen später und arbeiten so weiter an dem Vortrag. Angeblich hat sie von ihrer Mutter spontan den Auftrag bekommen, eine Uhr beim Juwelier abzuholen – rein zufällig.

14

»Schließt ihr bitte die Tür?« Frau Bender kann nicht verbergen, dass sie gestresst ist. Wenn sie gleich noch erfährt, dass Carla und ich kein bisschen weitergekommen sind, stehen die Chancen gut, dass sie ausrastet.

»Was sollen wir denn gleich erzählen?«, flüstere ich Carla unruhig zu.

»Lass mich das machen. Mir fällt schon was ein.« Sie schließt die Klassentür, dann setzen wir uns an unsere Plätze. Als ich gestern auf ihren Anruf gewartet habe, ist wohl etwas beim Juwelier schiefgegangen. Alles hat sich nach hinten verzögert, und als sie dann bereit war, musste ich zum Abendessen. Allein habe ich dann auch nichts mehr auf die Kette bekommen. Ich schaffe es nicht, mich an einem Stück zu konzentrieren. Immer wieder flattern Gedanken über das kommende Wochenende durch meinen Kopf.

»Ist die Uhr heile zu deiner Mutter gekommen?«

»Welche Uhr?« Carla kramt in ihrer Tasche.

»Meinst du das ernst?« Ich schaue sie entsetzt an, bis sie ihren Blick von der Tasche zu mir wendet. Einen kleinen Moment dauert es, bis sie versteht, was ich meine.

»Ach, du redest über gestern. Ich war schon bei Päda.« Dann senkt sie ihren Blick und zieht ihre Unterlagen auf den Tisch. »Meine Mutter war echt dankbar, dass ich das geregelt habe.« Es gibt kaum einen Grund, mich anzulügen, da sie doch diejenige ist, die diesen verdammten Vortrag halten möchte. Also wozu mir ein Gefühl der Unsicherheit vermitteln? Ich werde nicht schlau aus ihrem Verhalten.

»So, ihr wisst, dass bald der große Abend ist. Ich möchte, dass unser Kurs herausragend abschneidet. Die ersten drei Plätze haben die grandiose Möglichkeit, sich international zu beweisen und ein Stipendium zu erhalten. Wir sind ein starker Kurs und daher erwarte ich Leistung!« Frau Bender stellt ihr Tablet auf, steckt sich ihre krausen Haare mit einer Klammer weg und nachdem sie ihre klein gepunktete Bluse zurechtgezupft hat, klickt sie sich durch die Themen. Eine Gruppe nach der anderen stellt ihren aktuellen Stand vor.

»Die sind alle schon so weit«, flüstere ich. Soweit ich weiß, sind wir der einzige Kurs, in dem der Wettbewerb so ernst genommen wird. Ich habe noch von keinem anderen Teilnehmer gehört, dass sie jede Woche aufs Neue den aktuellen Stand präsentieren müssen. Die machen einfach ihr Ding und stellen das Experiment am Ende vor. Keiner kontrolliert, ob es gut ist – aber bei uns wird komplett übertrieben.

»Dann haben wir noch die letzte Gruppe: Mathilda und Carla.« Frau Bender wirft uns einen erwartungsvollen Blick zu. Ich nicke hilflos, lege meinen Kopf auf die Seite und lächle Carla an. Mein Herz pocht – ich höre jeden einzelnen Schlag.

»Die Arbeit läuft gut. Wir haben erkannt, dass die Aussage, die wir mit unserem Experiment machen möchten, am wirkungsvollsten ist, wenn ein Twist in der Geschichte ist, mit dem keiner rechnet. Damit der Spannungsbogen erhalten bleibt, wäre es sehr sinnvoll, wenn wir jetzt nicht erzählen, wie es weitergeht. Wir möchten große Verwirrung zu klarer Erkenntnis drehen! Es ist die Zeit, die allen eine Antwort geben wird. Mit dem Experiment wollen wir Unausgesprochenem die richtige Bühne geben.« Okay, Moment – wo kommen diese Worte her? Ich halte meinen Atem an und versuche, Frau Benders Blick zu entschlüsseln.

»Mädels, macht mich doch nicht so neugierig! Aber genau das

nenne ich Einsatz! Ihr wählt einen anderen Weg, bei dem es darum geht, die Arbeit selbst in das Experiment einfließen zu lassen. Es lässt Spielraum für Interpretation und genau so werdet ihr auf der Bühne stehen, dem Publikum die Augen öffnen und die richtige Vermutung aufdecken.« Ich atme aus. Einen Augenblick dauert es, ihre Worte sacken zu lassen und zu entschlüsseln. Hat Carla es gerade wirklich geschafft, uns von Frau Benders strenger Beobachtung zu befreien?

»Habe ich das richtig verstanden?«

Carla nickt.

»Wie hast du das gemacht?« Ich wusste zwar, dass sie gut um den heißen Brei herumreden kann, aber so gekonnt? Das schockiert mich gerade.

»Ich hab einfach mein Gefühl sprechen lassen.«

Immer noch baff, wie die Pädagogikstunde verlaufen ist, gehen wir auf die Toilette, bevor die nächste Mathestunde startet.

»Ich muss dir noch etwas anderes erzählen.« Carla haut auf den Seifenspender und drückt mit Gewalt den letzten Rest heraus.

»Dass du Aggressionsprobleme hast?«, frage ich sarkastisch.

»Die kriege ich nur, wenn nächstes Wochenende wieder so verläuft wie das letzte.« Jetzt verreibt sie die Seife in ihren Händen und verzieht das Gesicht.

»Hmm?«, stutze ich und schaue sie fragend an.

»Der Typ, mit dem ich im Fuchs unterwegs war – von dem ich dir erzählt habe –, letztes Wochenende hat er mich gestresst, aber jetzt hat er mich zu diesem Tischtennisturnier eingeladen.« Das Tischtennisturnier bei Greta – sie wurde auch eingeladen.

»Du bist auch da?«

»Warte, du auch?« Carla zieht die Hände aus dem Wasserstrahl. Ich drücke den Wasserhahn aus und reiche ihr ein Papierhandtuch.

»Ja – Kai hat mich eingeladen.«

Jetzt reißt sie ihren Mund auf und ist offensichtlich überrascht.

»Also ist das jetzt was Ernstes bei euch?«

»Wir haben uns nur zweimal geküsst. Ich kann von Glück reden, dass er sich an mich erinnert.«

Carla schmunzelt und klopft mir auf die Schulter. »Wieso sollte er das vergessen? Sein halbes Leben dreht sich darum, Mädchen den Kopf zu verdrehen. Er ist Experte.« Sie hat recht. Egal.

...

Im Kursraum angekommen wartet Henri schon auf uns. »Konntest du dir gestern noch mal die Aufgabe anschauen?« Genervt runzle ich die Stirn.

»Nee, ich war mit Pädagogik beschäftigt.« Das ist gelogen. Ich war einzig und allein mit dem Tischtennisturnier beschäftigt. »Die Klausur ist ja erst nächste Woche, habe also noch Zeit, das zu verstehen«, füge ich hinzu und versuche, mich auf die verschiedenen Rechnungen zu konzentrieren.

»Wenn du magst, können wir uns am Wochenende treffen. Ich kann dir vor Montag noch mal alles erklären«, schlägt Henri vor. Er muss meinen verzweifelten Blick ins Buch sehen. Ich schmunzele – innerlich hadere ich.

»Vielleicht Sonntag?«, schlage ich mit dem bloßen Hintergedanken vor, dass ich Samstag bei Greta eingeladen bin.

»Gerne, dann zeige ich dir auch meinen Hürdensitz.« Henri lächelt und greift zu seinem Matheheft. Auch wenn man sagt, dass alle guten Dinge drei sind – in diesem Fall nicht. Ich kann Henri kein drittes Mal anlügen, und auch Carla signalisiert mir mit ihrem provozierenden Blick, in welche Spirale ich erneut zu geraten drohe. Ich weiß. So kann das nicht weitergehen. Die quälende Busfahrt war allein Beleg genug dafür, dass ich so langsam ein wirkliches Problem bekomme.

»Ich bin am Samstag nämlich bei Greta zum Tischtennisturnier eingeladen.« Verunsichert schaue ich in mein Buch und zähle die Sekunden, bis Henri reagiert. Doch er sagt nichts. »Daher passt Sonntag besser«, schiebe ich hinterher. »Ich freue mich.«

Carla beobachtet uns unauffällig. Immer weiter zähle ich die Sekunden, bis Henri schließlich spricht.

»Seit wann spielen die denn Tischtennis?« Er kritzelt ein Strichmännchen in sein Matheheft.

»Ich glaube, es geht weniger um das Spielen«, wirft Carla von der Seite ein – das hätte sie sich verkneifen können. »Ach, du bist auch dabei?« Neben das Männchen malt er ein Gleichzeichen.

»Dieser Typ vom letzten Mal hat mich eingeladen, wird bestimmt witzig.« Carla schaut irritiert auf seine Zeichnung. Neben das Gleichzeichen malt Henri einen Ball. »Was soll das heißen?«, fragt sie skeptisch.

»Typ gleich Ball?«, versuche ich zu entschlüsseln. Henri nimmt seinen Stift.

»Kai ungleich Tischtennis!« Er zieht einen fetten Strich durch das Gleichzeichen.

»Was war das jetzt, bitte?« Carla verschluckt ihr Lachen und schaut mich mit verzerrter Miene an.

»Mit Sicherheit wird es an dem Abend nicht um Tischtennis gehen.« Henri schüttelt den Kopf und lacht spöttisch.

»Verhalte dich nicht so unreif.« Carla muss ihm unbedingt noch eine reindrücken. Die Situation ist unangenehm genug, und auch wenn ich seine Reaktion gerade selbst übertrieben finde, ist mir in dem Augenblick nichts wichtiger, als von ihm Verständnis zu erlangen.

»Hey.« Ich nehme seinen Stift und male einen kleinen Smiley in sein Heft. »Sonntag steht, ja?« Dann lege ich den Kopf auf die Seite und warte. »Ich freue mich auf Sonntag«, wiederhole ich, bis Henri schließlich nickt und mir ein gekünsteltes Lächeln zuwirft – Scheiße.

15

»Hast du die Schwimmnudel dabei?« Meine Mutter öffnet mir die Tür zum Reisebüro. Nach der Schule bin ich direkt los zur Arbeit, um neue Videos für ihre Website zu drehen.

»Ich komme doch direkt aus der Schule, Mama.«

»Och ne, oder? Wir haben doch heute Morgen noch besprochen, dass du neue Videos drehst.« Sie geht zu ihrem großen Holzschrank, in dem neben all ihren Unterlagen auch die Requisiten verstaut sind, und holt einen aufblasbaren Gummi-Dino aus der Schublade. »Schau mal, vielleicht kannst du hiermit was anfangen?«

Ich nehme den noch verpackten Dino aus ihrer Hand und beäuge ihn skeptisch. »Wo kommt der denn her? Und was stellst du dir damit vor?«

Sie setzt sich zurück an ihren Schreibtisch und grinst. »Frank hat ihn mir geschenkt. Wäre doch witzig, wenn wir ihn in ein Video einbauen.«

»Wer ist Frank? Habe ich was verpasst?« Bin ich nur neben der Spur oder ist da etwas Gewaltiges an mir vorbeigegangen?

»Ich wollte es dir eigentlich in Ruhe erzählen, aber der Weinherr hat jetzt auch einen Namen.« Sie tippt nervös in die Tastatur. Ich sehe an ihren roten Wangen, wie aufgeregt sie ist.

»Es ist wirklich was Ernstes!« Die Freude für meine Mutter bricht aus mir heraus. »Ich freue mich! Aber ein Dino? Was will er dir damit sagen?«

Sie holt ihn aus der Verpackung. »Hier, puste ihn erst mal auf, der sieht bestimmt süß aus.«

Skeptisch nehme ich die Luftpumpe aus dem Regal und mit

jedem Pumpstoß wird das Dinogesicht klarer erkennbar.

»Der ist ja richtig hässlich.«

Meine Mutter betrachtet den grünen Kopf kritisch. »Ja, das stimmt«, antwortet sie. Dann lachen wir beide. »Aber für das Video kannst du ihn bestimmt verwenden, oder?« Sie nimmt ihn mir aus der Hand und hält ihn neben mich. »Das wird witzig!«

Die Angst, dass jemand – Kai – diese Videos irgendwann zu Gesicht bekommt, verdrängt schleichend die Freude, die ich noch vor wenigen Minuten verspürt habe. In letzter Zeit überlege ich immer häufiger, ob ich meiner Mutter eine neue Strategie für die Website vorschlagen soll. Wir könnten ein bisschen seriöser werden und die Videos, in denen ich mit Winterklamotten im Planschbecken bade, wie ein Helikopter durch das Büro fliege und mich im Liegestuhl auf dem Bürgersteig sonne, von der Seite nehmen.

»Mama, wie wäre es mit einem neuen Plan? Vielleicht kannst du ja mal die Hauptrolle in den Videos spielen – ich übernehme dann die Arbeit hinter der Kamera.«

Hektisch schüttelt sie den Kopf. »Nein, ich finde es super, so wie es ist. Die Videos sind total lustig – der Hit in jeder Mittagspause!« Sie klickt auf das Video, in dem ich im Neoprenanzug und dem viel zu kleinen Schwimmreifen unter der Dusche stehe. »Das war der Brüller im Büro!«

Ich nehme ihr das Handy aus der Hand. »Mama, ich will das nicht mehr!« Jetzt ist es ausgesprochen. Kai spricht für mich.

»Bis vor Kurzem hat es dir doch noch so viel Spaß gemacht. Die letzten Ideen kamen alle von dir. Was ist passiert?« Der Ton in ihrer Stimme ändert sich schlagartig. Sie realisiert, wie ernst ich meine Aussage meine.

»Ich habe keine Lust mehr auf diese beschissenen Videos.« Kai wird immer lauter in meinem Kopf.

Meine Mutter nimmt ihr Handy und setzt sich zurück an den

Tisch. »Legst du den Dino bitte zurück in den Schrank?«

»Und was ist jetzt die Lösung?«, frage ich, als sie zum Telefon greift, das bereits zum zweiten Mal in Folge klingelt.

»Du bekommst heute frei. Wir sehen uns beim Abendessen.« Dann hebt sie ab. »Reisebüro *Meer ist Mehr.* Guten Tag, wie kann ich weiterhelfen?« Ich schlucke, lasse die Luft aus dem Dino und lege ihn mit einem flauen Gefühl im Magen zurück in den Schrank – *tut mir leid, dass ich dich hässlich genannt habe.*

…

Als meine Mutter damals mit Vici schwanger war, hab ich mir oft vorgestellt, wie es sein wird, eine große Schwester zu sein. Auf ihren Bauch habe ich von pinken Muffins bis zu verrückten Katzengangs alles gemalt. Ich muss zugeben, in dem Alter war ich keine große Künstlerin, aber ich habe es geliebt und auch Vici muss es gespürt haben. In der Sekunde, als sie das ganze Essen, mit dem ich sie das allererste Mal gefüttert habe, wieder ausspuckte und mich mit einem so frechen Grinsen anschaute, wusste ich, dass sie früher oder später meine beste Freundin sein wird.

»Ich habe eine Zwei!« Mit einem breiten Grinsen kommt sie zur Tür herein und streckt mir ihre Spanischergebnisse entgegen.

»Hammer, ich wusste, du packst es! Eure Lehrer sind echt schnell mit der Korrektur.« Ich drücke ihr einen fetten Kuss auf die Wange.

»Auch wenn du mich mit Kai fast aus dem Konzept gebracht hättest«, stichelt sie und wischt mit der Hand ihre Wange ab.

»Ich wollte es dir es ja gar nicht erzählen, wäre Kai nicht zu mir gekommen.«

Vici lacht. »Na ja, vielleicht hat es mir auch den Adrenalinkick gegeben, den ich für die Note brauchte.«

Es sind genau diese Momente, in denen ich mich an damals

erinnere. Ich hatte gehofft, dass es so sein wird. Dass wir irgendwann so alt sind, dass wir über alles, was uns beschäftigt, reden können – keine Geheimnisse voreinander haben. Sie ist die Person, mit der ich inzwischen offen über meine Gefühle reden kann. Also öffne ich auch jetzt wieder mein Handy, um ihr das Bild, das Kai gestern aus seinem Whirlpool hochgeladen hat, zu zeigen. Vici stellt ihren Rucksack auf den Boden und setzt sich zu mir aufs Sofa.

»Wieso gefällt Carla das Bild?«, fragt sie. Moment.

»Wie?« Ich nehme ihr das Handy aus der Hand – jetzt sehe ich es auch. Carla hat das Bild mit *Gefällt mir* markiert. Das Bild, das Kai in den letzten paar Tagen aufgenommen haben muss. Seine Eltern haben den gesamten Garten umgebaut. Die ganze Nachbarschaft redet schon seit Wochen über »Familie Kallin, die nichts Besseres zu tun hat, als Bauunternehmen damit zu beauftragen, selbst an einem Sonntag um sieben Uhr die Anwohner mit lauten Baggergeräuschen zu wecken«. Erstaunlich, dass das bisher noch keine rechtlichen Probleme gab. Jedenfalls hat es jetzt anscheinend auch der letzte Bagger geschafft, unsere Wohnsiedlung zu verlassen. Wie auch immer, Carla ist auf seiner Seite unterwegs. Ich lege das Handy auf den Couchtisch, um mich nicht weiter davon stressen zu lassen.

»Das muss aber nichts heißen«, versucht mich Vici zu beruhigen. Im Grunde hat sie recht – ich würde ihr zustimmen, doch die vergangenen Geschehnisse lassen mich mehr und mehr zweifeln. Ist Kai derjenige, über den Carla schreibt? »Vielleicht solltest du sie darauf ansprechen, bevor du zu voreilig urteilst?«

»Es würde mich zu sehr verletzen, wenn es stimmt.« Ich muss es so herausfinden, anders verkrafte ich es nicht.

Mein Handy vibriert. Ich rolle mit den Augen, in der Annahme, dass es Carla sein könnte. Vici reicht es mir. »Henri. Er hat ein Bild geschickt«, erkennt sie auf dem Sperrbildschirm.

»Was schickt er mir?« Ich öffne unseren Chat und muss sofort schmunzeln.

»Wieso grinst du so?« Vici rutscht zu mir und spinkst auf den Bildschirm. »Was macht er da?« Bevor sie das Foto vergrößern kann, ziehe ich das Handy schon weg.

»Ist nur ein Insider von uns.« Dann sperre ich das Handy und verlasse mit einem Lächeln den Raum. »Ach ja, Mama ist nicht so gut drauf, vielleicht können wir ihr später zusammen Abendessen kochen?«, rufe ich noch hinterher, bevor ich die Treppe hochlaufe. Ich kann nicht verheimlichen, dass mir das Bild meine gute Laune zurückgegeben hat. Ich muss es mir ein zweites Mal anschauen. Henri lernt für Mathe – im Hürdensitz.

Du machst es wirklich!, antworte ich.

Ich hoffe, aus dieser Position kommt man wieder raus. Habe das Gefühl, ich bin festgewachsen. Ich lache.

Wenn du morgen nicht in der Schule bist, weiß ich, wieso! Ich krame mein Mathebuch aus der Tasche, setze mich auch in den Hürdensitz und schicke ein Selfie zurück.

Da geht noch was, reagiert er.

Ich bin hier die Gedehnte. Nicht vergessen!

Bis Morgen, Matti.

Ich lache immer noch.

…

Am nächsten Morgen bin ich erleichtert, Henri in der Schule zu sehen. Bleibende Schäden hat das Hürdentraining wohl nicht hinterlassen – höchstens freches Selbstbewusstsein.

»Mach dich auf die nächste Sportstunde gefasst«, begrüßt er mich.

»Was laufen da für geheime Absprachen bei euch?« Carla steht neben Henri, als ich ihn auf dem Schulhof begrüße. Unbewusst baut sich von Tag zu Tag eine Distanz zu ihr auf. Ich möchte es nicht wahrhaben, aber ihr seltsames Verhalten häuft sich und mein Kopf blockiert die Freude, die ich sonst immer verspüre, wenn ich sie sehe.

»Geht nur um den Hürdensitz«, antworte ich trocken. Sie scheint nicht zu merken, dass unser Verhältnis mit der Zeit immer mehr Risse bekommt und zu brechen droht.

»Ich freue mich aufs Wochenende!« Sie bemerkt es wirklich nicht. Vielleicht reagiere ich auch über, doch ich kann mir das alles doch nicht bloß einbilden, oder? Henri dagegen bemerkt die Anspannung sofort. Auf dem Weg zum Unterricht schickt er mir eine Nachricht.

Was ist los bei euch? Ich schaue ihn ermahnend an und schüttle den Kopf.

Später, schreibe ich zurück. Carla bekommt davon nichts mit. Mit auffällig guter Laune steuert sie auf unseren Kursraum zu.

»Ich habe sogar die Hausaufgaben gemacht!«, sagt sie – was zum fraglichen Verhalten hinzukommt. Das passiert echt selten, da sie weiß, wie sie mit ihrer mündlichen Mitarbeit beinahe jeden Lehrer um den Finger gewickelt bekommt. Meine Reaktion spare ich mir und bemühe mich, die Schulstunden beherrscht hinter mich zu bringen.

...

Nach der Schule nehme ich einen kleinen Umweg. Ich genieße die kühle Luft und den Geruch der feuchten Blätter. An unsere Wohngegend grenzt ein kleines Waldstück. Ein ruhiger Ort, um sich für einen Augenblick zurückzuziehen. Ich nutze den Moment, um mein Videotagebuch weiterzuführen. Die letzten Tage kam ich kaum dazu, aber da sich inzwischen zu viele Ereignisse angesammelt haben, ist es an der Zeit, sie mir von der Seele zu sprechen. »Am Samstag ist das Tischtennisturnier. Kai hat mich eingeladen, und so langsam kann ich mit meiner Aufregung nicht mehr umgehen. Ich kriege nichts auf die Reihe. Pädagogik läuft nicht und in Mathe stehe ich kurz vorm Nervenzusammenbruch. Nur Sport läuft, aber das war's. Carla nervt mich und Henri stresst mich irgendwie auch. Dann noch das blöde Reisebüro – ich werde diese scheiß Videos nicht mehr drehen. Trotzdem habe ich keine Lust auf den Streit mit meiner Mutter. Ist mir alles zu viel gerade.« Ich beende das Video und hoffe, es mir in ein paar Wochen mit der Erkenntnis anzuschauen, dass sich meine Gemütslage beruhigt hat. Als ich schließlich den schmalen Trampelpfad kreuze, überlege ich, ob ich umdrehen soll. Wenn ich mich dagegen entscheide, werde ich an Kais Haus vorbeikommen, sein Garten grenzt nämlich genau an diesen Weg. Plötzlich sehe ich ein Eichhörnchen an mir vorbeihuschen. Es läuft quer über den Weg. Das war wohl mein Zeichen.

Ich gehe ihn ebenfalls. Rechts, aneinandergereihte Häuser. Ich zähle die Gartentore. Früher bin ich als Kind hier langgerannt, habe Fangen gespielt. Inzwischen ist der Weg so platt getrampelt, dass ihn selbst Fahrradfahrer als Abkürzung nutzen. Links der Wald – idyllisch und unheimlich zugleich. Ich frage mich, ob Kai es gefällt, ihn so nah vor der Tür zu haben. Ich blicke auf das rote Holz. Es ist morsch. Das Gartentor seiner Nachbarn ist schon aus der Ferne zu erkennen. Jetzt weiß ich, dass es nur noch wenige Schritte sind, bis ich an seiner Hecke entlanglaufe. Das Brechen der Äste unter meinen Schuhen könnte mich auffliegen lassen, sollte er draußen sein. Vielleicht wünsche ich mir genau das? Kurz vor dem eisernen Tor bleibe ich stehen. Die lichte Hecke seiner Nachbarn ermöglicht mir, einen Blick in Kais großen Garten zu wagen. Ich fühle mich in die Nacht mit Henri zurückversetzt, doch von der hinteren Seite auf das Haus zu schauen, fühlt sich jetzt zumindest ein wenig unauffälliger an. Vorsichtig taste ich mich ein Stück näher. Ich fühle mich seltsam, doch als wäre es Schicksal, kann ich ihn sehen – er steht tatsächlich auf der Terrasse, die mit den Umbauarbeiten anscheinend auch erneuert wurde. Die großen dunkelgrauen Steinfliesen verpassen dem Garten diesen hochwertigen Look. Den neuen Whirlpool kann ich auch erkennen. Selbst würde ich mich auslachen, wenn ich mich mit diesem Grinsen an der Hecke entdecken würde, doch in diesem Augenblick möchte ich nichts sehnlicher, als Kai dabei zuzusehen, wie er sich mit Kraft gegen die Tür des weißen Gartenhäuschens stemmt. Sie scheint zu klemmen. Ein fester Tritt – dann ist sie offen. Wie kann man so unverschämt attraktiv beim Öffnen einer Tür aussehen? Das steht ihm. Jetzt verschwindet er durch die Tür.. Als ich mich gerade entscheide, weiterzulaufen, kommt er zurück – schneller als ich ahnen konnte. Ruckartig bücke ich mich – halte den Atem an. Er hat nichts mitbekommen. Ich atme wieder aus und versuche aus der Ferne zu erkennen, was er auf dem Tisch stapelt. Fest kneife ich die Augen zusammen. Jetzt erkenne ich sie. Tischtennisschläger – für Samstag. Plötzlich schießt mir eine Idee durch den Kopf. Ich ziehe mein Handy aus der Tasche und mache ein Foto von ihm – er bemerkt es nicht. Dann schicke ich es ab und schreibe ihm: »Das ist nicht fair, wenn du vorher schon übst.« Mit dem nächsten Wimpernschlag hinterfrage ich meine Idee sofort – bereue sie schlagartig und warte einen Augenblick, ob er die Nachricht womöglich sofort liest, doch er scheint sein Handy nicht bei sich zu haben. Wie kann es sein, dass man sich von seinem Kopf so schnell anstiften lässt. Ich verdrehe meine Augen. Jetzt kann er sich denken, dass ich die gesamte Zeit wusste, wo er wohnt. Als er sich zur Terrassentür dreht, ergreife ich die Chance und flitze an seinem Gartentor vorbei.

Noch nicht mal zu Hause angekommen, und schon beginnt sich das nächste Zahnrad zu drehen. Immer wieder schaue ich auf mein

Handy und hoffe, eine Reaktion von Kai zu sehen. Zudem stelle ich mir die Frage, ob ich selbst Tischtennisschläger mitbringen muss, jetzt, da ich gesehen habe, wie Kai seine bereits herausgekramt hat. Wäre ich nach der Schule einfach ganz normal nach Hause gegangen, würde ich jetzt nicht in diesem Gedankenchaos stecken. Ich ärgere mich über das Eichhörnchen. Warum hab ich mich an diesem verdammten Eichhörnchen orientiert? Hätte mich Greta auch eingeladen? Es ist ihre Party, nicht Kais.

Wenn ich nicht aufpasse, werde ich mich weiter reinsteigern. Ich muss meine Sorgen verdrängen, bevor ich die Party absage. Tischtennisturnier – wie kommt Greta eigentlich darauf? Erklären kann ich mir es nur so, dass ihre Eltern früher oder auch heute noch spielen. Wieso sollte man sonst mehrere Tischtennisplatten im Garten stehen haben? Greta ist definitiv nicht der Grund. Höchstens im Fitnessstudio sieht man sie manchmal. Auf ihren Fotos zeigt sie dann die Aussicht vom Laufband. Der kleine Teich in der Gartenanlage sieht jetzt im Herbst besonders schön aus – insbesondere wegen der roten Dahlien, die sich rundherum aufreihen. Was soll's, schöne Anlage hin oder her – Ballsport ist mit Sicherheit nicht ihre Leidenschaft. Vielleicht schaffe ich es dafür, morgen zu glänzen – sollte ich gehen. Das Gefühl für den Ball ist durch meine Volleyballvergangenheit gegeben, aber ob ich das auch morgen zum Einsatz bringen kann – da bin ich mir nicht sicher. Ich erinnere mich an ein Turnier, kurz bevor Henri und ich unsere Wunschkarriere beendet haben. Die ganze Woche vor dem entscheidenden Spiel habe ich geübt, was das Zeug hält – unser Trainer war sichtlich stolz auf mich. Selbst Henri war überrascht, wo plötzlich dieser übertriebene Ehrgeiz herkam. Ich wollte gewinnen, so sehr wollte ich den entscheidenden Punkt machen. Als es dann darauf ankam, war alles anders, als ich es mir vorgestellt hatte. Henri platzierte den Ball nah am Netz – die perfekte Vorlage –, ich sprang hoch und war bereit, ihn über das Netz zu schmettern. Nur leider reichte die Bereitschaft nicht – mit voller Wucht schlug ich ihn ins Netz. Wir verloren eins der wichtigsten Spiele der Saison.

Ich war mir sicher und hab mich im Endeffekt doch getäuscht. Auch wenn man meint, das Gefühl könne einen nicht täuschen – doch, kann es. »Mit Sicherheit wird es an dem Abend nicht um Tischtennis gehen«, höre ich Henri ständig in meinem Hinterkopf wiederholen. Ich schweife mit meinen Gedanken schon wieder viel zu sehr ab. Wieso habe ich Kai das Foto geschickt? Ich habe ihn beobachtet, heimlich fotografiert und ihm dieses Foto geschickt – ist mir das bewusst? Mein Magen krampft sich mehr und mehr zusammen, umso öfter ich mir mein Handeln vor Augen führe. Auf einmal vibriert mein Handy. Die Nachricht ist von Kai.

Hey, nicht so frech. Du hättest mal lieber reinkommen sollen, dann hätten wir zusammen geübt. Ich verlasse den Chat. Ein Glück habe ich mich an dem verdammten Eichhörnchen orientiert.

16

Mit flatternder Brust greife ich zur Klinke. Die Autos an der Straße geben mir ein Gefühl dafür, wer schon da ist. Zum Glück wohnt sie nicht allzu weit von mir entfernt. Von der Straße aus sehe ich Gretas Kopf. Sie starrt in den Garten, ihr Blick wirkt eindringlich. Die Klinke quietscht beim Hinunterdrücken so laut, dass es auch Kai hören muss. Ich sehe, wie sein Ohr sich spitzt. Er hört zu, ich sehe jeden Klang vor meinen Augen. Die Fußabdrücke im Rasen werden immer tiefer und ich spüre, wie ich der Hitze näher komme. Die Luft um Zoe und Kai scheint zu brennen. Greta ist auch da – und Jannes steht mit ein paar anderen Jungs um eine Tischtennisplatte herum. Langsam taste ich mich heran. Ab und zu muss ich jedoch stehen bleiben und hinter einem Baum haltmachen. Vorsichtig spinkse ich an der trockenen Rinde vorbei – sie bröckelt ab –, ich nehme ein Stück mit nach vorne, betrachte es genau, stecke es in meine Hosentasche. Von hinten tippt mich jemand an. Ruckartig drehe ich den Kopf – so schnell, als würde er mir gleich abfallen. Hilfe. Kai umarmt mich. Seine Umarmung ist so fest und ich möchte, dass er mich nie wieder loslässt, doch mein Atem stockt. Ich sehe, dass Zoe ebenfalls da ist. Sie umarmt ihn von hinten, also laufe ich weg. Schnellen Schrittes steuere ich auf die Terrasse zu. Ich dachte, dass Greta lediglich zwei Tischtennisplatten hat, doch ich zähle mindestens zehn. Wer soll daran alles spielen? An der Tür steht eine große Kiste, aus der ich mir immerhin einen Schläger nehmen kann – meine Sorge war also unbegründet. Den Volleyball, der mir in dieser Sekunde vor die Füße rollt, trete ich mit einem festen Tritt auf die Seite und laufe zu der Tischtennisplatte, an der Kai bereits mit dem Rücken zu mir steht. Sein Pulli ist so groß, dass zwei Personen reinpassen würden. Er ist grün – dunkelgrün – und sieht gemütlich aus. Mit meinem Tischtennisschläger gebe ich ihm einen kleinen Klaps auf den Po. Dann dreht er sich um. Das ist nicht Kai. Das ist Henri. Mit den Händen stützt er sich auf die Platte.

»Willst du meinen Hürdensitz sehen?« Dann lacht er so laut, dass ich auch anfange zu lachen. Dann weine ich, und er weint mit.

»Du bist nicht eingeladen!«, antworte ich. Henri setzt sich in den Hürdensitz und freut sich wie ein kleines Kind. Er klatscht laut in die Hände – das ist peinlich. Ich drehe mich um und laufe zur nächsten Platte. Kai spielt an dieser. Das ist jetzt aber wirklich Kai, oder? Er dreht sich zu mir – er ist es.

»Carla?«, fragt er. Was? »Carla, komm, spiel mit mir.« Er redet mit mir.

»Ich bin Mathilda.« Er nickt bloß.

»Ich weiß, Mathilda, spiel mit mir«, sagt er und nimmt meine Hand. In der anderen Hand hält er Carla fest. Sie trägt eine graue Jacke. Links über ihrer Brust sitzt ein Aufnäher – es ist ein kleiner Dinosaurier. Ich habe das Bedürfnis, an ihm zu kratzen, also packe ich Carla mit meinen Händen. Bevor ich sie auf den Boden stoßen kann, hält mich eine Hand am Nacken. Henri greift fest zu und schreit mich an.

»Strichmännchen spielen kein Tischtennis!« Dann mischt sich Kai ein und tritt Henri so fest, dass er sich auf dem Boden krümmt.

»Was ist die erste binomische Formel?«, schreit Kai. Carla liegt auch auf dem Boden, und ich werde von Kai geküsst. Alle starren uns an, keiner sagt was und Kai gibt Geräusche von sich, die einem Stöhnen gleichen. Der Kuss wird immer schneller, also reiße ich mich los. Ich renne schnell, schneller, so schnell, als könnte ich über die Wiese zum Gartentor fliegen – ich fliege wirklich. Doch ich bleibe mit meinem Fuß am Tor hängen und stürze mit meinem Gesicht voran zu Boden. Ein lauter Schrei – und ich wache auf. Das war alles bloß ein Traum.

...

Immer noch benebelt von dem Traum heute Morgen, habe ich es inzwischen an meinen Schreibtisch geschafft.

Die letzten zwei Schultage konnte ich mir weiterhin kein klares Bild von Carla machen. Kai bin ich auch nicht mehr über den Weg gelaufen und Henri verhält sich zunehmend anders. Jetzt ist Samstag. Der Tag, auf den ich mich freuen wollte, und im Grunde tue ich das auch – wäre da nicht die Matheklausur am Montag. Normalerweise bin ich nämlich Typ »Drei Wochen vor der Klausur anfangen zu lernen«, nur ist diesmal nicht normalerweise. Vici würde mich jetzt wieder mit dem Biologieordner, den ich letztes Jahr mit voller Liebe strukturiert habe, aufziehen. Kurz vor der Klausur ist er wie von Zauberhand im Bus liegen geblieben. Ich habe ihn nie wiedergesehen. Fünf Tage vor der Klausur war das wohl der schwerwiegendste Fehltritt in meiner Schullaufbahn. Die Eins, die ich mir das Jahr zuvor erarbeitet hatte, wurde demnach auch nicht wiedergesehen. Das war eine Ausnahme. »Nie wieder gehe ich so unvorbereitet in eine Klausur.« Das habe ich mir geschworen – Vici hat es sogar auf Video. Wüsste sie über den Stand meiner Mathevorbereitung Bescheid, würde sie mir schon längst dieses Video unter die Nase reiben.

Ich möchte mir nicht eingestehen, wieso ich diesmal nicht den Durchblick habe. Wenn es in Mathe nicht klick macht, bist du verloren. Das beste Beispiel sitzt vor euch: Ich bin verloren. Mein Zeitplan für heute ist zwar genau definiert, doch jede kleinste Chance, mich ablenken zu lassen, ergreife ich ohne zu zögern.

Hinsetzen und durchziehen, Mathilda! Aber alle Anläufe, mich auf die Aufgaben zu konzentrieren, scheitern. »Ihr könnt mich mal!« Mit meinem Kugelschreiber ziehe ich einen fetten Strich durch die unlösbaren Gleichungen. Henri würde jetzt einen kleinen Smiley in mein Heft malen.

Ich gebe es auf und hoffe auf morgen, wenn er mir hilft. Irgendwo ist eine Grenze und da geht es nicht weiter. Egal, wie oft ich es probiere, das wird heute nichts mehr. Also erlaube ich mir, auf mein Bett zu fliehen. Mit meinem Zeigefinger hebe ich die Feder auf, die wohl aus meinem großen rosa Kopfkissen geflogen ist. »Bitte, mach diesen Abend schön.« Ich puste sie in den Raum – meine Augen fest zusammengekniffen. Die Zeit, die ich mir nun freigeschaufelt habe, kann ich wenigstens sinnvoll nutzen. Einen Gedanken an die Ankunft bei Greta zu verschwenden, kann kaum schaden. Es ist schwer, mich nicht von dem chaotischen Traum davon abhalten zu lassen, überhaupt hinzugehen. Noch schwieriger wird es dadurch, dass mir Carla für heute abgesagt hat. Nicht für die Party, aber für die Zeit davor. Der Plan war es, uns gemeinsam fertig zu machen und dann zur Gartenparty zu fahren. Nun ja – Plan gestrichen.

»Ich muss noch etwas für meine Mutter erledigen, ich komme später nach.« Ihre Worte – mal wieder.

Letztendlich steht es aber außer Frage, ob ich hingehe, da mich Kai schließlich eingeladen hat. Ich wäre blöd, würde ich diese Chance nicht ergreifen. Wer nicht wagt, der wird nicht gewinnen. Einfach zu allem Ja sagen, wovor man Angst hat. Schlaues Motto – jedoch einfacher gesagt als getan, aber ich probiere es. Es gibt verschiedene Szenarien, die eintreten können. Für jedes eine andere Herangehensweise. Entweder komme ich an und es ist niemand da außer Greta. Sehr unwahrscheinlich, aber in dem Moment wäre die einzige Option, sich auf der Toilette einzusperren, bis andere Stimmen auftauchen. Wahrscheinlicher ist es, dass man mich mit unbeeindruckten Blicken empfängt. Die Tischtennisplatten umrahmt von Greta, Zoe, Kai, Jannes und anderen Freunden. Ich stehe hilflos auf der Wiese und werde selbst von der Person, die mich eingeladen hat, nicht begrüßt – Kai. In dem Moment müsste ich abwägen: umdrehen und zu Hause heulend mein Gesicht ins Kissen drücken oder selbstbewusst die Menge aufwühlen und Kai begrüßen. Im Grunde ist die Antwort leicht. Ersteres. Aber leicht ist nicht die Lösung – nicht heute. Er hat mich eingeladen, um mich zu sehen, nicht, um mich vorzuführen.

...

Später am Nachmittag kann ich endlich rechtfertigen, so nervös zu sein. Nicht mehr lange und dann habe ich meinen Auftritt – das erste Mal allein. Durch die aufgeschobenen Matheaufgaben hatte ich schon die Zeit, mich für ein Outfit zu entscheiden. Ein großer Fleecepulli. Dunkelgrau mit Stickereien. Der Pulli, den mir Henri aus seinem letzten Winterurlaub mitgebracht hat. Eine Tradition, die seine Familie jedes Jahr pflegt. Tief im Schnee befindet sich die kleine Hütte. So tief, dass selbst die Schneemänner, die ich jedes Jahr auf Fotos zu sehen kriege, nach ein paar Tagen im Schnee versinken. Vor einigen Jahren hat uns seine Familie eingeladen. Zusammen am Kamin mit Kakao spielten wir Kartenspiele bis tief in die Nacht – jeden Abend. Diese Momente erneut zu erleben, wäre schön – leider sollte es bis heute der einzige gemeinsame Winterurlaub bleiben. »Wir feiern Weihnachten als Familie«, höre ich meine Mutter immer und immer wieder sagen. »Das sind Tage, an denen wir Zeit für uns drei haben.« Sie hat recht. Es ist die schönste Zeit im Jahr und hat eine riesengroße Bedeutung für uns. Doch die Momente in der Hütte werde ich nie vergessen. Ich wünsche mir, genau dieses Gefühl erneut spüren zu dürfen. Als Überraschung stand Henri an meinem letzten Geburtstag mit dem grauen Fleecepulli vor meiner Tür.

»So hast du vielleicht ein bisschen das Gefühl, dabei zu sein«, sagte er zu mir, als ich voller Freude das Geschenk aufriss. Die Magie aus dem Winterhaus gebündelt in meiner Hand. So lange habe ich gewartet, bis die Temperaturen sinken und ich endlich in diesen Pulli schlüpfen kann. Heute Abend werden wir länger draußen sein. Dafür ist er perfekt.

17

Mit flatternder Brust greife ich zur Klinke. Die Autos an der Straße geben mir ein Gefühl dafür, wer schon da ist. Zum Glück wohnt Greta nicht allzu weit von mir entfernt. Einmal in den Bus steigen, fünf Stationen fahren und einen kurzen Fußweg später stehe ich vor ihrem Haus – um genauer zu sein vor Gretas Garten. Das rostige Tor knarrt ganz schön, klingt aber komplett anders als in meinem Traum. Wenige Schritte, bis ich auf der linken Seite erkennen kann, wer da ist. Das Gegröle wird lauter, umso näher ich komme. Szenario eins lässt sich somit definitiv streichen. Ich bin nicht die Erste. Und auch die Sorge, dass mein Traum die Wahrheit prophezeit hat, wird mir genommen. Inzwischen ist es viertel nach sieben.

»Um sieben Uhr treffen wir uns«, hat Kai gemeint. Die fünfzehn Minuten Verspätung sind wichtig – habe ich in einem Onlineratgeber für Partybesucher gelesen. Fragt nicht, wieso, aber der Artikel ist mir sofort ins Auge gesprungen.

»Lauf, Jannes!«, höre ich ein Mädchen brüllen. Haben sie etwa schon angefangen? Scheiß Ratgeber – da hätte ich mir die fünfzehn Minuten, die ich unnötig an der Bushaltestelle gewartet habe, auch sparen können. Jetzt sehe ich sie. Eine Gruppe von grob geschätzt zwanzig Leuten. Sonst sind doch alle immer zu spät. Hat Kai mir die falsche Uhrzeit gesagt? Unruhig suche ich die kleine Menge nach ihm ab.

»Hi Mathilda!« Jannes winkt mir. So als wäre ich ein Teil der Gruppe – total entspannt, als wäre nichts dabei, dass ich auftauche. Fast, als würde er sich freuen, mich zu sehen. »He-Hey!«, stottere ich. Auch Szenario zwei soll wohl nicht eintreffen. Ich fühle mich willkommen. Zwar sind die Blicke der Mädchen alles andere als einladend, doch das bin ich schon gewöhnt. Von Jannes bin ich überrascht – mit so einer Reaktion hätte ich niemals gerechnet.

»Wo ist Kai?« Ich wollte heute mutig sein, also frage ich.

»In der Garage – Bier kalt stellen.« Mit dem Daumen zeigt Jannes schräg hinter sich. Also gut, ich probiere mir einen Überblick zu verschaffen. Der Garten ist riesig. Sogar Heizpilze stehen auf der Terrasse – solche, die ich sonst nur aus den edlen Cafés am Bodensee kenne. Mir war nicht bewusst, dass es Menschen gibt, die sich privat solche Stahlriesen zulegen. Als würde ich mich hier bereits auskennen, laufe ich an der Gruppe, die sich für den nächsten Rundlauf aufteilt, vorbei. Selbstbewusst quetsche ich mich durch Jungs und Mädels. Das Klimpern in der Garage ist nicht zu überhören.

»Entschuldigung, ich habe gehört, hier findet heute ein Tischtennisturnier statt«, mache ich mich bei Kai bemerkbar.

»Du bist tatsächlich gekommen!« Er schaut mich an, als würde ihn das wundern. »Das Turnier findet bloß nicht in der Garage statt.« Er lacht und streckt mir ein Pils hin.

»O nein, danke, erst mal nicht.« Ich schüttle den Kopf. Er zuckt mit den Achseln.

»Na gut.« Kein Kommentar, dass es unangebracht ist, nichts zu trinken? Er schließt den Kühlschrank und fordert mich mit einem Winken auf, mitzukommen. »Bock auf Tischtennis?«

»Klar, dafür bin ich hier.« Ich zwinkere und stelle meine Tasche an der Hauswand ab. Es macht einen gewaltigen Unterschied, wie die Atmosphäre ist.

Durch den Empfang fühle ich mich plötzlich wohl. Die schüchterne Matti, die seit Jahren Kais Interesse wecken möchte, wäre stolz auf mich. Manchmal ziehen die Momente so schnell an einem vorbei, dass man nicht realisiert, dass sie gerade wirklich passieren.

Spätestens als Carla durch die Terrassentür kommt, werde ich zurück in die Realität gerissen. Ich kann es mir nicht erklären, aber dieser Moment lässt meine Euphorie schrumpfen. Carla tritt selbstbewusst über die Türschwelle – eine befremdliche Situation. Beim letzten Besuch im Fuchs sah das noch anders aus.

»Matti!« Sie gibt mir eine feste Umarmung. In der Sekunde sehe ich es – sehe es nicht mehr. Ihr Samthaargummi. Banal, aber in ihrem Fall sehr auffällig.

»Du trägst deine Haare anders«, stutze ich. Sie greift in ihre perfekt geglätteten Haare – keine einzige Welle ist mehr zu sehen.

»Das Haargummi ist mir auf dem Weg gerissen.« Sie seufzt und dreht sich weg, um die anderen Leute zu begrüßen.

»Ey, wir brauchen noch jemanden!«, höre ich an der Platte hinter mir.

»Mathilda, Bock?« Kai bohrt mir seinen Finger in den Rücken. Ich glaube, er hat schon ein paar Bier hinter sich.

»Klar!« Wie selbstverständlich nehme ich mir den letzten Schläger von der Platte. In der Unterstufe gab es einmal im Jahr dieses Tischtennisturnier. Zwei Vierergruppen mussten im Rundlauf gegeneinander antreten. Nach jedem Schlag gegen den Uhrzeigersinn um die Platte laufen und hoffen, dass die Gegner den Ball ins Aus schlagen. Für das Gewinnerteam ging es zu den Landesspielen. Ein Wunsch, der leider unerfüllt blieb. Heute kann ich sagen, dass ich in der begehrtesten Gruppe spiele – früher lediglich ein Wunsch, jetzt die Wirklichkeit. Kai, Jannes, Paula – eine große Blondine aus der Zwölf, sie ist mit ihrem athletischen Körper eine der schnellsten Schwimmerinnen in der Schulmannschaft – und ich.

»Los geht's!« Jannes beginnt mit dem Aufschlag. Immer schneller laufen wir um die Platte. Mein Puls steigt und ich gebe alles, um nicht diejenige zu sein, die den Ball in der letzten Sekunde entweichen lässt.

»Ja, Mathilda!«, grölt Kai, als ich den Ball gerade noch über das Netz bekomme. Das hat Spaß gemacht. Wir lachen, machen nach einigen Runden dann die Platte für die nächste Gruppe frei.

Sofort holen mich die Zweifel erneut ein. Ist es möglich, dass Carla ihr Haargummi mit Absicht zu Hause gelassen hat? Es lässt mich nicht los, dass sie sich heute anders verhält. Kein Vergleich zur letzten Party. Die leicht zurückhaltende Carla existiert nicht mehr – zumindest nicht heute, nicht in diesem Garten. Wer ist das Mädchen, das mit stark getuschten Wimpern, einem derartig intensiven Parfüm – das seit unserer Umarmung noch in meiner Nase hängt – und überschlagenen Beinen auf der Mauer sitzt und die anderen Mädchen beim Spielen beobachtet? Ganz sicher nicht Carla. Wie gerne würde ich hören, was Henri dazu sagt – das kann ich mir doch nicht einbilden.

...

Kennt ihr diese Songs, die Eltern immer auf so schnulzigen Terrassenabenden anmachen? Lichterkette anknipsen und mit einem eiskalten Glas Weißwein anstoßen? Genau so fühle ich mich, als Greta auf ihrer Box *Right Here Waiting* abspielt. Ich wusste nicht, dass sie so eine feinfühlige Seite hat. Für einen Moment scheint alles perfekt – fast zu romantisch. Nachdem jeder – abgesehen von Carla – mindestens fünfmal Rundlauf gespielt hat, verlagern wir uns von der Terrasse in Richtung Wiese.

»Komm, trink auch einen Schluck.« Kai streckt mir mit großen Augen sein Bier hin.

»Nein danke, ich möchte nicht«, lehne ich ab.

»Werd mal bisschen lockerer, nur ein Schluck.« Er schiebt seine

Unterlippe nach vorne und schaut mich mit diesem Hundeblick an. Ich seufze.

»Okay, ein Schluck wird nichts ändern.« Dann nehme ich die Flasche und trinke einen kleinen Schluck.

»Das war kein richtiger Schluck.« Mit seiner Hand greift er unter die Flasche und hebt sie an – ein wenig zu feste –, sodass sich der halbe Inhalt auf meinem Pulli entleert. »Mein Pulli! Nein, nicht der!« In meinem Kopf beginnt es, vor Wut zu brodeln.

»Fuck!« Hastig wischt er mit seinen Händen auf dem Fleece herum. Der Zwiespalt, in dem ich mich befinde, nervt. Ich müsste sauer auf ihn sein – doch es ist Kai. Aber es ist der Pulli von Henri. Das Erzwungene in meinem Lächeln muss mir wohl ins Gesicht geschrieben sein. »Komm, ich helfe dir beim Saubermachen.« Mit hochgezogenen Augenbrauen zieht er mich in Richtung Terrassentür. Verdammt, wenn Henri wüsste, dass sein Geschenk mit Bier eingesaut ist. Ich hätte den Pulli einfach nicht anziehen sollen. Das stinkt total.

...

»Kannst ihn ausziehen.« Kai schließt die Badezimmertür. Bilde ich mir das bloß ein, oder steigt mit einem Mal die Temperatur unter meiner Haut – nicht wegen der Wärme, die ich eh schon in dem Pulli verspüre, der bis eben noch flauschig war. Ich lächle bloß peinlich berührt. »Ich hab nur einen BH drunter.«

Kai lehnt an der Tür und zuckt mit den Achseln. »Na und?« Dieser freche Blick trifft genau in mein Herz. Er macht mich verrückt mit dieser Art, mich anzuschauen. »Ist dir das unangenehm?«

Jetzt trifft die Wärme auch mein Gesicht und lässt meine Wangen glühen. »Ich weiß nicht.« Mit dem Fuß drückt er sich von der Tür ab. Meine Hände stütze ich auf das Waschbecken, um das Zittern zu unterdrücken. Hätte ich mir doch denken können, was er vorhat, wenn er mich ins Badezimmer zieht. Ich will es ja auch, aber …

»Ich brauche ein Ersatzoberteil.« Da gibt es keine Ausrede. Ich entblöße mich doch nicht vor ihm – nicht hier und nicht jetzt. Es scheint mir, als hätte er nicht mit dieser Antwort gerechnet. Welches Mädchen würde sich schon eine Gelegenheit mit Kai im Badezimmer entgehen lassen? Ich doch auch nicht – eigentlich. Aber meine schüchterne Seite kontrolliert die Situation. Er schüttelt schmunzelnd den Kopf.

»Hier, du kannst meinen haben. Ich drehe mich um.« Seine Hände greifen zu seinem schwarzen Kapuzenpulli. »Ich warne dich: Ich habe gar nichts drunter – noch nicht mal einen BH.« Ich unterdrücke mein Lachen, doch das scheint er zu bemerken. »Gleiches gilt für dich – wegschauen!«, stichelt Kai und wartet, bis ich mich umdrehe. Mit dem Rücken zu ihm probiere ich zu erahnen, wie weit er mit dem Ausziehen ist. Der Reiz, sich umzudrehen, wird fast unerträglich – doch ich warte.

»Hier, fang!« Reflexartig drehe ich mich und blicke wie fixiert auf seinen trainierten Oberkörper. »Hey, umdrehen!« Mir war nicht bewusst, dass er unter der Brust ein kleines Tattoo trägt – ein einzelnes Wort.

»Intuition?«, frage ich. Er blickt zum Spiegel und betrachtet den in feiner Druckschrift geschriebenen Schriftzug. »Es ist wichtig, aufs Bauchgefühl zu hören.«

»Wieso dann nicht Bauchgefühl?«, frage ich. Seine rechte Augenbraue zieht sich nach oben. Er schaut mich an, als wäre ich doof – als wäre die Antwort eindeutig. Ist sie nicht.

»Bauchgefühl tätowiert klingt ja so scheiße.« Plötzlich macht sich ein flaues Gefühl in meinem Magen bemerkbar. Ist es komisch, dass Kai gerade halb nackt vor mir steht und wir eine Diskussion anfangen? Ja, definitiv.

»Stimmt.« Ich versuche meine Unsicherheit zu verbergen.

»Jetzt bist du dran!« Was meint er?

»Hmm?« Ich ziehe meine Augenbrauen zusammen.

»Mit Ausziehen«, antwortet er trocken und schaut – wenn ich mich nicht täusche – auf mein Dekolleté. Ich schlucke.

»Oder willst du den restlichen Abend in diesem alten Pulli bleiben?« Er zieht an dem Faden, der sich am Ärmel löst.

»Hey.« Weiter breitet sich das Gefühl aus, doch ich greife zum unteren Saum des Pullis. Er grinst – schaut eindringlich, aber liebevoll.

»Gleiches Spiel für dich. Umdrehen oder rausgehen.« Anders geht das nicht. Nicht jetzt.

»Na, gut.« Kai dreht sich um. Es ist aufregend zu wissen, dass ich jetzt den Pulli über meinen Kopf stülpe und Kai mir so nah gegenübersteht, sich jeden Moment umdrehen und mich im BH sehen könnte. Ein erster Schritt, ein neues Gebiet, aber ich wage es. Langsam streife ich den Stoff über meinen Kopf, sehe für einen Augenblick nichts, lasse mir Zeit – dann höre ich die Klinke. Ich ziehe den Pulli aus und sehe bloß noch die Tür zufallen. Kai hat sich für Option zwei, rausgehen, entschieden.

»O-Okay. Bis gleich«, stottere ich, ohne zu wissen, ob er mich noch hört. Dass ich überlegt hatte, ihm doch zu erlauben, sich umzudrehen, sobald ich im BH bin, möchte ich sofort verdrängen. Ich habe meine Chance vermasselt.

18

»Dieses Video ist nur für mich! Eventuell zeige ich es Vici – oder auf meiner Hochzeit, dann ist es sowieso kein Geheimnis mehr.« Ich lache in mich hinein, dann rede ich weiter. »Das war mit Abstand der aufregendste Moment, den ich jemals hatte. Es war heiß – meine Wangen glühen immer noch.« Hab ich das gerade wirklich gesagt? »Kai ist gerade halbnackt aus dem Badezimmer gelaufen und ich sitze wie festgewachsen auf dem Fliesenboden. Hier: Ich lehne an der Badewanne. Alles Marmor – Gretas Eltern müssen ’ne Menge Geld haben.« Ich schwenke mit meinem Handy durch den Raum. »Kai hätte mich beinahe halb nackt gesehen. Vielleicht aber besser, dass es nicht so gekommen ist.« Diese Spannung zwischen uns hat mich wortwörtlich umgehauen. Solche Momente sind dafür gemacht, sie auf Video festzuhalten. Angelehnt an die Badewanne, beende ich meinen Tagebucheintrag und bleibe für einen Augenblick sitzen. Ich starre an die Wand, lasse die letzten Minuten wiederholt in meinen Gedanken abspielen. Das nächste Puzzleteil scheint sich durch diese Situation in meinem Kopf zu verknüpfen – es wird perfekt. Der markante Duft, der tief in seinen Pulli eingedrungen ist, umspielt jetzt meinen Körper. Er schreit nach Lust. Ich will ihn nie wieder ausziehen, stehe auf, betrachte mich im Spiegel und erwische mich dabei, wie verknallt ich meine Mundwinkel nach oben ziehe. Jetzt reicht es, Matti. Bild dir nicht zu viel darauf ein – aber genieß es trotzdem.

Langsam sinkt die Temperatur in meinen Wangen und durch den Pulli bekomme ich neues Selbstbewusstsein. Sobald ich runtergehe, bin ich wieder die gelassene Mathilda. Ich schnappe den Pulli von Henri, schaue ein letztes Mal in den Spiegel, öffne die Türe. Dann bleibe ich stehen. Es fällt mir wie Schuppen von den Augen. Wie konnte ich Carlas Schwärmereien vergessen? Ich wollte herausfinden, wegen wem sie hier ist. Unbewusst habe ich das Thema unter den Tisch gekehrt, um mich nicht mit der Wahrheit zu konfrontieren. Möglich, dass es auch für sie gilt. Meine Konzentration lag voll und ganz bei mir. Augenrollend gehe ich die Treppe nach unten und spule die Namen der Jungs ab, die hier sind. Ich komme bei niemandem auf denselben Nenner. Selbst Kai war die ganze Zeit bei mir – war er tatsächlich. Das macht mich stutzig.

...

»Ich hab noch nie meine Eltern erwischt.« Jannes und Greta trinken.

»Ekelhaft, zum Glück gehöre ich nicht dazu.« Kai schenkt Jannes und Greta einen neuen Shot ein. Greta ist an der Reihe.

»Ich habe noch nie jemanden aus dieser Runde geküsst.« Ich muss schlucken. Hoffentlich sieht keiner, wie ich mein Grinsen verstecke. Schnell haue ich den Shot runter. Brrr – ich hasse es. Wieso habe ich mich doch wieder überreden lassen? Als ich eben runterkam, ging das Spiel los. Mitspielen und trinken oder als langweilige Beobachterin am Rand sitzen. Das sind die Optionen – ohne Ausnahme. Hätte ich zweites gewählt, könnte ich auch direkt nach Hause fahren. Als gelassene Mathilda komme ich wieder zurück, habe ich mir vor ein paar Minuten noch gesagt. Wie kann ich gelassen sein, wenn ich nicht mitspiele?

»Ich weiß, wen«, flüstert Kai mir zu und zieht seinen Shot runter.

»Kai kann direkt drei davon trinken«, ärgert ihn die blonde Schwimmerin von der Seite. Wieso drei? Zoe und mich? Wen noch?

»Jannes, du bist dran«, ruft ihm Greta von gegenüber zu. »Ich fand noch niemanden in der Runde so attraktiv, dass ich ihm am liebsten die Klamotten vom Körper reißen wollte.« Wer trinkt jetzt? Das ist spannend. Ich schenke mir einen zweiten Shot ein und schütte ihn mit verzogener Miene runter. Vorsichtig wage ich einen Blick nach rechts, um zu schauen, an wen Kai wohl denkt. Es schießt mir direkt ins Herz – das kleine Lächeln, das er mir zuwirft, als er sieht, dass ich ihn anschaue. Ich habe es nie in Betracht gezogen, dass ich ihm so was mal gestehe, und es macht mich unfassbar nervös. »Wäre eben fast passiert«, flüstert Kai, der sich im Übrigen einen Ersatzpulli ergattern konnte. *Nächstes Mal*, würde meine mutige Seite gerne antworten, doch ich werde abgelenkt.

Carla trinkt ebenfalls – bei der Frage, ob sie jemanden aus der Runde attraktiv findet. Ich umkreise mit meinem Blick die Runde. Hektisch versuche ich zu verstehen, wen sie meint – ob jemand sie beobachtet. Mit verschränkten Armen schaue ich zurück zu ihr. Sie nimmt meinen verwunderten Blick sofort wahr und möchte mir wohl unmittelbar mit der wischenden Hand vor ihrer Kehle verdeutlichen, dass jetzt nicht der richtige Zeitpunkt ist. Sie macht das gerne. Ich erinnere mich an den Abend meines fünfzehnten Geburtstages. Zusammen mit meiner Familie saßen wir in einer gemütlichen Runde am Esstisch. Nudelauflauf – mein Lieblingsgericht. Jedes Jahr gibt es den zu meinem Geburtstag, mit schön viel Käse, so viel, dass er ganz lange Fäden zieht und man ihn mit den Fingern an der Kelle abziehen muss. Ich war einfach glücklich. Die Gespräche euphorisch und durcheinander. Aus dem Nichts kam die Wischbewegung wieder. Sie wollte mir unterschwellig signalisieren, dass sie die Stimmung nicht fühlt und die Witze meiner Mutter unlustig findet. Meine Laune – sofort angekratzt. Bis heute verstehe ich nicht, was ihr das Recht dazu gab. Henri hatte es gespürt und daraufhin einen Witz über Seegurken in die

Runde geworfen. Ebenfalls ein Rätsel, wie er in diesem Augenblick die nötige Fantasie aufbrachte. Angestupst hat er mich.

»Ey, wir lassen uns doch nicht die Stimmung vermiesen«, meinte er. Ich hasse es, wenn Carla das macht.

»Ich fand noch nie eine Person in dieser Runde nervig.« Das Spiel geht weiter.

»Gib mir direkt zwei Schlucke.« Ich nehme Kai, der die Frage gestellt hat, die Flasche aus der Hand und schenke zweimal ein. Brrr – das war doch einer zu viel. Ich schüttele meinen Kopf, um den brennenden Geschmack loszuwerden. Die letzten Runden muss ich immerhin nicht mehr trinken – dass ich bei der ein oder anderen Frage lüge, behalte ich für mich.

...

»Wer möchte, kann auch hier schlafen.« Greta tritt ihre Schuhe auf der Matte vor der Terrassentür ab.

»Bin dabei«, höre ich hinter mir. Geplant hatte ich, nach Hause zu fahren – ohne Frage. Niemals würde ich auf die Idee kommen, bei Greta zu übernachten. Außerdem habe ich keine Wechselsachen, geschweige denn eine Zahnbürste dabei. Macht man das so? Einfach spontan nach Partys bei der Gastgeberin übernachten? Kai scheint meinen verwirrten Blick aufzufangen.

»Was ist mit dir?« Was soll mit mir sein? Ob ich auch hier übernachte? Ich merke, wie meine Konzentration nachlässt. Diese verdammten Shots.

»Hmm?« Ich ziehe meine Schuhe aus und trete in das riesige Wohnzimmer. Wer braucht so viel Platz? Ich meine mich zu erinnern, dass Greta Einzelkind ist – ein sehr verwöhntes. Meterlange Vorhänge zieren die bodentiefen Fenster. Cremeweiß kombiniert mit einem hellen Kaffeeton. Das Sofa, lang wie eine Jacht – die mit

Sicherheit in Cannes jeden Sommerurlaub auf die Familie wartet –, steht mitten im Raum.

»Hier können ein paar Leute schlafen.« Zusammen? Mit fremden Leuten auf dem Sofa, eng zusammengequetscht? Nein danke, ich gehe lieber nach Hause. Der Wille ist da, aber erneut übermannt mich das schummrige Gefühl. »Geht's dir gut?« Kai sieht, wie ich mich an der Sofakante festhalte.

»Ja, ja, wahrscheinlich nur ein Shot zu viel.« Ich will mir nicht anmerken lassen, dass es nicht nur einer zu viel war.

»So willst du aber nicht mehr nach Hause, oder?« Ist Kai gerade besorgt? Macht er sich Sorgen um meine Sicherheit? Niedlich, wie er mich mit diesen fürsorglichen Augen ansieht.

»Mhh«, summe ich verträumt.

»Du bist ja richtig betrunken.« Er muss sich das Lachen verkneifen.

»Machst du dir etwa Sorgen um mich?« Ich nehme seine Hände und drücke sie mit ordentlich Kraft zusammen. »Mir geht es super. Lass uns tanzen.« Ich bemerke nicht, dass die Musik längst aus ist und ich von allen anderen angestarrt werde. Ich tanze doch nur – wo ist das Problem? »Ich wollte schon immer mit dir tanzen.« Ich umschlinge Kais Hände fest und ziehe ihn durch den Raum.

»Entspann dich, alle gucken.« Seine Hände lösen sich von meinen. Ich lasse es mir nicht anmerken, aber ein Schauer von plötzlichem Unwohlsein fährt vom einen auf den anderen Moment durch meinen Körper. »Soll ich dich nach Hause fahren?« Ohne nachzudenken nicke ich ihm zu.

»Nichts da! Du hast getrunken«, mischt sich Jannes ein. Alle haben getrunken. Wie soll ich nach Hause kommen? »Schlaf doch einfach hier!« Mit zwei Schlucken leert Kai sein Bier und zieht mich Richtung Keller. »Die haben noch mehr Schlafmöglichkeiten.« Im Grunde spricht ja nichts dagegen, hier zu schlafen, oder? Wo ist

Carla eigentlich hin? Schläft sie auch hier oder ist sie schon weg? Wie in Trance lasse ich mich in den gemütlichen Raum neben der Vorratskammer ziehen. Eine Sauna, Liegen, ganz viele Tücher und Duftstäbchen. Mittendrin eine Matratze – absolut absurd. Ich kann nicht anders, als laut loszuprusten. »Wie romantisch. Inmitten dieser sinnlichen Atmosphäre schlafen.« Bin ich die Einzige, die das witzig findet? Es scheint mir, als würde Kai die Situation eher unangenehm finden. Er kniet sich auf die Matratze und schüttelt die Kissen aus. Seine Miene wirkt neutral, fast gelangweilt. Verhalte ich mich zu unreif? *Mathilda, reiß dich zusammen!* Aber diese Sauna. Ich verkneife mir einen zweiten Lachanfall.

»Ich hole uns kurz Wasser, leg dich ruhig schon mal hin.« Ohne mir einen weiteren Blick zu schenken, verlässt er den Raum.

…

»Er geht mir Wasser holen! So fürsorglich, so süß, so niedlich. Kai ist mein Traummann. Verdammt, er ist so heiß, vielleicht werden meine Fantasien heute real. Aber schaut mal, diese Duftstäbchen«, ich lache laut. »Wir schlafen neben einer Sauna, das ist so witzig. Dieser Raum ist so komisch, aber irgendwie auch spannend.« Das gedimmte Licht macht mich leicht nervös. »Dieser Raum schreit nach was ganz Bestimmtem.«

»Mit wem sprichst du?« Kai steht mit zwei großen Flaschen Wasser in der Tür. Ruckartig verstecke ich mein Handy hinter dem Kissen.

»Was meinst du? Ich habe mit niemandem gesprochen«, antworte ich mit einem verschmitzten Grinsen. Sein Kopfschütteln sagt eindeutig: »Ich habe alles gehört«, dann hält er mir das Wasser hin. Das habe ich echt gebraucht.

Mit den vergehenden Minuten komme auch ich langsam zur Ruhe. Eingekuschelt in diese flauschige rote Decke. Das Kopfkissen so weich wie Wolken – wie man sich sie vorstellen würde. Neben mir Kai. Mit seinen großen Augen schaut er durch mich hindurch. So fühlt es sich zumindest an. Langsam ändert sich auch sein neutraler Ausdruck – zu einem liebevollen. Er kommt ebenfalls zur Ruhe. Das Schmunzeln in seinem Gesicht lässt mein Herz lauter pochen. Wir liegen einfach da – noch ohne uns zu berühren, doch in seinem Blick steckt diese unausgesprochene Lust – die Lust, mich zu küssen. *Mutig wolltest du heute sein, oder nicht? Ihm zeigen, dass es auch anders geht. Dass du mehr als die schüchterne Mathilda bist.* Unwillkürlich setze ich meine Hand unter der Decke in Bewegung, bis ich bei seiner ankomme. Er erwidert meine Berührung unmittelbar und verschränkt seine Finger mit meinen. Unsere Blicke sind weiter aneinandergebunden, doch als ich im nächsten Augenblick seine kalte Hand an meinem Bauch spüre, zucke ich zusammen und schließe für eine Sekunde die Augen. Vorsichtig gleitet er mit dem Finger unter den Stoff und löst durch das Streicheln meiner Haut die Lust in mir aus, die ich brauche, um den nächsten Schritt zu wagen. Ich greife seinen Nacken. Der Druck meiner Hand soll ihm zeigen, dass ich will – ihn will. *Heute bist du mutig.* Ich stütze mich auf, beuge mich über Kai. Ohne zu zögern, lege ich ein Bein über ihn, setze mich auf ihn. Die Decke über uns – er grinst. Dann lege ich meine Lippen auf seine. Ich küsse ihn. Ein Gefühl der Macht. Der Duft von leichter Magnolie macht den Moment noch romantischer. Die Stäbchen, die ich bis vor wenigen Minuten noch zum Totlachen fand, erfüllen nun den Raum mit dieser geheimnisvollen Atmosphäre.

…

Was ist das? Dieses schrille Geräusch in meinen Ohren – mach das weg. Moment! Ich reiße die Augen auf. WO BIN ICH? Ich brauche einen Moment, um zu realisieren, dass ich bei Greta bin. Kai liegt neben mir. Was ist gestern passiert? Mit weit aufgerissenem Mund sitze ich im Bett und versuche, den Abend zu rekonstruieren. Ich schaue auf mein Handy und sehe drei verpasste Anrufe von Henri und fünf von meiner Mutter. Es ist schon zwölf Uhr! Um elf wollte ich bei Henri zum Mathelernen sein! Verdammt, wie konnte das passieren? Hektisch krame ich meine Sachen zusammen – so hektisch, dass Kai wach wird.

»Guten Morgen«, flüstert er. Wir haben uns geküsst – jetzt fällt es mir wieder ein. Ich habe ihn geküsst – wie ist es dazu gekommen?

»Guten Morgen«, antworte ich mit diesem unsicheren Unterton – Haben wir miteinander geschlafen? Wieso kann ich mich nicht erinnern? Meine Verwirrung geht nicht an ihm vorbei.

»Keine Sorge, da ist nicht mehr gelaufen.« Er kneift seine Augen wieder zusammen und dreht sich auf die andere Seite. Erleichterung macht sich in mir breit. Dennoch lassen mich die wenigen Erinnerungen, die durch meinen Kopf blitzen, zusammenzucken. Wo kam dieses Selbstbewusstsein her? Habe ich mich wirklich auf ihn gesetzt? Mich schüttelt es vor Scham, dann greife ich zu meinem Handy.

Kannst du mich abholen? Dann erkläre ich dir alles, tippe ich in der Hoffnung, dass Henri entspannt reagiert. Meine Mutter wird ausrasten – das steht außer Frage. Alleine, dass ich die Dreistigkeit besitze, bei einer ihr fremden Person zu übernachten. Dazu der Fakt, dass ich ihr nicht mal eine Nachricht geschrieben habe. Ich stopfe Henris eingesauten Pulli in meine Tasche und möchte gerade aufstehen, um mich schnell im Bad frisch zu machen.

»Bleib noch ein wenig zum Kuscheln.« Hmm? War das eine ernst gemeinte Aufforderung? Die Versuchung, mich zu Kai zu legen, als er sich umdreht und mir ein Lächeln zuwirft, ist groß. Aber Henri wartet – er hat nur noch nicht geschrieben. Also – ganz kurz.

Mit ausgestreckten Armen zieht Kai mich nah an seinen warmen Oberkörper und lässt mich damit ein Gefühl spüren, dass ich bis zum jetzigen Zeitpunkt nicht kannte – gemeinsam aufwachen und kuscheln. Immer habe ich mir ausgemalt, wie sich so was wohl anfühlt. Wie in einer Beziehung. Für diese Minuten fühlt es sich an, als wären wir das – als wären wir in einer Beziehung, und ich kann mir kaum etwas Schöneres vorstellen. Ist es ein Zeichen, sich mit nüchternen Gedanken so fallen zu lassen? »Fühlst du das Gleiche?«, würde ich ihn jetzt am liebsten fragen. Es fällt mir schwer, zu glauben, dass wir tatsächlich einen Schritt weitergekommen sind, doch es ist nicht zu übersehen. Auf Partys küssen – eigentlich schon utopisch. Doch jetzt auch die Nacht miteinander verbringen und am nächsten Morgen kuscheln? Ich liege in seinen Armen! Meine Mutter sagt immer: »Das ist der größte Liebesbeweis.« Laut ihr steht Kuscheln vor Küssen. Immer wenn wir uns zusammen auf das Sofa werfen und eine dieser kitschigen Romanzen anschauen, greift sie zur Fernbedienung und stoppt, sobald eine Kuschelszene kommt. »Das ist wahre Liebe. Such dir jemanden, der dich so umarmt«, sagt sie dann immer. Ist es das, was sie meint? Dieses besondere Kuscheln? Ich will wissen, wie es sich mit der richtigen Person anfühlt. Zeigt mir Kai gerade genau das?

19

»Was hast du schon wieder veranstaltet?«

»Nichts, was es zu hinterfragen gibt«, spotte ich, als ich die Beifahrertür von Henris kleiner Schrottkarre öffne. Mit verzogener Miene nimmt er mir die Tasche aus der Hand, um sie auf den Rücksitz zu werfen.

»Ist das der Pulli?« Ein Ärmel hängt aus meiner Tasche und Henri scheint nicht zu entgehen, dass es dieser eine ist – den er mir aus dem Winterurlaub mitgebracht, liebevoll eingepackt und mir zum Geburtstag geschenkt hat. Jetzt sieht er ihn eingeknüllt in meiner Tasche – dazu der Biergeruch, der schwer zu ignorieren ist.

»Ja – mein Lieblingspulli«, antworte ich, um die Kränkung zu besänftigen, die ich in seiner Stimme höre.

»Und was ist *das* für ein Pulli?« Er dreht den Schlüssel und schielt auf den schwarzen Kapuzenpulli, den ich seit gestern nicht mehr ausgezogen habe.

»Den hat Kai mir gestern Abend gegeben.« Müsste ich Henris Blick in Worte fassen, würde er lediglich »Okay« antworten. Doch eine Frage scheint ihn noch zu beschäftigen.

»Also ist das jetzt etwas Ernstes zwischen euch?«

»Ich denke«, antworte ich stumpf. Die Stimmung auf dem Weg nach Hause ist getrübt. Kein weiteres Wort. Meine Euphorie von eben – weg. Die kleinen gelben Autos, die sonst immer das Highlight auf unseren Autofahrten sind – uninteressant. Kein Kommentar zu dem Clown, der an der roten Ampel vor unserer Frontscheibe eine kleine Aufführung abliefert, um sich ein paar Münzen zu verdienen. Kein Aufregen über die Fahrradfahrer, die statt auf dem Fahrradstreifen auf der normalen Fahrbahn ihren Platz einnehmen, als wären sie der Kopf des Verkehrs. Kein dankender Winker für den alten Herren, der uns die Vorfahrt schenkt. Es ist komisch, dieses Schweigen. So etwas kommt bei uns normalerweise nicht vor. Zumindest heutzutage nicht mehr. »Ich rede kein Wort mehr mit dir!« Das waren meine Worte, als Henri mir in der Grundschule mein neues Mäppchen – mit Einhörnern und Glitzersternen – geklaut und auf der Jungstoilette versteckt hat.

»Das bekommst du erst wieder, wenn ich mir einen von deinen Stiften ausleihen darf.« Die ich aber nicht rausgeben wollte. Wieso musste Henri nach den Stiften verlangen, die ich am Wochenende zuvor neu gekauft hatte? In dem Moment war ich mir sicher: Ich würde nie wieder mit ihm reden. Nach fünf Minuten war der Zirkus dann doch schneller vorbei als gedacht. Weil Henri ein schlechtes Gewissen bekam, hatte ich mein Mäppchen nach kurzer Zeit wieder und einen Stift hat er dann trotzdem von mir bekommen.

Heute ist es anders. Die fünf Minuten Schweigen, die ich mir höchstens ausgemalt hätte, werden gleich zu zehn. Er starrt auf die Straße und wippt seinen Kopf zu *Sweater Weather* – irgendwie ironisch. »So let me hold both your hands in the holes of my sweater.« An der Kreuzung rechts und dann biegen wir in seine Straße ein.

»Ich kann auch nach Hause fahren und alleine Mathe lernen, wenn dir das lieber ist?«

»Quatsch.« Er macht den Motor aus, legt einen Gang ein und zieht die Handbremse. Ich hoffe, ein verstecktes Lächeln zu erahnen, aber ich täusche mich. Warum ist Henri so sauer? Weil ich mich nicht gemeldet habe? Weil ich seinen Pulli lieblos in die Tasche gestopft habe? Macht es Sinn, jetzt zu ihm zu gehen, wenn er mir sichtlich zeigt, dass ihn etwas stört?

»Hast du schon gegessen?«, fragt er. Er holt meine Tasche vom

Rücksitz und legt sie mir auf den Schoß. »Nee, bin eher am Verhungern. Aber habe mir gestern noch ein Käsebrot in die Tasche geworfen.« Wo ist es? Ich krame in meiner Handtasche, um es rauszuholen.

»Lass das, ich koche uns was.« Dann ist es da – das Lächeln, auf das ich die gesamte Autofahrt gewartet habe. Ich glaube, er möchte es selbst nicht, aber das Schmunzeln kann er sich nicht verkneifen. An und für sich ist es nichts Schlimmes, wenn es auch mal weniger zu erzählen gibt, aber dieses Schweigen war anders – die Fahrt war anders. Eine Fahrt, die mich auf seltsame Weise beeinflusst – und zum Nachdenken bringt.

Wie um hundertachtzig Grad gewendet, ändert sich die Stimmung, sobald wir in der Küche stehen.

»Bitte nicht zu viel Knoblauch.« Ich reiche ihm das Messer. Henri steht an der Küchenplatte und schnippelt das Gemüse für den Auflauf.

»Deinen hemmungslosen Abend hattest du doch gestern, da kann ja heute ordentlich Knoblauch rein, oder nicht?« Er greift zur Knolle und trennt zwei große Zehen ab.

»Niemand sagt, dass es heute nicht noch hemmungsloser wird«, kontere ich, lache und frage mich mit dem nächsten Wimpernschlag, wieso ich das gesagt habe.

Mit verwirrter Miene wirft er das klein geschnittene Gemüse in die Pfanne. »Heute Abend, wieder mit Kai, oder meinst du mich?«

Jetzt lache ich laut. »Weiß ich nicht, war ein unüberlegter Konter.«

Er haut mir leicht in die Seite. »Mich schreckst du auf jeden Fall nicht mit Mundgeruch ab.«

»Gut zu wissen, dann weiß ich für die Zukunft Bescheid.« Scherzhaft zwinkere ich und greife zur Schublade.

»Essen wir oben?«

»Ja, bring das Besteck einfach ins Zimmer.«

Unordentlich, aber gemütlich – oder eher Ordnung im eigenen Chaos. So würde ich Henris Zimmer beschreiben. Der große rostige Spiegel rechts neben der Tür ist noch von seiner Mutter. Den hatte sie damals schon im Flur stehen. Als Henri sein Kinderzimmer in ein »Zimmer zum Erwachsenwerden« – so wie es meine Mutter sagen würde – umgestaltet hat, ist der Spiegel rübergewandert. Gegenüber davon steht sein gigantisches Bett. »Wer soll da eigentlich alles drin schlafen?«, frage ich mich jedes Mal, wenn ich davorstehe. Angelehnt an die dunkelgrünen Cordkissen, die sich gut als Rückenlehne machen, sitzt sein »kleiner Kumpel«, wie ich ihn immer nenne, um Henri zu ärgern. Der kleine Teddybär begleitet ihn seit seiner Geburt. »Brummi« haben wir ihn damals zusammen getauft. Wieso er bis zu dem Zeitpunkt keinen Namen hatte, hat mich gewundert. Wahrscheinlich hat Henri seinen vorherigen Namen nur vergessen – könnte damit zusammenhängen, dass er ihn bis zu dem Zeitpunkt, an dem ich ihn entdeckt und meiner Meinung nach gerettet habe, in seiner Kommode hatte wohnen lassen. Jetzt sitzt er da und beobachtet das Geschehen im Zimmer, Tag ein, Tag aus. Manchmal würde ich gerne durch seine großen Kulleraugen schauen können, um zu sehen, was Henri hier so treibt.

Die Regale zieren Schuhkartons – wenn man überhaupt von zieren sprechen kann. Gestapelte Zeitschriften liegen dort ebenfalls. Superheldencomics – ich weiß, dass er sie immer noch liest, auch wenn er es abstreitet. Seit Jahren liegen sie dort. Früher hat er mir stolz daraus vorgelesen, sich anschließend einen Umhang umgeworfen und ist durch das gesamte Haus gerannt. Ich musste mich verstecken – das Mädchen in Gefahr spielen. Dann kam er und rettete mich vor den Bösen. Ständig haben wir das gespielt. Ich muss immer wieder schmunzeln, wenn ich die Zeitschriften sehe, und mir eingestehen, dass auch Henri älter geworden ist. Die

Parfümflakons auf seinem Nachttisch haben mich stutzig gemacht. *Seit wann ist ihm wichtig, wie er riecht?*, habe ich mich gefragt, als ich sie vor Kurzem zum ersten Mal bemerkte. Für mich ist er immer der kleine Henri mit dem Superheldenumhang geblieben. So langsam verstehe ich, dass er das nicht mehr ist. Ansonsten findet man in seinem Zimmer den alltäglichen Krimskrams. Klamotten über dem Schreibtischstuhl, Schulbücher auf dem Boden und ein Volleyball in der Ecke.

...

»Hier sehen Sie einen Henri, der Mittagessen für mich kocht. Es gibt Gemüselasagne.« Ich halte mein Handy auf die Auflaufform, die er gerade in den Ofen schiebt.

»Mit extra viel Knoblauch für Mathilda. Dürfte ich jetzt bitte den Ofen schließen?« Er greift nach meinem Handy und schubst mich beiseite.

»Ey, jetzt sieht man mal, wie frech ich behandelt werde.« Mit ausgestreckten Armen laufe ich ihm hinterher.

»Endlich tauche ich mal in Mattis Tagebuch auf!« Henri läuft mit dem Handy in der Hand quer durch das Wohnzimmer.

»Wirklich eine Premiere«, stichle ich.

»Du hast noch nie über mich gesprochen?«, fragt er mit einer Jammerstimme und beendet das Video.

»Geheimnis.« Ich nehme ihm das Handy aus der Hand und werfe ihm einen tröstlichen Blick zu. Ob er die Frage ernst gemeint hat? Mit einem Seufzer geht er zum Küchenschrank und holt zwei große Teller raus. Manchmal kann ich ihn nicht einschätzen.

Nach dem Essen sitzen wir auf dem Fußboden und legen unsere Matheunterlagen zusammen. Bisher habe ich mich selbst belogen und ausgeblendet, dass morgen die Klausur ansteht. Die Klausur, bei der ich nicht weiß, ob ich auch nur eine Gleichung gelöst bekomme. Gedankenverloren tippe ich in meinen Taschenrechner und blende Henris Erklärung zur Ableitung aus einer der Aufgaben im Buch aus.

»Hörst du mir überhaupt zu?« Weiter starre ich auf den Taschenrechner und ignoriere seinen Versuch, mich aus der Blase zu ziehen. »Hallo, Matti, ich erkläre dir gerade was!«

Mit genervter Miene wende ich meinen Blick auf sein Heft. »Ich habe absolut keine Ahnung. Die Klausur werde ich sowieso verhauen.«

Überzeugt schüttelt Henri den Kopf. »Nein, du wirst es verstehen, hör mir doch einfach mal zu!«

Mit dem letzten Funken Ehrgeiz probiere ich die nötige Aufmerksamkeit zusammenzukratzen.

»Im Zähler und auch im Nenner steht ein x, also brauchst du für die Ableitung die …?«

»Ich weiß es nicht!«, antworte ich gestresst.

»Die Quotientenregel. Ich rechne es dir noch mal vor.« An Henris Stelle hätte ich schon längst aufgegeben. Meine Reaktion ist mehr als undankbar, und doch nimmt er mein Heft und rechnet mir die Aufgabe ein weiteres Mal Schritt für Schritt vor. Aber ich kann mich einfach nicht konzentrieren. Die Kombination aus dem gestrigen Abend und der Klausur liegt mir zu schwer im Magen. Bis eben konnte ich die Unruhe verdrängen, aber je mehr Zeit vergeht, desto schwieriger wird es, die Beherrschung zu behalten. Ich spüre, wie der Klos in meinem Hals größer wird, während Henri weiterredet und nicht bemerkt, wie sich die Tränen in meinen Augen anstauen. Jetzt kann ich sie nicht mehr aufhalten. Eine Träne entweicht über meine Wange.

»Hey, nein, nicht weinen.« Er legt den Stift beiseite. Mit gesenktem Blick sehe ich aus dem Augenwinkel, wie er seine Hand hebt. Liebevoll streicht Henri mir die Träne aus dem Gesicht. »Wir können auch eine Pause machen. Das hilft bestimmt.« Ich schiebe seine Hand weg.

»Tut mir leid. Ich möchte nicht weinen. Vielleicht machen wir echt lieber später weiter.« Ich hebe meinen Kopf und schaue in seine Augen, und dann sehe ich ihn – diesen Blick, mit dem mich Henri nie zuvor angesehen hat. Er schließt sein Buch und greift nach hinten.

»Bock auf 'ne Runde Volleyball?« Er wirft mir den Ball zu und zieht mich vom Boden hoch. »Wir lassen jetzt all unsere Sorgen an diesem Ball raus, okay?« In seinem Garten wurde das Netzt nie abgebaut. So oft wie damals wird es nicht mehr genutzt, aber ab und zu spielen wir ein paar Sätze. »Ist es nun mal an der Zeit, Platz im Garten zu schaffen?« Henri erzählt mir ständig, dass seine Mutter statt des Netzes gern eine Hollywoodschaukel neben dem Blumenbeet – frisch mit bunten Dahlien verschönert – aufstellen möchte. Aber er nimmt seine Rolle als Verteidiger wohl sehr ernst, sodass es auch nach Jahren noch an Ort und Stelle steht. Unser Glück – wir können uns auspowern, wenn wir es brauchen, so wie heute.

20

Zu Hause erwartet mich das, was ich vorhergesehen habe. Die Enttäuschung meiner Mutter ist nicht zu übersehen, als ich zur Tür reinkomme und ihr direkt in die Augen blicke. Eigentlich gehöre ich zur Sorte »Mama weiß alles über mein Leben«, aber gestern Nacht habe ich es gebrochen – das Vertrauen, das wir zueinander haben. Die Erklärung, die sie von mir hören möchte, bekommt sie nicht. Ich weiß ja selber nicht, wie ich diesen Abend begründen soll.

»Es kommt nicht mehr vor«, ist die einzige Besänftigung, die ich aussprechen kann, nachdem ich ihr eben bei Henri schon ein Lebenszeichen gegeben und mich entschuldigt habe. Mit dem Wissen, dass es gelogen ist – es wird wieder vorkommen. Sie mit einer so geknickten Miene zu sehen, macht meine Situation nicht leichter. Meine Gedanken drohen überzuschnappen. Die aufregende Nacht mit Kai, das rätselhafte Verhalten von Carla, das ungewohnte Schweigen mit Henri, die unlösbare Matheklausur und jetzt die unausgesprochene Enttäuschung meiner Mutter. Wie soll ich da einen kühlen Kopf bewahren? »Du musst deine Gedanken sortieren«, würde Vici jetzt sagen. Das Notizbuch, das sie mir mit den Worten »Wenn es dir mal schlecht geht« zum Geburtstag geschenkt hat, sollte wohl genau für diese Momente sein. Bei dem Stichwort »Buch« schießt mir schlagartig Carlas *Thoughts*-Buch in den Kopf. Zu gerne wüsste ich, ob die leeren Seiten inzwischen gefüllt sind. Ach ja – ich hätte fast das Pädagogikexperiment vergessen. Das kommt mir zu meinem sowieso schon strapazierten Tag gerade recht. Auch wenn uns Carla mit ihrem wirren

Gerede gerettet hat, stehen wir in wenigen Wochen auf der Bühne – mit einem Vortrag, der einem Kinderlied gleicht. Kein tiefgründiger Sinn, uninspirierte Wortwahl – einfach mager. Nichts gegen Kinderlieder, ich habe damals auch gerne *Alle meine Entchen* für Vici gesungen. Aber aus diesem Alter sind wir wohl raus – ohne Frage. Als wäre meine Liste an Erledigungen nicht schon lang genug, stolpere ich wieder mal über die Klamotten auf dem Boden in meinem Zimmer und erinnere mich gleichzeitig an den stinkenden Pulli von Henri. *Wäsche waschen* schreibe ich also auch noch auf meine Liste. Prioritäten setzen – schön und gut. Wie entscheide ich, was die höchste Priorität hat? Das macht doch alles keinen Sinn. Inzwischen ist es Nachmittag und die Priorität *Mathe lernen*, die heute an oberster Stelle stand, wurde bereits heute Mittag angegangen – ohne Erfolg. Die Mühe, die sich Henri gegeben hat, konnte den Damm zwischen Unruhe und Gelassenheit leider auch nicht brechen. Wie soll ich mir weitere Prioritäten setzen, wenn die zu bewältigenden Hindernisse sich unüberwindbar anfühlen? Alles Blödsinn, ich muss einfach einen Schnitt setzen. Heute nichts mehr machen. Mein Mathebuch bleibt in der Tasche, ich gehe nicht auf Kais Chat, Henri schicke ich keinen neuen Lernstand und ich verschwende keine weitere Sekunde, um das Rätsel um Carla zu lösen. Aber ums Wäschewaschen komme ich wohl nicht rum. Ansonsten kann ich den Pulli direkt in die Tonne hauen.

Mir fällt eine Situation ein, in der ich mich wie heute gefühlt habe. »Machst du dann noch das Gehege sauber?«, war der Satz meiner Mutter, der meine Wut zum Überkochen brachte. Zu der Zeit hatten wir noch Meerschweinchen. Zwei flauschige Wesen, die ich leider nur dann niedlich fand, wenn ich nicht die Köttel aus dem Stall zusammenkratzen musste. Begleitet von der ständigen Angst, einer Spinne zu begegnen, die sich in einer der Ecken hätte einnisten können. Nach dem Streit – wegen Anschuldigungen, gespickt zu haben – mit meiner damaligen Sitznachbarin, der verdorbenen Erdbeere in meinem Nachtisch und der Sorge, beim anstehenden Volleyballturnier nicht abzuliefern, war die Aufforderung zum Stallputzen dann einfach zu viel. Noch bevor meine Mutter den Satz beenden konnte, ist das Kartenhaus zusammengefallen. Ich hatte das Gefühl, es wird nur schlimmer – als würde ich aus diesem Albtraum nicht mehr aufwachen. Was mir geholfen hat? Ich habe es nicht für möglich gehalten, aber das Kissen, das mir meine Mutter nach meinem emotionalen Zusammenbruch mit den Worten »Lass deine Gefühle an ihm raus« hingehalten hat, bewirkte wohl Wunder. Immer fester habe ich in das Kissen gehauen und mir meine Sorgen von der Seele gerufen – irgendwann geschrien. Danach hat der Rat »eins nach dem anderen und nicht den großen Berg vor sich sehen« funktioniert.

Ich habe in Ruhe den Stall gesäubert, meine Sitznachbarin angerufen und im Garten mit Henri ein paar Aufschläge geübt. Eins nach dem anderen – ohne Probleme. Genau jetzt denke ich an diese Situation. Ich sehe das große weiche Kissen in meinem Bett liegen. Soll ich? Einmal fest reinschlagen? Ehrlich zu meinen Gefühlen sein? Wie die kleine Mathilda greife ich zu. Ich nehme einen tiefen Atemzug. »Mathe ist scheiße.« Leicht boxe ich in die Mitte. »Kai macht mich verrückt.« »Henri, geh mir aus dem Kopf!« Mit jedem Mal wird mein Schlag fester und die Stimme lauter. »Carla ist eine falsche Freundin!« »ICH FÜHLE MICH VERDAMMT NOCH MAL KOMISCH!« »ICH BIN ÜBERFORDERT MIT MEINEN GEFÜHLEN!« Stille. Einen Moment brauche ich, um zu verstehen, wie gut das tat. Die Gedanken laut auszusprechen – nach draußen zu schreien. Sich nicht davor zu verstecken und sie in sich reinzufressen. Sind sie ausgesprochen, werden sie real. Kein leichter Schritt und ich sträube mich, mir das einzugestehen, doch es ist wohl die ehrlichste Lösung. So banal wie es klingt, der Unterschied, den es macht, ist nicht zu übersehen. Als würde sich der Knoten in meinem Magen zumindest ein wenig lösen. Eins nach dem anderen – ohne nur den großen Berg vor sich zu sehen. Der Rat einer Mutter ist in der Tat der beste – daran muss ich mich selbst oft erinnern.

21

»Ich kann es selbst kaum glauben, aber anders als erwartet lief die Klausur wirklich gut. Das Kissen hat wohl Wunder bewirkt – danke, Mama. Ich hab's geschafft, mich gestern an den Schreibtisch zu setzen, und wie von Zauberhand haben sich die Aufgaben, die mich die letzten Tage so fertiggemacht haben, lösen lassen. Mit Sicherheit wird es keine Eins, aber eine Vier – die ich noch nie in meiner Schullaufbahn hatte – wird es wie befürchtet wohl nicht. Da hat Henris Nachhilfe doch was gebracht. Ich konnte das Wissen nur erst abrufen, als das Chaos in meinem Kopf sortiert war.« Ich drücke auf Stopp. Auf meinem Handy häufen sich mehr und mehr Videos an und langsam wird der Speicher voll. Um ein wenig Platz zu schaffen, wische ich durch die Alben und lösche unwichtige Videos. »Das habe ich ja komplett vergessen«, stutze ich vor mich hin und klicke auf das Video, das ich bei Greta im Badezimmer gefilmt habe. Wie spannend ich die Mamorfliesen fand. Hab ich nicht an dem Abend noch eins aufgenommen? Mir schwebt es nur als schwache Erinnerung durch den Kopf, aber ich kann kein zweites Video finden – wahrscheinlich habe ich vergessen auf *Aufnehmen* zu drücken.

»Kommst du?« Carla öffnet die Tür der Umkleide und winkt mich zu ihr. Ich habe den Moment abgepasst, bis alle aus dem Raum waren, um das Video aufzunehmen. »Ja, bin fertig.« Ich schlüpfe in meine Schuhe und werfe mir meine Tasche über. Nach dem Sportunterricht müssen wir jetzt unbedingt an unserem Vortrag arbeiten – das Risiko, morgen aufzufliegen, ist uns zu groß. Heute hat sie keine Ausrede mehr, wieso wir uns nicht treffen können. Vielleicht bilde ich mir einfach zu viel ein? Wäre Kai derjenige, den sie gut finden würde, wüsste ich es bestimmt. Ich kann mir nicht vorstellen, dass sie mich so hintergeht. An meinen Gedanken merke ich selbst erst, was für eine Wirkung der gestrige Tag auf meine Stimmung hat. Ich habe ihr vor dem Schlafengehen noch vorgeschlagen, dass wir uns treffen – das macht ja sonst alles keinen Sinn. Wegen wahllosen Vermutungen will ich keine schlechte Note provozieren.

Bei Carla angekommen werden wir direkt von ihrer Mutter in Empfang genommen.

»Wolltest du die nicht ins Wasser stellen?« Sie streckt ihr drei rote Blumen entgegen.

»Mama, warst du wieder in meinem Zimmer?« Mit unruhiger Miene schmeißt Carla ihre Jacke in die Ecke.

»Ich wollte doch bloß die armen Dahlien retten«, verteidigt sich ihre Mutter.

»Stell sie einfach ins Wasser.« Verwirrt laufe ich Carla die Treppe in ihr Zimmer hinterher. Täusche ich mich, oder habe ich die Blumen schon mal irgendwo gesehen?

»Sag mal, wer ist jetzt eigentlich dieser Typ, von dem du immer sprichst?« Mir setzt es weiterhin zu, dass ich es an dem Wochenende nicht rausgefunden habe. Carla schließt die Zimmertür und wirft ihre Tasche auf das Bett.

»Der ist einfach nicht gekommen. Hat mich zum Turnier eingeladen und ist selbst nicht aufgetaucht – so ein Depp.« Sie seufzt. Aus ihrem Blick versuche ich zu entschlüsseln, ob sie die Wahrheit sagt.

»Wer ist es denn? Zeig doch mal ein Foto«, drängle ich. Auch wenn ich langsam davon ausgehe, dass es nicht Kai ist, bleibe ich dennoch unruhig. Mein Gefühl sagt mir, dass irgendwas nicht stimmt.

»Ich habe kein Bild von ihm.« Doch die Röte steigt ihr ins

Gesicht. Macht es Sinn, weiter auf ihr rumzuhacken, oder sollte ich lieber an die Matti von gestern appellieren? Fokus auf die Schule legen und sich nicht in das Privatleben anderer einmischen? Wohl vernünftiger – also verkneife ich mir einen zweiten Anlauf. Wissen möchte ich es trotzdem, aber Pädagogik ist nun wichtiger. Ausschau nach ihrem Buch halte ich dennoch – wenn auch ohne Erfolg.

...

Bock, spontan vorbeizukommen? Gerade zu Hause durch die Tür, sehe ich die Nachricht von Kai. Dazu schickt er ein Bild aus dem Whirlpool. Die Art und Weise, wie er unsere Beziehung zueinander aufbaut, treibt mich in den Wahnsinn – positiv. Als hätte er einen Plan, wie er mich um den Finger gewickelt bekommt. Und zwar einen verdammt guten, denn es funktioniert. Ich kann nicht anders, als die Chance zu ergreifen.

Wieso nicht, antworte ich.

Du wolltest dir später noch mal Pädagogik anschauen und nicht zu spät schlafen gehen, höre ich meine innere Stimme flüstern. Vorsätze sind doch dafür gemacht, sie zu brechen – oder nicht? Leise schleiche ich mich die Treppe in mein Zimmer hoch. Meine Mutter sitzt auf der Terrasse. Mit dem Rücken zur Terrassentür liest sie, eingekuschelt in einer Decke, den Roman, den ich ihr zu Ostern geschenkt habe. Das sehe ich sofort an dem auffälligen blauen Cover. Eine süße Liebesgeschichte, die in der Schweiz spielt. Auf Empfehlung von Henris Mutter, die das Buch mit den Worten »Abtauchen mit einer rosa Brille, die du so noch nie getragen hast« beschrieb, hatte ich sofort die nötige Inspiration für mein Geschenk und bin auf dem Weg nach Hause über einen kleinen Umweg in den süßen kleinen Buchladen gegangen und habe es gekauft. Mama hat sich sehr gefreut, aber nie die Zeit gefunden, es zu lesen.

Jetzt anscheinend schon – womöglich passt es durch den Dinoherren gerade besonders gut. Sie ist so vertieft, dass sie nicht mitbekommen hat, wie ich zur Tür reingekommen bin. Mein Glück, dass sie denkt, ich sei bei Carla. So kann ich ungestört zu Kai – und unser Vertrauen erneut brechen.

…

Der schwarze oder der grüne? Hektisch wühle ich in meiner Schublade, um einen passenden Bikini zu finden. Seit den Sommerferien war ich nicht mehr schwimmen, jetzt so spontan in den Pool zu hüpfen, überfordert mich. Als wir gestern auf Gretas Matratze das letzte Mal Zeit miteinander verbracht haben, hat sich irgendwas geändert – bei uns beiden. Die paar Minuten, in denen Kai und ich gekuschelt haben, haben eine Vertrautheit hinterlassen.

Im Dunkeln schleiche ich mich durch den Flur zur Haustür. Wenn ich jetzt das Licht anmache, fliege ich auf. Dafür gehe ich auch gerne das Risiko ein, auf der gefalteten Wäsche auszurutschen, die meine Mutter häufig auf die Treppe legt, damit wir sie mit nach oben nehmen. Nicht immer hat sie Lust, uns wie eine Dienerin alles Mögliche ins Zimmer zu reichen – verständlich.

…

Wenige Minuten später – Kai wohnt ja in meiner Nachbarschaft – stehe ich vor dem Gartentor an seinem Vorgarten. Es hat einen Augenblick gedauert, bis ich es hinter den tief hängenden Ästen der Trauerweide entdeckt habe.

»Hier drüben!« Kai winkt mir aus der hinteren Ecke zu. Eingebettet in große dunkelgraue, quadratische Fliesen liegt der beleuchtete Whirlpool. Der Garten – riesengroß. Aber das weiß ich bereits. Fast ein kleiner botanischer Garten. Meterhohe Pflanzen, die ich sonst nur aus dem *Buch der Botanik* kenne, das ich jedes Mal mit Vici studiert habe, wenn wir bei unserer Oma waren. Sie liebte jegliche Art von Fachbüchern.

»Das sieht echt gemütlich aus.« Ich stelle meine Tasche auf den kleinen Gartenstuhl, über dem schon Kais Handtuch hängt.

»Noch gemütlicher, wenn du drinnen bist.« Mit einem Schmunzeln entgehe ich dem provozierenden Spruch. Ungeduldig zeigt er mir mit seinem Blick, dass ich mich nicht so anstellen soll – mich ausziehen und in den Pool steigen soll. Das hatten wir doch schon mal.

»Wegschauen.« Jetzt kann er zumindest nicht einfach abhauen, also drehe ich mit meiner Hand seinen Kopf, damit er mich nicht dabei beobachtet, wie ich mich entblöße. »Es ist ganz schön frisch.« Schließlich ist kein Sommer mehr, und das Gefühl, zu wissen, dass man sich auch abends keine Gedanken über eine Jacke machen muss, längst Geschichte. Ich liebe dieses Lebensgefühl in der warmen Jahreszeit, aber auch der Herbst hat Vorteile – wenn nicht sogar mehr. Warmer Kakao kommt wieder auf den Tisch, Mama kocht Kürbissuppe, ich schaffe es vielleicht dieses Jahr, Drachen steigen zu lassen und alles schreit nach Kuscheln in wolligen Tagesdecken – sehr verlockend.

»Dafür ist das Wasser ja beheizt.« Mit zugekniffenen Augen dreht sich Kai zu mir und streckt mir seine Hand entgegen.

Abhauen in ein neues Kapitel. Das anders ist, als ich es die letzten siebzehn Jahre erlebt habe. So fühlt es sich an, als mein Fuß in das Blubbern eintaucht. Bis in den Haaransatz spüre ich diese Entspannung – die Wärme geht unter die Haut. Kai sagt kein Wort. Er lächelt mich einfach nur an und trägt damit zu genau dieser Entspannung bei. Kein Gespräch – nur Blicke. Blicke, die neue Schmetterlinge züchten. Ist es wirklich möglich, dass ich jemanden gefunden habe, mit dem ich einige der schönsten Dinge im Herbst ausleben kann?

»Die Farbe passt zu deinen hellen Augen.« Kai deutet auf meinen Bikini. Jetzt bin ich froh, dass ich mich für den grünen entschieden habe.

»Wieso hast du mich eingeladen?«, frage ich ihn mit beschämtem Unterton. Seine gerunzelte Stirn lässt darauf schließen, dass er die Frage überraschend findet.

»Du bist gestern so früh abgehauen.« Er greift zu meiner Hand und streichelt sie sanft. Wieso muss er mich so verlegen machen? »Die Zeit zum Kuscheln war mir zu kurz.« Ich weiß nicht, wie ich mit diesen Worten umgehen soll, also lache ich bloß und löse mich von seinem fesselnden Blick. Das alles geht so schnell. Wie kann es sein, dass er mich vor wenigen Wochen noch nicht kannte und ich jetzt ein Date mit ihm im Whirlpool habe? Es ist skurril und wunderschön zugleich, dieses Szenario erleben zu können. Jetzt greift er auch meine zweite Hand und ich möchte nichts lieber, als diesen Moment einfach für mich genießen zu können, denn es ist genau das, was ich mir immer gewünscht habe. Jetzt fassen seine Hände nicht mehr meine, sondern greifen unter meine Arme. Mit einem Ruck geleitet er mich durch das Wasser, sodass ich auf seinem Schoß ende. Ihm so nah zu sein, reicht, um mein Herz ordentlich in Bewegung zu setzen, denn das Bewusstsein, dass ich ihn bisher nur unter leichtem Alkoholeinfluss geküsst habe, bekomme ich erst jetzt, als er es tut. Er setzt zu unserem ersten richtigen Kuss an. Ein Kuss, der allein durch Gefühle entsteht. Ein Kuss, für den wir uns hier und jetzt bewusst entscheiden. Die Nerven unter meiner Haut stehen unter Hochspannung, als seine feuchten Lippen meine beschlagnahmen. Näher zieht er mich mit den Händen an seinen weichen Oberkörper, den ich nun so unglaublich intensiv spüre – als plötzlich mein Handy klingelt. Das darf nicht wahr sein. Wer ruft mich um die Uhrzeit an? Meine Mutter sollte entspannt sein, weil sie denkt, dass ich bei Carla bin. Kai schiebt mich von seinem Schoß und greift zu meiner Tasche.

»Henri ruft an – wer ist Henri?«, fragt er und streckt mir das Handy hin.

»Ist nicht wichtig. Drück einfach weg.« Wieso muss er genau jetzt anrufen? Mit hochgezogener Braue wirft Kai das Handy zurück in die Tasche.

»Wieso ruft der dich an?«, fragt er mit einem Ton, der mir bis zum jetzigen Zeitpunkt neu war. Stört ihn das?

»Das ist mein bester Freund – ist nichts Besonderes, wenn er anruft.« Ich muss schlucken, irgendwas scheint sich in meinem Magen zu drehen. Ich bin sauer auf Henri, aber gleichzeitig sauer auf Kai. Von jetzt auf gleich ändert sich alles. Der kurze Moment, den wir hatten – aufgelöst.

»Vielleicht gehst du lieber nach Hause.« Mir stockt der Atem. Er schickt mich nach Hause? Jetzt? Jetzt, wo ich gerade einmal wenige Augenblicke in seinem Pool sitze, meine Mutter hintergangen und Henri bewusst ignoriert habe.

»Jetzt schon?« Meine Stimme zittert, aber ich versuche, es mir nicht anmerken zu lassen.

»Henri wartet wahrscheinlich auf dich.« Kai möchte gerade aufstehen.

»Blödsinn! Ich will nur dich.« Ich schlucke. Das ist das erste Mal, dass ich ihm meine Gefühle so direkt ins Gesicht sage. Er stoppt.

»Das war deutlich.« Wohl zu deutlich. Oder ist es genau so gut? An seiner sich glättenden Stirn sehe ich, dass sein Misstrauen nachlässt. Ein Stein fällt mir vom Herzen, als ich seine Hand erneut auf meinem Oberschenkel spüre. »Okay, bleib hier.« Obwohl ich mich freuen sollte, spüre ich, wie dieser unvorhergesehene Aussetzer eine kleine Mauer zwischen uns hochzieht. Einen Wimpernschlag später möchte aber schon das nächste Flugzeug in meinem Bauch starten. So ist das wohl, wenn man auf dem Weg ist, sich zu verlieben. Ein Auf und Ab der Gefühle – daran muss ich mich gewöhnen. Immer habe ich Vici damit vollgequatscht, wann ich endlich einmal auf Wolke sieben schweben werde. Jetzt, wo ich dabei bin, es mir dort gemütlich zu machen, sollte ich froh darüber sein und den Schattenseiten des Verliebtseins keine zu große Bühne bieten.

»Tut mir leid, ich wollte nicht so reagieren.« Er scheint zu sehen, wie sich das Gefühl auf meinen Blick überträgt. »Das war blöd von mir.« Die Worte fühlen sich gut an – so gut, dass sich meine Lippen zu einem Lächeln überzeugen lassen. Es ist schwer, gegen seinen Charme anzukämpfen – auch jetzt. Mit seiner Hand berührt er meine Wange. Die Ringe, die er selten ablegt, fühlen sich kalt auf meiner Haut an. Um mich herum möchte ich alles ausblenden, als er sich dafür entscheidet, mich ein zweites Mal zu küssen. Schaffe ich es, alles auszublenden? Ja – aber nur für den Bruchteil einer Sekunde. Ich sitze im Pool in Kais Garten und denke – an den Anruf von Henri. Was wollte er? Im nächsten Moment erinnere ich mich daran, dass ich Kai küsse. Meine Augen schließen sich wieder und mit größter Willenskraft versuche ich, mich auf diesen Kuss zu konzentrieren.

...

»Der Herbst ist wirklich da! Heute Morgen habe ich das erste Mal Kürbisse gesehen. Ich habe mich so gefreut, als ich sie an dem Gemüsestand entdeckt habe. Der nette Herr, der es immer schafft, meiner Mutter die doppelte Menge Kartoffeln zu verkaufen – was mich dezent nervt –, sah so glücklich aus, als er Kürbis für Kürbis auf die Tische gelegt hat. Am liebsten hätte ich direkt einen gekauft. Auf jeden Fall sollte es nicht mehr lange dauern, bis meine Mutter mich mit den Worten ›Es gibt wieder eure Lieblingssuppe‹ zum Abendessen ruft.«

»Und, wie war Pädagogik?« Vici kommt die Stufen runtergelaufen und setzt sich zu mir auf die Decke, die ich mir auf der Wiese ausgebreitet habe, um die fallenden Herbstblätter zu beobachten und dabei mein Videotagebuch weiter zu füllen.

»Sei froh, dass ich gerade aufgehört habe, zu filmen.« Ich wedle mit meinem Handy und lege es auf die Wiese. »Lief gut. War zwar ziemlich müde und konnte nicht mehr alles abrufen, was wir uns gestern überlegt hatten, aber passt schon.« Im Vergleich zur letzten Woche konnten wir Frau Bender einen besseren Zwischenstand präsentieren, da wir uns inzwischen immerhin auf das Thema »Emotionale Intelligenz« geeinigt haben. Auch wenn sie unsere letzte Notlüge »neugierig« gemacht hat, wäre es nicht unbedingt schlau, in dieser Einstellung fortzufahren.

»Warst du eigentlich schon mal verliebt?« Ich schaue Vici an, als wäre mir die Frage gerade beiläufig in den Sinn gekommen. Das stimmt nicht – ich wollte schon den ganzen Tag mit ihr darüber sprechen.

»Wie kommst du da jetzt drauf?« Sie legt sich mit dem Kopf auf meine Beine und grinst mich auf diese Art an. So wie sie mich ansah, als ich sie gefragt habe, ob sie jemanden kennt, der schon seine Tage hat – in dem Moment wusste sie, dass ich sie bekommen hatte. Vici ist die erste Person, mit der ich über solche Themen spreche. Auch wenn sie ein paar Jahre jünger ist, macht das nichts. Die Verbindung unter Geschwistern kann man nicht erklären, wenn man sie selbst nicht erlebt.

»Du bist verliebt!« Drei Worte, die mich zum Lächeln bringen. Ich möchte es verstecken, aber es ist unmöglich.

»Nein, bin ich nicht – also, ich weiß es nicht. Muss es noch herausfinden«, verteidige ich mich.

»Wieso grinst du dann so?« Vici pikst mir in die Seite und signalisiert mir mit ihrer Handbewegung, dass ich mit der Sprache rausrücken soll. Achselzuckend suche ich nach einer passenden Antwort.

»Woran merke ich, dass ich verliebt bin?« Das frage ich mich in letzter Zeit immer häufiger.

»Als ich in Ben verliebt war, musste ich immer grinsen, als ich ihn gesehen habe – das meinte Mama zumindest.«

Ich runzle die Stirn. »Wer ist bitte Ben?«

Vici muss lachen. »Meine große Liebe im Kindergarten, danach kam nie wieder jemand.« Ich erinnere mich. Manchmal habe ich die zwei zusammen abgeholt und wir sind zu dritt nach Hause gegangen. Ich habe dann den Kartoffelauflauf vom Vortag aufgewärmt. Mama war im Reisebüro und bis sie nach Hause kam, haben wir Verstecken-Fangen im Garten gespielt.

»Danach warst du nie wieder verliebt?«, stutze ich.

»Du bist wohl mein bestes Vorbild!«, kontert Vici und greift zu meinem Handy. »Zeig mir mal, wie du mit Kai schreibst. Daran finde ich heraus, ob du verliebt bist.«

»Wir schreiben kaum.« Nachdem er mich gestern Abend eingeladen hat, ist unser Chat leer geblieben. Mit hochgezogener Augenbraue schielt sie mich an.

»Hmm. Dann schreib ihm doch noch mal.«

»Mache ich, aber woran merke ich es noch?«, drängle ich. Sie schüttelt lachend den Kopf.

»Um ehrlich zu sein, würde ich mich wundern, wenn du nicht in Kai verliebt wärst. Gefühlt dein ganzes Leben lang hängst du schon an ihm.« Sie hat recht. Aber wer sagt mir denn, wie sich die Gewissheit anfühlen muss?

Vici spricht weiter: »Wenn du in seiner Gegenwart lachst – so richtig mit aufgerissenem Mund –, dir alles daran liegt, dass es ihm gut geht – dass er glücklich ist –, dir das Kribbeln bis in den Hals steigt und du den Drang verspürst aus deinem Körper auszubrechen, dann bist du es – dann bist du verliebt.«

22

Mit den Worten »Du bist ja doch gekommen« werde ich begrüßt, als ich am nächsten Tag die Tür zum Reisebüro öffne. Meine Mutter so unglücklich darüber zu sehen, dass ich sie hängen lasse, belastet mich – auch wenn es mir schwerfällt, so weiterzumachen wie vorher.

»Ich möchte nicht, dass du sauer bist.« Meine Stirn zieht sich weiter zusammen, bis Mama mir das Lächeln zuwirft, auf das ich warte. Die letzten Tage wurde das Thema unter den Tisch gekehrt. Wir hatten zwar vereinbart, dass ich heute zum Arbeiten komme, aber an ihrem überraschten Blick lässt sich erahnen, dass sie nicht damit gerechnet hat. Meine Gewissensbisse waren zu groß, um unsere Verabredung fallen zu lassen. »Wir brauchen eine Lösung für die Website.« Sie dreht sich zurück zum Bildschirm und tippt in die Tasten. Wahrscheinlich habe ich sie beim Beantworten einer Buchungsanfrage unterbrochen.

»Hmm, okay.« Der Funke Hoffnung, dass sie mich ohne Rückfragen ab sofort mit der Produktion in Ruhe lässt, erlischt sofort. Was könnte eine gute Lösung sein? Meiner Meinung nach würde meine Mutter einen guten, wenn nicht sogar sehr guten Job vor der Kamera machen. Die Motivation habe ich schon damals gespürt, als sie uns auf unserem jährlichen Ausflug ans Meer bei jeder Gelegenheit ihr Handy in die Hand drückte und uns bat, ein Foto von ihr zu machen. »Schau mal, hier ist doch schön!«, »Jetzt schnell, der Wind weht gerade perfekt!« oder »Soll ich mich mal in den Sand legen?« Manchmal schien das mir ihre einzige Motivation zu sein, um an Ostern zwei Stunden Richtung Wasser zu fahren. Aber die

Schokolade und die Ostereier hatte sie trotzdem immer mit dabei.

Ganz untypisch gab es die Suche nach dem buntesten Osterei für uns jedes Jahr im Sand. Vici und ich liebten es. Vor zwei Jahren haben wir unsere kleine Tradition dann begraben – leider. »Ihr seid wohl jetzt alt genug«, stoppte mich meine Mutter, als ich im Keller nach dem großen Rucksack suchte, der über die Jahre zu unserem treuen Begleiter geworden war.

»Mama, das kannst du uns doch nicht antun!« Vici musste mit den Tränen kämpfen, als sie unser Gespräch mitbekam. Auch wenn es nicht leicht ist, muss es wohl den Tag geben, an dem Traditionen sterben. Wenn ich mal Kinder habe, führe ich sie wieder fort. Da bin ich mir sicher. Doch ihr jetzt diese Geschichte um die Ohren zu hauen, würde die Anspannung nicht lockern. Ich werde aus meinen Gedanken gerissen, als plötzlich Henri unangekündigt zur Tür reinplatzt.

»Dreht ihr Videos? Ich hätte da eine Idee.«

»Henri!« Meine Mutter scheint sich sehr über den Überraschungsbesuch zu freuen – das verraten ihre leuchtenden Augen.

»Was machst du hier?« Ich weiß nicht, ob ich mich freuen soll. Die Stimmung im Büro ist sowieso schon angespannt, da kommt Henris übermütig gute Laune eher unpassend. Sowieso stutze ich, da ich noch nicht auf seinen Anruf von gestern Abend reagiert habe. Deshalb hatte ich das Gefühl, ihm in der Schule aus dem Weg gehen zu müssen.

»Hab gerade mein Auto in der Werkstatt hier um die Ecke abgegeben und dachte, ich schaue mal vorbei.« Mit diesem knittrigen Blick will er mich wohl wortlos fragen, warum die Stimmung so schlecht ist. Ich schüttle nur abwesend den Kopf und setze mich auf das kleine rote Sofa in der Ecke des Büros.

»Kannst du die junge Dame vielleicht überzeugen?« Meine Mutter zieht eine Augenbraue hoch und schaut Henri erwartungsvoll an, der sich das große flauschige graue Kissen vom Sessel schnappt und sich zu mir setzt.

»Ist das hier Arbeitsverweigerung?«, fragt er und boxt mich leicht gegen die Schulter.

»Nein, also, vielleicht … ja, o Mann, kein Plan«, seufze ich.

»Stell dich nicht so an«, schiebt er hinterher. Für eine Sekunde überlege ich, ob ich mich doch aufraffen und über meinen Schatten springen soll. Dieser mitleidige Blick von Henri ist aber auch nicht fair.

»Ich hab dich überzeugt!«, sagt er in selbstbewusstem Ton und drückt mir mein Handy in die Hand, das ich auf die Sofalehne gelegt habe.

»Du hast doch eine Idee, dann hau mal raus«, murmele ich. Wirklich überzeugt bin ich nicht, aber wenn dafür später bessere Stimmung ist, kriege ich dieses eine Video wohl noch umgesetzt – nur dieses.

»Also: Du läufst den Flur runter, von der Seite werfe ich dir Sonnenbrille, ein Strandtuch und diesen großen Sonnenschirm zu, der dort steht.« Henri deutet mit seinem Finger Richtung Eingangstür. Meine Mutter hat vor ein paar Wochen einen gigantischen gelben Sonnenschirm besorgt. »Am Ende komme ich dazu und kippe dir einen Eimer Wasser über den Kopf. Dazu schreiben wir: *Wenn du bereit für den Strand bist, aber das Wetter nicht mitspielt.* Voller Hoffnung, dass ich den Vorschlag annehme, schaut mich Henri an.

»Ich filme!«, wirft meine Mutter motiviert von der Seite ein. Obwohl ich die Idee mehr als unangenehm finde, packt mich irgendwas daran. Ich muss mir ein Lachen verkneifen, weil ich nicht zugeben möchte, dass ich es auf eine seltsame Weise doch witzig finde.

»Ich sehe, dass sie dir gefällt.« Dem provozierenden Blick, den Henri mir zuwirft, kann ich nicht entgehen.

Ich muss laut loslachen – wir beide müssen laut loslachen.

»Also gut, machen wir.« Ich nicke und öffne die Kamera.

...

Später, nach dem Drehen, finde ich zum Glück einen Föhn zwischen all den Requisiten, Wechselklamotten gibt es auch. Dann mache ich es mir mit trockenen Haaren wieder auf dem Sofa gemütlich. Meine Mutter sieht zufrieden aus. Die Freude, die ich mir eben noch gewünscht habe, ist jetzt nicht mehr aus ihrem Gesicht zu nehmen.

»Das Video ist total lustig geworden. Unsere Kunden werden es lieben.« Mit einem Zwinkern verlässt sie den Raum, um sich einen Espresso an der neuen Kaffeemaschine zu ziehen, die sie voller Stolz letzte Woche als Teamgeschenk mitgebracht hat. Henri sitzt neben mir und beobachtet, wie ich das Video bearbeite. Über die Jahre hab ich experimentiert und mir mehr und mehr Wissen angeeignet.

»Wie machst du das so schnell?«, stutzt er. Achselzuckend tippe ich weiter auf meinem Handy rum.

»Ich muss mich konzentrieren.« Als wäre ich seine Chefin, hört Henri auf mein Wort. Kommentarlos beobachtet er, wie ich aufblühe. Jedes Mal aufs Neue merke ich, wie viel Spaß mir dieser Prozess macht – von der Idee über den Dreh bis zum Schnitt. Wenn das Endergebnis dann auch noch stimmt, bin ich zufrieden. »Schau mal, wie gut meine Mutter den Moment gefilmt hat. Du hast das Wasser zum perfekten Zeitpunkt über mich gekippt«, lache ich.

»Es ist wirklich witzig geworden. Lädst du es heute hoch?«, fragt Henri neugierig. Mit einem Daumen nach oben signalisiere ich ihm, dass es heute online geht. Meine Mutter überlässt mir das gerne – schließlich ist sie damit »komplett überfordert«, wie sie es mir ständig um die Ohren haut.

Mein Handy vibriert, als ich die Eingangstür vom Büro öffne und Henri meine Hände entgegenstrecke, um ihn mit unserem Handschlag zu verabschieden, den er sofort verweigert.

»Hast du Lust, mit zur Werkstatt zu laufen?«, fragt er. Die Option, nicht mitzukommen, steht sowieso nicht auf seiner Liste. Ich würde sie ankreuzen, aber seine vorgeschobene Unterlippe soll mir signalisieren, dass ich keine Wahl habe.

»Na gut, ich hole noch schnell meine Sachen.« Mit verschränkten Armen wartet er ungeduldig an der Tür auf mich, als ich mit einem Schmunzeln den Flur entlanggelaufen komme.

»Ich habe nicht so viel Zeit, okay?« Ich packe mein Handy zurück in die Tasche.

»Das Auto steht direkt um die Ecke. Ich kann dich auch nach Hause fahren, wenn du es eilig hast.« Er wirft mir einen fragenden Blick zu.

»Du musst mich nicht mitnehmen, alles gut.« Wenn er mich nach Hause bringt, sieht er ihn.

»Ich nehme dich gerne mit, das Auto müsste durchgecheckt sein, also können wir sofort los.« Ausreden waren noch nie meine Stärke. Er wird merken, dass ich lüge, wenn ich jetzt die »Meine Mutter hat mich gebeten, noch zur Drogerie zu gehen«-Geschichte erzähle. »Das kann sie doch selber«, wird seine Antwort sein. »Wir haben ihr beim Video geholfen, da wird Anni dir nicht verbieten, dass ich dich nach Hause bringe«, wird er fortfahren. »Okay, danke«, antworte ich also stumpf.

…

»Es ist wieder so weit, ich befinde mich in der kleinen grünen Schrottkarre – und der Besitzer ist auch dabei.« Ich schwenke mein Handy zu Henri, der gerade die Fahrertür schließt.

»Das Thema hatten wir schon. Wenn du so über meinen schicken Sportwagen redest, nehme ich dich nicht mehr mit«, zankt er mit ironischem Unterton.

»Also, damit das klar ist, Henri hat mich gezwungen, mitzufahren, ich wollte gar nicht.« Mit der Kamera fange ich seinen enttäuschten Blick ein – der mir nicht eindeutig sagt, ob er bloß gestellt ist. »Jetzt ist Herr ›Grüne Schrottkarre‹ beleidigt.«

Henri drückt die Hand gegen seine Stirn. »Fake News! Ich bekomme Kopfschmerzen von diesen frechen Aussagen.«

»Tabletten habe ich leider nicht dabei, da musst du jetzt wohl durch.« Mit der Linse gehe ich ganz nah an seinen Kopf, bis er mir das Handy aus der Hand haut.

»Reicht jetzt, Matti.« Er wirkt kurz ernsthaft sauer, aber das Lachen quetscht sich an seiner Gereiztheit vorbei.

»Du kannst mir einfach nicht böse sein.« Ich beende das Video und greife zum Gurt.

»Ja, das ist das Problem«, ermahnt er mich. Reize ich seine Gelassenheit zu sehr aus? Meine Mundwinkel ziehen sich nach oben, als ich sehe, wie er sein Handy mit der kleinen Box, die er hinter seinem Lenkrad stehen hat, verbindet und meine Taylor-Swift-Playlist öffnet.

»Welcher zuerst?« Henri startet den Motor und hält mir sein Handy hin.

»*Wildest Dreams!*«, schieße ich sofort raus.

»But this is getting good now. He's so tall and handsome as hell. He's so bad, but he does it so well …« Man könnte meinen, wir schreien uns die Seele aus dem Leib, als wir die Zeilen durch das offene Fenster singen – mit dem Gefühl, dass wir in den Lyrics leben, Teil dieser sind. Für einen Moment fühle ich mich wie in einem Trailer. Die rot gefärbten Blätter fallen vom Baum und berieseln die Frontscheibe seines dunkelgrünen Autos. Der nostalgische

Geruch von Kakao zieht durch meine Nase, als wir an der Ampel vor Madame Nektar halten.

»Riechst du das?« Unerwartet haut Henri mir mit der Hand auf den Oberschenkel und kneift mir ins Knie.

»Ey, das kitzelt.« Das kleine Café weckt Erinnerungen an die Herbstferien, die Zeit, in der wir am liebsten jeden Tag einen Kakao trinken gehen. »Bald fängt es wieder an«, flüstere ich vor mich hin. Die alten Menschen zu beobachten, wie sie ihren Zimtkuchen essen und in den Zeitschriften vom Kiosk nebenan blättern, macht mich glücklich – so glücklich, dass mir fast eine Träne entweicht. »Und danach kommt schon die Weihnachtszeit«, sagt Henri. Die Ampel schaltet auf Grün. Er tritt aufs Gas und biegt in die Seitenstraße ein. Ich kann mich nicht entscheiden, ob ich den Herbst oder den Winter schöner finde. Eins ist aber klar. Beide Jahreszeiten vermitteln mir das gesamte Jahr über ein unglaubliches Gefühl von Sehnsucht.

In der Grundschule gab es diesen Stuhlkreis. Am ersten Dezember wurden die Stühle zusammengestellt. Jeden Tag durfte ein Kind sein liebstes Weihnachtsgedicht vortragen. Dazu gab es Kakao und selbst gebackene Spekulatius von Frau Kran – unserer geliebten Klassenlehrerin. Sie interessierte es nicht, dass wir »zu viel Zucker aßen«, so wie es die Eltern ständig erwähnten. Wir liebten sie. Im Grunde war sie ein richtiger Teil unserer Klasse – nicht nur als Lehrerin, nein, sie war zu einer Freundin geworden. An die Zeit erinnern wir uns gerne. So gerne, dass es einer unserer ersten Gedanken ist, wenn ein weihnachtlicher Geruch an uns vorbeizieht.

»Kannst mich an der Ecke rauswerfen.« Ich zeige auf die Ampel, die gerade auf Rot schaltet.

»Quatsch, wieso sollte ich? Die zwei Minuten machen jetzt auch keinen Unterschied mehr.« Henri reiht sich hinter einem Motorrad ein, um links in meine Straße einzubiegen.

»Ist doch nicht mehr weit, dann kannst du hier direkt geradeaus fahren.« Mit meiner Hand greife ich zum Rücksitz, um meine Tasche zu erwischen.

»Hab mich schon eingereiht, du rennst jetzt sicher nicht quer über die Straße.« Die Ampel wird grün und voller Schadenfreude drückt Henri die Kupplung durch und legt den Gang ein. Es kann sich nur um Sekunden handeln, bis dieses selbstsichere Grinsen verschwindet. Unauffällig checke ich meinen Sperrbildschirm – ist er schon da? Die Antwort bekomme ich spätestens, als Henris Mundwinkel schlagartig nach unten sinken. Er nimmt einen tiefen Atemzug. »Okay, jetzt verstehe ich alles.« Sein Blick wird ausdruckslos – als ob er allein im Auto säße. Was soll ich antworten? Warte mal, muss ich mich überhaupt rechtfertigen? Im Grunde hab ich nichts verbockt. Er muss selber merken, wie blöd es war, mich zum Mitfahren zu drängen. Häufig passiert es, dass Henri zu selbstsicher ist. Denken wir an den Handstand in der Bar – das sagt alles. Dann merkt er erst im Nachhinein, wie unüberlegt er gehandelt hat. Auch wenn ich ihm keine Erklärung schuldig bin, steigt mir mit einem Schlag die Röte ins Gesicht, als er seinen Kopf vom Bürgersteig zu mir dreht, seine Brille ein Stück nach oben schiebt und meine Augen mit diesem vorwurfsvollen Blick fesselt. Ein Blick, der so viel sagt wie: *Warum bist du nicht einfach ehrlich zu mir?* Mit einem Zwinkern löse ich meine Augen von der unsichtbaren Fessel, werfe meine Tasche über die Schulter und winke Henri zum Abschied, als ich mit der anderen Hand am Türgriff ziehe.

»Noch nicht mal eine richtige Verabschiedung?« Mit grimmiger Miene beobachtet er, wie mein Blick durch das Fenster nach draußen wandert.

»Eben im Reisebüro hast du mir noch die Hände weggestreift.« Ich knalle die Tür zu, nehme ein Blatt von der Motorhaube und wedle vor dem Fenster, bis sich Henris Stirn schließlich glättet.

Mit einem Hupen und diesem Blick, der an der Straße festgewachsen ist, fährt er an uns vorbei – als würden wir nicht hier stehen oder als würde er mit allen Mitteln vermeiden wollen, Kai und mich gemeinsam zu sehen.

Kais Frage, ob wir uns gleich treffen wollen, hatte mich im Büro sowieso schon aus dem Konzept gebracht. »Ja, in einer halben Stunde draußen?«, tippte ich, ohne nachzudenken. Letztendlich hatte ich aber nicht in Betracht gezogen, dass ich mit Henri nach Hause fahren würde. Ich war mir sicher gewesen, ihn nach der Werkstatt zu verabschieden. Alles Weitere lag in seiner Hand.

...

»Wo wollen wir hingehen?« Ich brauche einen Moment, um darauf eine Antwort zu geben – weil mein Mund mit Schmunzeln beschäftig ist. Da kommt man auch nicht drumherum, wenn man sich auf die Art einlässt, wie Kai einen anschaut. Wenn ich seinen Blick auffange, dann fühlt es sich an, als würde dieser mein Herz kitzeln, weil es sich schneller bewegt – so schnell, dass ich den Augenkontakt zwischen uns nicht länger als einige Sekunden aushalte.

»Wie wäre es mit Spielplatz?«, schlage ich vor. Unsicher, ob er den Vorschlag unreif findet, wende ich meinen Blick zum Boden. Doch die Sorge wird mir schnell genommen, als er in motiviertem Ton zustimmt.

»Ja! Lass uns das machen.« Er nimmt meine Hand und zieht mich übergangslos hinter sich her. Seine großen Finger verschränken sich fest in meinen und drücken seine Ringe dabei fest in meine Haut. Händchen halten – wieder eine neue Art, sich Gefühle zu zeigen, zumindest für mich. »Was hast du heute gemacht? Abgesehen von Schule?«, fragt er neugierig. Mit einem Mal erscheint das Video, das ich eigentlich gleich hochladen wollte, in meinen Gedanken. Verdammt – ich hatte meiner Mutter versprochen, es zu machen. Aber jetzt? Jetzt wo ich mit Kai unterwegs bin? Ausgeschlossen.

»Ich habe meine Mutter auf der Arbeit besucht.« Mit meiner rechten Hand deute ich Richtung Spielplatz, um vom Thema abzulenken.

»Zusammen mit diesem Henri?« Kai hat natürlich gesehen, dass ich eben aus seinem Auto gestiegen bin, da kann er eins und eins zusammenzählen.

»Ja, meine Mutter kennt ihn seit der Grundschule. Da ist es normal, dass er sie auch mal besucht.« Kai sagt nichts – lächelt einfach nur.

»Wollen wir schaukeln?« Mit einem zögerlichen Nicken stimme ich zu, auch wenn es die letzte Option auf meiner Liste gewesen wäre. Als Kind wurde mir schon mit dem ersten Anschwung schlecht. Ein paarmal hin- und herschwingen, dann abspringen. Ich habe mich schon immer gefragt, wieso Schaukeln auf dem Spielplatz allein nicht reichen und die Menschen den Mechanismus auch noch für ein Fahrgeschäft nutzen müssen. »Gehen wir auf Nessy?« Vicis erster Vorschlag, wenn wir wie jedes Jahr zu Pfingsten über die Kirmes in der nächsten großen Stadt laufen und sie die riesige Schaukel im Ungeheuer-von-Loch-Ness-Look sieht.

»Niemals gehe ich darauf. Außer du willst, dass ich mich übergebe.« Sie kennt meine Antwort, aber die provokante Frage stellt sie dennoch immer wieder. Die Spielplatzschaukel kommt da ganz schön nah dran, doch für Kai mache ich eine Ausnahme. Einfach konzentrieren und langsam schaukeln – ich lasse mir nichts anmerken.

»Wie wäre es mit rutschen?«, schlage ich vor, nachdem er mich ein paarmal auf der Schaukel angeschubst hat. Seine großen Handflächen fühlen sich gut auf meinem Rücken an so gut, dass ich nicht möchte, dass es endet. Der Druck, den er mit seinen Fingern ausübt, löst bei jeder Berührung ein Kribbeln in meinem Oberkörper aus. Aber es geht nicht. »Das ging ja schnell.« Er stellt sich vor mich und hält meine Beine fest.

»Nein, Vorsicht!« Ich greife nach den Ketten, aber zu spät – ich plumpse mit voller Wucht auf den Boden, mit meinem Po in den Sand. »Autsch!«, kreische ich, auch wenn der leichte Schmerz auszuhalten ist. Einen Augenblick ist es still. Doch dann platzt es aus uns heraus. Die Hände auf den Bauch geschlagen, kämpft Kai gegen seinen Lachanfall an. Er bringt kaum ein Wort raus, da er die Situation wohl dermaßen lustig findet. Mir geht es genauso. Mit Händen auf dem Gesicht liege ich im Sand und kriege mich nicht mehr ein. Hört einer von uns auf zu lachen, prustet der andere im nächsten Moment laut los. So geht das eine Weile, bis Kai sich schließlich aus seiner Hocke erhebt und zum nächsten Baum steuert.

»Ich muss hier weg.« Er möchte sich dahinter verstecken, um meinen verheulten Augen zu entweichen, die ihn bloß noch weiter zum Lachen bringen. Wenn ich einmal anfange, so richtig laut mit aufgerissenem Mund zu lachen, kann ich meine Tränen nicht mehr halten. Vor Freude weinen – das Zeichen, dass ich wirklich Spaß habe.

»Das macht es noch schlimmer«, rufe ich ihm gequält hinterher und setze mich in den Schneidersitz – Blick gesenkt, damit ich ihn nicht dabei beobachte, wie er sich hinter die dicke Eiche duckt. Absurdes Bild. Ich sitze wie ein kleines Kind im Sand, heule vor Lachen und Kai hockt wie ein Kaninchen, das sich vor der bösen Nachbarskatze versteckt und die Lage beobachtet, hinter dem Baum. Oder wie jemand, der mal musste, aber auf die Schnelle keine Toilette gefunden hat. Wir lachen so laut, dass der alte Herr auf der Bank sein Buch zuklappt und uns mit seiner winkenden

Hand bewusst machen möchte, dass wir ihm seinen erholsamen Moment geraubt haben und uns woanders aufhalten sollen. Als wir uns schließlich einkriegen, kommt Kai aus seinem Versteck gekrochen. Mit ausgestreckten Armen läuft er auf mich zu.

»Ich hoffe, du hast dir nicht ernsthaft wehgetan?«, fragt er leicht besorgt – jedoch weiterhin mit scherzhaftem Unterton. Kopfschüttelnd signalisiere ich ihm, dass es mir gut geht, als er mich auch schon fest umschlingt. Konzentriert auf seine muskulösen Arme, die mir das Gefühl geben, dass ich sicher bei ihm bin und mich fallenlassen kann, erlaube ich mir einen Gedanken an Vicis Worte. Ist es das, was sie meinte? *Wenn du in seiner Gegenwart lachst – so richtig mit aufgerissenem Mund –, dann bist du es – dann bist du verliebt.*

Ich weiß es nicht.

23

»Wir sitzen im Klassenzimmer und Frau Stockel kommt einfach nicht, also drehen alle durch.« Mit meinem Handy filme ich Sven und Dario, wie sie an der Tafel eine Mindmap über unsere Schule aufzeichnen. *Erich-Kahl-Gymnasium* steht fett in der Mitte. Dario zieht einen Kreis darum und Sven schreibt negative Eigenschaften unserer Schule auf.

»Unsere Klos sind nicht schöner als eure, habt ihr euch schon mal die vollgestopften Mülleimer im Mädchenklo angeschaut?«, ruft Carla durch das Gegröle hindurch. Sie hat recht. Es ist ein Wunder, wenn mal kein vollgesaugter Tampon auf dem Boden klebt. Im nächsten Moment landet ein Stück Kreide an ihrem Kopf, worüber sich Sven sichtlich amüsiert. Ich zeichne das Geschehen mit meinem Handy auf.

»Hör auf mit deinem scheiß Filmen!«, ruft Dario, der sich gerade von der Tafel wegdreht und mir mit seinem angeekelten Blick jegliche Gelassenheit raubt.

»Das ist eh nur für mich.« Der Kloß in meinem Hals verhindert, dass meine Stimme die Lautstärke bekommt, die sie benötigt, um von Dario gehört zu werden. Stattdessen werde ich von lautem Gelächter übertönt, als Greta zur Tafel stampft und einen fetten Strich durch die Behauptung, dass Mädchen gegenüber den Jungs bevorzugt werden, malt.

»Wie unreif seid ihr bitte?« Mit einem an die Jungs gerichteten Mittelfinger zieht Greta zurück an ihren Platz. »Du musst ja nicht drauf eingehen, das macht dich doch selbst kindisch«, höre ich jemanden aus der letzten Reihe flüstern. Ich schmunzle in mich hinein. Die Person hat nicht unrecht. Ein kleiner Moment des Schreckens lässt alle erstarren, als aus dem Nichts die Klassentür aufgerissen wird.

»EYY!« Herr Taler – der offensichtlich unser Vertretungslehrer für heute ist – steht breitbeinig und mit einem Arm in die Hüfte gestützt im Raum. Unter dem anderen Arm klemmt seine Tasche. So eine richtige Lehrertasche – ich glaube, das reicht als Beschreibung. In der Hand nichts Geringeres als eine Mandarine. Ja, er erfüllt das Klischee eines typischen Geschichtslehrers definitiv. Dazu ein – wen wundert es – kariertes Hemd.

»Handy weg!«, schreit er mich so laut an, dass die gesamte Klasse still wird. Der Kloß in meinem Hals, der gerade dabei war, zu schrumpfen, hat sich nun verdoppelt. Ich nicke hektisch und werfe das Handy in meine Tasche. Verdammt – das hatte ich doch nur draußen, weil keiner kam. Niemals würde ich auf die Idee kommen, während des Unterrichts draufzuschauen, geschweige denn, damit zu filmen. Herr Taler entdeckt die Mindmap. Dario und Sven haben gerade noch probiert, sie unauffällig wegzuwischen, aber zu spät.

»Einmal ins Lehrerzimmer bitte.« An seiner kratzigen Stimme ist zu erkennen, dass er keinen Spaß macht. Der Satz, dass »alle Lehrer stinken« wird wohl einer zu viel gewesen sein. Seine Zunge fährt provokant über seine Zähne. Mit ausgestrecktem Arm zeigt er zur Tür.

»Verdient.« Greta winkt den beiden hinterher.

»Genau das, was wir gesagt haben! Ihr dummen Mädchen werdet immer bevorzugt«, grölt Dario und knallt die Tür zu.

Nachdem wir uns durch die Stunde mit Herrn Talers anstrengenden Art zu unterrichten gequält haben – er ist nämlich einer von den Lehrern, die Schüler ohne Vorwarnung drannehmen –, muss er uns noch eine Nachricht des Oberstufenkomitees mitteilen.

»Denkt an die Kürbisaktion, soll ich euch erinnern. Am Kiosk könnt ihr die Zettel ausfüllen.« Die Kürbisse! Jedes Jahr Anfang Oktober gibt es diese süße Tradition an unserer Schule. Heimlich Kürbisse an Menschen verschenken, die dir etwas bedeuten. Meistens machen Paare mit, oder du hast das Glück, von deinem geheimen Verehrer einen zu bekommen. Jeder wünscht sich doch so ein kitschiges Liebesgeständnis, oder nicht? Aber den Mut, einen zu verschenken, hatte ich selbst nie. Das Ganze kann zwar anonym sein, aber dem Risiko, von jemandem am Kiosk beobachtet zu werden, entgehe ich lieber.

…

Auf dem Schulhof wartet Henri schon auf uns.

Mit gereizter Miene zieht Carla ihre mit Gemüse gefüllte Brotdose aus der Tasche. »Ich hasse Jungs! Wieso kann das keine Mädchenschule sein?«

»Dann wäre ich auch nicht hier!« Henri schnappt sich eine Möhre.

»Darf ich auch?« Mit Schmollmund starre ich auf die Dose.

»Nimm dir.« Ihre gespitzten Lippen verraten, dass unser Futterneid ihre Stimmung nicht besser macht.

»Wann machen wir mit dem Vortrag weiter?« Eine Frage, die ich vielleicht nicht jetzt hätte stellen sollen.

»Bitte Mathilda, lass uns jetzt nicht darüber reden«, antwortet sie, als solle man das kochende Blut in ihren Adern hören.

»Ist der nicht schon bald?«, fragt Henri vorsichtig.

»Bald, richtig. Genug Zeit also.« Carla klappt ihre Dose zu, winkt uns und zieht ab. Hat sie die Kreide, die sie an den Kopf bekommen hat, so sehr aus dem Konzept gebracht? Sonst ist sie doch hart im Nehmen.

»Lass dich nicht ärgern. Anderes Thema: Du hast das Video

gestern gar nicht hochgeladen. Wieso?« Wenn Henri die Stimmung auflockern wollte, war das definitiv die falsche Herangehensweise. Ich rolle mit meinen Augen und werfe ihm einen bösen Blick zu.

»Hab's vergessen«, antworte ich stumpf.

»Du lügst.« Er zuckt mit den Achseln und weiß genau, dass er recht hat. »Ich hab mir so viel Mühe mit der Idee gegeben. Jetzt habe ich dich umsonst nass gemacht.« Ich kann dieses Video nicht hochladen – so, wie ich mich da zum Clown mache. Meine Mutter hat es zum Glück noch nicht mitbekommen und ich hoffe, das bleibt erst mal so – unwahrscheinlich, aber ich überlege mir schon eine Ausrede.

»Lass uns über etwas anderes reden, bitte – okay?«

Mit einem starken Ruck zieht er mich an der Hand zum Kiosk. »Lust auf Kakao? Der macht die Stimmung bestimmt schöner.« Ich hatte mir zwar fest vorgenommen, mit schlechter Laune und emotionalem Blick aus dem Fenster im Bus nach Hause zu fahren – wieso auch immer, aber manchmal braucht man dieses Gefühl, in einem Musikvideo zu stecken –, doch der Kakao ändert meinen Plan schlagartig.

»Ja!« Ich hab gar nicht mitbekommen, dass der Kiosk endlich wieder welchen verkauft. Auch wenn der Herbst erst so richtig mit unserem ersten Besuch bei Madame Nektar und ihrem einmaligen Kakao eingeläutet wird, muss ich mir diesen Vorschlag nicht zweimal anhören.

»Ich wollte am Wochenende ein bisschen Volleyball spielen, hast du Lust, vorbeizukommen?« Henri streckt mir den heißen Becher, bei dem die Sahne schon fast überläuft, entgegen.

»Können wir machen. Samstagabend und davor zu Madame Nektar?«, schlage ich vor. Mit einem lächelnden Nicken stimmt er mir wortlos zu und scheint erleichtert zu sein, dass die angespannte Stimmung von gestern wohl vergessen ist. Aber ist sie das?

...

»Heute war der erste Tag, an dem ich in der Schule Kakao getrunken habe. Es klingt total unwichtig, aber es hat mich so glücklich gemacht. Vor allem, weil die Sahne schon über den Becher gelaufen ist. Henri und ich lieben das. Es gibt nicht zu viel Sahne auf einem Kakao. Ich kann es kaum erwarten, wenn wir zu Madame Nektar gehen – der leckerste Kakao, die überfließende Sahne und die tollste Atmosphäre.« Im nächsten Moment steigt mir die Röte ins Gesicht, als eine Nachricht von Kai auf meinem Bildschirm erscheint. Ich beende das Video und öffne sie sofort.

»Diesen Samstag Party bei mir«, schreibt er. Hinterher schickt er ein weißes Herz. Vor ein paar Wochen hätte ich niemals sofort geantwortet, aber inzwischen bin ich selbstsicher genug, um ihm ohne zu zögern mit einem *Bin dabei* die Zusage zu geben. Wir schreiben noch ein wenig weiter. Ich erzähle ihm von der Mindmap, er schickt mir ein Foto aus dem Fitnessstudio, ich ihm eins von dem Kartoffelauflauf, den meine Mutter gerade auf den Tisch stellt. Unsere Gespräche gehen ineinander über, ohne unangenehme Pausen. Keiner scheut sich, eine neue Frage in den Chat zu werfen. So als würde ich mit einer Freundin schreiben. Nicht erzwungen. Ein Thema nach dem andren ergibt sich ganz natürlich – so wie es sein soll.

»Legst du es bitte weg.« Eine große Portion Kartoffeln landet auf meinem Teller.

Muss jetzt essen, freue mich auf Samstag, beende ich unseren Chat und lege das Handy in meinen Schoß. »Wer ist der Glückliche, der dich so zum Lächeln bringt?«, stichelt meine Mutter, während sie sich eine ordentliche Portion Auflauf in den Mund schiebt und sich beinahe daran verschluckt, als ich ihr gestehe, dass ich jemanden kennengelernt habe.

»Du bist verliebt!?«, keucht sie.

»So was von!« Vici kneift mir mit ihren viel zu langen Fingernägeln in die Wange.

»Aua! Ja, vielleicht bist du nicht mehr die Einzige, die jemanden gut findet, Mama.«

Mit einem Moment erlischt der Funke in ihren Augen. »Die Rolle der Einzigen übernimmst wohl jetzt du«, antwortet sie mit dieser Verletzlichkeit in der Stimme, die ich zuletzt gehört habe, als sie uns von der Trennung mit Papa erzählte.

»Was ist passiert, Mama?« Vici greift zu ihrer Hand.

»Ist es aus mit dem Dinomann?«, frage ich unsicher. Ich hatte gehofft, dass ihr meine Wortwahl ein kleines Lächeln schenkt, aber alles, was sie zurückspielt, ist eine Träne, die zart über ihre Wange entflieht.

»Nein, nicht weinen, Mama.« Mit zittriger Stimme stehe ich auf, um sie zu umarmen. Sie weinen zu sehen, sticht mir in die Brust – so sehr, dass auch ich die Tränen nicht mehr zurückhalten kann. Die traurigen Augen meiner Mutter lassen auch einen Teil meines Herzens brechen, zu Boden fallen und zersplittern. Emotionen in der Familie zu zeigen, löst ein ganz eigenartiges Gefühl aus, aber es ist schön, wenn man sich darauf einlässt – und das machen wir. Vici kommt dazu und umschlingt uns mit ausgestreckten Armen.

»Wir sind für dich da«, tröstet sie Mama.

»So ein Arsch. Woher nimmt er sich das Recht, dich zum Weinen zu bringen?« Mit meinem Zeigefinger streife ich ihr die immer größer werdenden Tränen aus dem Gesicht.

»Der hat dich nicht verdient«, schiebt Vici hinterher. Gerne würde ich wissen, was das Schiff zum Sinken gebracht hat, aber die Frage würde sie wohl nur noch mehr belasten. Zuneigung ist das, was sie jetzt braucht. Liebe von Menschen, die ihr so nahstehen, wie kein anderer es jemals könnte.

»Was können wir dir Gutes tun?«, frage ich ruhig. Sie löst sich aus der Gruppenumarmung und schnieft in eine der Servietten, die sie eben mit Liebe auf unsere Teller gelegt hat.

»Die ersten mit Herbstmuster in diesem Jahr«, hat sie voller Freude verkündet. Jetzt wischt sie sich die Tränen weg und bittet mich: »Zeig mir noch mal das Video, das wir gedreht haben, das macht mir sicherlich wieder gute Laune.« Mein Atem stockt. Das Video – das ich nicht hochgeladen habe, obwohl ich ihr es versprochen hatte. Vici öffnet die *Meer-ist-Mehr*-Website und sucht vergeblich das Video.

»Welches meinst du denn, da ist kein neues?« Verwundert nimmt meine Mutter ihr das Handy aus der Hand.

»Lass mich mal sehen. Du hast es doch hochgeladen, Matti?«

Ich kriege kein Wort raus. Stattdessen steigt die Wärme in mein Gesicht und in meinem Gedanken puzzle ich bereits eine Ausrede zusammen. Ich weiß, wie viel ihr das bedeutet. »Versprochen ist versprochen!«, wird in unserer Familie sehr ernst genommen. Doch jetzt bin ich es, die es bewusst gebrochen hat.

»Du hast es nicht hochgeladen.« Die Enttäuschung in Mamas Stimme ist nicht zu überhören. Wenn man überhaupt von Enttäuschung reden kann – das Wort ist viel zu harmlos für das, was sie gerade spüren muss. Das Lächeln, das es gerade erst wieder über ihre Lippen geschafft hat – mit einem Mal ist es wieder verschwunden. Als hätte es nicht gereicht, dass der verdammte Dinokerl auf ihr Herz tritt. Meine Kehle schnürt sich zu. Ohne ein weiteres Wort steht meine Mutter auf und verschwindet in ihrem Schlafzimmer.

»Wir knallen keine Türen zu«, wäre ihre Reaktion, wenn ich diejenige wäre, die gerade mit voller Wucht die Klinke erzittern lässt. Die schöne emotionale Atmosphäre im Raum verpufft in Bruchteilen einer Sekunde. Vici schüttelt ihren Kopf. Der Blick, den sie mir dabei zuwirft, soll so viel heißen wie: *Ich bin einfach enttäuscht von dir.*

»Vici, warte.« Ich versuche sie aufzuhalten, aber sie winkt nur ab, verlässt den Raum und stampft die Treppe zu ihrem Zimmer hoch. Der Anblick des Essens, das meine Mutter mit Liebe für uns gekocht hat, macht mich noch trauriger. Mein Magen verknotet sich und ich wünsche mir nichts sehnlicher, als dass ich das Video hochgeladen hätte. Tränenüberströmt stehe ich vor dem Esstisch und bereue es. Ich bereue, dass ich mein Versprechen gebrochen habe. Ich bereue, dass ich meine Mutter hintergangen habe. Ich bereue, dass ich Kai über meine Mutter stelle. Und obwohl ich es so sehr bereue – ich kann es nicht. Ich kann das Video nicht hochladen. Und jetzt hasse ich mich.

24

Die Stimmung zu Hause ist weiterhin komisch und der Knoten in meinem Bauch ist auch noch da, als ich am nächsten Tag im Unterricht sitze – mit keinerlei Aussicht, dass er sich auflösen könnte. Außer es passiert das, was ich gerade erahne. Allein das Klopfen an der Tür entfacht ein Unruhefeuer in meinem Bauch. Sind sie es? Ich hoffe es so sehr – und hoffe es gleichzeitig nicht. Die Antwort bekomme ich, als Greta und Zoe die Tür öffnen. Die beiden sind im Komitee der Oberstufe und haben offenbar die Aufgabe zugeteilt bekommen, die mysteriösen Kürbisse in den Klassen zu verteilen. Dass sie im Komitee sind, wusste ich. Aber dass sie es sind, die die Kürbisse verteilen, erfahre auch ich erst jetzt, als sie mit einem verschmitzten Grinsen in der Tür stehen. Ich freue mich und habe gleichzeitig Angst. Um mir meine Aufregung nicht anmerken zu lassen, fixiere ich mit meinen Augen den Kugelschreiber, der gleich zu zerbrechen droht, wenn ich ihn weiter als Ventil für meine Anspannung nutze. Keiner soll mir ansehen, dass ich insgeheim hoffe, einen Kürbis von Kai zu bekommen. Wenn ich ehrlich bin, ist mir der Gedanke schon bei unserem ersten Kuss in den Kopf geschossen. Total bescheuert, aber ich würde lügen, sollte ich behaupten, dass ich nicht auf solche kitschigen Gesten stehe. In meiner Fantasie hab ich mir schon in den letzten Jahren ausgemalt, dass ich einen Kürbis bekomme. Doch in der Realität – ausgeschlossen. Bisher.

Greta hält Zoe die Tür auf, damit sie nicht mit der Holzkiste hängen bleibt.

»Wer will schon so einen Kürbis, das ist absolut unangenehm«, mault Dario aus der letzten Reihe. Am liebsten würde ich ihm einen abfälligen Blick zuwerfen, aber Carla kommt mir zuvor. Ist wahrscheinlich auch besser. So kann ich weiterhin so tun, als wäre es mir nicht wichtig, ob ich einen Kürbis bekomme.

»Nur, weil du noch nie einen bekommen hast«, stichelt sie. Ein Grölen zieht durch die Reihen. Mit einem Schlag ist Dario still und verdreht mit genervter Miene die Augen. Ich glaube, der Spruch trifft ihn mehr, als er zugeben möchte. Aber er hat es verdient. Er kann nicht bloß immer austeilen, einstecken gehört auch dazu. Mit flatternder Brust bewege ich meinen Blick zum Lehrerpult, auf dem Zoe die Kiste abstellt. Als Greta zum ersten Kürbis greift, bildet sich ein großer Kloß in meinem Hals.

»Also, wer ist denn der oder die erste Glückliche?« Ihre langen, rot lackierten Nägel erschweren es ihr, das gefaltete Zettelchen am Stiel des Kürbisses zu öffnen, um den Namen zu sehen. Der Kloß steht kurz davor, meine gesamte Kehle zu blockieren, als Greta es nach ein paar Anläufen schafft.

»Einen geheimen Verehrer haaat …« Die gesamte Klasse ist still und wartet mit gespitzten Ohren auf den ersten Namen. »Carla«, ruft sie. Ein Raunen zieht sich durch die Reihen. Nur Carla selbst scheint nicht überrascht – oder doch? Es fällt mir schwer, ihre vorgeschobene Unterlippe zu deuten, aber die geröteten Wangen lassen vermuten, dass sie es auf eine bestimmte Weise berührt. Und schon ist ihr Geheimnis wieder präsent. Ich gebe mir Mühe, nicht ständig darüber nachzugrübeln, da es vielleicht überhaupt keins ist. Doch mit dieser Erkenntnis bestätigt sich wieder mal das Gegenteil und verpasst mir einen Schlag in die Magengrube. Wer schenkt ihr einen heimlichen Kürbis? Ein Geschenk, das mehr als eine kleine Aufmerksamkeit ist – viel mehr.

Ich erinnere mich an die Geschenkaktion vor zwei Jahren. Kira, die damals noch auf unserer Schule war, bekam einen Kürbis von

Marco. Er hatte schon immer ein Auge auf sie geworfen. Es war kein Geheimnis, dass der Kürbis von ihm war. Sie kamen zusammen, und als Marco wegen familiären Problemen zurück in sein Heimatland Kroatien musste, ist Kira nach dem Abi direkt hinterher. Sie hat ihre Sachen gepackt, sich in den Flieger gesetzt und hat sich zu ihm auf den Weg in ein neues Leben gemacht. Keiner weiß, was sie heute macht, aber eins ist klar – diese kleinen orangen Dinger verändern Leben. Es gibt jede Menge dieser Geschichten – spannender als Valentinstag, das muss man erst mal schaffen. Wie in Trance beobachte ich den Moment – den Moment, in dem Greta zum Kürbis greift und ihn Carla mit einem Jubeln auf den Tisch stellt. Anscheinend bin ich so gefesselt, dass ich nicht bemerke, wie mir beinahe Sabber aus dem weit geöffneten Mund läuft.

»Mathilda will wohl auch unbedingt einen haben.« Der Satz, der mich aus meinem Tagtraum wirft. Zoe steht mit verschränkten Armen vor meinem Tisch und schüttelt den Kopf. Ihr Blick verrät die Abneigung, die sie mir gegenüber empfindet. Das Lachen meiner Mitschüler erfüllt den Raum mit Schadenfreude und entblößt meine Unsicherheit. In dieser Sekunde wünsche ich mir nichts sehnlicher, als im Erdboden zu versinken – doch es bleibt bei dieser einen Sekunde. Wie verhext ändert sich die Atmosphäre im Raum, als es passiert.

»Mathilda«, stottert Greta, als sie auf den Zettel des nächsten Kürbisses schaut. Das Lachen schlägt um – in Verwirrung, Bewunderung, beinahe in aufrichtigen Respekt.

»Bitte was?«, stutzt Zoe, da ihr in diesem Augenblick wohl bewusst wird, dass der Kürbis von Kai ist. Sie hat nie einen von ihm bekommen – das weiß ich. Und genau diese Erkenntnis muss ihr gerade in Windeseile durch den Kopf schießen.

»Ja, der ist für Mathilda«, wiederholt Greta. Ich habe das Gefühl, niemand weiß, wie er mit der Information umgehen soll.

»Von wem soll der denn sein?«, flüstert Zoe und knallt mir den Kürbis mit hochgezogener Augenbraue auf den Tisch.

»Du weißt es ganz genau«, würde ich am liebsten antworten, doch ich konzentriere mich nur auf mich. Ihr Versuch, bei mir ein unwohles Gefühl zu hinterlassen, lässt mich kalt. Meine volle Aufmerksamkeit ist ihm gewidmet – dem kleinen, mit einem Smiley gezierten, leicht unförmigen, aber knallorangen Kürbis. An dem Stiel hängt das kleine rote Zettelchen, auf dem klar und deutlich *Für Mathilda* steht. Der Name des Absenders steht nicht darauf, doch den brauche ich nicht, um mir sicher zu sein. Der Kloß verwandelt sich in einen großen Ballen Endorphine, die ich über das immer breiter werdende Grinsen entfliehen lasse. Der Moment gehört mir – mir alleine. Um mich herum Gewusel und Gespräche, aber ich schwebe in meiner Traumvorstellung – die Traumvorstellung, die es geschafft hat, Realität zu werden. Wer noch einen Kürbis bekommen hat? Ich weiß es nicht. Aber ich weiß, dass ich einen bekommen habe. Ich habe einen Kürbis von Kai bekommen.

25

»Ich werde ihn heute darauf ansprechen.« Mit meiner linken Hand strecke ich den Kürbis in die Kamera. »Auf der Party sage ich ihm, wie sehr ich mich darüber gefreut habe.« *Gefreut* ist definitiv eine Untertreibung. Ich konnte vor Freude kaum schlafen und habe die halbe Nacht an meine Decke gestarrt, während ich mir unsere nächsten Treffen ausgemalt habe. Dabei habe ich viel zu weit in die Zukunft fantasiert und den Kürbis beobachtet, der jetzt auf meiner Fensterbank steht und mich anlächelt. Die Freude, die ich ausgestrahlt habe, als ich mit dem Kürbis nach der Schule zur Tür reinkam, ist auch meiner Mutter nicht entgangen. Manchmal benötigt man ein wenig Abstand, um seine Enttäuschung sacken zu lassen, aber dann merkt man, wie lieb man sich hat und dass man überhaupt nicht sauer auf die andere Person sein kann. Ich habe ihr versprochen, sie kein weiteres Mal anzulügen und sie zu enttäuschen. Die Hoffnung, dass ich ihre Website weiter mit Inhalten fülle, steckt zwar mit Sicherheit noch in ihr, aber »jetzt lasse ich dich erst mal damit in Ruhe und wir überlegen uns, wie du mich anders unterstützen kannst«, waren ihre abschließenden Worte zu dem Thema. Ich möchte gerade mein Handy beiseitelegen, als mir die eintreffende Nachricht auf meinem Display einen Schauer durch den Körper jagt.

Freue mich schon auf den Kakao, und Bälle liegen auch bereit. Henri – Moment. Das kann jetzt nicht sein. Ich hatte ihm versprochen, heute Abend zum Volleyballspielen vorbeizukommen, davor wollten wir den Herbst bei Madame Nektar einleiten. Wie konnte ich das vergessen? Ich habe Kais Einladung angenommen, kurz nachdem ich Henri schon für den Abend zugesagt hatte. Die Vorfreude auf die Party wird in einem Moment durch das Schuldgefühl unterdrückt, das sich in meinem Körper wie ein Lauffeuer breitmacht. Nein – ich kann ihm nicht absagen. Nicht nach all den Enttäuschungen, die er durch mich in letzter Zeit erfahren hat. Aber nein – auch Kai kann ich nicht absagen. »Auf zwei Partys gleichzeitig tanzen kannst du nicht«, würde mein Vater jetzt sagen. »Aber mit zwei Frauen schon?«, wäre meine Antwort. Aber tatsächlich hat er recht. Es bringt nur Unglück, wenn ich probiere, auf beiden Treffen zu erscheinen. Aber was, wenn ich ... Nein, das kann ich nicht machen – oder doch? Soll ich Kai fragen, ob ich Henri mit zur Party bringen kann? Allein der Gedanke kratzt an meiner Vernunft, aber es ist wohl die einzige Lösung. Kai kann ich schließlich schwer zum Kakaodate und Volleyballspielen mitnehmen. Frage ich nun erst Kai, ob Henri mitkommen kann, oder frage ich erst Henri, ob ich Kai fragen soll, ob ich ihn mitbringen darf? Kompliziert – so kompliziert, dass ich normalerweise Henri um Rat bitten würde. Auch wenn er Protagonist des Problems ist, mache ich es einfach. Ich spreche das Problem offen an, er kennt mich am besten. *Wären die Bälle auch noch morgen bereit?*, antworte ich auf seine Nachricht. Bevor er antworten kann, schicke ich ihm ein *Warte* hinterher. *Ich habe einen Plan.*

Als ich ihn trotz Enttäuschung nach einigen Argumenten schließlich überzeuge, mitzukommen, ist die Gefahr, dass es gleich unangenehm wird, sehr groß.

Frag einfach, ob du mich mitnehmen kannst, war Henris abschließender Vorschlag. Also gut, ich nehme meinen gesamten Mut zusammen und öffne Kais Chat.

Hey. Kann ich heute Abend eine Begleitung mitbringen? Ich werfe sofort mein Handy zur Seite, als ich auf Senden gedrückt habe. Es gibt nichts Unangenehmeres, als um Partyeinladungen zu betteln.

Die Minuten, in denen ich auf eine Antwort warte, vergehen wie eine Ewigkeit – bis ich plötzlich von dem Vibrieren erlöst werde. Es kostet mich Überwindung, das Handy umzudrehen und auf die Nachricht zu schauen, die mir die entscheidende Antwort geben wird.

Ja, aber hoffentlich niemand, der mir Konkurrenz macht, steht in Kais Nachricht. Dazu drei lachende Emojis. Der Stein, der mir in dem Moment vom Herzen fällt, ist größer, als ich dachte.

»Also gut, Henri und ich gehen zusammen auf Kais Party.« Dass ich diesen Satz laut ausspreche, hätte ich bis gerade selbst nicht für möglich gehalten und gerne hätte ich eine Antwort darauf, ob das unruhige Gefühl in meinem Bauch daher kommt, dass ich zu Kais Party gehe – oder daher, dass Henri mitkommt. Dass ich den weltbesten Kakao hintenanstelle, spielt womöglich auch eine Rolle.

Niemals! Ich fühle mich nur wohler, wenn ich nicht alleine ankomme, antworte ich Kai.

Wir gehen gemeinsam hin, hat geklappt. Freue mich auf dich, schreibe ich Henri und schalte mein Handy aus. Er hat bloß keine Ahnung, dass Kai nicht weiß, wen ich mitbringe.

...

»Er ist da«, ruft meine Mutter von unten, als ich gerade meinen Pulli überwerfe. Ich ziehe den Vorhang beiseite und sehe ihn in seinem dunkelgrünen Auto sitzen. Henri lehnt sich aus dem Fenster und kommuniziert über Handbewegungen mit meiner Mutter. Manchmal scheint es mir, als wäre sie wie eine zweite Mutter für ihn. Unsere Mütter sind unterschiedlicher, als sie es nicht sein könnten. Häufig hatte ich das Gefühl, Henri kommt mit Karen nicht über die sachliche Ebene hinaus. Sich über Liebe unterhalten – unmöglich. Meine Mutter dagegen hatte immer ein offenes Ohr für ihn. Neuen Tratsch über seine Grundschulliebe interessierte sie mehr als ihre eigenen Romanzen. Aber Karen ist toll, sie kann zum Beispiel super kochen. Anstatt jeden Abend Kartoffeln auf den Tisch zu stellen, tobt sie sich aus und übertrifft sich jedes Mal aufs Neue. Einer der Gründe, wieso ich mich früher so gefreut habe, wenn es nach Schulschluss spontan »Matti, du kommst heute mit zu uns, habe ich mit deiner Mama besprochen« hieß. Und sie hat uns damals mit ins Ferienhaus genommen. Die Zeit mit ihr im Schnee werde ich nie vergessen, und ihren Kakao mit extra viel Sahne schon gar nicht.

»Tschüss, Mama!« Ich gebe ihr einen Kuss auf die Wange und steuere auf Henris Auto zu.

»Du kannst aussteigen, Kai wohnt direkt um die Ecke.« Mit meiner Hand klopfe ich auf die Motorhaube. Anstatt sein Fenster hochzufahren und auszusteigen, haut er zweimal auf den Beifahrersitz.

»Kannst du noch mal kurz reinkommen?« Mit verdrehten Augen öffne ich die Tür und werfe mich auf den Sitz. Meine Füße lasse ich auf dem Bürgersteig stehen.

»Was ist los?«, hake ich nach, als ich die Lässigkeit, die er sonst an den Tag legt, nicht in seinem Gesicht finden kann.

»Bevor wir zur Party gehen, wollte ich noch etwas loswerden«, stammelt er schließlich.

»Hmm?«, stutze ich, während er, anstatt mit der Sprache rauszurücken, mit den Händen an seinem dunkelblauen Fleecepulli zupft, die Fussel zusammenknüllt und sie auf meiner Hose verteilt.

»Lenk doch nicht ab, Henri.« Als er plötzlich tief Luft holt und mit »Okay also« beginnt, vibriert mein Handy.

»Moment, da muss ich kurz ran.« Am Türgriff ziehe ich mich aus dem tiefen Sitz und nehme Kais Anruf entgegen.

»Henri, wir müssen los, die warten schon.« Die Musik aus der

Nachbarschaft ist nicht zu überhören. Auch wenn ich mir für heute vorgenommen habe, nicht zu früh zu erscheinen, wird es ab einem gewissen Zeitpunkt unhöflich – also muss Henri mit seinem Geständnis warten. Was höchstwahrscheinlich ohnehin kein wirkliches ist.

»Du musst dir keine Gedanken wegen Kai machen, wir reden später, ja?« Seine Sorgen sind mit Sicherheit vergessen, sobald wir durch das Gartentor treten. Ich ziehe ihn an den Händen aus dem Auto. »Bitte lächle – für mich.« Habe ich seine Mundwinkel schon mal so tief nach unten hängen sehen? Er knallt die Tür zu und kann sich ein lautes Stöhnen nicht verkneifen, als sein Schlüssel mal wieder im Schloss klemmen bleibt. »Mit Ruhe, du weißt doch«, sage ich und versuche, ihn mit einem Zwinkern aufzumuntern.

»Wir haben doch Zeitstress, Mathilda!«, schnauzt er mich an. Genau in der Sekunde dreht sich das Schloss. Er steckt den Schlüssel in seine Hosentasche und läuft – ohne mir einen weiteren Blick zu schenken – in die falsche Richtung. »Andere Richtung«, rufe ich ihm vorsichtig hinterher. Er bleibt stehen. »Henri, tut mir leid.« Seine Augen zusammengekniffen, die Hände zu Fäusten geballt. »Ist es so schlimm, wenn wir später reden?« Keine Antwort. Ich laufe auf ihn zu und fasse mit meiner Hand langsam an seine Schulter. »Du weißt, ich werde unruhig, wenn ich zu spät komme.« Mit der zweiten Hand fasse ich seine andere Schulter. Mit ausgestreckten Armen stehe ich vor ihm und hoffe, dass er meinen Blick erwidert. »Henri, komm schon. Ich kenn dich so gar nicht.« Irgendwie bin ich wütend, dass er so eine Szene macht. Ich habe mich schließlich darum gekümmert, dass er mitkommen kann. Gleichzeitig nagen Schuldgefühle an mir, da ich ihm keine Chance gebe, sich zu öffnen, doch die Unruhe über die Verspätung siegt. Einige Augenblicke bleiben wir noch in dieser Position stehen – bis er schließlich langsam seinen Kopf hebt. Ich löse meine Hände, doch im nächsten Moment greift er danach und schlingt sie fest um sich. Seine Arme greifen um meinen Oberkörper. Er hält mich fest in seinen Armen. Mein Gesicht drückt an seinen Brustkorb. Alles, was ich wahrnehme, ist sein unaufdringlich frischer Duft. Dass ich diesen mal so intensiv riechen werde, kam mir zu dem Zeitpunkt, als ich die Flakons auf seinem Nachttisch entdeckte, nicht in den Sinn. Er riecht gut – sehr gut. Für diese Sekunden ist alles still. Die Vögel hören auf zu zwitschern, der Wind hört auf, Blätter auf den Boden zu schicken, die Autos leiten sich in andere Straßen um. Bis Henri uns im nächsten Augenblick mit seinen Worten aus dem Moment reißt.

»Okay, wir können los.« Ruckartig löst er sich von mir und läuft los – diesmal in die richtige Richtung. Die Verwirrung ist an meiner Körpersprache nicht zu übersehen. Und auch wenn mich diese Aktion kurzzeitig aus dem Konzept bringt, kann ich mich jetzt nicht auf dieses unerklärliche Gefühl konzentrieren. Ich will zu Kais Party – zu Kai.

»Wir reden später«, versichere ich Henri, als wir vor Kais Gartentor stehen.

...

»Da bist du ja!« Mit einem breiten Grinsen kommt Kai über die nasse Wiese auf mich zugelaufen.

»Pass auf, dass du nicht ausrutschst«, macht sich Henri hinter mir bemerkbar.

»Mathilda oder ich?«, fragt Kai und zieht provokant die Augenbrauen hoch.

»Beide – denke ich«, gibt Henri mit sarkastischer Stimmlage zurück. »Ich bin Henri. Schön, dich kennenzulernen«, stellt er sich dann noch vor. Kai streckt Henri eine Faust hin, bevor er meine

Wange berührt und mir einen gefühlvollen Kuss gibt.

»Du hast gar nicht erwähnt, dass dein *bester Freund* mitkommt.« Ich schlucke. Henri tut so, als hätte er die Bemerkung nicht mitbekommen und schaut an uns vorbei. Ich bin mir sicher, dass die beiden sich verstehen werden. Sie könnten es zumindest versuchen, das haben sie zuvor schließlich noch nie getan. Im Grunde gibt es nichts, was dagegenspricht. Sogar ein paar Gemeinsamkeiten lassen sich finden. Wenn ich so vor ihnen stehe, wird mir erst die Stärke bewusst, die sie durch ihre große Statur ausstrahlen. Beide sind sportlich, gut in Mathe, schlagfertig – und da finden sich bestimmt noch mehr Gemeinsamkeiten. Die Haare – beide haben wuschelige Haare, durch die ich richtig gut mit meiner Hand fahren kann. Nur der Style unterscheidet sich ein wenig. Ob Kai von seinen geliebten oversized Hoodies auf Fleecepullis umsteigen würde, bezweifle ich. Und Henri würde sich sicherlich kein Tattoo stechen lassen – auch wenn es ihm stehen würde. In Kombination mit seiner runden Brille wäre er dann der mysteriöse Streberjunge, in dem noch eine dunkle Seite steckt. Zu viel Fantasie.

»Du bist also ihre Begleitung?« Kai löst sich von meinen Lippen und betrachtet Henri skeptisch.

»Richtig erkannt, der Herr.« Henri macht einen Knicks vor ihm, als wollte er sagen: »Ich stehe Mathilda zur Seite und passe auf sie auf.« Der Versuch, die Stimmung damit aufzulockern, scheitert. Kai nimmt meine Hand, zieht mich hinter sich her und läuft ein paar Schritte.

»Sag mir doch direkt, dass er schwul ist. Das hätte mir einige Sorgen erspart.« Mein Atem stockt. Mit so einer Aussage habe ich nicht gerechnet. Unsicher, ob Henri ihn gehört hat, drehe ich mich um. Die Befürchtung wird mir genommen, als ich ihn bereits in ein Gespräch verwickelt sehe. Manchmal ist es mir ein Rätsel, wie er so schnell neue Kontakte knüpft. Im Grunde die perfekte

Partybegleitung. Ich habe nicht den Druck, auf ihn aufpassen zu müssen, er ist selbstständig, lässt mir den Freiraum und hat im Gegenzug selbst auch Spaß. Es gibt nichts Anstrengenderes als eine Partybegleitung, die an einem klebt. Noch schlimmer ist es allerdings, selbst eine zu sein. Das Gefühl, eine Klette zu sein, weil du niemanden kennst – schrecklich. Henri hat den Test als gut gewählte Begleitung aber definitiv bestanden.

»Wie kommst du darauf, dass er auf Jungs steht?«, frage ich irritiert. Kai zieht die Augenbrauen zusammen. »Sekunde.« Er tippt Jannes, der gerade Becher auf dem Bierpongtisch verteilt, auf die Schulter. »Wenn ein Typ einen Knicks vor dir macht, dann ist er …«

»SCHWUL«, schießt Jannes raus.

»Siehst du? Eindeutig, Mathilda.« Kai lacht und streicht mir durchs Haar. »Du siehst so gut heute aus.« Mit seinem Finger streift er zärtlich über meine Lippe. »Ich freue mich schon auf später.«

Ich lächle zurückhaltend. Ich hatte nie in Betracht gezogen, dass Henri vielleicht auf Jungs stehen könnte. Tut er auch nicht – und wenn, wo wäre das Problem? Wieso sollte ein Knicks heißen, dass er schwul ist? Es ist lächerlich, so etwas zu sagen – in jeder Hinsicht. Kai rutscht auf der Attraktivitätsskala eine Stufe tiefer. Aber als er mich am Nacken hält und seinen Kopf in Richtung des meinen bewegt, erwidere ich ungewollt seinen Kuss.

»Worauf freust du dich später?«, frage ich, um mich vom Thema abzulenken.

»Du schläfst doch hier, oder nicht?«

Ich stutze. »Davon wusste ich bis jetzt noch nichts.«

»Dann weißt du es jetzt.« Mit einem frechen Lachen dreht er sich zum Bierpongtisch und zwinkert mir zu. Verdammt – wieso muss er immer probieren, mich mit dieser provokanten Art rumzubekommen?

»Spielst du mit?« Jannes streckt mir den Tischtennisball hin.

Auf ihn könnte ich gerade definitiv verzichten. Allein sein Anblick stört mich.

»Später vielleicht.« Zuerst muss ich verdauen, in welches Gespräch ich gerade verwickelt war – schäme mich fremd für diese Situation.

…

Inzwischen sind auch die letzten Sonnenstrahlen verschwunden. Kai hockt auf dem Boden und versucht vergeblich, den Stecker der Lichterkette in die Steckdose zu drücken.

»Brauchst du Hilfe?« Ich nehme ihm das Kabel aus der Hand und bringe die bunten Kugeln zum Leuchten.

»Habe anscheinend den falsche Eingang gewählt«, lacht er, als er erkennt, dass er vergeblich die falsche Kabeldose angesteuert hat.

»Uh, richtig schön«, höre ich hinter mir.

»Carla! Seit wann bist du hier?« Ich wusste nicht, dass sie auch kommt.

»Eben erst gekommen. Partys werden doch erst spannend, sobald es dunkel ist.« Da hat sie recht. Bis eben bin ich nur rumgeirrt, stand am Bierpongtisch, habe Jannes und Kai dabei beobachtet, wie sie sich durch zu übermütiges Trinken bekleckerten, Henri dabei beobachtet, wie er mit Menschen redet – vielen Menschen, die selbst ich noch nie zuvor gesehen habe. Als wäre er von Anfang an auf die Party eingeladen gewesen, kommt er allein zurecht. Ansonsten habe ich mich an der Obstplatte bedient, die von allen anderen ignoriert wird, bis ich gerade Kai gesehen und die Chance ergriffen habe, ihm wieder näherzukommen.

»Stimmt allerdings«, antworte ich.

»Wir sehen uns später, ich lasse euch mal in Ruhe.« Sie klopft mir auf die Schulter und verschwindet durch die Terrassentür.

Nachdem Kai und ich noch ein paar weitere Lichterketten verteilt haben, sind wir schließlich zufrieden.

»Das sieht richtig toll aus, ich gehe eben auf Toilette, dann setzen wir uns«, sagt er und verschwindet zur Tür. Ist gleich der richtige Moment? Der, vor dem ich mich ein wenig schäme, auf den ich mich aber gleichzeitig freue? Bisher hat es nicht gepasst, Kai darauf anzusprechen. Aber jetzt, jetzt, wo wir uns gleich auf die Bank unter die Lichterkette an der Garage setzen, wäre es unklug, die Gelegenheit nicht zu nutzen.

»Danke, Kai.« Verlegen schaue ich auf den Boden, als er zurückkommt.

»Wofür? Dass du zur Party eingeladen bist? Das ist doch selbstverständlich«, reagiert er ahnungslos. Vielleicht sollte ich ein paar mehr Worte dazu sagen.

»Nein, du weißt schon.« Ich blicke in seine verwirrten Augen. »Der Kürbis«, flüstere ich. Wie Schuppen fällt es von seinen Augen.

»Sag das doch direkt, Mathilda! Ich war mit meinen Gedanken schon auf der Party.« Lachend packt er meine Beine und legt sie über seinen Schoß. »Ich hatte schon Angst, du sprichst mich gar nicht drauf an«, fährt er fort. Die rosa Flecken in meinem Gesicht weiten sich aus.

»Du weißt nicht, wie viel mir das bedeutet.« Ich nehme seine Hand und drücke sie fest zusammen. Die Wärme, die auch Kai spüren muss, lässt ein Lächeln über seine Lippen entfliehen.

»Du bist süß.« Er löst sich von meiner Hand und berührt sanft meinen Oberschenkel.

»Ich habe mir schon immer gewünscht, von einem Jungen einen Kürbis geschenkt zu bekommen, danke.« Wir schauen uns tief in die Augen.

»Ich war mir unsicher, ob du auf so romantischen Krams stehst.« Kai streichelt mein Bein entlang. Ich rücke ein Stück näher an ihn heran und halte meine Hand an sein Ohr.

»Alles, was ich brauche«, flüstere ich. Im nächsten Atemzug vereinen sich unsere Lippen. Ein Kuss, der mich in Sehnsucht versinken lässt, so tief, dass ich beinahe nicht bemerke, dass wir beobachtet werden. Zoe starrt mich von der Terrasse aus an. Sie sitzt am Tisch mit Jannes und ein paar anderen Freunden. Ihr Blick ist so stechend, dass ich tief schlucken muss. Als steckten wir in einer gläsernen Blase, die mich und Kai in diesem besonderen Moment umschließt, spüre ich sofort die Risse auftauchen. Untermalt mit diesem frechen Grinsen, das mir ein Zischen durch die Adern jagt. Da ist etwas in ihrem Blick, das ich nicht deuten kann. Es ist anders. Abwertende Blicke wirft sie mir öfters zu. Ich bin mir sicher, dass sie Kai noch hinterhertrauert, auch wenn sie ständig irgendwelchen anderen Typen an der Backe klebt. Aber heute, jetzt, genau in dieser Sekunde fühlt es sich anders an. Das flaue Gefühl trennt mich von Kais Lippen und zwingt mich, auf sie zu reagieren.

Ich versuche, ihr so wenig Aufmerksamkeit wie möglich zu schenken. Aber jetzt brauche ich den Joker. Meine hochziehenden Achseln sollen sie auffordern, mir ihren provokanten Blick zu erklären. Ihre Reaktion: eine vorgeschobene Unterlippe. In Kombination mit dem Hundeblick, den sie mir zuwirft, bevor sie sich zu Jannes dreht und ihm etwas ins Ohr flüstert, bringt das meine Unruhe zum Überkochen.

»Was ist los?«, stutzt Kai. Mit einem Nicken deute ich zum Tisch, an dem Jannes, Zoe und die anderen inzwischen gemeinsam auf das Tablet starren, über welches die Musik läuft. »Was ist mit denen?« Er hätte sehen sollen, wie herablassend sich seine Freunde mir gegenüber verhalten.

»Egal, hab mir nur was eingebildet.« Als Kai ansetzt, unseren Kuss weiterzuführen, bin ich schlagartig alarmiert, als ich sie höre. Ich höre meine Stimme. Mein Herz setzt aus, als ich die Worte höre.

»Er geht mir Wasser holen! So fürsorglich, so süß, so niedlich«, tönt es über die Musikbox. Angst macht sich in mir breit, weil ich nicht weiß, woher ich diese Sätze kenne. »Was machen die da?!« Kai schubst meine Beine von seinem Schoß, stößt sich von der Bank ab und rennt Richtung Terrasse.

»Kai ist mein Traummann. Verdammt, er ist so heiß, vielleicht werden meine Fantasien heute real.« Zoe stellt die Lautstärke höher, sodass jetzt auch alle anderen Augen zum Tisch gerichtet sind. Ich erstarre. Das Video. Das Video, das ich in Gretas Keller neben der Sauna aufgenommen habe. Ich wusste, ich hatte an dem Abend noch etwas aufgenommen. Aber wie – wie ist das möglich? Ich will mich von der Bank lösen, aber es geht nicht. Ich bin festgewachsen, ich kann mich nicht bewegen.

»Dieser Raum schreit nach was ganz Bestimmtem.«

Wie paralysiert beobachte ich das Geschehen. Kai schubst Jannes beiseite.

»Alter, lass das!«, schreit er. Mein Körper löst sich aus der Starre, doch beginnt zu zittern, so stark, dass ich mich zusammenreißen muss, nicht in Panik zu verfallen. Henri – ich sehe ihn. Er läuft auf Kai zu.

»Was ist das?«, brüllt er ihn an.

»Nichts, Junge!« Kai dreht sich zu Henri um, der mit großen Schritten näher kommt. »Ey, chill!«

Henri schubst ihn weg.

»Reg dich nicht auf!« Kai macht einen Schritt auf ihn zu und hebt die Hände.

»Was ist das für ein Video, woher hast du das?« Henri steht wenige Zentimeter vor ihm und schaut ihm tief in die Augen. Mein Mund ist weit aufgerissen, als ich das sehe, was ich niemals erleben wollte. Kai kann seine Hand nicht bändigen. Sie trifft Henri mitten im Bauch.

»Leute!«, kreischt Zoe.

»Du hast es provoziert, Mädel!«, schreit Kai und schlägt seine Hände über dem Kopf zusammen. Ohne jeden Übergang ist sofort alles still. Was ist gerade passiert? Die offenen Münder sprechen Bände. Zoe nimmt das Tablet und rennt ins Wohnzimmer. Jannes stützt seine Arme auf den Tisch und schaut Kai erwartungsvoll an.

Henri sinkt auf den Boden, Hände vor dem Gesicht, und ich – ich sitze zusammengekrümmt auf der Bank. Zusammengekrümmt, um die Angst nicht an mich ranzulassen.

26

»Haben sich schon mal zwei Typen um euch gestritten? Weil ein Video an die Öffentlichkeit gekommen ist, das nur für euch bestimmt war? Ein Video, das ihr versehentlich mit dem falschen Handy gefilmt habt, weil ihr zu viel getrunken hattet? Mit dem Handy von dem Typ, um den es in dem Video geht? Nein? Seid froh, das wünsche ich niemandem.« Sätze, die ich jetzt in meine Kamera sprechen würde. Aber ich sitze hier, eingeschüchtert auf der Bank, auf der mir eben noch die rosarote Brille aufgesetzt wurde. Jetzt liegt sie auf dem Boden – kaputt. Für einen Moment glaube ich, dass es nur ein Traum war. Dass das Video nicht von Kais gesamtem Freundeskreis angeschaut wurde. Dass Kai nicht ausgeholt und Henri geschlagen hat. Dass die letzten Minuten nicht geschehen sind. Doch das sind sie, und ich weiß nicht, wie ich damit umgehen soll. Es fühlt sich an wie eine Ewigkeit, aber es kann sich nur um Sekunden handeln, in denen das Schweigen dominiert.

»Sorry, Bro, das wollte ich nicht.« Ich beobachte, wie sich Kai zu Henri auf den Boden kniet. Im nächsten Moment schaut er zu mir rüber. Ich weiche seinem Blick aus. Ich kann ihm nicht ins Gesicht schauen, nicht der Person, die meinem besten Freund vor wenigen Sekunden in die Magengrube geschlagen hat. Henri wehrt Kais Hand ab, als der ihm aufhelfen will. Er drückt sich vom Boden hoch, sagt kein Wort und steuert mit großen Schritten auf mich zu.

»Wir hauen ab.« Ohne einen weiteren Blick zurück packt er meine Hand und zieht mich in Richtung Tor.

»Mathilda, warte!«, höre ich Kai hinter mir schreien. Aus dem Augenwinkel sehe ich, wie er angelaufen kommt.

»LASS SIE!« Henri bleibt stehen. Er stellt sich vor mich und streckt seine Arme aus, damit er mir nicht zu nah kommt.

»Komm zurück, Kai!«, ruft Jannes. »Das hat keinen Sinn.« Er möchte gerade hinter Kai her, als er von allein stehen bleibt. Er steht da mit einem Blick, den ich so noch nie von ihm gesehen habe. Ein Blick, der Reue zeigt. Er bereut es – das sehe ich. Er spürt, welchen Schmerz er mit der Handlung, die nicht ungeschehen gemacht werden kann, bei mir hinterlassen hat. Weg – ich möchte nur weg hier. Bei Henri sein. Nur seine Nähe spüren. Zurück lassen wir Stille, laute Stille. Ich höre sie in jeder Vene meines Körpers.

…

»Geht es dir gut?« Henri öffnet die Beifahrertür. In diesem Zustand kann ich noch nicht nach Hause.

»Ich sollte eher fragen, ob es dir gut geht«, antworte ich, immer noch geschockt über die vergangenen Minuten.

»Es ist normal, dass Typen sich mal schlagen. Mach dir um mich keine Sorgen.« Er haut die Tür zu und setzt sich neben mich auf den Fahrersitz. Wieso müssen sich Jungs immer prügeln?

»Hättest du zurückgeschlagen?«

Henri nimmt die Brille ab und wischt sich mit der Hand übers Gesicht.

»Wenn er mich weiter provoziert hätte … Ich weiß es nicht, Mathilda.« Ist es normal, seine Macht über Schläge zu zeigen? Ich werde es nie verstehen. Ich werfe ihm einen besorgten Blick zu. Er greift nach meiner Hand.

»Der Typ hat dich komplett bloßgestellt, ich mache mir eher Sorgen um dich.« Henri ist wütend. Es fühlt sich an, als könnte ich spüren, wie das Blut in seinen Adern zu kochen beginnt.

»Ich bin okay. Meine Schuld, dass ich so ein dämliches Video drehe.« So langsam realisiere ich die gesamte Situation. Was ist da gerade passiert? Wer hat das Video abgespielt, wieso hat mich Kai nie drauf angesprochen, wie ist es vom Handy auf das Tablet gekommen? In meinem Kopf versuche ich, die Lösung zusammenzubasteln, aber ich finde sie nicht.

Henri schüttelt den Kopf. »Nein, es liegt einzig und allein daran, dass Kai ein Arschloch ist.« Ich muss schmunzeln, aber Henri redet schon weiter. »Egal wie, wann oder wo – das Video hat es durch ihn an die Öffentlichkeit geschafft und dich bloßgestellt, ganz bewusst.«

»Aber, vielleicht war es nicht ...«

Henri unterbricht mich. »Natürlich war er es. Bitte, Mathilda, tu mir diesen einen Gefallen.« Sein Daumen streichelt sanft über meine Hand.

»Hmm?« Ich lächle verlegen.

»Lass dich nicht verarschen, okay?«

»Wieso hat er dich geschlagen? Was hat ihn so wütend gemacht?« Henri hat mich verteidigt, aber das kann nicht der Grund sein, wieso er von jetzt auf gleich so austickt.

»Zu viel getrunken, kein Plan. Ist auch egal, Hauptsache, wir sind weg.« Es scheint mir, als wolle er dem Thema ausweichen, aber es wird mir verwehrt, weiter darüber nachzudenken, als Henri plötzlich meine Hand fester drückt.

»Bevor wir zur Party sind ...«, murmelt er auf einmal. Langsam legt er seinen Kopf in den Nacken. »Mathilda ...« Er atmet tief aus. Mit einem Mal breitet sich ein nervöses Empfinden in meinem Bauch aus. Eine Vorahnung, die meinen Körper in Unruhe versetzt. Nein, ich bilde mir das ein – das ergibt überhaupt keinen Sinn, niemals. Es fällt mir schwer, ruhig sitzen zu bleiben, also löse ich meine Hand aus seiner.

»Hast du eigentlich getrunken?«, lenke ich ihn vom Thema ab.

»Nein, sonst würde ich doch nicht mehr Auto fahren«, stutzt

Henri und möchte gerade weiterreden, als ich ihm schon zuvorkomme.

»Ich muss jetzt nach Hause.«

Henri verdreht die Augen. »Du bist unmöglich«, flüstert er.

Ich bin nicht bereit, sein Geständnis zu hören. »Es tut mir leid«, entschuldige ich mich, ziehe am Griff und setze einen Fuß nach draußen. Henri bleibt still. Auch als ich aussteige, die Tür schließe und in Richtung Haus laufe, sitzt ein Teil von mir noch im Auto. Ich wage einen Blick über die Schulter – Fehler. Henris in Enttäuschung getränkter Blick lässt mich nicht so kalt, wie ich es mir in diesem Augenblick wünschte. Seine Augen verlassen mich keine Sekunde und ich komme nicht drumherum, einmal tief durchzuatmen und mir diesen einen Ruck zu geben, mich wenigstens vernünftig zu verabschieden. Dieser Blick – der mir folgt, als ich umdrehe und mich schließlich wieder in sein Auto setze – spricht Bände und gibt mir nicht das Recht, ihn auf diese Art hängen zu lassen. Also strecke ich ihm meine Hände entgegen, um ihn mit unserem Handschlag zu verabschieden. Er bleibt weiter ruhig. Richtet sich auf. Es fällt mir schwer, ihm in die Augen zu schauen, nicht nach unten zu blicken. Aber sie halten mich fest – sein eindringlicher Blick lässt mich nicht los. Unsere Handflächen berühren sich – zweimal einklatschen. Die Verabschiedung, die wir seit Jahren machen. Dann – zusammenkneifen. Einmal kurz die Finger verschränken. Kurz – diesmal nicht. Unsere Finger bleiben verschränkt und jetzt bereue ich, dass ich umgedreht bin. Henri lässt sie nicht mehr los. Er hält sie fest, hält mich fest – fest in seinen Händen. Es sind Sekunden, in denen ich nach und nach verstehe, was passiert. Die Wärme seiner Hände überträgt sich in Windeseile auf meine. Sie zieht durch jede Faser meines Körpers. Der Atem wird lauter. Ich höre ihn. Ich höre seinen Atem. Ich spüre ihn – näher kommen –, nehme seinen leichten Duft wieder wahr. Er hält meine Hände fest. Ich halte seine fest.

»Jetzt muss ich wirklich nach Hause«, betone ich, da ich nun sicher bin, dass sich die Vorahnung bestätigen wird. Doch es ist der unausgesprochene Wunsch, seine Nähe zu spüren, der mich auf dem Sitz hält. Der Wunsch, den ich mir nicht ausgesucht habe und nicht verstehe. Ich kann die Verantwortung dafür nicht übernehmen, doch lehne ich mich nicht zurück, als er noch ein Stück näher kommt.

Zentimeter, Millimeter, bis es wirklich passiert. Bis es ein Gefühl auslöst, das ich noch nie zuvor gefühlt habe. Es passiert. Henri berührt mich. Sanft legt er seine Lippen auf meine. Dieser Augenblick, den ich niemals für möglich gehalten hätte, lässt mein Herz für eine Sekunde aussetzen – bis es wieder anfängt. Es beginnt zu schlagen, so schnell, wie es noch nie zuvor geschlagen hat. Er löst sich kurz, schaut mir tief in die Augen, flüstert: »Mathilda« – dann packt er meinen Nacken und entfacht mit dem nächsten Kuss diesen Reiz, auch ihn zu berühren. Meine Hände gleiten über seine Oberschenkel, während seine in meinen Haaransatz tauchen. Ich küsse meinen besten Freund. Dass Henris Zunge nun auch noch meine – so gekonnt – umspielt, jagt einen Schauer von gewagter Lust durch meinen Körper. Die Autoscheiben beschlagen, der Sauerstoff wird knapp und mit jeder Berührung an meinem Körper fällt es mir schwerer, ein lustvolles Aufatmen zu unterdrücken. Ein Kuss, so ehrlich, so vertraut, so aufregend, brennend – doch zugleich absurd, leichtsinnig, gefährlich. Ich schwebe über mir. Es lässt mich alles vergessen. Für diesen Augenblick spüre ich nur uns.

Ein Wimpernschlag reicht, um zurückzufinden.

Wir sitzen in seinem mit Herbstblättern berieselten, alten grünen Auto – küssen uns.

»Henri!« Ich stoße mich von seiner Brust ab. »Was machst du da?« Die Angst dominiert. Sie möchte die letzten Minuten ungeschehen machen.

»Mathilda!« Henri hält meine Hand, als ich zur Tür greife. »Ich kann das nicht.« Ich reiße mich aus seinem festen Griff. »Bitte, fahr nach Hause.« Sein Blick erstarrt.

»Mathilda!« Ohne ein weiteres Wort zu sagen, steige ich aus, knalle die Tür zu und laufe los. Es geht nicht. Die Panik steigt höher – ich muss hier weg, endgültig. Weg von ihm, es ungeschehen machen. *Bitte steig nicht aus. Lauf mir nicht hinterher. Das ist nicht passiert* – nein das ist nicht passiert. Er steigt nicht aus. Motorengeräusche ziehen an mir vorbei, als ich den Haustürschlüssel drehe. Die Motorengeräusche von Henris altem grünen Auto. Der Henri, der seit Jahren mein bester Freund ist. Der beste Freund, den ich vor wenigen Sekunden geküsst habe, der mich geküsst hat. Wir haben uns geküsst – leidenschaftlich. Ich wollte es – nicht. Durch meine Zimmertür durch, sinke ich sofort zu Boden. Ich kann sie nicht halten. Meine Tränen übergießen das Gesicht – mein taubes Gesicht.

27

Sonntag. Zum Glück ist Sonntag. Niemals wäre ich bereit, jetzt in die Schule zu fahren. Vielleicht sollte ich morgen krank machen – die nächste Woche krank machen? Nie wieder zur Schule gehen? Ich kann ihm nicht in die Augen gucken. Ich kann Henri nicht in die Augen gucken. Kai – ich habe Angst, ihm zu begegnen. Beiden zu begegnen. Gleichzeitig. Ich habe Angst, dass Kai mich zurückwill. Ich habe Angst zu wollen, dass genau das passiert – dass er mich zurückkriegt. Ich möchte zurück.

Der Tag vergeht nicht. Ich liege in meinem Bett, starre an die Decke und warte auf eine Nachricht. Auch wenn ich nicht darauf warte, dass Carla sich meldet, schlägt mir ihre Distanz ebenfalls auf den Magen. Wieso sie nach gestern noch nicht geschrieben hat, ist mir ein Rätsel, doch jetzt warte ich auf eine andere Nachricht – die mir sagt, wie es mit *ihm* weitergeht. Gibt es überhaupt eine Lösung? Will ich diese Nachricht? Möchte ich wirklich wissen, was in seinem Kopf vorgeht? Jeder Versuch, nicht an gestern zu denken, scheitert kläglich. Unmöglich, aus diesem Gefühlslabyrinth zu entfliehen. Es frisst mich auf.

Es vergehen Stunden. Meine Mutter ist seit gestern mit Vici bei unseren Großeltern.

»Ich komme nächstes Mal wieder mit«, musste ich ihr versprechen. Enttäuscht, dass ich mal wieder eine Party der Familie vorziehe, konnte ich sie schließlich doch überzeugen, hier bleiben zu dürfen. »Der Junge, der mir den Kürbis geschenkt hat, ist der Gastgeber« hat sie letztendlich überzeugt.

»Junger Liebe möchte ich nicht im Weg stehen.« Jetzt wünschte ich, sie hätte anders reagiert. Mir verboten, zu dieser Party zu gehen. Zu dieser beschissenen Party, die nichts weiter als ein großes Loch hinterlassen hat. Ein Loch, gefüllt mit Fragen – Fragen, die mich quälen. Gibt es etwas, das man gegen dieses hilflose Gefühl unternehmen kann? Ich fühle mich so leer. Das Bedürfnis, sich an jemanden zu kuscheln, ihn wegzustoßen, geliebt zu werden, die Liebe zu erwidern und doch abzustreiten. Was soll ich bloß denken? Unruhig schaue ich immer wieder auf mein Handy. Es vibriert. Mein Herz rast. Nicht von ihm. Die Nachricht ist nicht von ihm. Wie lange soll ich das durchstehen? Ich kann nicht hier liegen und warten, bis ich von seiner Nachricht erlöst werde. Aber ich kann nicht aufstehen. Ich will hier liegen, mein Kissen über den Kopf ziehen und weinen. Weinen und den Schmerz spüren. Wie kann ich den Schmerz erklären? Ich weiß es nicht. Ich traue mich nicht, ihn zu erklären.

Die Sonne, die eben erst Strahlen durch mein Fenster geschickt hat, verabschiedet sich langsam. Es ist die Jahreszeit, in der man das Gefühl hat, der Tag vergeht zu schnell. Heute kann er nicht zu schnell vergehen. Morgen ist Montag. Ich möchte nicht, dass Montag ist. Ich höre das Schloss. Vici und meine Mutter sind zurück – und verwirrt, weil im Haus das Licht aus ist.

»Mathilda? Bist du da?«

Ich steige aus meinem Bett, das ich den ganzen Tag nur für einen kurzen Abstecher zur Toilette verlassen habe. Endlich schaffe ich es, den Abend für einen Augenblick zu vergessen. Ich gehe nach unten und sehe, dass sie Essen mitgebracht haben. Die gemeinsamen Minuten lenken mich ab und ich schaffe es, die Unruhe in meiner Magengrube beiseitezuschieben. Zumindest für den Moment, in dem Vici und Mama euphorisch über Omas neue Katzen, die leckere Kürbissuppe gestern Abend und den Regenbogen heute früh erzählen.

»War bei dir auch einer?« Vici beißt in ihr Stück Pizza.

»Hmm?«

»Na, ein Regenbogen«, ergänzt meine Mutter.

»Ich habe heute länger geschlafen, habe keinen gesehen.« Ich lasse den Pizzarand liegen, nach dem Vici sofort greift. »Seid mir nicht böse, aber ich bin supermüde.« Es ist gelogen. Ich bin alles andere als müde. Aber es zieht mich einfach nur zurück, zurück in mein Bett, um diesen Schmerz wieder zulassen zu können. Ich möchte ihn fühlen und mich gleichzeitig selbst sabotieren.

»Dachte, du hast lange gepennt«, stichelt Vici.

»Morgen ist Schule, da ist früh schlafen gehen sicher nicht dumm«, kontert meine Mutter und trägt die Pizzakartons zum Papiermüll. Ich will es nicht hören. Morgen ist Montag.

In meinem Zimmer angekommen erwartet mich das, was ich wollte, mir aber Angst bereitet. Eine neue Nachricht. Ich sehe nicht, von wem sie ist. Mit zitternden Händen setze ich mich auf mein Bett. Die Decke werfe ich über mich, schalte die Lampe auf meinem Nachttisch an und ziehe meine Kopfhörer auf. Ich drücke auf Play, bevor ich sie öffne. Die Nachricht. Die Nachricht von Kai. Ich schlucke tief, als ich die ersten Worte lese.

Mathilda, ich vermisse dich. Ich schlucke noch einmal. Ist das die Nachricht, die ich lesen wollte? Ich weiß es nicht. Den Song höre ich zu Ende, danach lese ich die ganze Nachricht. »So take a look what you've done – 'cause baby, now we got bad blood«, ergänze ich Taylor. Plötzlich spüre ich ein Gefühl von Macht. Ich bin jetzt in der oberen Position. Ich kann entscheiden, wie es weitergeht. Kai macht sich mit dieser Nachricht angreifbar – verletzbar. Ich habe die Macht, ihm zu antworten oder nicht. Es fühlt sich gut an, von dieser Ebene auf ihn zu schauen, aber gleichzeitig ekel ich mich vor mir selber, umso mehr mir bewusst wird, wie falsch so ein Verhalten ist. Wieso ist man so? Ich fühle mich gut, weil ich die Entscheidung treffen kann, wann ich ihm antworte, ihn zappeln lassen kann. Bis vor ein paar Sekunden hab ich mich klein gefühlt. Unsicher und hilflos. Ich war in seiner Position – ein schlimmes Gefühl. Bitte sei nicht so. Taylor Swift lässt mich in meinem eigenen Film versinken, aber es ist an der Zeit, die Realität vor meinen Augen zu sehen. Das Leben kann nicht nur romantisiert werden. Ich gehe auf seinen Chat und lese. Ich lese eine Nachricht, die mich zum Nachdenken bringt.

Mathilda, ich vermisse dich. Ich habe Scheiße gebaut. Ich habe verkackt, ich weiß, Mathilda. Bitte gib mir eine Chance. Eine Chance, dir zu erzählen, wieso ich so reagiert habe. Es lässt sich nicht erklären, ich weiß. Aber ich möchte es trotzdem versuchen. Vielleicht ändert sich deine Sichtweise. Den ganzen Tag habe ich nachgedacht. Ich habe nur an dich gedacht. Ich hab kein Auge zugemacht. Du hast es nicht verdient, in so eine Scheiße reingezogen zu werden. Können wir uns morgen nach der Schule sehen? Bitte gib mir diese eine Chance.

Ich schließe den Chat. Ich öffne ihn wieder: *…dir zu erklären, wieso ich so reagiert habe.* Ein Satz, der nicht reicht, um meine Unruhe zu vertreiben. Ich muss wissen, was er mir sagen möchte. Wieso hat er so reagiert? Seit gestern lässt mich diese Frage schon nicht mehr los – Henri konnte sie nicht beantworten. Oder wollte er sie bloß nicht beantworten? Zweimal tief ein- und ausatmen, dann tippe ich meine Antwort und schicke sie ab.

Siebzehn Uhr am Trampelpfad. Das war es. Mehr kriege ich nicht raus. Kai stimmt zu.

Ich lege mein Handy beiseite und warte. Ich warte auf diese eine Nachricht. Die Nachricht, in der er mir sagt, ob er das gleiche denkt. Lesen würde ich sie nicht – noch nicht. Zumindest kann ich mit dem lächelnden Kürbis einschlafen. Der kleine Smiley, den ich ständig anschaue, lässt mich mit einem Schmunzeln die Augen schließen.

28

»Bitte lass diesen Tag schnell enden. Ich filme mich nur, damit ich in ein paar Tagen oder Wochen, wenn nicht sogar eher Monaten, einen Fortschritt meiner Gefühle sehen kann. Ich zwinge mich jetzt, in die Schule zu gehen, und ich hasse mich dafür. Aber ich habe sowieso keine Ausrede, die meine Mutter mir abkaufen würde.« Aufgewacht mit Fesseln an der Hand, die mich in meinen Bett halten wollen, musste ich mich entscheiden, sie zu lösen. Ich kann mich nicht verstecken, es hat keinen Sinn. Konfrontationstherapie ist wohl der schlauste Ansatz. Meine Haare zum Dutt gedreht, einen Klecks Tagescreme auf mein Gesicht, Leggings und Pulli – anders kriegt man mich heute nicht in die Schule. Man darf mir ruhig ansehen, dass sich an diesem Wochenende etwas verändert hat.

…

»Ich nehme das Fahrrad.«

Vici schmiert sich gerade ihr Pausenbrot und ist sichtlich überrascht von meiner Aussage. »Auftrag von Herrn Peters, machen heute Nachmittag 'ne Radtour«, wimmle ich sie ab, bevor sie auf die Idee kommt, weitere Fragen zu stellen. Ich hasse Lügen, aber zur Not darf ich mir das auch mal erlauben. Vielleicht rechnet Kai damit, mich im Bus zu sehen. Inzwischen hat auch er verstanden, dass wir zumindest montags mit Sicherheit immer zur gleichen Zeit fahren. Aber heute nicht. Das Treffen diesen Nachmittag hat mich schon kaum ein Auge schließen lassen. Da ist die Entscheidung, dass ich jetzt leider das Fahrrad nehmen muss, offensichtlich.

In der Schule angekommen verspüre ich den Drang, mich unter meiner großen Kapuze zu verstecken, und da spielt mir der Regen definitiv in die Karten. Keine blöden Fragen, wieso ich so eingehüllt rumlaufe. Die Angst, sie zu sehen – kaum zu ertragen. Ich weiß, was gleich passiert. Mit jeder Minute, die vergeht, wird es mir mehr und mehr bewusst. Ich stehe im Regen, knibble an meinen Fingern und blicke unruhig von links nach rechts. Dann rutscht es. Mein Herz rutscht mit einem Schlag in die Hose. Ich kann das nicht. Dass die Nervosität so groß sein würde, wenn ich ihn wiedersehe, habe selbst ich mir nicht so ausgemalt. Wie kam ich auf die Idee, am Montag in die Schule zu gehen? An dem Tag, an dem unsere Stundenpläne beinahe identisch sind. Er trägt einen hellen Fleecepulli, die schwarze Cargohose – die er nur gekauft hat, weil ich sie ihm mit den Worten »Das ist deine Hose, du brauchst die!« auf die Kasse geschmissen habe, als er gerade bezahlen wollte – und seinen Rucksack über die linke Schulter geworfen. Mit schleppenden Schritten läuft Henri über den Schulhof auf den Klassenraum zu. Er hat mich noch nicht bemerkt. Ich will nicht, dass er mich sieht, aber spätestens als wir uns Richtung Matheraum begeben, spüre ich seinen Blick. Mein Kopf bleibt gesenkt. Die panische Angst vor Blickkontakt hindert mich. Als wolle er etwas sagen, merke ich, wie Henri mich von der Seite beobachtet. Als überlege er, wie er mich ansprechen kann. Ich setze mich auf meinen Platz und verstecke mich weiter unter meiner Kapuze, in der Hoffnung, dass ich nicht aufgefordert werde, sie abzuziehen. Carla taucht nicht auf, doch es wundert mich nicht, dass sie die Schule schwänzt. Ich möchte ihr keine falschen Vorwürfe machen, aber in der Vergangenheit ist es schon öfter vorgekommen, dass sie Problemen aus dem Weg geht. Bei dem Wort Konfrontation liegen ihre Hände schon auf den Ohren, bevor es zu Ende ausgesprochen ist. Doch was ist jetzt das

Problem? Was sollte sie hindern, zur Schule zu kommen? Ich bin immerhin diejenige, bei der das Wochenende am meisten Spuren hinterlassen hat.

...

Die Stunde ist geschafft und Henri bleibt still. Auch wenn meine Aufmerksamkeitsspanne heute noch ausbaufähig ist, konnte ich meinen Fokus auf die Gleichungen legen – ich habe mich gezwungen. Übermannt von dem Gefühl, von Henri beobachtet zu werden, bin ich dennoch. Die weiteren Stunden vergehen schleppend, und im Wissen, dass wir heute Nachmittag Sportunterricht haben, schließen sich immer weitere quälende Gedanken an. Gepaart mit der Angst, dass Henri plötzlich doch den Mund aufmacht, zieht sich mein Magen im Minutentakt zusammen, und jede kleinste Erinnerung an das Wochenende – an unseren Kuss –, die durch meinen Kopf schießt, schickt einen Schauer hinterher. Ich kann nicht fassen, dass wir uns geküsst haben. Das ist mehr als surreal.

Ich bin gerade auf dem Weg zum Kiosk, um mir ein Sandwich für die Mittagspause zu kaufen, als ich ein Tippen auf meiner Schulter spüre.

»Ich bin doch montags dran mit Bezahlen.« Worte, die Alarm in meinen Ohren auslösen. Seine Stimme – Henris Stimme. Ich schlucke tief, bevor ich mich umdrehe und in seine Augen schaue. Mit einem verlegenen Schmunzeln steht er vor mir und wedelt mit seinem Portemonnaie. »Montags zahle ich das Mittagessen, hast du das etwa vergessen?« Natürlich habe ich das nicht vergessen. Doch mit Sicherheit wäre ich nicht auf die Idee gekommen, an diesem Tag um Geld zu betteln. Ich schlucke ein zweites Mal.

»Alles gut, ich habe Geld dabei.« Ich drehe mich um und hoffe, dass er nichts sagt – ich hoffe, dass er etwas sagt. Aber gleichzeitig möchte ich mich vor Scham krümmen – so unangenehm ist es mir, ihn anzuschauen. »Ich habe mehr Geld dabei.« Er schiebt mich beiseite und stellt sich vor mich an den Kiosk.

»Tomate-Mozzarella?« Ich nicke nur und wünschte, ich könnte meinen Lippen verbieten, zu grinsen. Stattdessen sollte ich die Flucht ergreifen, der Angst aus dem Weg gehen und verdrängen, welche Emotionen seit unserem Kuss in meinem Körper kollidieren. Ohne ein weiteres Wort zu wechseln, setzen wir uns auf die Mauer am Sportplatz. Das Sandwich schmeckt gut und ich probiere, mich darauf zu konzentrieren. Aber der Versuch, Henris Blick auszuweichen, misslingt. Wir schauen uns an, lächeln uns an. Blicke, die mehr sagen als Worte. Aber es sind Blicke, die in Rätseln sprechen. Es ist zu früh, darüber zu sprechen. Ich kann mich nicht öffnen, nicht hier, nicht jetzt. »Gehen wir zum Unterricht?« Ich springe von der Mauer und greife zur Tasche. Henri bleibt sitzen. Seine Augen folgen mir.

»Kann ich etwas sagen?«, fragt er plötzlich und lässt mein Herz schneller schlagen.

»Nein, das geht nicht.« Ich schwinge meine Tasche über die Schulter.

»Der Kuss war schön.« Abrupt bleibe ich stehen und jetzt weiß ich erst, dass mein Herz noch schneller schlagen kann.

»Ich habe gesagt, du sollst nichts sagen.« Doch ich wollte, dass er was sagt. Danach ist er still. Er nimmt seinen Rucksack und wir laufen Richtung Sporthalle.

...

»So Leute, Hürdenlauf ist durch. Wir starten eine neue Einheit.« Herr Peters zieht ein Blatt Papier aus seiner Mappe. »Jetzt ist

Turnen angesagt.« Ein Raunen zieht durch die Halle. Voller Euphorie zeigt er uns die Vorlage. Eine Hebung – eine Schritt-für-Schritt-Anleitung, wie eine Person mit einer kleinen Choreografie auf die Schultern des Partners kommt.

»Hürdenspringen war doch schon Turnen!« Herr Peters schüttelt den Kopf, dreht seine Cap auf die Seite und zeigt Henri einen Vogel.

»Zweiergruppen. Sucht euch aus, wer die starke Person sein möchte.« Bevor ich mich umschauen kann, entscheidet Henri, dass wir eine Gruppe sind.

»Du bist natürlich die starke in der Gruppe, ohne Frage.«

Ich lege die Hand an meine Stirn. »Auf den Arm nehmen kann ich anscheinend ganz gut.«

Henri schüttelt lachend den Kopf. »Komm her, du musst mich nicht tragen, ich mache das.«

Reihum verteilt Herr Peters die Anleitungen.

»Ich verstehe nichts.« Würde ich mich konzentrieren, sollte ich die Schritte direkt kapieren, doch der Gedanke, von Henri auf seine Schulter gehoben zu werden, versetzt meinen Körper in Aufregung. Er greift zur Anleitung und nimmt meine Hand – schon das ist mir zu viel.

»Du musst deine Hände auf meine Schultern legen.« Er spürt, dass ich meine Hände nur widerstrebend bewege – Hemmungen habe, seinen Körper zu berühren.

»Alles okay?«, fragt Henri vorsichtig.

»Hmm, müssen wir das machen?«

Von der Seite bekommt Herr Peters mit, dass wir die langsamste Gruppe sind. »Leute, stellt euch nicht so an. Trau dich, ihn anzufassen, da passiert nichts.« Er lacht.

Doch, es passiert was, und ich kann es nicht aufhalten. Es ist ein unerklärliches Gefühl, eine Person, die man seit Jahren durch die gleichen Augen anschaut, nun völlig anders zu sehen.

»Okay, gut.« Vorsichtig lege ich meine Hände links und rechts um Henris Hals. Er schluckt, konzentriert sich jedoch auf die Anleitung.

»Jetzt muss ich deine Hüfte greifen, okay?«

»Ist okay.« Nein, es ist nicht okay. Es ist sehr okay. Nein, es ist nicht okay.

»Dann abspringen.« Fest von seinen Händen gehalten springe ich ab, umklammere mit meinen Beinen seinen Oberkörper und denke krampfhaft an alles, was nicht mit dem Gefühl zusammenhängt, das sich mit jeder Berührung verstärkt. Doch alles, worüber ich nachdenken kann, ist, dass Henri mit seinen großen Händen meine Hüfte festhält und mich damit eine Nähe spüren lässt, die ich noch vor kurzer Zeit unbedenklich gefunden hätte.

»Super, die Koala-Position habt ihr schon mal, jetzt geht's weiter«, motiviert uns Herr Peters von der Seite. Für einen Augenblick ist die Anleitung vergessen. Es fühlt sich an wie eine Zeitlupenaufnahme, als Henri meine Hüfte loslässt. Er nimmt meine Arme und setzt zum nächsten Schritt an, nur kostet es mich Mühe, die Übung mit Konzentration auszuführen. Nein, ich fokussiere mich jetzt. *Mathilda, hör auf, so zu denken.* Einige Hand-und-Beingriffe später sitze ich auf seinen Schultern.

»Geschafft!« Ich lehne mich über ihn und frage, ob er mich aushält.

»Bleib so lange sitzen, wie du magst«, lacht er, obwohl ich ihm anmerke, dass es langsam zu schwer wird.

...

Die Stunde konnte das Eis brechen. Konnte es nicht brechen. Lachend laufen wir aus der Halle und wissen, dass wir uns jetzt verabschieden müssen.

»Ich hätte dich ja nach Hause gefahren, aber genau heute kommst du mit dem Fahrrad, wo ich nicht mit meinem fahre.« Ich ziehe bloß die Achseln hoch. Die Stunde war lustig, und die Sorge, die nächsten Tage in die Schule zu kommen, wird geringer. Aber gleichzeitig wird sie doch größer.

»Wir sehen uns.« Mich erfüllt Panik, als Henri mir zur Verabschiedung die Hände entgegenstreckt. »Keine Sorge, nicht hier. Hier küsse ich dich nicht.«

Mein Magen verkrampft sich und erlaubt mir ein bloßes »Okay«. Zweimal einklatschen und zusammenkneifen. Kurz – ein kurzes Zusammenkneifen.

...

»Laufen wir ein bisschen?« Die Schuldgefühle sind ihm ins Gesicht geschrieben. Er beißt sich auf die Lippen. Die Augen sind gläsern. Eine halbe Stunde hatte ich zu Hause Zeit, um mich gedanklich auf das Treffen mit Kai vorzubereiten. Dreißig Minuten, in denen ich Henris Wirkung aus meinem Kopf löschen und Platz für Kai machen musste, der jetzt vor mir steht, seine Hand hinhält und spazieren gehen möchte. Ich erwidere es nicht. Ich nehme nicht seine Hand. Wie könnte ich mit gutem Gewissen die Hand greifen, die meinen besten Freund tief in der Magengrube getroffen hat?

»Wir können eine Runde gehen, ja.«

»Hör zu, wir müssen reden«, beginnt er, als wir auf den Waldweg zusteuern.

»Deswegen bin ich hier«, antworte ich stumpf. Unruhig steckt er seine Hände in die Hosentasche, zieht sie wieder raus, steckt sie wieder rein und fährt fort.

»Du musst wissen, dass ich ihn nicht schlagen wollte.« Aber er hat es getan. Er hat ihn geschlagen, wegen eines Videos.

»Wenn ich dir alles erkläre, verstehst du es vielleicht.«

Ich schüttele meinen Kopf. »Du willst allen Ernstes eine Schlägerei rechtfertigen?«

Der Biss auf seine Lippe wird stärker. »Es war keine Schlägerei, bloß ein kurzer Aussetzer.«

An meiner verkniffenen Miene muss er sehen, dass ich diese alberne Entschuldigung nicht annehmen werde. Aber ich höre ihm zu. Ich gebe ihm die Chance, das zu sagen, was ihm auf dem Herzen liegt. »Okay, pass auf. Erzähl mir doch erst mal, wieso du das Video hattest.« Wenn er es nicht schafft, mit der Sprache rauszurücken, leite ich ihn. Er schmunzelt. Wieso schmunzelt er jetzt?

»Es sollte nie an die Öffentlichkeit kommen. Im Gegenteil, ich wollte es für mich behalten und irgendwann löschen.«

»Absurd.« Meine Füße weigern sich, einen weiteren Schritt nach vorne zu machen. Kai dreht sich um und legt seine Hand vorsichtig auf meine Schulter.

»Um ehrlich zu sein, hat mir das Video sehr geschmeichelt. Die Worte – auch wenn du sie im betrunkenen Zustand gesagt hast – haben mich verlegen gemacht.« Ich lasse es zu, dass auch seine zweite Hand meine Schulter berührt. »Ich habe keine Ahnung, wie das Video auf mein Handy gekommen ist.«

Ich drehe meinen Kopf weg.

»Hmm, das war vielleicht auch meine Schuld«, murmele ich. Kais Augenbrauen bewegen sich nach oben und bleiben, bis ich erkläre, wie ich das Video versehentlich auf seinem Handy aufgenommen habe.

»Du Doofkopf«, lacht er.

»Du bist der Doofkopf, wieso war es dann auf deinem Tablet?« Ich kann mich nicht von dieser ekelhaft charmanten Art weichkriegen lassen.

»Gleiche ID, ich denke, das ist logisch.« Ich verdrehe die Augen. Er hat recht.

»Wieso hast du mir dann nichts davon erzählt?«

Seine Hände gleiten von den Schultern, über meine angespannten Arme, zu meiner Taille. »Ob du es mir glaubst oder nicht. Ich wollte es dir nicht sagen, damit es nicht unangenehm für dich wird. Ich wollte es löschen – zu spät leider.« Seine Hände drücken fester. Seine großen Hände haben meine Taille im Griff.

»Lass mich los.« Gegen mein Verlangen schiebe ich seine Hände von meinem Körper und frage: »Wieso?«

»Wieso was?«, fragt er zurück.

»Wieso hast du Henri geschlagen?« Das Wesentliche darf durch seine Zärtlichkeit nicht vergessen werden.

»Es ist total banal, aber es gab eine Situation, die einen bestimmten Punkt getroffen hat.«

Was meint er? Die beiden haben sich an dem Abend erst kennengelernt.

»Hmm?«, stutze ich.

»Als Henri einen Knicks gemacht hat, war ich mir sicher, dass er schwul ist.« Die Situation gab es ja auch noch – unnötig. Kai setzt einen Schritt nach vorne. »Komm, wir laufen weiter.« Unbeeindruckt trotte ich ihm hinterher und höre Kai sagen: »Er ist nicht schwul.« *Ach was – was soll das?*

»Ich weiß, dass er nicht schwul ist.«

Kais Blick ist zum Boden gesenkt. »Erst mal tut es mir leid, dass ich überhaupt so eine Aussage getroffen habe.« Sein Atem wird schwerer. Ein Schritt, zwei Schritte, drei Schritte, bis er fortfährt. »Irgendwie hab ich ihn plötzlich mit anderen Augen gesehen, weißt du?« Höre ich da Eifersucht raus? Auch wenn ich es mir verbieten möchte, lächle ich in mich hinein. »Als ich ihn hinter dem Gartenhäuschen mit Carla gesehen habe, war mir klar, dass er auf Mädchen steht.« Stille. Eine, zwei, drei Sekunden vergehen, bis ich realisiere, welche Worte seinen Mund verlassen haben.

»Was?!« Das Wort zieht mir den letzten Rest Sauerstoff aus den Adern.

»Ich glaube, sie haben sich während des Kusses unbeobachtet gefühlt, aber ich habe es gesehen.« Mein Herz setzt aus. Ich bleibe stehen. Der Boden will mich an sich ziehen und ich möchte nicht dagegenhalten. Kai stoppt.

»Deswegen bin ich so ausgerastet. Als er dich verteidigt hat, habe ich ihn als Konkurrenten und nicht als deinen schwulen besten Freund gesehen – total bescheuert, ich weiß. Du gehörst doch mir, Mathilda, ich hab Gefühle für dich. Ich habe aus Emotionen gehandelt. Das war ein Fehler, es tut mir so leid.«

Vielleicht redet er auch noch weiter, doch ich höre schon längst nicht mehr zu. Die Sätze ziehen an mir vorbei, doch einer bleibt – ein Satz klingt nach. Drei Worte klingen nach: »… während des Kusses …« Drei Worte. Mehr braucht es nicht, um meinen Körper – meinen Geist – zu lähmen. Drei Worte, die die letzten Wochen zu einer Lüge machen. In meinen Ohren tönt Kais Stimme.

»Mathilda, bist du anwesend?« Er nimmt meine Hand und jetzt lasse ich es zu. Ich erlaube der Hand, die an meinem besten Freund Spuren hinterlassen hat, mich zu berühren. Ich drücke Kais Hand fest. So fest, als könnte sie mein Ventil für den Schmerz sein, der in Höchstgeschwindigkeit durch meinen Körper jagt. Ein Schmerz, begründet durch Lügen. Lügen, die Sinn ergeben. Mit einem Schlag löst sich die Gleichung in meinem Kopf. Die Gleichung, bei der ich das X nicht finden konnte. Carlas Gleichung. Das X, das mir Kopfschmerzen bereitet hat. Das X in ihrem Buch, das X, das für geheimnisvoller Typ steht, das X, das ihr einen Kürbis schenkt. Das X ist er. Das X ist Henri. Die Blumen. Die roten Dahlien, die Carlas Mutter in die Vase stellen wollte. Die Dahlien aus dem

Beet in seinem Garten. Es geht auf. Die Gleichung geht auf. *Es gibt nur dieses eine unausgesprochene Hindernis.* Worte aus ihrem Buch, die ich jetzt verstehe. Das Hindernis bin ich. Ich bin der Damm zwischen Henri und Carla.

»Mathilda?« Kai will mich aus meinem Gedankenstrom reißen, doch er schafft es nicht, weil ich mich weiterdrehe. Die letzten Wochen ergeben verdammt noch mal Sinn. Schock wird zu Wut, zu Trauer. Ich weiß nicht, was ich fühlen soll. Ich bin hilflos. Versinke hilflos in einer Lüge. Eine Lüge meiner besten Freunde.

»Mathilda!« Kai löst sich von meiner Hand und rüttelt mich. Kurz bevor Henri mich geküsst hat, haben seine Lippen Carlas umspielt.

»Mathilda!« Henri hat Carla geküsst, bevor er mir in seinem Auto den Kuss gab, der mein verdammtes Herz durchgerüttelt hat.

»MATHILDA!« Anwesend – ich bin wieder anwesend, im Hier und Jetzt. Kai steht vor mir und gibt mir plötzlich diese Sicherheit. Die Sicherheit, die ich brauche, um nicht zurück in den Sog zu geraten, sondern von seiner Nähe gerettet zu werden.

»Verzeihst du mir? Verstehst du, warum ich mir Sorgen gemacht habe?« Obwohl ich kaum ein Wort seiner Entschuldigung behalten habe, nicke ich und falle ihm in die Arme.

»Es ist okay.« Ich umarme ihn fest, er umarmt mich fest, und das fühlt sich so gut an, dass ich Gefahr laufe, sein Handeln mit einem Mal zu vergessen. Ein sanfter Kuss auf meine Stirn schickt die Wärme durch meinen Körper, die ich brauche, um nicht an den Worten zu erfrieren, die einem unvorhergesehenen Schneesturm gleichen. Ich verzeihe Kai.

29

Verpasste Anrufe von Henri. Sie häufen sich, und ich kann nicht leugnen, dass sich mein abrupter Kontaktabbruch bemerkbar macht. Aber keine verpassten Anrufe von Carla, auch wenn sie spüren muss, dass etwas nicht stimmt. Es fällt mir nicht leicht, aber die Entscheidung, die beiden zu ignorieren, ist die richtige für mich. Tage, an denen ich mich mit aller Kraft gegen meinen Willen behaupten muss.

In der Schule kam Henri mit einem Lächeln auf mich zu. »Na, du?« Nichts. Ich konnte nicht zurücklächeln.

»Ich muss los«, sagte ich nur, nahm meine Tasche und verschwand im Klassenraum. Ich kann nicht mit ihm reden. Es ist schmerzhaft, ihn so auf dem Schulhof stehen zu sehen. Mit irritierter, beinahe schockierter Miene steht er da, seit Tagen. Nichtsahnend. Nicht wissend, dass ich alles weiß. Der Abstand zu Carla, der in den letzten Wochen sowieso immer größer geworden ist, scheint nun unüberwindbar. So breit ist die Spanne inzwischen. Das Pädagogikprojekt – mein schlimmster Feind. Wie schaffe ich es, eine gute Note zu bekommen, wenn ich mir nichts sehnlicher wünsche, als kein Teil mehr davon zu sein?

»Kannst du das heute allein machen?« Meine Antwort, wenn sie mir vorschlägt, weiter daran zu arbeiten. Tage, die vergehen. Tage, an denen die Distanz mehr und mehr zur Normalität wird.

»Ich habe keine Zeit.« »Muss meiner Mutter helfen.« »Hausaufgaben.« Ausreden, die sich häufen. Ich brauche sie, um den Abstand zu bekommen, den ich benötige. Ich kann ihnen nicht in die Augen schauen. Es quält mich zu sehr, die beiden gemeinsam zu sehen. Schule wird zu einem Ort, an dem ich nicht mehr ich selbst sein kann. Jeder Schritt durchs Drehkreuz tritt mir direkt in die Magengrube, weil ich weiß, was mich dahinter erwartet.

…

»Hey.« Ich öffne die Tür und gebe Kai einen Kuss. »Komm rein, meine Mutter hat das Essen schon auf den Tisch gestellt.« Heute Abend gibt es Kartoffelauflauf – was auch sonst?

»Magst du Kai nicht mal einladen?«, hat meine Mutter gestern gefragt. Sie hatte Wind von unserer sich anbahnenden Beziehung bekommen, weil ich öfter »am Trampelpfad verabredet« war. Sie freute sich, als ich ihr vorhersagte, dass ich bald vielleicht einen Freund haben würde, auch wenn das für sie bislang noch ungewohnt ist. Kai hat mich noch nicht gefragt, aber es ist abzusehen.

Alles, was meine Mutter kennt, sind Erzählungen, in denen ich meine Schwärmereien nicht länger verstecken wollte. Also konnte sie es kaum erwarten, ihn persönlich kennenzulernen, und ist spontan auf die Idee gekommen, ihn zum Essen einzuladen.

»Wie wäre es mit morgen? Frag ihn doch mal.«

Und heute ist er da – der Tag, an dem meine Mutter Kai das erste Mal kennenlernt. Es ist ein seltsames Gefühl, den Fast-Freund mit nach Hause zu bringen. Es ist das erste Mal, dass ich einen Jungen – abgesehen von Henri – mit nach Hause nehme, und trotzdem glaube ich, dass Vici und Mama noch ein wenig nervöser sind als ich. Es ist ein weiterer Schritt, ein großer Schritt – und wir wagen ihn jetzt.

»Sehe ich gut aus?« Kai blickt an seinem Outfit hinunter. Ein schwarzer Rollkragenpullover, kombiniert mit einer schwarzen Hose. Die graue Mütze legt er an die Garderobe. Ringe und Ketten machen das Outfit »perfekt«. Ich lächle ihn aufmunternd an.

Er erwidert mein Lächeln. »Da bin ich erleichtert.«

Ich packe ihn an der Hand und ziehe ihn Richtung Wohnzimmer. Der Raum ist erfüllt von Vicis Aufregung. Sie schafft es kaum, ruhig sitzen zu bleiben, und wackelt mit dem Stuhl hin und her. Ihr verkrampfter Blick auf den Teller entlarvt ihre Nervosität. Dabei bin ich doch diejenige, die aufgeregt sein sollte. Oder Kai – er hätte definitiv das Recht dazu, aber er geht gut damit um. Mit großen selbstbewussten Schritten schreitet er durch die Tür.

»Du bist also Kai!« Meine Mutter empfängt ihn mit offenen Armen und umarmt ihn zur Begrüßung. Vici gibt er ein High Five, doch ihr Blick bleibt auf den Teller fixiert. Wir setzen uns an den Tisch und werden von Hintergrundmusik begleitet. Meine Mutter hat ein Faible für Achtziger-Liebeslieder – sie passen immerhin in die Atmosphäre. Es regnet, die Blätter fallen von den Bäumen, der Kartoffelauflauf dampft und das Holz im Kamin knistert.

»Das sieht aber gut aus.« Eine große Portion landet auf Kais Teller.

»Ich hoffe, er schmeckt.« Die Augen meiner Mutter folgen seiner Gabel, die er in die Kartoffel pikst und zu seinem Mund führt. Er kaut.

»Exzellent!« Ein Kompliment, das meine Mutter zum Strahlen bringt.

»Henri hat sich immer darüber aufgeregt«, lacht sie und stupst mich an. »Stimmt's, Mathilda?«, hakt sie nach, als mir vor Schock eine Kartoffel im Hals stecken bleibt. Vici klopft mir auf den Rücken und schaut mich irritiert an.

»Echt so, der beschwert sich immer«, fügt sie hinzu. Die Kartoffel löst sich. Ich nehme einen großen Schluck Wasser hinterher.

»Wann kommt Henri denn noch mal, er war jetzt länger nicht hier?« Ich wünschte, meine Mutter könnte Gedanken lesen. Gedanken, die ich vor Kai nicht laut aussprechen kann. Aber er weiß, was ich denke. Ich weiß, was er denkt. »Mal schauen«, antworte ich stumpf. Kai sagt kein Wort, lächelt nur, um meiner Mutter ein gutes Gefühl zu geben – das ist nett.

»Es schmeckt super, Mama«, lenke ich vom Thema ab.

»Die beiden sind beste Freunde. Seit der Grundschule, so niedlich.« Sie kann es nicht lassen und möchte womöglich eine Reaktion von Kai, doch der nickt lediglich. Meine Augen weiten sich und zeigen ihr hoffentlich, wie unangebracht ihre Aussagen sind.

»Möchte jemand noch Wasser?« Na endlich, sie hat es verstanden.

»Ich, gerne.« Kai streckt sein Glas hin und lässt ein Schmunzeln durchblitzen, doch ich weiß genau, wie sehr sein Kopf rattern muss. Es wird ihn wohl kaum freuen, dass meine Mutter von Henri schwärmt, nachdem er eine Auseinandersetzung mit ihm hatte und ihn offensichtlich als Konkurrenz einstuft. Dass mein schlechtes Gewissen noch nicht geflutet ist, wundert mich selber. Wahrscheinlich versuche ich einfach mit aller Kraft, die gemeinsamen Minuten in Henris Auto zu verdrängen – als wären sie nie geschehen, als wäre all das ohne Bedeutung, als gäbe es nichts, was Kai erfahren sollte. Allein zu wissen, dass sich meine Mutter Henri zu Besuch wünscht, ist für ihn schon Grund genug, sich verletzt zu fühlen.

...

Mit vollem Bauch kämpfen wir uns die Treppen zu meinem Zimmer hoch. Es ist ein neues Gefühl, Kai so nahe Einblicke in mein Privatleben zu geben, obwohl wir uns jetzt schon seit ein paar Wochen treffen. Ich war schon bei ihm zu Hause, aber dass er jetzt in mein Zimmer tritt, das ist befremdlich.

»Süß, rosa Bettwäsche.« Ohne Hemmungen schmeißt er sich in meine frisch aufgeschüttelten Kissen und schaut durch den Raum. Ich frage mich, was er denkt. Wie findet er meine Einrichtung? Ist sie ihm zu kitschig? Zu rosa? Kai sagt nichts dazu. Er schaut und schaut – und sagt nichts. Er lächelt noch nicht mal. Ich wünschte, er würde was sagen – zu dem Kronleuchter über meinem Bett, den Duftkerzen auf meiner Fensterbank, den Kakteen in meinem Regal. Ich wünschte, er würde sagen, dass ihm mein Zimmer gefällt. Unruhig stehe ich an meinem Schreibtisch. Angelehnt an die Tischplatte nehme ich seine eindringlichen Blicke auf. Er macht mich nervös. Der Raum füllt sich mit dieser Atmosphäre. Ein Cocktail aus Angst, Neugier und Lust. Welche Zutat bestimmt meinen nächsten Schritt? Ich wähle die zweite – oder doch die letzte?

»Kann ich dazukommen?«

Als Antwort nimmt er den kleinen weißen Teddy – den ich vielleicht noch hätte wegräumen können – und wirft mich ab. »Was denkst du, worauf ich warte?«

Also gut – ich schalte die Deckenlampe aus, lege mich zu Kai ins Bett und stecke die Nachttischlampe ein. Ein paarmal muss ich Luft holen, bis ich ihn neben mir wahrnehme. Kai so an meiner Seite liegen zu haben, fühlt sich aufregend an. Ich fühle mich älter als noch vor ein paar Wochen – reifer. Wärme breitet sich unter der Bettdecke aus. Mein rechtes Bein beginnt zu kribbeln, sobald Kai einen Millimeter näher an mich rutscht. Als bewegten sich Tausende Ameisen unter der Haut von Fuß bis Oberschenkel, liege ich flach auf dem Rücken und starre an die Decke. Ein getroffener Nerv – ein Schauer, der den gesamten Körper bestimmt. Mit seiner linken Hand streichelt Kai sanft über meine rechte. Und jetzt? Soll ich mich zu ihm drehen? Dass ich überfordert bin, wäre untertrieben. Er nimmt mir die Entscheidung ab und legt sich auf die Seite. Ich? Ich starre weiter an die Decke. Die streichelnde Hand wird durch die zweite in meinen Haaren unterstützt. Liebevoll streift er eine Strähne hinter mein Ohr. Der Atem, den ich vor einer Sekunde noch aus der Entfernung wahrgenommen habe, nähert sich Zentimeter für Zentimeter. Ein warmer Atem, der mein Ohr umkreist.

»Mathilda?« Meine rechte Gesichtshälfte zieht sich zusammen.

»Hmm?«, flüstere ich.

»Mathilda, bist du noch Jungfrau?« Ich korrigiere, *jetzt* zieht sich meine Gesichtshälfte zusammen. Jede Faser in meinem Körper verkrampft. *Luft holen. Mathilda, Luft holen.* Sein Atem wird zum Strudel, aufgenommen mit den Worten, die ein regelrechtes Feuer legen.

Mathilda, bist du noch Jungfrau?, klingt das Echo in meinem Ohr. Ein Feuer im Bauch, ein Feuer im Körper, ein Feuer unter der Decke, ein Feuer im gesamten Raum. Die Luft brennt.

»Was?«, antworte ich rau. Ja, bin ich, sollte ich antworten, doch es geht nicht. Ich kann ihm nicht sagen, dass ich nicht eine Erfahrung aufzählen kann.

Du bist schon siebzehn und hattest noch nicht dein erstes Mal? Eine Frage, auf die ich verzichten kann. Ich bin keine Zoe. Will er, dass ich eine Zoe bin? Erfahren? Ich bin nicht erfahren. Ich habe Lust, aber ich bin blockiert. Blockiert durch die Direktheit.

»Hast du schon einmal mit jemandem geschlafen, Mathilda?« Seine Hand wandert vorsichtig auf meinen Oberschenkel – gleitet auf und ab. Durch kontrolliertes Atmen versuche ich, den Knoten in meinem Hals zu lösen und mich nicht von dem Kribbeln in meiner Körpermitte ablenken zu lassen.

»Ich, ähm … ich bin«, zwinge ich aus mir raus, als mich das Vibrieren rettet. Mein Handy klingelt. Die einzig akzeptierte Ausrede, um der Situation zu entfliehen. Ich greife zur Decke, ziehe sie auf die Seite und springe aus dem Bett. Im nächsten Moment will ich nicht mehr, dass mein Handy klingelt. Ich will zurück ins Bett. Ich will, dass mein Handy klingelt. Er ruft an. Ich hätte es mir denken können – ich wusste es. Henri ruft an.

Ausschalten, zurück auf die Kommode. Er hat nicht angerufen. Ich habe nicht gesehen, dass er angerufen hat. Ich habe es gesehen.

»Carla. Bestimmt wegen Päda.« Ohne mir etwas anmerken zu lassen, lege ich mich zu Kai – und zwar richtig. Aus dem Nichts kommt es, das Selbstbewusstsein, ihn zu umschlingen. Ich will ihn spüren, hier und jetzt. Meine Arme greifen um seinen pochenden Oberkörper. Seine Arme greifen um meinen pochenden Oberkörper. Finger krallen in die Rücken, die Herzschläge einigen sich auf den gleichen Takt. Die Luft brennt weiter. Das Feuer, das zu erlöschen drohte – es ist heißer als zuvor. Entschlossen packt mich Kai an den Schultern und dreht mich auf den Rücken. Jetzt liege ich auf dem Rücken, eben lag ich bloß auf der Rückseite meines Körpers. Mein Herzschlag wird schneller, lauter, stärker. So stark, dass die Federn der Matratze in Bewegung geraten müssen. Es schlägt sich durch jede Ebene meines Körpers. »Mathilda. Dir wird es danach besser gehen.« Er schaut an meinem Körper entlang, bis sein Blick von meinen Augen gehalten wird. Blicke, deren Bedeutung ich mich nicht traue, auszusprechen. Das sind die Blicke, von denen gesprochen wird. *Sie sagen mehr als tausend Worte.* In jeder Zelle meines Körpers spüre ich die Bedeutung dieser Aussage. Ich wehre mich nicht, als Kai selbstsicher meine Hände packt und über meinem Kopf ins Kissen drückt.

»Mathilda«, flüstert er. Einen kurzen Augenkontakt schenkt er mir, bevor er sich auf mich stürzt und sich nicht zurückhält. Also halte ich mich auch nicht zurück. Seine Zunge übernimmt jetzt die Hauptrolle, und ich liebe es. Ich schließe meine Augen, um mich ihm voll und ganz hinzugeben und das Feuerwerk zu entfachen, das mein Herz sehen wollte – das mein Kopf sehen wollte. Mir wird wärmer. Ich spüre, dass Kai wärmer wird. Er küsst gut. Er küsst sehr gut. Er küsst so verdammt gut, dass es nicht enden darf. Das Prickeln schießt schneller von meinem Haaransatz bis in die Zehenspitzen, als er seine Finger in meinen verschränken kann. Seine Finger spreizen und verankern meine Hände im Kissen.

Fest – er drückt meine Hände fest zusammen und küsst mich intensiv. Ich will ihm in die Augen schauen. Ich öffne meine Lider und schaue ihm in die Augen. Ich schaue Henri in die Augen – Henri. Ich sitze im Auto, Henri hält meine Hände fest und verschränkt meine Finger in seinen. Ich schaue Kai in die Augen. Ich schließe sie. Ich öffne sie und schaue Kai in die Augen. Er zieht den Kopf ein Stück zurück und schaut in meine feuchten Augen.

»Alles gut?« Ich nicke bloß – will ihn weiter küssen, will Henris, will Kais Lippen auf meinen spüren. Seine Lippen liegen wieder auf meinen. Seine Hände drücken fest. Henris Lippen liegen auf meinen. Henris Hände drücken meine fest ins Kissen. Ich küsse Kai. Kai lässt meine Hände los. Ich atme. Danke. *Fass sie nicht mehr an. Verschränk deine Finger nicht in meinen!* Ich sehe ihn. Ich sehe Kai vor mir. Klar und deutlich. Ich liege mit Kai im Bett. Luft holen. *Hol Luft, Mathilda.* Sekunden dauert es, bis Kai den Lärm meiner Gedanken hört.

»Wollen wir aufhören?«

Ich schüttele den Kopf. »Nein, ich will dich.« Ich will dich nicht. Ich will Kai. Ich will ihn. Ein weiterer Kuss gibt die Antwort. »Ja, ich will aufhören.« Ich kann ihn nicht mehr küssen. Nicht jetzt. Kein weiteres Mal kann ich riskieren, dass ich mich zurück in Henris und meine Nacht versetze.

30

»Ich kann es nicht länger in mich reinfressen.« Seine Anrufe klingeln immer und immer weiter in meinen Ohren. Letzte Nacht habe ich wieder kaum ein Auge zubekommen. »Ich werde heute mit ihm sprechen.« Dass mein Handy mal zu einem digitalen Tagebuch wird, hätte ich früher nicht gedacht – und nicht, dass es mir auf eine Art helfen könnte. Es wird der Tag kommen, an dem ich die Aufnahmen sortieren kann, verstehen werde und die richtige Gleichung aufgedeckt wird.

…

Unwissend, dass ich ihn heute endlich erlösen werde, starrt Henri in sein Mathebuch. Ich nehme meinen Stift und fange an zu kritzeln. Einen Zettel nach dem anderen knäule ich zusammen. Was soll ich schreiben? Die Situation überfordert mich maßlos. Sein Blick ist so leer. Er ist nicht wiederzuerkennen und ich muss mich ständig daran erinnern, dass ich dafür verantwortlich bin. Ich bin auch nicht wiederzuerkennen. *Wir müssen reden.* Ich falte den Zettel und schiebe ihn zu Henri auf den Tisch. Er scheint es nicht zu bemerken. Ich will nichts sagen. Der Zettel ist Überwindung genug. Als er plötzlich aus seinem Tagtraum erwacht, widme ich meinen Blick ruckartig der Matheaufgabe, doch konzentriere mich nur darauf, meinen schnellen Herzschlag zu kontrollieren.

Er schreibt. Das sehe ich aus dem Augenwinkel. Ich meine, Schweißtropfen auf meiner Stirn zu spüren. Er hört auf zu schreiben. Was schreibt er? Er schreibt weiter. Jetzt landet der Zettel auf meinem Heft. Für den ersten Moment verhalte ich mich unauffällig, als würde ich es nicht bemerken, als würde es mich nicht interessieren. Ich möchte nicht, dass mein rasendes Herz mich begleitet, während ich den Zettel öffne, aber ich kann es nicht stoppen, denn ich fühle mich beobachtet von seinen Blicken. Als er schließlich seinen Kopf dreht, öffne ich ihn.

Endlich. 18 Uhr vor deinem Haus? Ich atme aus – pure Erleichterung. Er hat keinen Grund, mir sofort die Chance zu geben, dafür nehme ich ihm seit zu langer Zeit die Chance, mit mir zu reden.

»Telefonterror ist das«, sagte meine Mutter ständig, als sie mitten in der Trennung von meinem Vater war. Das war es die letzten Tage auch. Ich konnte Henri nicht an mich ranlassen. Ich kann es nicht – aber ich muss. Bevor ich rüberschaue und nicke, zeichne ich einen lächelnden Smiley unter seinen Vorschlag und spiele ein letztes Mal stille Post. Nach der Stunde sagt er nichts. Er lächelt mich an. Da steckt diese Erleichterung in seinem Gesicht. Hat er die leiseste Ahnung, was ich weiß – was ich ihm an den Kopf werfen werde?

…

Achtzehn Uhr. Pünktlich stehe ich vor meiner Haustür und hätte erwartet, dass sein grünes Auto das Erste ist, was ich sehe – doch die Straße ist leer. Henri kommt immer pünktlich – heute nicht. Ich muss mir selbst eingestehen, dass dieses Treffen anders werden wird als alle anderen, die mir sonst ein Lächeln auf die Lippen legen. Doch als ich wenige Minuten später den knatternden Sound höre und Henri durch das halb geöffnete Fenster sehe, bildet mein Mund ganz von selbst ein leichtes Lächeln. Doch mit jedem Schritt, den ich auf sein Auto zugehe, verblasst es. Henri schaut bloß vor sich auf die Straße und auch, als ich die Tür öffne und mich auf den Beifahrersitz setze, sehe ich nicht den Henri, der mich sonst in seiner dunkelgrünen Schrottkarre abholt. Seine Miene ist ernst, und gleichzeitig meine ich Sehnsucht in seinen hellen gläsernen Augen zu erkennen. Die Worte, die in diesem Moment seinen Mund verlassen, sind nicht die, die ich erwartet habe.

»Ich habe sie nicht geküsst.« Er weiß, was ich weiß. Dann tritt er aufs Gas und fährt aus meiner Straße, als würde er der Wut, die in mir aufsteigt, entkommen wollen. Bis zu diesem Zeitpunkt hat er mir nicht auch nur einen einzigen Blick geschenkt. Das soll sich jetzt ändern.

»Sie hat mich geküsst«, sagt er mit ernster Stimme, schaut mir tief in die Augen und richtet seinen Blick zurück auf die Straße – doch ich starre ihn weiter an.

Der letzte Funke Hoffnung, dass Kai mit seiner Aussage gelogen hat, erlischt. Er erlischt, obwohl er schon längt aus ist. Der Funke ist weg. Und er erlischt ein weiteres Mal. Bis zu dem Zeitpunkt war mir nicht bewusst, dass vier Worte reichen, um mein Herz in Stücke zu reißen. Carla hat Henri geküsst und er gibt es zu. Die letzten Tage, immer und immer wieder habe ich mir eingeredet, dass es womöglich eine Lüge war. Aber Henri gibt es zu, ohne zu zögern. Als würde er mir vollen Bewusstseins wehtun wollen. So fühlen sich ehrliche Worte an. Konfrontation. Ich wollte hören, dass es nicht passiert ist. Dass Carla und Henri sich nicht nah waren. Dass sie nicht für einen Moment eng umschlungen waren. Dass er ihre Lippen nicht berührt hat. Er hat ihre Lippen berührt, kurz bevor er meine mit diesem Gefühl umspielt hat. Es wird real. Mit dieser Aussage wird sein Handeln real. Henri und Carla haben sich geküsst. Danach hat er mich geküsst. Ich brauche einen Augenblick, um das Geständnis auf mich wirken zu lassen.

»Mathilda, ich wollte mit dir reden. Ich wollte es dir sagen. Die ganze Zeit habe ich versucht, dir zu erzählen, was passiert ist.«

Seine Stimme wird mit jedem ausgesprochenen Wort lauter, und obwohl wir an der roten Ampel stehen, schafft er es nicht, mich anzuschauen.

»Wie konntest du mich danach küssen?«, platzt es aus mir heraus. »Erbärmlich! Du küsst Carla, danach fällst du über mich her.« Ich kann kaum ruhig sitzen, drehe meinen Kopf zum Fenster, schaue ihn wieder an, quetsche meine Hände unter die Beine. »Nach der Party sagst du mir noch, dass ich mich nicht von Kai verarschen lassen soll – dann bist du derjenige, der mich verarscht.« Meine Adern pochen, so stark kocht mein Blut vor Wut, auch wenn ich nicht wütend sein möchte.

»Ich verstehe es selber nicht, Mathilda. Sie hat mich geküsst!«, ächzt er. Die Ampel schaltet auf Grün.

»Sag mir nicht, dass es einen Unterschied macht. Du hast sie schließlich zurückgeküsst.«

Er scheint seine gesamte Anspannung an dem Gaspedal auszulassen, als wir über die Kreuzung brettern. »Nicht so schnell, Henri!«

»Erklär mir doch mal, wieso du mich zurückgeküsst hast. Danach hast du doch auch wieder Kai geküsst, oder nicht?« Jetzt kann ich sie nicht mehr aufhalten. Die erste Träne fließt über meine gerötete Wange. »Weiß er überhaupt, dass du solche Spielchen mit ihm spielst?«, schiebt er hinterher und ruft die Gedanken, die ich seit unserem Kuss verdränge, zurück in meinen Kopf.

»Es ist kein Geheimnis, dass du Carla magst. Es ist okay, ich musste es nur von dir hören«, entgehe ich seinem gerechtfertigten Vorwurf. Es ist nicht okay. Doch es muss okay sein, dass er Carla mag.

Sie fließen. Immer mehr Tränen vereinen sich zu einem Bach aus Verzweiflung, Wut, Erleichterung, und ich traue mich nicht, diese Zusammensetzung an Emotionen zu entschlüsseln. Gleichzeitig bekomme ich Angst, dass Henri gleich einen Unfall baut, wenn er nicht verdammt noch mal langsamer fährt.

»Mathilda, ich muss selbst meine Gefühle ordnen.« Seine Stimme wird ruhiger. »Ich kann dir nicht erklären, wieso sie mich geküsst hat.« *Ich kann es dir erklären*, antworte ich ihm in meinen Gedanken. Die Gleichung ist gelöst. Aber es tut zu sehr weh. Es tut weh, dieses Gespräch zu führen. Es muss mir egal sein. Ich möchte, dass es mir egal ist. Ich handle ungewollt aus Emotionen. Ich spüre diese Emotionen. »Du darfst dich trauen, mir zu glauben.« Jetzt kommt auch sein Fahrstil wieder zur Ruhe. Ich spüre diese Emotionen nicht. Für einen Moment ist es still, und jetzt richtet Henri seinen Blick wieder auf mich, schaut in meine feuchten Augen und zieht unsicher die Augenbrauen zusammen. Unsicher, wie ich reagieren soll, lege ich den Kopf auf die Seite, öffne mein Fenster und schaue nach draußen. Wenn ich auf das nasse Herbstlaub blicke, den kräftigen Wind in meinen Haaren spüre und dieser Kamingeruch durch meine Nase zieht, könnte man meinen, unser Weg führt zu Madame Nektar. Jeden Moment schaltet Henri die kleine Musikbox an, ich starte die Taylor-Swift-Playlist und die Passanten können sich nicht vor unserem schrägen Gesang retten. Aber als wir jetzt an unserem Lieblingscafé vorbeifahren und der Geruch von heißem Kakao mit Sahne durch meine Nase zu ziehen scheint, wird mir die Realität bewusst. In dieser Realität muss mein Kopf ein Urteil fällen. Glaube ich Henri? Traue ich mich, ihm zu glauben?

31

Wie sehr ich mich auf diesen Tag gefreut habe. Heute ist der Tag, an dem die Herbstferien endlich beginnen. Nach unserem Gespräch fiel es mir umso schwerer, Henri zu begegnen, dementsprechend waren die letzten Tage in der Schule kaum auszuhalten. Es ist eine riesige Herausforderung für mich, Carla und ihm aus dem Weg zu gehen, unsere gemeinsamen Mittagspausen und die Toilettengespräche auszulöschen. Als wären sie nie Teil meines Schul-Alltags gewesen. Doch das Geständnis lässt es nicht zu, Henri und Carla dabei zu beobachten, wie sie sich unterhalten. Inzwischen hat es Carla auch probiert. Jeder Versuch, mit ihr ein vernünftiges Gespräch zu führen, scheitert in der Sekunde, in der mein Kopfkino startet. Es ist zu früh, die Konfrontation zu suchen – dafür sitzt der Schmerz zu tief. Nie hätte ich für möglich gehalten, dass Carla Henri attraktiv findet – und umgekehrt. Zwei Menschen, die offensichtlich nicht füreinander gemacht sind, finden plötzlich zusammen und kommen sich so nah, dass sich bei jedem Gedanken daran mein Magen zusammenzieht. Dennoch konnte ich mich mit Carla darauf einigen, dass sie sich um den Vortrag kümmert. Der Pädagogikwettbewerb ist kurz nach den Herbstferien, und da ich mich unter keinen Umständen dazu aufraffen kann, mit ihr weiter an dem Projekt zu arbeiten, gibt es nur diese Lösung.

»Ich kümmere mich darum. Ich trage es alleine vor«, war ihr eigener Vorschlag, für den ich ziemlich dankbar bin. Wenn ich ehrlich bin, hätte ich es allerdings sowieso von ihr gefordert. Ein Glück, dass der Wettbewerb freiwillig ist und Frau Bender kein Recht hat, uns davon abzuhalten, auch wenn sie sehr enttäuscht über meinen

Ausstieg war. Zwei Wochen liegen nun vor mir. Ein Abstand, der vielleicht ein wenig Klarheit bringt. Zumindest wünsche ich mir, dass sich meine Unruhe legt und mein Fokus umgelenkt wird.

…

»Holst du noch das Apfelmus aus dem Kühlschrank?« Ich werfe meine Bettdecke auf das Sofa und richte die Kissen.

»Das schmeckt doch gar nicht dazu.« Empört über meine Vorliebe stellt Vici das Glas auf den Couchtisch.

»Kommst du mit dem Stecker hier ran?« Ich ziehe die Mehrfachsteckdose so weit es geht an den Tisch, damit Vici das Waffeleisen einstöpseln kann.

»Zieh den Tisch noch ein wenig vor, dann passt es.«

Voller Vorfreude trage ich die Schüssel Waffelteig zu unserem Platz. Das ist unser Ding. Mama ist bei der Arbeit und wir verbringen unsere Herbstferien damit, gemütlich auf dem Sofa zu hausen, frische Waffeln zu backen und dabei dem knisternden Holz im Kamin zu lauschen. Darauf freuen wir uns das ganze Jahr. Mindestens einmal innerhalb der zwei Wochen ist das Waffelsofa Pflichtprogramm. »Vorsicht, die Kirschen sind superheiß.« Ich ziehe meine Gabel zurück, bevor ich mir die Zunge verbrenne. Vici macht das nichts. Ihre Vorfreude auf unsere Schwesterntradition siegt. Schnell bindet sie ihre langen, dicken Haare zu einem unordentlichen Dutt und nimmt den ersten Bissen.

»Autsch, das war echt heiß.«

Ich lache. »Nimm doch ein bisschen Apfelmus dazu«, scherze ich.

»Danke, da klingt das Verbrennen meiner Zunge deutlich attraktiver.« Unbeschwert backen wir eine Waffel nach der anderen, bis wir schließlich so vollgefuttert sind, dass wir uns auf dem Rücken wälzen.

»Kannst du das nachher wegräumen?«, frage ich Vici, während ich meinen Bauch massiere, um die Verdauung anzuregen.

»Och nö, ich hab schon die Kirschen erhitzt.« Sie schmunzelt, weil sie meine Antwort erwartet.

»Und ich habe den Teig gemacht«, antwortet sie für mich, bevor ich es kann – und imitiert dabei erschreckend gut meine Stimme.

Ich lache. »Ganz genau. Außerdem bin ich gleich verabredet.«

Vici stützt sich auf.

»Wir sind doch heute verabredet.« Die Traurigkeit in ihrer Stimme ist gespielt. Sie will nur nicht aufräumen.

»Aber es sind Herbstferien. Das heißt, ich muss endlich zu Madame Nektar.«

Vici verschränkt die Arme vor dem Bauch. »Jetzt ersetzt du mich mit Henri, frech.«

Ich stutze. »Wer sagt, dass ich mit Henri hingehe?« Um zu verstecken, wie sehr mich ihre Annahme aus dem Konzept gebracht hat, raffe ich mich auf, nehme die leere Schüssel und laufe Richtung Spüle.

»Mit wem würdest du denn sonst hingehen? Ihr macht das doch jedes Jahr.« Mit wem würde ich sonst hingehen? Mit niemandem natürlich.

»Ich gehe mit Kai hin.« Ich spüre Vicis Empörung, obwohl ich sie nicht anschaue. Als ich mich umdrehe, sehe ich förmlich die Fragezeichen über ihrem Kopf aufploppen.

»Du gehst mit Kai zu Madame Nektar?«, wiederholt sie, um ganz sicher zu sein, dass sie sich nicht verhört hat. Ich nicke und lasse gleichzeitig das erste Mal die Gewissensbisse zu, gebe jedoch alles, um sie sofort wieder zu verdrängen. Dann verschwinde ich im Flur, um mich anzuziehen. Vor ein paar Wochen, als wir in seinem Auto an unserem Stammcafé vorbeigefahren sind, hätte ich nicht ahnen können, dass es dieses Jahr anders ist. Dass Henri und ich dieses

Jahr nicht gemeinsam einen Kakao an dem Ort trinken, der uns erst das richtige Gefühl von Herbst schenkt. Zählt das schon als Betrug?

Hast du Lust auf Kakao?, hat Kai heute Morgen geschrieben, woraufhin ich ihm wenige Minuten später vorschlug, zu Madame Nektar zu gehen. *Ich war noch nie dort, aber können wir gerne machen*, war seine Antwort. Möglich, dass ich den Vorschlag sofort bereut habe. Insbesondere, da Henri und ich unseren ersten Besuch bei Madame Nektar für Kais Party hintenangestellt haben. Ich schlüpfe nur noch in meine Boots, werfe den Hausschlüssel in meine Tasche und grinse, als ich Kai schon an der Straße stehen sehe. Ich darf mich freuen, dass ich ihn an diesen besonderen Ort mitnehme – ihm wird es sicherlich gefallen.

Dankbar, dass wir laufen – mein Bauch braucht einen Verdauungsspaziergang, um sich auf den Kakao vorzubereiten –, gebe ich ihm einen sanften Kuss und hake mich bei ihm ein.

...

»Wir hätten gerne zwei Kakaos. Mit Sahne bitte.« Mit einem breiten Grinsen lehne ich dankend die Getränkekarte ab. Da muss ich nicht reinschauen, um zu wissen, was ich bestelle, damit ich im Herbst ankomme. Der Wunsch, mit dem ersten Schluck das nostalgische Gefühl in meinem Bauch kribbeln zu spüren, ist allgegenwärtig, als die Kellnerin die orangen, bis zum Rand gefüllten Tassen auf den Tisch stellt.

»Die Sahne läuft ja schon über.« Als wäre das ein Problem, nimmt Kai seine Serviette und wischt sie mit einem beinahe genervten Gesichtsausdruck von der Tasse. Gleichzeitig setzen wir zum Schluck an. Ich schließe meine Augen, um meinen Geschmacksnerven die gesamte Aufmerksamkeit zu schenken. Ein großer Schluck wandert durch meinen Mund und ist auf dem Weg, meinem Körper das Gefühl zu geben, worauf er seit einem Jahr wartet. Doch er wartet immer noch. Ich trinke einen zweiten Schluck. Wo ist es? Das Gefühl, das ich jedes Jahr spüre, wenn ich den ersten Schluck genieße?

»Joa, ist okay.« Kai setzt seine Tasse ab und rührt mit dem Löffel unbeeindruckt die Sahne unter. *Ist okay?* »Hab schon bessere getrunken«, lacht er, ohne zu merken, wie mich diese Aussage mitten ins Herz trifft. Als wäre es nicht genug, dass ich noch auf der Suche nach dem Gefühl bin, tritt er noch einmal drauf. Mit seinem Verhalten zerstört er die Nostalgie. Meine Nostalgie. Mit einem Mal fühle ich mich unwohl. Unwohl an dem Ort, der mir jedes Jahr ein Gefühl von Liebe gegeben hat. *Ironisch.* Ich kann unmöglich zulassen, dass ich mich an diesem Ort nicht mehr wohlfühle. Ich nehme einen weiteren Schluck, schließe meine Augen, doch sofort muss ich sie wieder öffnen, weil sich meine Tränen anstauen.

»Ich muss kurz aufs Klo.« Mit Blick zum Boden schiebe ich mich vom Tisch und laufe schnellen Schrittes zur Toilette, bevor Kai sieht, wie emotional ich wegen einer für ihn »einfachen Tasse Kakao« werde. Hier ist alles wie letztes Jahr. Draußen auf den Stühlen liegen die dunkelgrünen Decken, der Eingang ist von Kürbissen jeder Größe geziert, die Kellner tragen ihre Halloween-Schürzen, die Zimtseife steht auf dem Waschbecken und die Sahne läuft über die Tassen. Es ist alles wie letztes Jahr – fast. Ich will mir den Gedanken nicht erlauben, aber ich denke an das, was anders ist. Ich erlaube mir zu denken, wer dieses Jahr anders ist.

…

»Ich habe eine Überraschung.« Mit getrockneten Tränen komme ich zurück von der Toilette, als Kai mir mit dem wedelnden Beleg zeigt, dass er bereits bezahlt hat.

»Oh, danke, das ist lieb.« Ich nehme seine Hand und folge ihm zum Ausgang.

»Die Überraschung ist aber in meinem Auto.« Zum Glück bemerkt er nicht, dass ich vor wenigen Minuten noch ins Taschentuch geschnieft habe.

»Was denn für eine Überraschung?«, flüstere ich verlegen. Ich bin leicht verwundert über die Euphorie, die an seinen großen Schritten schwer zu übersehen ist.

»Es heißt Überraschung, damit du dich überraschen lässt, Mathilda.« Er zwickt mir leicht in die Seite. Ich muss grinsen, doch die Sorge, enttäuscht über eine Überraschung zu sein, steckt noch in mir, das spüre ich. Vorzugaukeln, dass man sich freut, auch wenn es gelogen ist. Ein unglaublich fieses Gefühl. Es scheint, als könnte man sein Gegenüber allein mit dem in Enttäuschung getränkten Blick so sehr verletzen, dass er nie wieder auf die Idee käme, jemanden zu überraschen.

Ich erinnere mich an eine Situation in der Grundschule. Ich habe ja bereits erwähnt, dass wir ein ziemlich gutes Verhältnis zu unserer Klassenlehrerin Frau Kran hatten. Dann war ihr Geburtstag. Ich hatte mitbekommen, dass Henri ihr einen Kuchen backen wollte. Seine Mutter unterstützte ihn dabei, und am nächsten Tag stand er mit den Worten »Ich habe eine Überraschung für Sie« vor Frau Kran. Die freute sich riesig, bis zu dem Moment, als Henri den Kirschkuchen hinter seinem Rücken hervorholte. Er strahlte über beide Ohren, als ihr Strahlen gleichzeitig verflog.

»Henri, ich habe eine Fructoseintoleranz.« Ich war zwar nur Nebenrolle der Szene, aber wenn mich diese Worte schon tief im Bauch trafen, frage ich mich, was Henri in dem Augenblick fühlen musste. Ich hatte das Gefühl, in einem Meer aus Fremdscham zu versinken. Henri tat mir so leid. Die ganze Klasse hat gelacht – alle haben ihn ausgelacht. Es tat so weh, ihn dabei zu beobachten, wie er versuchte, die Sticheleien nicht an sich ranzulassen und mit einem verlegenen Schmunzeln zu überspielen. Er hat sich einer Vorbildsperson geöffnet, ihr mit dem Kuchen gezeigt, wie viel sie ihm bedeutet, sich verletzlich gemacht, um dann nur einen Atemzug später mit dem Wort »Fructoseintoleranz« verletzt zu werden – vor der gesamten Klasse. So banal sich dieser Fehltritt anhört – als Kind trifft es dich. Seit diesem Moment habe ich Angst vor Überraschungen, wie auch in der Sekunde, in der Kai zu seinem Kofferraum greift, als wir in unserer Wohnsiedlung ankommen.

»Bist du bereit?«

Nein, ich bin nicht bereit. »Ja, ich bin bereit.« Dann sehe ich ihn, und jetzt weiß ich, dass ich keine Angst vor Überraschungen haben darf. Das ist eine schöne Überraschung. Ich strahle über beide Ohren, als ich den Drachen dort liegen sehe.

»Den habe ich im Keller gefunden. Mein Vater hat mich damals immer mitgenommen.« Kai greift zu dem gelb-grün gestreiften Flugobjekt. Die Farben sind ausgeblichen. So passt er besonders gut in die Jahreszeit.

»Woher wusstest du, dass ich es lieben werde?« Drachensteigen, jeden Herbst steht es auf meiner Bucketlist, aber die letzten Jahre kam immer etwas dazwischen.

»Manchmal weiß man es einfach.« Den Kofferraum zugeklappt, fahren wir zu einem ruhigen Platz. Auf der großen Wiese angekommen, entknoten wir die Fäden und lassen ihn steigen.

Als ich ihn dort oben durch die Luft streifen sehe, frage ich mich, was der Drache wohl sieht. Er fliegt über mir und kann mich dabei beobachten, wie ich mein Leben gestalte. Er sieht die Zusammenhänge aus der Entfernung, versteht sie und kann sie verknüpfen, weil das große Sichtfeld es zulässt – bis ihm die Bäume einen Strich durch die Rechnung machen.

»Er hängt fest.« Schnell laufe ich Richtung Baumkrone, in der sich die Fäden des Drachens verirren.

»Kriegst du ihn gelöst?«, ruft Kai.

»Ich probiere es, aber ich kann nicht erkennen, wo er sich verheddert hat.« Ich kriege den Knoten nicht entwirrt.

»Kann ich dir helfen?« Mit fragendem Blick guckt er in die Äste.

»Wenn du rückwärts gehst. Aus der Entfernung kann man den bösen Ast vielleicht besser erkennen.« Große Schritte setzt Kai nach hinten, bis er das Problem lösen kann.

»Ich hab's, lass ihn los und rüttle von der anderen Seite.« Endlich schaffen wir es, den Drachen aus der Krone zu befreien.

»Einfacher als gedacht.« Er lehnt ihn an den Baumstamm und streift mir die Haare aus dem Gesicht. »Das war lustig.«

Ich streichle ihm über seine kühle Wange. »Du frierst ja richtig.« Meine Hand halte ich weiter an sein Gesicht, um sie zu wärmen.

»Da hilft nur eins«, flüstert er, bevor er mir einen warmen Kuss auf meine kalten Lippen drückt. »Du frierst ja auch«, spürt er.

»Da hilft wohl wirklich nur eins.« Ich setze den Kuss fort. Wir wärmen uns. Küsse, die für diesen Augenblick warme Klamotten ersetzen können.

»Der Herbst kann starten. Ich freue mich so auf die Zeit mit dir.« Worte, die in meinem Kopf romantisch klingen. Sie klingen wie die Musik im Abspann eines Liebesfilms. »Gemeinsam am Fenster sitzen, den Regentropfen beim Aufprallen zuhören, Halloween feiern.«

Er gibt mir einen Kuss auf die Stirn. »Apropos Halloween. Halt dir den Tag auf jeden Fall frei, ich nehme dich mit zur besten Party der Schule.« Dass es die beste Party der Schule ist, wundert mich nicht, wenn Kai eingeladen ist. Verrückt. Letztes Jahr hätte ich mir gewünscht, überhaupt auf eine Party eingeladen zu werden. Ich liebe es, mich zu verkleiden. Ich liebe es, Leute zu erschrecken. Ich liebe Deko – Halloweendeko. Also ist es keine Überraschung, dass mich die Einladung über beide Ohren strahlen lässt. Nur die kleinen Plastikspinnen versetzen mich jedes Jahr aufs Neue in Schrecken, aber das nehme ich gerne in Kauf.

»Das lasse ich mir nicht zweimal sagen.« Meine Augen funkeln.

»Ich will den Herbst mit dir verbringen, Mathilda. Ich könnte mir keine bessere Person an meiner Seite vorstellen.«

Ich lächle bloß.

32

»Das ist mein Kostüm für heute Abend.« Ich drehe mein Handy zum Spiegel und filme mein Outfit für die Halloweenparty ab. Ein oranges Top zu einem braunen Rock. »Kai und ich gehen im Partnerlook. Er ist der Gärtner und ich bin der Kürbis.« Ich drehe mein Handy erneut, um meinen Make-up-Look zu zeigen. »Vici hat mir eben geholfen, die Farbe aufzutragen. »Der Look ist echt auffällig, aber Halloween ist nur einmal im Jahr. Ich bin gespannt, als was die anderen gehen.« Meine Haare trenne ich noch schnell auf, gehe kurz mit dem Glätteisen über meine Locken und binde mir zwei hohe Zöpfe. Der Vorschlag, im Partnerlook zu gehen, kam von ihm. Die Idee, als Kürbis und Gärtner zu gehen, von mir.

»Dann bin ich aber der Gärtner. Will dich ja schließlich erobern.« Wir lachten und durchforsteten gemeinsam verschiedene Bilder als Inspiration. Jetzt ist es dieser Look geworden. Wir treffen uns auf der Party – die einzige Hürde, die mir noch bevorsteht. Eigentlich ist es sogar keine Hürde mehr, wenn ich ehrlich bin, denn das Selbstbewusstsein, zu Kai zu gehören und das auch nach außen zu zeigen, gedeiht mit jedem Tag.

»Ich komme nach dem Training direkt zu Zoe.« Richtig gehört. Die Party findet bei Zoe statt. Seit dem Vorfall in Kais Garten hat sie sich unauffällig verhalten. Wir sind nicht befreundet, aber wir können nebeneinander existieren – sagen wir es so. Wenn wir uns im Fuchs begegnen, tanzen wir mit anderen im Kreis, aber würden niemals auf die Idee kommen, zu zweit zu tanzen.

»Nein, glaub mir, sie hätte dich sowieso eingeladen.« Kais Worte, als ich Zweifel äußerte, ob er sie gezwungen hat, mich als Begleitung mitnehmen zu dürfen. Jetzt bin ich jedenfalls bereit, ziehe meine Jacke an, steige in die braunen Boots, packe meine orange kleine Tasche und laufe zum Bus. Das Wetter spielt mit. Kein Regen. Das wäre mein Untergang, würde ich dort ankommen und mein Make-up wäre verlaufen.

Ich revidiere. Das Make-up ist auch ohne Regen mein Untergang. Ich schaue in irritierte Gesichter, als ich die Treppen zu Zoes Haustür in Rundbogen-Optik hinauflaufe. Der Eingang ist so unglaublich pompös. Wie in den US-amerikanischen Highschoolfilmen stehen die Leute am verschnörkelten Geländer, kippen sich einen »Red Cup« nach dem anderen in den Nacken und schauen mich irritiert an. Die Frage, ob sie mich anschauen, weil ich etwas im Gesicht hängen habe, oder doch wegen meines Make-ups, beantwortet sich spätestens in der Sekunde, als mich Zoe mit den Worten »Da hat aber jemand tief in den Farbeimer gegriffen« begrüßt. Um sie herum Kichern.

Ich blicke mich um und runzele die Stirn. Das sind doch keine Kostüme. Minikleid und Katzenohren. Ich bin die Einzige, die Kostümschminke im Gesicht hat. Zum Glück kommt Kai gleich und kann mich erlösen. Dann sind wir eben die einzigen, die das Motto ein wenig zu ernst genommen haben. Dennoch Deko überall, wo ich hinschaue. Selbst diese blöden Spinnen hat Zoe verteilt. Orange LEDs erleuchten den großen Flur und ich kann kaum erkennen, wer mir entgegenkommt. Als wäre Zoe mit der ganzen Stadt befreundet, schaue ich immer wieder in unbekannte Gesichter. Na gut – auch wir sind nicht befreundet und ich bin hier. Ich lasse meine Schuhe an und werfe meine Jacke über den riesigen Klamottenhaufen, der sich bereits unter der Treppe gebildet hat – mal sehen, ob ich die später wiederfinde. Bis Kai kommt, schaue ich mich einfach im Haus um. Ich verhalte mich so, als würde mich der Fakt, dass mein Make-up superauffällig ist, nicht interessieren.

Selbstsicher gehe ich in die Küche, nachdem ich das Wohn- und Esszimmer gemustert habe, öffne den Kühlschrank und schenke mir ein Glas Cola ein. Auch hier sieht man Spinnennetze und Hexenhüte in jeder freien Ecke.

Bin gleich da. Na endlich. Die Nachricht von Kai schließt eine weitere Lücke meines Selbstbewusstseins. Ich kann es kaum erwarten, ihn zu begrüßen – vor allen anderen. Mein zweiter Gang über die Treppe zur Haustür soll nicht von irritierten, sondern diesmal staunenden Blicken begleitet werden.

Ich komme raus, antworte ich, leere mein Glas und stelle es in die Spüle. Ein kurzer Blick in den Handspiegel – alles sitzt. Dann treibt mich die Vorfreude durch den Flur – als würde sie mir richtig in den Hintern treten. Er ist da. Ich sehe ihn nicht, aber ich weiß, dass er da ist. Eine Traube bildet sich an der Einfahrt. Kais Kumpels begrüßen ihn, während meine Schritte sich verkleinern, damit ich mich nicht aufdränge. Auch, damit ich die volle Aufmerksamkeit bekomme. Langsam setze ich einen Schritt vor den anderen und zähle die Fliesen unter meinen Füßen. Vier, fünf, sechs. Sieben Fliesen braucht es, damit ich es nicht sehe. Ich sehe sein Kostüm nicht. Es fühlt sich an, als würde jemand Salz in die Wunde streuen, die durch Zoes Begrüßung entstanden ist, als ich nicht das Outfit sehe, das ich erwartet habe. Unsere Blicke treffen aufeinander. Er weiß, was ich denke. Diesmal weiß ich nicht, was er denkt.

»Mathilda«, fängt er an. »Bevor du was sagst …«, fährt er fort. Ich kann nicht glauben, dass er sich nicht an unsere Abmachung gehalten hat. In meinem Kopf macht sich der Gedanke breit, abzuhauen. Einfach weg hier. »Es ist nicht, wie es aussieht, Mathilda. Lass es mich erklären, es war nicht meine Absicht, dich mit unserem Kostüm alleine zu lassen«, holt Kai nun aus.

»Ich musste entscheiden, ob ich pünktlich zur Party komme – ohne Kostüm – oder viel zu spät – im Kostüm. Erst als ich mitten im Training war, ist mir aufgefallen, dass ich meinen Overall zu Hause liegen lassen habe. Der Umweg, vorher noch nach Hause zu fahren, wäre zu groß gewesen. Du weißt, dass das Fitnessstudio genau in der anderen Richtung liegt. Ich wollte dich nicht warten lassen.« Option eins hat er gewählt, um mich nicht warten zu lassen. Ich weiß nicht, was mir lieber ist. »Du siehst super aus. Lass uns jetzt einfach feiern.« Er gibt mir einen kleinen Klaps auf den Po und zieht mich an der Hand über die Treppe durch die große Eingangstür. Sie sind trotzdem da. Die bewundernden Blicke. Ich spüre sie. Ich genieße sie. Mein Ich aus dem letzten Jahr wäre stolz auf mich. Ich bin stolz auf mich, dass ich diesen Look mit Würde tragen werde. Jetzt gehe ich durch die Tür. Ich gehe durch die Tür mit lückenlosem Selbstbewusstsein.

...

»Wenn ich du wäre, würde ich entweder twerken oder seine Füße massieren.« Zoe zeigt auf Jannes. Entschlossen steht Greta auf.

»Niemals würde ich Füße von Typen anfassen, besonders nicht die von Jannes.« Sie ändert den Song auf der Musikbox, beginnt mit ihrer Choreo und wirft ihren Hintern nach oben. Ich wusste nicht, dass sie das so gut kann – verdammt gut. Vielleicht sollte ich noch mal hinterfragen, ob ich auf Jungs stehe, denke ich mir und schmunzle in mich hinein. Nicht nur mir scheint es zu gefallen. Aufgerissene Augen der Jungs bewegen sich im Takt. Selbst Kai muss sich zwingen, nicht auf ihren hüpfenden Po zu schielen – verständlich.

»Das reicht. Nächster.« Die Aufmerksamkeit genießend, quetscht sich Greta zurück auf das Sofa. »Wenn ich du wäre«, beginnt sie und zeigt auf Kai, »würde ich meine Unterhose mit Dennis tauschen oder Stripper für Mathilda spielen.« *Bitte nimm die –*

»Stripper für Mathilda« – *die eins. Verdammt.*

»Schade«, lacht Dennis.

»Das wolltest du doch schon immer«, flüstert mir Kai ins Ohr und zieht mich vom Sofa. Nein, das ist genau das, was *er* schon immer wollte. Zoe holt einen Stuhl aus der Küche und stellt ihn dorthin, wo der Couchtisch normalerweise steht. Mitten zwischen die Sofagarnitur. Alle Augen sind auf uns gerichtet. Wieso werde ich da mit reingezogen, das ist doch Kais Aufgabe? Jetzt höre ich das, was der ganzen Situation die Krone aufsetzt. »I'ma care for you …«

Greta grinst. »Damit Kai es richtig fühlt, brauchen wir den Song.« *Earned It* startet. Gefesselte Blicke. Ich sitze auf dem Stuhl. »You make it look like it's magic …« Auf den ersten Taktschlag steht er vor mir. Breitbeinig steht Kai vor mir und packt meine Schultern – drückt sie an die Lehne. Wie soll ich mich auf seine – anregenden – Körperbewegungen konzentrieren, wenn ich parallel gegen die neugierigen Augen ankommen muss? Ich spüre seine Hand in meinen Haaren. Ich spüre seine Hand an meinem Kinn. Ich sehe nicht seine Augen. Ich sehe die Augen von Zoe. Ich sehe die Augen von Greta. Ich sehe die Augen von Dennis. Und ich denke daran, dass ich als Kürbis hier sitze. Doch umso näher Kai kommt, desto mehr verblassen sie. Die Geräusche, die Blicke, die Sorgen, bei einem intimen Moment beobachtet zu werden, verblassen. Wie in Slowmotion streift Kai sein schwarzes T-Shirt über den Kopf – darauf war ich nicht vorbereitet. Seine Hand packt meine. Langsam lässt er meine Hand über seinen Oberkörper gleiten. Er hält sie fest – muss jeden Finger auf der Haut spüren. Die Berührung, nach der er sich sehnt. Er sehnt sich danach, mich auf ihm zu spüren. Seine Augen sprechen Bände – sie wollen mich ausziehen. Tiefer. Meine Hand gleitet immer tiefer, bis ich realisiere, wo sie gleich ankommt.

»Girl you earned it …«, spricht Kai mit tiefer Stimme mit. Ich sehe wieder in alle Augen außer seine. Für einen Augenblick konnte ich mich hingeben. Jetzt nicht mehr. Das ist zu viel. Meine Aufmerksamkeit liegt wieder auf dem Sofa.

»Den Rest könnt ihr euch fürs Schlafzimmer aufheben«, erlöst mich Zoe. Das erste Mal, dass ich ihr dankbar bin.

»Ich will gar nicht wissen, wie heiß es sonst bei euch hergeht«, neckt uns Dennis.

Ersetz das Wort »heiß« mit »kalt« und sag das noch mal, müsste ich antworten. So nah hat mich Kai noch nie gefühlt. *Ich brauche mehr Zeit.* Inzwischen kennt er meine Ausrede, wenn wir beieinander sind. Heute hat er die Chance genutzt. Heute zählt meine Ausrede nicht. Es war okay. Ich hätte mich wehren können, aber mein Kopf wollte, dass ich mich traue – dass ich die Nähe zulasse.

»Was unter unserer Decke passiert, bleibt bei uns«, antwortet Kai, stellt den Stuhl beiseite und zieht mich nach einem zärtlichen Wangenkuss zurück auf das Sofa.

»Ich habe ja gesagt, dass ich es nicht wissen will«, kontert Dennis und schüttelt lachend den Kopf. »Hätte nicht gedacht, dass aus einem Experiment eine wirkliche Beziehung entstehen kann«, fährt er fort und leert sein Bier mit zwei Schlucken.

Hätte nicht gedacht, dass aus einem Experiment eine wirkliche Beziehung entstehen kann, hallt es ein zweites Mal. *Aus einem Experiment, aus einem Experiment. Experiment, Experiment.* Das Wort, ich wiederhole es stumm. Ich wiederhole es – wiederhole es. Es überschlägt sich in meinem Kopf. *Experiment, einem Experiment, aus einem Experiment.* Es handelt sich um Sekunden, in denen das Wort in tausendfacher Geschwindigkeit durch meinen Kopf jagt, bis es den Ausgang durch meinen Mund findet.

»Experiment?«, stutze ich. »Welches Experiment?«, wiederhole ich, bis mir die Antwort wie Schuppen von den Augen fällt. Das kann nicht sein. Das kann es nicht sein. Keiner sagt etwas. Die Minute zieht sich bis ins Endlose. Die Minute, in der Dennis seine Flasche abstellt, realisiert, dass ich zuvor nie etwas von einem Experiment gehört habe, sich ertappt die Hand vor den Mund schlägt und hilflos den Blick von Kai erwidert. Die Minute, in der Kai seine Augen aufreißt, sich die Hand vor die Stirn legt und Dennis ein bloßes Kopfschütteln als Antwort hinterlässt. Die Minute, in der die Stille zwischen uns eine Lautstärke annimmt, von der ich nicht wusste, dass sie existieren kann. »Das Pädagogikexperiment?« Ich ahne verdammt noch mal nichts Gutes, umso deutlicher Kais körperliche Reaktion auf meine Frage wird. »Bin ich dein Pädagogikexperiment?« Stille. Dass ich überhaupt die Kraft habe, diese Worte über meine Lippen zu bringen. Ich frage Kai, ob ich sein Pädagogikexperiment bin. Wie kann ich da ruhig bleiben – wie kann ich in der Sekunde meinen Mund öffnen, in der die Bedeutung unserer Dates wie ein Luftballon – der gerade aufgeblasen wird und kurz vor seiner Prachtform ist – zerplatzt.

»Nein! Du bist natürlich kein Experiment«, schießt es jetzt aus Kai heraus, während er verlegen sein T-Shirt wieder anzieht.

»Du warst nur eins.« Zoe klopft Kai auf die Schulter und wendet sich vom Sofa ab. Der Rest hinterher. Nur noch wir. Alle sind weg. Bloß Kai sitzt noch hier – mit mir. Wir sitzen uns gegenüber. Stumm werfe ich ihm einen Schrei nach dem anderen an den Kopf. Ich weiß, dass er sie hört. Er spürt sie. Als wolle er sie abwehren, umfasst Kai meine Hände fest, atmet einmal tief durch und wiederholt seine Worte.

»Mathilda. Du bist kein Experiment.« Das ist nicht alles. »Ich kann es dir erklären.« Das ist definitiv nicht alles. »Damals, als wir uns im Fuchs kennengelernt haben«, stottert er.

Das halte ich nicht aus. Loslassen möchte ich seine Hände, doch er spürt es und drückt sie noch fester. »Es war nur eine witzige Idee. Jannes hatte den blöden Vorschlag, herausfinden zu wollen, wie schnell die Psyche von Mädchen beeinflusst werden kann.« Ich schlucke tief. So tief, dass es dauert, bis ich erneut zum Schlucken ausholen kann. »Soll ich weitererzählen?«, fragt er vorsichtig und streichelt mit dem Daumen über meine Hand.

»Blöde Fragen stellen kannst du auf jeden Fall.«

Er schmunzelt – das war nicht meine Absicht. »Wir hatten keine Ahnung, wer du bist. Nach dem Flaschendrehen, wo wir uns das erste Mal geküsst haben – diesen Kuss fand ich im Übrigen richtig toll –, schlug er vor, dich für das Experiment zu nutzen.«

Mich für das Experiment zu nutzen. »Du spinnst.« Ich glaube, mir ist nicht so wirklich bewusst, welche Worte da gerade auf mich einprasseln.

»Mach das Thema jetzt nicht größer, als es ist, Mathilda. Es ging nur um diesen Abend! Wir waren superbetrunken, hatten noch nichts für diesen blöden Wettbewerb erarbeitet und wenn man zu viel gesoffen hat, kommt man eben auf unnötige Ideen.« Es ging nur um den Abend. Der Abend, an dem er mich stehen ließ, obwohl er angeblich nur kurz auf die Toilette musste. Er musste nicht auf die Toilette. Er musste zurück zu Jannes, um ihm seine Versuchsergebnisse mitzuteilen. »Danach hast du geschrieben. Ob du mir glaubst oder nicht, ich war so betrunken, dass ich mich nicht mehr daran erinnern konnte, dass ich dich wegen eines Experiments geküsst hatte. Erst als es Jannes am nächsten Tag wieder einfiel. Du hast mir geschrieben und ich hab mich an den Kuss – die Küsse – erinnert. Nur daran, nicht an den Grund der Küsse.«

Mein Ausdruck ist leer. Mein Körper ist damit überfordert, sich für eine angemessene Reaktion zu entscheiden.

»Der nächste Kuss. Der war ehrlich. Mathilda, du warst mein Experiment, das kann ich nur zugeben, doch der Grund, dich zu küssen, wurde zu einem anderen. Der Grund, dich zu küssen, bist du.« Jetzt durfen die Worte auf mich einprasseln. *Der Grund, dich zu küssen, bist du.* Gleichzeitig klingen Startschüsse und Warnsignale in meinen Ohren. »Sieh es positiv. Ohne dieses Experiment hätten wir uns nicht kennengelernt.« Ich soll es von der anderen Seite betrachten. Aber woher weiß ich, dass es sich nur um diesen Abend handelte? »Ohne Jannes Vorschlag hätte ich mich nicht in dich verliebt.« Man könnte es von der anderen Seite betrachten. Moment – *in dich verliebt.*

Kaum eine Sekunde kann ich über seine letzten Worte nachdenken. Übergangslos werde ich in die nächste Sackgasse gezogen. Die Sackgasse, in der er steht. Henri – er steht im Flur. Ich sehe, wie er seine Jacke auszieht, die Halloweendeko betrachtet und nach einer Hand greift. *In dich verliebt* – hallt es ein weiteres Mal in meinen Ohren. Nach welcher Hand er greift, sehe ich, als er sie hinter sich ins Wohnzimmer zieht. Er zieht sie hinter sich her und lässt dann Carlas Hand wieder fallen. Sie stehen im Raum. Sie stehen in dem Raum, in dem Kai und ich nur wenige Meter entfernt sind. Aber sie sehen uns nicht. Seit den Herbstferien ist es das erste Mal, dass ich die beiden wieder so nah an mir habe. Befremdlich. Tausende Fragen schießen mir durch den Kopf, als ich ihren Schritten folge. Kai wartet auf eine Reaktion. Sind die beiden gemeinsam hier? Wieso ist Henri eingeladen? Wieso ist Henri auf Zoes Halloweenparty? – Er würde doch nicht freiwillig kommen? Haben die beiden ihre Herbstferien miteinander verbracht? Die letzten Tage konnte ich all meine Fragen verdrängen und dachte, ich würde klarkommen – doch das tue ich nicht. Es tut weh, die beiden zu sehen. *Kai hat sich in mich verliebt.* Es ärgert mich fast, dass sie hier sind, schließlich ist es offensichtlich, dass ich hier bin. Mit jedem Atemzug spüre ich die Nervosität höher steigen. Sie steigt mir bis unter die Achseln, und säße Kai nicht neben mir, hätte sie mich bereits geflutet. Er denkt, ich bin unruhig wegen ihm. Auch – nein. Er hat die beiden nicht gesehen, da er mit dem Rücken zu ihnen sitzt. »Alles gut, du musst nicht darauf antworten, wenn du noch mehr Zeit brauchst.« Kai löst seine Hände und greift zu seinem Handy. Nein. Ich brauche nicht mehr Zeit – denke ich. *In dich verliebt.* Der Raum ist prall gefüllt mit betrunkenen Schülern, Plastikspinnen, orangen Ballons und Schweiß. Es ist kein Geheimnis, dass ich zu der Schweißansammlung beitrage. So langsam wäre es an der Zeit, wenigstens für zwei Minuten zu lüften. Auf meiner Stirn sammelt sich mehr und mehr Angstschweiß, umso länger ich hier sitze und nichts passiert. Ich konnte die Herbstferien genießen, indem ich probiert habe, lockerzulassen. Ob ich ihm glaube? Die Frage, ob ich Henri glaube, dass nur Carla für den Kuss verantwortlich war, wollte ich mir in den Ferien nicht stellen. Ich dachte, sie wäre für mich bereits beantwortet.

Es ist Gretas Anwesenheit, die mich aus den Gedanken reißt. Carla und Greta begrüßen sich, während Henri am Tisch steht und anscheinend überlegt, ob er den Tomate-Mozzarella- oder den Käse-Trauben-Spieß nehmen soll. Das sehe ich an seiner schwankenden Hand. Er nimmt Ersteres und bekommt vor lauter Essen nicht mit, wie Carla den Raum verlässt. Jetzt ist er allein. Doch das soll sich schlagartig ändern, als er den Kopf hebt, mich anschaut und sieht, dass ich ihn schon längst beobachte. Durch die Menschenmenge hindurch finden unsere Blicke über Umwege zueinander und kreuzen sich. Es fühlt sich an, als würden wir für einen Augenblick im Körper des anderen stecken und verstehen, was er denkt. Dann wird der Schnittpunkt durchbrochen. Eine Mädchengruppe läuft durch unser Sichtfeld und beginnt exakt zwischen uns mit den Hüften zu kreisen. Ich sehe ihn nicht mehr. Jetzt sehe ich ihn wieder – zusammen mit seiner winkenden Hand. Er winkt mich nach draußen. Zeigt dann auf sein Handy. Kai bekommt von dem heimlichen Austausch nichts mit. Ein Bier weniger hätte es heute mit Sicherheit sein dürfen. Sein Kopf lehnt an meine Schulter, und mit nur noch halb geöffneten Augen klickt er sich durch bereits hochgeladene Bilder der Halloweenparty.

»Bist du noch anwesend?« Vorsichtig drücke ich seinen Kopf von meiner Schulter weg, damit ich aufstehen und den Raum verlassen kann.

Ein Schütteln zieht durch seinen Körper. »Ja, bin wach. Hab ich was verpasst?«, schreckt er hoch.

»Nein, alles gut, ich gehe mal eben auf die Toilette.« Er nickt und verabschiedet mich mit einem Stirnkuss, dann lese ich Henris Nachricht, die mir sagt, wo ich hinkommen soll.

33

Mir ist nicht aufgefallen, dass er Farbe im Gesicht hat. Die schwarzen Streifen sollen sein zerrissenes T-Shirt ergänzen. »Als was gehst du?« Ich hocke mich zu Henri auf den Boden. Angelehnt an die Wand sitzt er im Flur der dritten Etage.

»Zombie oder so was in die Richtung.« Wenn er wüsste, dass wir die einzigen mit Schminke im Gesicht sind, würde er sicherlich schmunzeln. Kann ich mich ohne Bedenken neben ihn setzen? Als hätten wir die letzten Wochen keine Funkstille gehabt, lehne ich mich an die Wand und betrachte ihn.

»Das ist komisch«, murmele ich. Er nickt. »Wann ist schon der richtige Zeitpunkt …«

Jetzt erwidert er meinen Blick. »Wie waren deine Herbstferien?«, fragt er verunsichert, während ich unruhig an meinen Nägeln knibble.

»Sehr schön. War eigentlich jeden Tag mit Kai unterwegs. Haben Kürbisse geschnitzt, Kakao getrunken und Drachen steigen gelassen.« Ich lächle verlegen, weil ich mich frage, ob es das ist, was er hören wollte. Soll ich ihn nach seinen Ferien fragen? Trotz meiner Angst vor der Antwort, überwinde ich mich letztendlich. »Wie waren deine?«

Einen Moment braucht er, bis er antwortet. »Auch sehr schön.« *Er lügt.* »War auch ab und zu Kakao trinken und mit Freunden unterwegs.« *Mit wem genau?* Ich weiß, dass er nicht die Wahrheit erzählt. Er weiß, dass ich es weiß. »Ich mag dein Make-up.« Ich vergesse die ganze Zeit, dass ich als Kürbis dieses Gespräch führe und bedanke mich mit einem beschämten Lächeln. »Und jetzt?«, fragt Henri. *Was und jetzt?* Diese stillen Pausen sind kaum auszuhalten. Innerhalb so kurzer Zeit hat sich unser Verhältnis schlagartig geändert. Vor ein paar Wochen haben wir noch zusammen im Garten Volleyball gespielt, uns Selfies im Hürdensitz geschickt, bei Autofahrten mit seiner grünen Schrottkarre zur Musik gesungen, Videos bei meiner Mutter gedreht, am Kiosk zusammen Kakao getrunken – mir fallen hundert schöne Momente ein, die jetzt schlicht und einfach nicht mehr möglich sind.

»Ich würde es gerne ungeschehen machen.« Ja, ich würde den Kuss gerne ungeschehen machen. Das erste Mal, dass ich seit dieser Zeit so ehrlich zu ihm bin. Ich will, dass all das nicht passiert ist. »Ich will nicht, dass Carla einen Keil zwischen uns getrieben hat.« Wenn Gefühle im Spiel sind, wird es schwer. Sie hat mit ihren Gefühlen unsere Beziehung kaputtgemacht. Das erste Mal, dass ich dieser Tatsache wieder Zugang zu meinem Kopf biete. Verdrängung ist scheiße – es kommt doppelt zurück. Als würde mein Bauch jeden Moment erneut erleben – nur intensiver.

»Ich würde es auch gerne ungeschehen machen«, antwortet er und schaut mir tief in die Augen. »Ich wünschte, ich hätte dich niemals geküsst.« Ja – aber … mich? Wieso mich, nicht Carla? Ich sollte erleichtert über die Antwort sein. Es ist die gleiche wie meine Aussage vor wenigen Sekunden. Dennoch krampft sich mein Magen mit diesen Worten zusammen, so stark, dass es mir schwerfällt, zu reagieren. Wieso will er unseren Kuss ungeschehen machen? *In dich verliebt* – hallt es erneut in meinem Kopf. Was Kai wohl gerade macht?

»Hast du überhaupt mal mit Carla gesprochen?« Henri wendet seinen Blick ab und zupft an seinem Shirt rum. »Nein – da gibt es nichts zu besprechen.« Wenn, dann sollte sie auf mich zukommen – Kindergarten, ich weiß, aber es ist nun mal Fakt, dass sie die Verursacherin ist. »Vielleicht kriegst du mehr raus als ich.«

Ich stutze. »Hmm?«, hake ich nach.

»›Ich musste dich einfach küssen, mehr sag ich dazu nicht.‹ – Das war ihre Antwort, als ich sie nach dem Grund gefragt habe.«

»Weißt du, Henri, da kommt mir ein Zitat in den Kopf.« Er hört zu. »›Der Grund, dich zu küssen, bist du.‹ Es braucht keinen anderen erklärbaren Grund, du alleine reichst.« Als würde ihn die Antwort nerven, legt er seine Hände vors Gesicht und stützt sich auf den Knien ab. »Vorsicht, die Schminke«, lache ich.

Er lässt die Hände im Gesicht. »Aber sie ist nicht der Grund, wieso ich sie geküsst habe. Verstehst du das mal?«, seufzt er.

»Henri, es ist okay. Du musst dich nicht rechtfertigen.« Ich sehe, wie ihm die Röte ins Gesicht steigt. Aus Wut oder Scham – ich weiß es nicht. Langsam lösen sich seine Hände. Er lässt sie neben sich herabsinken. Sitzt aufrecht an der Wand – hebt seinen Kopf. Für einen Moment glaubte ich, ich könnte ihm in die Augen schauen, aber als er jetzt seinen Blick auf mich richtet, verschwindet das Selbstbewusstsein schlagartig.

»Das hat keinen Sinn. Wie kann ich es dir beweisen?« Ich spüre, wie sich seine Hand bewegt. Einen Millimeter nach dem anderen steuert sie auf meine zu. Sekunden, in denen ich entscheiden kann, ob ich es zulasse. »Was willst du mir schon beweisen?« So langsam weiß ich selbst nicht mehr, was ich antworten soll. Zu viele Reize, zu viele Entscheidungen gleichzeitig. Mein Kopf ist überfordert – mein Bauch ist überfordert. Jetzt lasse ich es zu. Henris Hand streift meine. Vorsichtig legt er sie auf meine. Ich kann es nicht zulassen. »Ich muss los.« Ruckartig ziehe ich sie aus seinem Griff.

»Matti.« Er will mich aufhalten, aber ich möchte – darf – nicht.

…

»Ich habe dich lieb.« Kai steht auf der Terrasse. Er hat gerade ein paar Bierflaschen zurück in den Kasten gestellt und war offensichtlich nicht vorbereitet auf meinen Überfall.

»Mathilda.« Ein breites Grinsen macht sich in seinem Gesicht breit. »Was hast du gesagt?« Er will, dass ich es wiederhole.

»Ich habe dich lieb, sehr«, flüstere ich. Auch wenn es noch nicht die einen Worte sind, wird sein Grinsen breiter. Dass ich den Mut habe, ihm mein Empfinden ohne Zweifel ins Gesicht zu sagen, ist alleine meinem Kopf zu danken. *Trau dich, Matti.* Der plötzliche Adrenalinstoß im Flur der dritten Etage hat mich geleitet. Ich darf auch mal mutig sein, und ich meine zu spüren, wie sehr ihn das beeindruckt. Kai lächelt immer noch. »Das ist süß.« Mehr kriegt er nicht raus. Aber seine Körpersprache sagt dafür genug. Auf der Terrasse ist es ruhig, die meisten tanzen drinnen oder stehen vor der Haustür. Unser Moment soll es sein, als Kai meine Hände umschlingt, die Sterne für die magische Atmosphäre sorgen, uns der frische Wind umkreist und Kai mit strahlenden Augen einen Schritt auf mich zumacht. Dann küsst er mich – so, wie er mich noch nie zuvor geküsst hat. »Lass uns nach Hause fahren«, flüstert er.

»Du hast getrunken.« Ich küsse ihn weiter.

»Längst ausgenüchtert, das geht schon klar.« Ich weiß, dass es die falsche Entscheidung ist, aber ich möchte bei ihm sein.

»Bist du dir sicher?« Meine Zweifel brauchen die Bestätigung.

»Schau, ich kann auf einem Bein stehen. Mit Augen zu.« Er löst sich von mir und schafft es tatsächlich. Kein Schwanken.

»Na gut«, stimme ich schließlich zu. Mit einem Tunnelblick steuere ich durch das Haus und nehme meine Jacke, ohne mich zu verabschieden. Die Sorge, Henri noch einmal zu begegnen, lässt mir keine andere Wahl. In Kais Auto schmeiße ich meine Sachen hinter den Sitz.

»Ich schlafe aber zu Hause«, stelle ich klar, als Kai den Motor startet.

»Kein Problem, wir hatten ja schon auf der Tanzfläche unseren Moment.« Ich atme aus. »Auch wenn ich es gerne weitergeführt hätte.« Ich halte meinen Atem an. »Nächstes Mal dann.« Er zwinkert und biegt mit einem frechen Grinsen aus Zoes Straße aus. Ich muss mich auf seinen Fahrstil konzentrieren – nicht ablenken lassen. Wenn meine Mutter – oder Henri – wüsste, dass ich mich in sein Auto setze, obwohl er getrunken hat. Aber ich musste – mein Verstand hat mir klar und deutlich gesagt, dass ich weg muss. Erleichtert, als wir heil vor meiner Haustür ankommen, greife ich nach meinen Sachen. »O nee, das ist nicht meine.« Ich habe etwas anderes in der Hand. Ich schlucke tief, als ich es am Stoff erkenne. Dann greife ich meine Jacke. »Bis dann.« Ich habe den Türgriff schon in der Hand, als Kai mich fest am Nacken packt. »Ich will dich. Mathilda, ich will dich so sehr.« Seine Lippen pressen fest auf meine. Seine Zunge möchte dominieren. Ich will ihn nicht küssen. Das spürt er – und küsst mich umso fester.

»Ich muss los.« Der Schauer von abruptem Unwohlsein gibt mir das Signal, mich von ihm zu lösen.

»Noch einen Kuss.« Er hält mein Kinn fest im Griff. Ein letzter Kuss – ich lasse ihn zu. »Schlaf gut und träum von mir.« Jetzt befreit er mich aus seinem erzwungenen Bann. »Bis dann.« Schnell ziehe ich die Tür auf, winke ein letztes Mal und laufe zur Haustür, als ich meine Tränen schon nicht mehr stoppen kann.

Das Kleidungsstück, das ich versehentlich gegriffen habe – es war sein Kostüm.

34

»Es regnet, morgen ist Schule, Vici und Mama haben sich eben gestritten und ich muss noch das Bad putzen, also eigentlich ist alles scheiße. Ich denke die ganze Zeit an gestern Abend. Rückblickend war einfach alles seltsam. Mit Kai und Henri. Ich habe echt keine Lust mehr.« Neben meinem Bett sammeln sich die Taschentücher. Es gibt Tage, an denen ich nur heulen könnte – an denen der Nervenzusammenbruch schon vor der Zimmertür steht und klopft. Ich weiß nicht, ob ich ihm Zutritt gewähren soll. Jetzt wünsche ich mir eine Freundin, bei der ich mich ausheulen kann. Das Handy kann mir zwar wie eine zuhören, aber gibt keine hilfreichen Tipps. Im Gegenteil steigere ich mich dadurch noch stärker rein. Was wäre wohl gestern passiert, hätte ich meine Hand nicht unter Henris weggezogen? Hätte er mich ein zweites Mal geküsst? Was wäre passiert, wenn er nicht aufgetaucht wäre? Hätte ich mit Kai den Abend verbracht? Hätte ich das Kostüm dann überhaupt gefunden? Hundert Fragen, die meinen Kopf zum Überquellen bringen. *Hast du überhaupt mal mit Carla gesprochen?* Henris Worte haben sich fest in meinem Kopf verankert. Jede Sekunde, in der ich mir vorstelle, mit Carla zu sprechen, legt mir einen weiteren Stein in den Magen. Morgen ist wieder Schule. Es muss ein Ende geben. Soll es den Rest unserer Schulzeit so weitergehen? Dass wir uns ignorieren? Schweigen über unausgesprochene Tatsachen? Und wenn ich mich zwinge? Die Steine in meinem Bauch akzeptiere? Nein. Ja. Wenn ich die Steine endgültig wieder entferne – durch ein Gespräch? Mein Bauch wird schwer. Durch ein Gespräch mit der Freundin, die mir fehlt. Carla fehlt mir – ja, ich muss mir das selbst eingestehen. Mit ihr kann ich über andere Dinge reden. Sie kennt mich. Ich will, dass auch sie mit mir reden kann. Ich habe so Angst vor den Tatsachen, aber ich muss uns beide erlösen. Kann ich den Schmerz ertragen? Ich will nicht, dass dieser Schmerz überhaupt existiert, und ich verstehe nicht, wieso er da ist. So schwer hat sich mein Magen die letzten Wochen nicht angefühlt. Ich habe alles verdrängt in der Hoffnung, dass es besser wird – dass ich es ungeschehen machen kann. Aber das geht nicht – und das verstehe ich mehr und mehr. Mein Bauch will mir signalisieren, dass es an der Zeit ist, die Steine aus dem Weg zu räumen, bevor sie mir den gesamten Zugang zum Ziel versperren. Es wird der Moment kommen, da stolpere ich. Ich stolpere, werde auf dem Boden liegen, weil es zu spät ist. Mit jedem Tag – jedem Stein – wird die Hürde, es anzusprechen, nur größer. Ich laufe jeden Tag denselben Weg. Ich laufe auf meine Ängste zu. Nur wenn ich mich ihnen stelle, kann ich einen Schritt weiterkommen. Doch wenn ich mit jedem neuen Anlauf weitere Steine vom Weg heben muss, wird die Kraft, die ich dafür benötige, mit jedem Tag größer. Ich muss es jetzt wagen. Jetzt muss ich die Steine anpacken. Den Weg freiräumen, bevor es zu spät ist. Ich muss mich diesen Sorgen stellen. Ich muss wissen, was Carla für Henri empfindet.

…

»Carla?« Nach dem zehnten Anlauf schaffe ich es, endlich auf *Senden* zu klicken. So leer habe ich unseren Chat noch nie gesehen. Allein der Fakt, dass ich sehr lange runterscrollen musste, bis ich ihren Namen sehe, erklärt unsere Situation ziemlich gut. *Ich mache dann an der PowerPoint weiter*, war ihre letzte Nachricht. Nachdem wir uns darauf geeinigt hatten, dass sie unser Experiment allein beim Wettbewerb vorstellt, mussten wir noch ein, zwei Dinge besprechen – das war es dann. Seitdem haben wir nicht mehr geschrieben. Schon davor waren unsere Gespräche zäh. Ich war es gewohnt, von ihr tägliche Gossip-Updates zu bekommen, und es war garantiert, dass mindestens ein Screenshot pro Tag in unserem Chat landet. Die skurrilsten und unnötigsten Informationen zugleich. Ob neue Nägel von Greta, das Pizza-Special von der Imbissbude in unserer Stadt, Pärchen-Gerüchte von Lehrern – alles war dabei. Und jetzt – jetzt ist es einsam. Diesen Chat zu sehen, macht mich traurig und wütend zugleich. Wie man eine Freundschaft so aufs Spiel setzen kann, wird mir ein Rätsel bleiben – außer ihre Antwort löst es. Die Sorge, ob sie die Nachricht überhaupt liest, wird mir genommen, als ich in der Leiste sehe, dass sie schreibt. Mit unruhigen Händen starre ich auf das Display.

Ja? – ihre Antwort. In dem Bewusstsein, dass ihre Reaktion die einzig logische ist, stört mich diese Nachricht dennoch. Schließlich sollte sie diejenige sein, die auf mich zukommt – und alles, was von ihr kommt, nachdem ich mich nach langer Überlegung dazu überwinde, die Steine aus dem Weg zu räumen und mich dem Problem zu stellen, ist ein trockenes Ja. Bring es zu Ende, Mathilda. Kurz nach dem Anlauf würde ich jetzt gern wieder umdrehen, aber heute nicht. Nein – heute wage ich es, meinen Ängsten gegenüberzutreten.

Wie geht's dir?, schreibe ich schließlich.

Es dauert keine Minute, bis sie tippt. *Durcheinander.* Ich warte. Zehn Sekunden, bis sie erneut tippt. *Und dir?* Ausatmen. Die Überwindung, ohne Rückfrage ihrerseits eine weitere Frage zu schreiben, wird sonst zu groß.

Durcheinander, schreibe ich ebenfalls zurück. Die einzige ehrliche Aussage. Darauf schickt sie sofort ein beschämt lächelndes Emoji. Das erste Eis ist gebrochen und ich könnte gar nicht erleichterter darüber sein, dass sie reagiert hat.

Wie läuft es mit dem Experiment?, frage ich vorsichtig, bevor ich mit der eigentlichen Tür ins Haus falle.

Gut, hab herausgefunden, wie ich zu dem Ergebnis komme, das am Ende alles erklärt. Die Zuhörer werden den Wandel des Projektes verstehen. Ich versuche, meine Gewissensbisse nicht an mich ranzulassen, aber ich bin sonst nie die Person gewesen, die ihre Aufgaben an andere abdrückt. Ganz im Gegenteil sogar – ich finde es schlimm, wenn andere meine Arbeit machen und ich nutzlos dabei zuschaue. Die Gewissensbisse sollten mich aufessen dürfen, aber ich muss mich zwingen, sie abzustoßen. Unmöglich wäre ein ständiger Austausch gewesen. Da der Wettbewerb schon in knapp einer Woche ist, konnten wir die Arbeit nicht verschieben. Entweder sie oder ich, eine musste es machen, und da lag die Wahl auf der Hand. Carla ist schließlich diejenige, die sich nichts sehnlicher als dieses Stipendium wünscht.

Super, danke. Ich bin gespannt. Von Anfang an hatten wir Probleme, unser Thema zu finden, und die größte Herausforderung – die am Ende entscheidend ist – war die Schlussfolgerung, die wir aus unserem Experiment ziehen. Wenn der Vortrag überzeugt, steigt die Chance auf ein Stipendium. Wie Carla am Ende auf der Bühne präsentiert, wird sich am Samstag zeigen.

Bin schon sehr aufgeregt, das vorzutragen, schreibt sie.

Du schaffst das. Du kannst doch mega vor Publikum reden, beruhige ich sie. Wenn es um Vorträge geht, ist sie die Erste, die sich meldet. Ich mache mir keine Sorgen, dass etwas schiefgeht. Plötzlich merke ich, wie ein Schmunzeln über meine Lippen entweicht, als sie ein GIF schickt. Eine verzweifelte Katze. Sie sieht aus, als hätte ihr Gehirn für einen Augenblick ausgesetzt. Verdammt – ich vergesse, worum es geht. So schön die Vorstellung ist, dass zwischen uns alles normal ist, dass wir überlegen, welchen Film wir als nächstes im Kino anschauen, dass wir uns über die Schule aufregen, dass wir Zoe und Greta analysieren – es bleibt eine Vorstellung. *Carla?*, frage ich ein zweites Mal – jetzt aus einem anderen Grund.

Ich weiß, was du fragen willst, antwortet sie sofort. Ich frage mich, ob sie sich selbst die ganze Zeit mit der Entscheidung gequält hat, mir zu schreiben oder nicht.

Wieso hast du Henri geküsst? Ich stelle die Frage, die womöglich ihre Vorahnung bestätigt. Jetzt ist die Tür dran, mit der ich genau in der Sekunde ins Haus falle. Kein blödes Drumherumgerede. Ich muss es so direkt fragen. Und jetzt atme ich. Ich atme so stark, mein Herz pumpt, das Blut fließt schnell. Ich brauche Sauerstoff. Die Frage, die mich seit Wochen quält, ist nun raus. Es gibt kein Zurück mehr und so langsam merke ich, dass der Sauerstoff ankommt. Es war die richtige Entscheidung – das spüre ich jetzt. So einfach es wirken mag, sich seiner Angst zu stellen, so schwer ist es dann, es tatsächlich zu wagen. Ich habe es gewagt und ich spüre, wie die Steine zu rollen beginnen. Mein Bauch wird von der ständigen Last befreit, die ich seit Wochen mit mir rumtrage. In der Sekunde frage ich mich, wie ich damit so lange leben konnte. Wieso drangsaliert man sich selbst, obwohl man sich so einfach aus eigener Kraft befreien kann? Ironisch, aber dennoch Fakt. Obwohl noch keine Antwort kommt, löst die abfallende Anspannung eine tränenreiche Reaktion bei mir aus. Ich kann sie nicht halten – meine Tränen laufen über mein warmes Gesicht –, ich glühe. Niemals hätte ich damit gerechnet, dass dieser Schritt solch einen gewaltigen Einfluss auf mein Befinden hat. Durch die Frage stelle ich mich selbst unter den Scheinwerfer. Wieso sie Henri geküsst hat, ist eine Frage, die nicht mit einer Antwort aus dem Weg geräumt ist. Sie ist mit Emotionen behaftet, die ich nun mehr ins Rampenlicht rücke. Emotionen, die nur ich kenne. Carla weiß nicht, was zwischen mir und Henri passiert ist. Sie weiß nicht, wie ich über ihn denke. Was mein Bauch seit dem Kuss durchmacht.

Selbst ich bin damit überfordert, aber mit dieser Frage bleibt es nun kein Geheimnis, dass Emotionen im Spiel sind.

Mathilda, ich wollte nie unsere Freundschaft kaputtmachen. Sie redet von Freundschaft unter uns. Sie tippt weiter. Ich wünschte, ich könnte es erklären, aber ich bin noch nicht so weit. Die Anspannung, die gerade erst nachgelassen hat, kommt umso stärker wieder. Ich spüre den ersten – der erste Stein legt sich wieder in meinen Bauch.

Ich wünschte, ich könnte es dir erklären. Ein Satz, der mich erneut aus dem Konzept bringt. Naiv, zu denken, dass sie mir ohne Weiteres eine akzeptable Antwort gibt, aber mindestens hatte ich mir eine Andeutung gewünscht, wieso es einen Kuss gab.

Wieso habt ihr euch geküsst? Ich muss etwas aus diesem Gespräch ziehen. Meine Tränen wollen nicht stoppen. Es tut so weh.

Es kam irgendwie dazu. Es tut so unglaublich weh. *Dreier-Freundschaften sind scheiße*, schreibt Carla noch. Sie redet immer noch von Freundschaften. Sie denkt, meine Emotionen sind nur auf der Freundesebene zu begründen. Ich sollte mich weiter öffnen, aber das kann ich nicht. Selbst ich kann den Zusammenhang meiner Gefühle kaum verstehen. *Ja, das sind sie*, antworte ich.

Keine Ahnung, wie ich das wiedergutmachen kann, Matti. Ich frag mich, wieso es dich so unglaublich trifft.

Ich schlucke. Ich weiß es auch nicht – ich weiß es.

Bei uns läuft nichts mehr.

Das spielt keine Rolle, ihr habt es verheimlicht.

Bin ich erleichtert? Ich muss meine Gedanken sortieren. Mein Kopf fühlt sich an, wie ein verknotetes Wollknäuel, das von einer Katze durch die Gegend geworfen wird. *Nichts mehr* – klingt es ein zweites Mal in meinem Kopf. *Bei uns läuft nichts mehr.* Heißt das, es ist öfter passiert? Haben sie sich öfter geküsst?

Ist er der Typ, über den du in deinem Buch geschrieben hast? Ich drücke auf *Senden* und bereue es sofort. Das ändert alles. Aus Emotionen handeln, ist gefährlich. Automatisch ist sie nun in der Opferrolle. Ich habe heimlich ihr Tagebuch gelesen und bekomme durch das unüberlegte Geständnis die Rolle der Schuldigen zugeteilt. Sie hat die Nachricht gelesen – es ist zu spät, sie zu löschen. Jetzt realisiere ich, was ich da gerade geschrieben habe. Ich habe es verdient. Würde jemand mein Tagebuch lesen … Moment, Kais gesamter Freundeskreis hat eine Tagebuchaufnahme gesehen – ja, ich weiß, wie sich das anfühlt. Das geschieht mir so recht. Dermaßen in die Privatsphäre einzugreifen, ist schwer verzeihbar. Habe ich das wirklich getan? Das Ausmaß wird mir mit jedem Wimpernschlag bewusster, umso öfter ich meine Worte lese. Ich habe gestanden, dass ich ihr Tagebuch gelesen habe. Sie tippt. Ich atme tief. Mein Sauerstoffverbrauch steigt ins Unermessliche, mein gesamter Körper arbeitet, die Organe drehen durch. Sie tippt nicht mehr. Atmen, atmen. Sie tippt.

Ja, ist er. Danach geht sie offline. Henri ist der Typ, über den sie in ihrem Buch geschrieben hat. Sie bleibt offline. Es bleibt ihre einzige Antwort. Die Steine, die ich eben aus dem Weg geräumt habe, kommen alle zurück – doppelt so schnell, doppelt so groß. Zu Beginn dachte ich, dass ich mir mit diesem Schritt einen Gefallen tue – Fehlanzeige. Meine Gewissensbisse – jetzt überrennen sie mich, ich kann sie nicht stoppen. Meine Emotionen steigen durch Carlas Bestätigung in die nächste Achterbahn ein und mein Kopf will sich in Kais Nähe retten. Taschentücher stapeln sich, die Bettdecke ist über meinem Kopf und die Angst vor dem ersten Schultag stärker als je zuvor.

Ich vermisse dich, schreibe ich. Kai antwortet sofort.

Denke nur an dich. Mein Herz pocht.

Morgen fahren wir zusammen zur Schule, oder? Nur so werde ich es aus dem Bett schaffen.

Na, so was von. Ich freue mich. Dazu schickt er einen Kussmund. Mit schwerem Magen schlafe ich ein – ich probiere es zumindest, bis mir einfällt, dass ich das Bad noch putzen muss. Kann der Tag noch schlimmer werden?

35

»Guten Morgen.« Ich gebe Kai einen kleinen Kuss, als er schon an der Bushaltestelle auf mich wartet. »Na, du? Hey, Vici.« Er löst sich und gibt Vici ein High Five. Die Unruhe, die sie ihm gegenüber ausstrahlt, ist weiterhin präsent. Ich habe das Gefühl, seine Ausstrahlung verunsichert sie. Es ist seltsam, meine Schwester so zu sehen. Um die Situation zu lockern, frage ich Kai nach seinem Sonntag, als der Bus gerade einfährt. »Ich war noch so müde von der Party.« Er zeigt auf den Vierer, in dem er immer sitzt. Ich erinnere mich an die Situation vor einigen Wochen, als Kai den Platz für eine ältere Dame frei machte und sich neben uns stellte. Vicis Blicke verraten, dass auch sie daran denkt. Wir setzen uns und Kai erzählt von dem Abendessen mit seiner Familie. »Meine Mum hat gestern Kürbissuppe gemacht, dann haben wir noch bisschen Fernsehen geguckt und dann bin ich schon pennen gegangen.« Meine Beine gleiten zwischen seine. Er legt die Hände auf meine Oberschenkel und wärmt sie. Inzwischen ist es wirklich kalt, da muss ich mich zwingen, nicht direkt meine wärmste Jacke aus dem Schrank zu holen.

»Wir hätten auch eigentlich Kürbissuppe gegessen«, mault Vici neben mir. Ihre runtergezogenen Mundwinkel ergänzen ihre zusammengezogene Stirn. Ich sehe, wie traurig sie darüber ist, dass unser letzter Abend in den Herbstferien so verlaufen ist. Normalerweise haben wir an diesem Tag eine Tradition, die meine Mutter ins Leben gerufen hat. Sie liebt Traditionen. Nur die an Ostern musste leider dran glauben – aber umso mehr haben wir uns auf diesen Abend gefreut. »Wieso habt ihr keine gegessen?«, fragt Kai mit hochgezogener Augenbraue. Der Streit zwischen Vici und Mama und meine Laune waren nicht die beste Vorlage für diese familiäre Tradition. »Zu Hause war komische Stimmung.« Ich seufze. Kai streichelt meine Oberschenkel und schmunzelt mich leicht bemitleidend an, aber fragt nicht nach dem Grund. »Deswegen auch keine Kürbissuche«, ergänzt Vici und verschränkt ihre Arme. Die Tradition besagt, dass meine Mutter zwei Kürbisse für die Suppe aushöhlt, jeweils ein kleines Geschenk für den Schulstart hineinlegt und sie im Haus versteckt. Aus dem Fruchtfleisch kocht sie dann die leckerste Kürbissuppe, auf die wir uns jedes Jahr ganz besonders freuen. Während die Suppe köchelt, gibt sie den Startschuss und wir laufen los. Wer zuerst seinen Kürbis findet, hat gewonnen. Letztes Jahr war ich es. Ich glaube, der Ehrgeiz, dieses Jahr zu gewinnen, hatte Vici besonders gepackt, weshalb sie umso trauriger ist, dass sie sich gestern nicht beweisen konnte. Meine Mutter findet die komischsten Verstecke. In der Waschmaschine, eingerollt in ein Handtuch, habe ich meinen nach knapp zehn Minuten gefunden. Vici suchte noch ewig weiter. Eine halbe Stunde dauerte es, bis sie ihn im Teddy fand. »Das war viel zu schwer, Mama«, begründete sie ihre Niederlage. Auf die Idee, das Innenleben des Teddys für die Suchaktion zu opfern, kann auch nur sie kommen. Trotzdem glücklich über die kleinen Notizblöcke, die meine Mutter zusammen mit einem Hexenhutradiergummi in die Kürbisse gepackt hatte, saßen wir schließlich bei Kaminknistern und Kerzengeruch am Tisch und löffelten unsere Suppe – doch gestern nicht. Gestern sollte es nicht sein, und der Frust darüber ist uns anzusehen.

»Ihr sucht Kürbisse?«, fragt Kai irritiert, als ich ihm die Vorgeschichte erzähle.

»Ja, aber gestern nicht.« Vicis Unterlippe schiebt sich nach vorne.

»Okay, komisch irgendwie.« Er kneift mir in die Knie und schüttelt mit Falten in der Stirn den Kopf.

»Wieso komisch?«, frage ich verunsichert. Auch Vici scheinen seine Worte zu irritieren. Ihre Fingernägel drücken in die Haut. Das macht sie entweder, wenn sie Angst hat oder wenn sie sich unwohl fühlt.

»Wie an Ostern. Bisschen kindisch, noch so'n Kram zu suchen, oder?«, lacht er. Dann gibt er mir einen Kuss und wechselt das Thema. »Weiche Lippen hast du.« Vici hebt den Kopf und gibt mir wortlos zu verstehen, wie sie sich fühlt. Ihr Blick sagt mir eindeutig, dass sie jetzt heulen könnte, wenn sich die Stimmung nicht sofort ändert.

»Ja, Lippenpflege, ganz wichtig. Vici hat mir den geschenkt«, antworte ich und halte den Lippenpflegestift hoch, obwohl ich kurz davor bin, aus der Haut zu fahren.

»Du hast aber eine liebe Schwester.« Jetzt lächelt sie wieder. Meine Abneigung gegenüber dem Gespräch versuche ich die restliche Busfahrt unter den Sitz zu kehren. Die letzten Stationen sagen wir nichts mehr und lenken stattdessen unsere Blicke durch das Fenster auf die nasse Straße. In der Schule angekommen, geht jeder seinen Weg – mit einem großen Kloß im Hals, zumindest Vici und ich.

...

Später nach dem Unterricht, möchte ich gerade durch das Drehkreuz gehen, als ich meinen Namen höre. »Matti«, ruft er mir hinterher. Ich kann mir das Lächeln nicht verkneifen, als ich mich umdrehe und ihn angelaufen kommen sehe. »Pass auf, dass du nicht auf den nassen Blättern ausrutschst.« Er schüttelt den Kopf. »Keine Sorge!« Dann kommt er plötzlich doch ins Schlittern und muss sich am Drehkreuz festhalten. »Henri, du Doofkopf.« Er lacht und stützt sich auf. In diesem Moment scheinen die letzten Wochen vergessen – als wäre all das Vergangene nicht geschehen.

»Wie war das Kürbissuchen?«, fragt er enthusiastisch. Dass ich den misslungenen Abend verdrängt habe, muss er an meinem Blick sehen. »Gab es etwa keins?«

Ich schüttle den Kopf.

»Nicht traurig sein! Lust, bei Madame Nektar einen Kakao trinken zu gehen?«

Keine Sekunde muss ich überlegen, bis ich zustimme. »Nichts lieber als das.« Sind diese Worte gerade wirklich aus meinem Mund gekommen? Manchmal kommen mir meine Kurzschlussreaktionen zuvor. Ich musste entscheiden, bevor mir der letzte Chat mit Carla in den Sinn kommt und meine Antwort anders ausgesehen hätte. Henris Strahlen verrät, dass er genau und nur auf diese Antwort gehofft hat. Der Schnellstart war einfach, aber als wir uns in sein Auto setzen, überkommt mich mit einem Schlag die Unsicherheit. Bis wir einen Parkplatz gefunden haben, reden wir kein Wort. Ab und zu ein paar kurze Blicke, denen wir schnell wieder ausweichen, bevor sie zu intensiv werden.

»Ich hab's vermisst.« Bei Madame Nektar angekommen, zieht Henri beide Stühle unter dem Tisch hervor und reicht mir die Decke von seiner Lehne. »Hier, nimm du die.« So wie letztes Jahr sitzen wir hier. Sogar unseren Lieblingsplatz haben wir bekommen. Durch das kleine Tor, nach links unter dem Efeubogen durch und dann rechts an der Hauswand neben dem Heizstrahler – das ist unser Platz. Für diesen Moment denke ich, wir wären um 365 Tage zurückversetzt. Vor einem Jahr war es genau gleich, alles war gleich, bis auf diesen einen unausgesprochenen Unterschied. Wir beide spüren es, aber keiner sagt es. Mein Bauch spricht dieselbe Sprache wie seiner, doch wir tun bloß so, als wären wir ein Jahr zurück, als wären wir nicht in dem Jahr, als eine Entscheidung alles änderte.

»Euch hab ich ja vermisst.« Die Kellnerin, die seit Jahren bei Madame Nektar arbeitet, kommt um die Ecke und freut sich sichtlich darüber, uns zu sehen. »Aber du warst doch letztens hier, hab ich aus der Ferne gesehen.« Sie zeigt auf mich und zwinkert. »Das war ein Date oder?«, neckt sie. Ein Spruch, den sie sich vielleicht hätte verkneifen können – aber was soll's. Ihr letzter Stand war, dass Henri und ich beste Freunde sind – seit Jahren. Ich schlucke. Sind wir auch heute noch. »Ja, das war ein Date.«

Henri fixiert die Karte – obwohl es keine Frage ist, welches Getränk wir bestellen. »Heute keinen Kakao mit extra viel Sahne?«

Schnell nehme ich der Kellnerin die Sorge. »Doch klar, weiß nicht, was Henri da schaut.« Jetzt hebt er seinen Blick und segnet meine Antwort mit einem Lächeln ab.

Nach kurzer Zeit ist sie zurück. »Und Henri, wie steht's bei dir in der Liebe?« Sie stellt die bis zum Rand gefüllten Tassen auf den Tisch, bleibt stehen und wartet auf eine Antwort. Dass Henri tief im Inneren gehofft hat, dass sie diese unpassende Frage nicht stellen würde, ist nicht zu übersehen. Er nimmt seinen Löffel und rührt in der Sahne. Die Kellnerin bleibt stehen – ziemlich provokant – und lächelt.

»Stell es dir vor wie diesen Kakao.«

Jetzt verzieht sie interessiert den Blick. »Das musst du mir erklären.« *Kann es noch unangenehmer werden?*, frage ich mich, als sie sich auf den Stuhl neben uns setzt.

»Sahne ist was Schönes, man möchte sie genießen, richtig?« Darauf nickt sie. Ich distanziere mich von der Konversation. Möchte aber warten und mit Henri anstoßen – sie macht den Moment kaputt. »Doch dazu braucht es den Kakao, damit es perfekt ist.« Er rührt weiter und fokussiert die Tasse. »Doch der Kakao kann die Sahne durch seine Temperatur steuern.«

Ihre Augen starren auf die Sahne. »Wie meinst du das?« Jetzt frage ich mich auch, was für Vergleiche er gerade zieht.

»Schau, würde der Kakao probieren, die Sahne zu verstehen –

also würde er sie mit seiner Hitze nicht durcheinander-, nicht zum Schmelzen bringen –, müsste die Sahne nicht über den Tassenrand laufen.« Mit einem Finger wischt er die fließende Sahne ab und steckt den Finger in seinen Mund. »Der Kakao riskiert, dass die Sahne überläuft und zerfließt.« Jetzt hebt er seinen Blick und schaut ihr tief in die Augen. »Verstehst du, was ich meine?«

»So halbwegs. Aber was hat das mit meiner Frage zu tun, wie es bei dir in der Liebe aussieht?«, hakt sie verwirrt nach.

»Denk noch mal drüber nach, nur jetzt ist die Sahne die Liebe und der Kakao das Mädchen, das mich verrückt macht.« Liebe ist was Schönes, man möchte sie genießen. Doch perfekt ist sie nur mit dem Mädchen, das dich verrückt macht. Aber das Mädchen steuert dich. Würde sie probieren, die Liebe zu verstehen, müsste diese nicht über den Tassenrand laufen – *Hä?* Das Mädchen riskiert, dass die Liebe überläuft und zerfließt – rekonstruiere ich in meinem Kopf.

Die Kellnerin ebenso, das sehe ich an ihrem Hundeblick. »Du Romantiker, selbst mir wird richtig warm ums Herz, obwohl ich nicht die Auserwählte bin.« Jetzt erhebt sie sich aus ihrem Sitz und verschwindet mit einem Grinsen zurück im Café. »Auch wenn ich nur die Hälfte verstanden habe«, ruft sie noch hinterher.

»Können wir anstoßen?« Kommentarlos strecke ich ihm die Tasse entgegen.

»Wie letztes Jahr.« Er hebt seine Tasse. »Fast«, ergänze ich. Dann lachen wir verlegen und nehmen diesen einen Schluck, den ich das Mal zuvor so vermisst habe. Diesen Schluck, der ein ganz bestimmtes Gefühl von Nostalgie auslöst.

»Ich liebe überlaufende Sahne.« Mit der Zunge verhindert Henri, dass sie auf den Tisch kleckert. Ich ziehe meine Augenbraue hoch. »Warte, nur in diesem Kontext. Nicht auf die Worte von eben bezogen.« Ich löse meine Augenbraue von der Spannung. Wir stoßen ein zweites Mal an und schauen uns dabei tief in die Augen. Es ist schwer, das Funkeln in den Pupillen zu übersehen. Ich spüre, dass er auch meins sieht. Ab und zu haben wir noch einen zweiten Kakao bestellt, aber heute steht das außer Frage.

»Ich möchte noch bleiben. Trinken wir noch einen?«

Das Blubbern in meinem Bauch sagt Nein, aber ich sage: »Ja, ich möchte auch noch bleiben.« Mit vollem Magen sitzen wir später in Henris Auto – er setzt mich zu Hause ab. »Vielleicht kann man der Kellnerin sagen, dass sie den Kakao das nächste Mal nicht ganz so heiß macht.« Ich öffne die Tür, dann verabschieden wir uns. Zweimal einklatschen und zusammenkneifen. *Das habe ich vermisst.*

»Besser wäre es, wenn er es selbst merkt und die Temperatur von allein reguliert.« Henri haut mir leicht gegen die Schulter und schaut mir hinterher, bis ich an meiner Haustür stehe. Mit einem Hupen zieht die dunkelgrüne Schrottkarre an mir vorbei, und jetzt kann ich wirklich Madame Nektar von meiner diesjährigen Bucketlist streichen. Jetzt, wo sich meine Nostalgie wieder aufgerappelt hat.

36

»Ich bin zu Hause«, rufe ich, als ich meine Schuhe im Flur ausziehe. Drei Atemzüge dauert es, bis meine Nase den Duft erkennt, der durch das gesamte Haus zieht. »Mama, du hast nicht wirklich …« Vici kommt die Treppe runter. »Kürbissuppe gemacht?«, beendet sie meinen Satz. Wir strahlen über beide Ohren, als meine Mutter mit einem Kochlöffel in den Flur kommt. »Die Tradition hat sich wohl um einen Tag verschoben.« Sie schmunzelt und drückt uns jeweils einen dicken Schmatzer auf die Wangen.

»Heißt das etwa auch …«, beginnt Vici mit nervöser Stimmlage.

»Ja, ihr dürft jetzt suchen«, bestätigt Mama unsere Vorahnung. Sie hat tatsächlich zwei Kürbisse im Haus versteckt. Vicis Vorfreude ist so groß, wie sie lange nicht mehr auf etwas war – selbst die Nacht vor ihrem Geburtstag kann da nicht mithalten. Die Überraschung ist wirklich gelungen und auch ich merke wieder, wie viel mir diese Tradition bedeutet, als Vici bereits losrennt, um dieses Jahr schneller zu sein. Währenddessen verschwindet meine Mutter zurück in die Küche, um der Suppe den letzten Feinschliff zu verpassen, bevor wir über sie herfallen.

»Matti, ich habe gewonnen!«, höre ich wenige Minuten später vom Dachboden. Ein Wunder, dass Vici sich überhaupt in die oberste Etage traut. Ich nehme sie händeklatschend in Empfang. »Du warst da oben?«, ärgere ich sie. Ich weiß, was für eine große Angst sie dort normalerweise hat. Normalerweise würde sie nämlich niemals freiwillig über die Holzleiter in den dunklen Raum steigen und sich dem Risiko stellen, einer Spinne zu begegnen – selbst Spinnweben sind Grund genug, sich nicht auch nur für eine

Minute dort aufzuhalten. Aber heute ist das anders – heute hat sie ihr gesamtes Adrenalin gebündelt und in Mut umgewandelt.

»Ja, ich war da oben. Ich musste gewinnen. Mama macht es jedes Jahr schwerer, und daher wusste ich, dass er dort sein wird.« Ich schüttele lachend den Kopf und bin einfach froh, Vici glücklich zu sehen. Dass sie heute Morgen so bedrückt war, hat mich den gesamten Tag nicht kaltgelassen. Als ich nach weiteren zehn Minuten auch meinen Kürbis finde – er war im Mülleimer, und ich frage mich, ob Mama ihn bloß versehentlich weggeworfen und dann so getan hat, als wäre dies ihr Versteck –, sitzen wir gemütlich zusammen und fixieren den großen Topf, den unsere Mutter aus der Küche zum Esstisch trägt.

»Danke für die Handschuhe.« Dieses Jahr sind die wärmenden Fäustlinge quasi die Schulutensilien.

»Jetzt, wo es schon so kalt geworden ist, sind die bestimmt nützlich für den Weg zur Schule.« Meine Mutter stellt den Topf auf den Untersetzer und verteilt eine Kelle nach der anderen. Bevor wir essen, poste ich noch ein Bild von meinem gefüllten Teller. »Endlich« und ein Kürbisemoji schreibe ich dazu. Nachdem wir jeweils drei Teller verschlungen haben und sichtlich glücklich über die verspätete Tradition sind, greife ich zu meinem Handy und sehe, dass ich neue Mitteilungen habe.

Kai hat auf das Bild reagiert – Henri hat auf das Bild reagiert. Nach einem großen Schluck Wasser klicke ich zuerst auf Kais Chat. Ein Hasenemoji. Kurz muss ich überlegen, bis mir bewusst wird, dass er auf das Kürbissuchen anspielt. *Wie an Ostern. Bisschen kindisch noch so'n Kram zu suchen*, erinnere ich mich an seine Worte von heute Morgen. Ich verlasse den Chat und klicke auf Henris Nachricht.

Kann ich vorbeikommen? Dazu ein lachendes Emoji, das mich sofort zum Schmunzeln bringt. »Henri ist neidisch auf die Suppe«, werfe ich in den Raum, worauf die Augen meiner Mutter in den Topf wandern.

»Er kann direkt losfahren. Das reicht sonst noch für die nächsten Wochen«, antwortet sie. Soll ich ihn einladen? Kurz zögere ich, bis ich mir auf das »Los, frag ihn« von Vici einen Ruck gebe und ihm antworte, dass wir ihm etwas übrig gelassen haben. Kaum eine halbe Stunde später steht er hungrig vor unserer Haustür. »So schnell sieht man sich wieder«, begrüße ich ihn, als ich ihm die Haustür öffne. Meine Mutter ist sichtlich glücklich, ihn zu sehen, und empfängt ihn mit strahlenden Augen. »Wir haben dich schon vermisst«, schwärmt sie, als sie ihm den Teller füllt.

»Danke Anni, das reicht. Muss ja erst mal kosten, was die so kann«, scherzt Henri und nimmt einen großen Löffel. Die Stimmung ist harmonisch, und gemeinsam beobachten wir, wie er einen Teller nach dem anderen genießt. »Jetzt bin ich voll. Das brauchte ich«, schwärmt er nach dem vierten Teller. Er stapelt das Geschirr und trägt es mit einer Selbstverständlichkeit in die Küche, die öfter hier im Haus vermisst wird. »So gut erzogen, der Junge.« Meine Mutter trägt den Topf hinterher und winkt Vici und mich ebenfalls dazu. »Wir machen das.« Ich nehme ihr den Topf aus der Hand und schicke sie und Vici aus dem Raum.

»Wie war das Kürbissuchen?«, fragt Henri und spült das Geschirr schon einmal grob ab.

Ich schließe die Tür und öffne anschließend die Spülmaschine. »Meiner war zwar im Mülleimer, aber hat trotzdem Spaß gemacht«, lache ich und nehme den ersten Teller entgegen.

»Im Mülleimer? Ich liebe die Ideen von deiner Mutter.« Zusammen räumen wir noch das letzte Geschirr ein und wischen die Arbeitsfläche ab, bevor wir die Treppe ansteuern. »Ich gehe noch kurz ins Bad.« Henri greift zu seiner Tasche.

»Die vergisst du auch wirklich nie, oder?« Meine Vermutung

bestätigt sich, als er seine Zahnbürste herauszieht.

»Kennst mich doch«, antwortet er und verschwindet im Bad. Besonders, wenn Henri weiß, dass es bei mir Essen gibt, kann es sich nur um eine ungewollte Ausnahme handeln, wenn er seine Zahnbürste tatsächlich mal zu Hause vergisst. Ich kenne keine Person, die so einen starken Drang hat, sich nach jedem Essen unmittelbar um seine Mundhygiene zu kümmern. In der Schule müssen Pfefferminzbonbons reichen, denn dort ist es auch ihm einen Tacken zu unangenehm, auf dem Klo seine Zahnbürste rauszuholen. Es gab sogar schon die Situation, dass er bei uns zum Abendessen eingeladen war und – seiner Meinung nach – gezwungenermaßen frühzeitig gehen musste, da wir keine Ersatzzahnbürste für ihn hatten. Die Erinnerung legt mir ein unkontrollierbares Lächeln auf die Lippen – seine Macken machen ihn eben zu dem Henri, der seit Jahren mein Leben begleitet. »Ich komme mit!« Er möchte gerade die Tür schließen, als mein Fuß im letzten Moment verhindern kann, dass er ohne mich anfängt.

»Seit wann das denn?« Er öffnet den Badezimmerschrank und greift zu meiner Zahnpasta.

»Ey! Also erstens, tu nicht so, als würde ich mir nie die Zähne putzen, und zweitens …«, beginne ich und greife nach meiner Bürste. »Zweitens kann es auch mal passieren, dass wir keine Zahnpasta haben, dann stehst du blöd da.« Ich nehme ihm die Tube aus der Hand und quetsche einen dicken Klecks raus.

»Wenn du so verschwenderisch bist, kann das natürlich passieren«, kontert er und beginnt, seine Zähne zu schrubben. Mir fällt es schwer, mich auf das Wesentliche zu konzentrieren, wenn ich meinen Blick vom Becken zu ihm in den Spiegel hebe. Jedes Mal frage ich mich, wieso es so seltsam ist, sich über einen Spiegel in die Augen zu schauen. Der Fakt, dass man nebeneinandersteht, macht es womöglich komisch. Da ist es keine Frage, ob ich mir währenddessen ein Grinsen verkneifen muss, insbesondere, wenn ich auf das Sabber-Zahnpasta-Gemisch schaue, das gerade seelenruhig Henris Mund verlässt. »Wie beim Kakao«, probiere ich, mit vollem Mund von mir zu geben. Dass er den Vergleich zu der Sahne akustisch nicht versteht, lässt sich an seinen zusammengekniffenen Augenbrauen erkennen, bis ich an den aufleuchtenden Augen sehe, wie er dann doch wortlos versteht, welche Situation ich meine. Zusammen Zähneputzen, sich im Spiegel angucken und ins Becken spucken – im Grunde ein normaler Bestandteil der Abendroutine. Es könnte ein normaler Bestandteil sein, wenn ich nicht im nächsten Moment meinen Blick von Henri abwende, mich anschaue und gleichzeitig nicht mich anschaue. Ich schaue Carla an – ich schaue Carla tief in die Augen. Sie ist mein Spiegelbild. Ein Wimpernschlag lässt sie aus meinem Badezimmer verschwinden, doch in diesem Augenblick kriege ich wieder mal die Verdrängung heimgezahlt.

»Die drei Minuten sind noch nicht um«, brabbelt Henri mit vollem Mund, als ich meinen ausspüle. Ich kann das nicht. Ich kann mich nicht mit der Vorstellung auseinandersetzen, dass es bei den beiden vielleicht auch mal so war. Dass sie auch nur ein alltägliches Ritual gemeinsam ausgeführt haben. Ich stelle meine Zahnbürste zurück in den Schrank, reiße die Tür auf und laufe mit großen Schritten durch den Flur. Hinter mir höre ich den fließenden Wasserhahn.

»Das waren noch nicht drei Minuten«, rufe ich, bevor ich mich auf den Hocker an meinen Schminktisch setze, um mein Make-up zu entfernen. Keine Minute später tritt Henri in den Raum und stellt sich hinter mich. Während meine Konzentration auf den in Reinigungswasser getränkten Wattepads liegt, legt er seine Hände auf meine Schultern. »Was schmierst du dir da ins Gesicht?« Ich spüre einen leichten Druck neben meinem Nacken.

»Als ob du noch nie dabei zugeschaut hast, wie ich mich abschminke.« Ich ignoriere den fester werdenden Griff und reibe das erste Pad über meine Wimpern. »Oft sehe ich dich halt noch als kleine Grundschul-Mathilda«, antwortet er und drückt seine Hände abwechselnd leicht und fest in meine Schultern.

»Na super.« Ich schüttele meinen Kopf.

»Ich hab ja nur ›oft‹ und nicht ›immer‹ gesagt.« Jetzt fängt er vorsichtig an, mich richtig zu massieren. »Die pinke Spitzenunterwäsche war Hinweis genug.« Ich atme auf. Bei dem Gedanken, er stellte sich mich in dieser vor, fällt es mir schwer, nicht zusammenzuzucken. Allein die Finger, die einen Druck auf meinen Oberkörper ausüben, lösen mit jeder Wiederholung ein Kribbeln unter meiner Haut aus.

»Eben, ich bin nicht mehr die Grundschul-Matti.« Das erste Wattepad lege ich auf die Seite und tränke mit verstecktem Lächeln das nächste.

»Ich weiß«, flüstert er und löst die Hände von meinen Schultern. Ich reibe das Wattepad über mein anderes Auge, während seine warmen Hände zu meinem Nacken finden. Langsam gleiten sie bis in den Haaransatz – was ich nun erst recht nicht mehr ignorieren kann. Er streicht auf und ab, versenkt seine Finger langsam in meinen Haaren, hält meinen Kopf fest. Ich atme einmal tief aus und fixiere mit Mühe meine Schminkreste. Er löst seinen Griff und wandert zurück zu meinem Nacken. Daumen und Zeigefinger massieren mich mit einem Druck, der mich für einen Moment verschwinden lässt. Ich schließe die Augen – will sie nicht wieder öffnen, dem Schauer den Platz in meinem Körper bieten, den er braucht, um meinen Verstand auszusetzen. Die Berührungen schaffen es. Mein Verstand setzt aus und schickt mich an einen anderen Ort. Wir sind nicht in meinem Zimmer, die vergangenen Geschehnisse existieren nicht. Alles, was jetzt wichtig ist, sind die Sekunden, in denen ich die Gefühle über mich ergehen lasse – bis er einige Sekunden später zurückkommt. Als wäre der Schalter wieder umgelegt, erwacht mein Verstand und zwingt mich, die Augen zu öffnen und in den Spiegel vor mir zu gucken – den Spiegel, der mich nicht erkennt. Ich sehe nicht mich – ich sehe nur Carla. Carla guckt mich an und genießt die Massage. Carla spürt die aufsteigende Hitze, die seine Berührungen entfachen. Ich schaue in Carlas Augen und sehe sie gemeinsam. Ich sehe Carla mit Henri.

»Stopp.« Meine Hände streifen seine weg. »Lass das.« Ruckartig schiebe ich den Hocker nach hinten – meine Augen auf den Boden fixiert. Ich kann ihm nicht in die Augen sehen. *Ja, er ist der Typ, über den ich in meinem Buch geschrieben habe* – Carlas Geständnis hallt immer und immer wieder in meinen Ohren. Henri soll meinen verletzten Blick nicht heilen wollen.

»Mathilda.« Er schafft es, meine Hand zu greifen, bevor ich mich auf mein Bett setzen kann. »Mathilda, bitte lass es zu.«

»Was soll ich zulassen? Lass mich bitte einfach.« Mit Kraft versuche ich mich aus seinem umschlingenden Griff zu lösen – aber vergeblich.

»Du weißt es ganz genau!« Seine Tonlage wird tiefer – ernster. Sein Griff fester – gehaltvoller.

»Ich will es nicht wissen.« Endlich schaffe ich es, mich aus seiner Hand zu befreien und rette mich auf mein Bett. Retten vor der Wahrheit.

»Das ist das Problem. Du willst es nicht.« Ich höre das Blut in seinen Adern förmlich brodeln. »Du willst dir verdammt noch mal nicht die Wahrheit eingestehen!« Seine Stimme wird lauter.

»Dann sag mir doch die scheiß Wahrheit«, schreie ich ihn so laut an, dass ich plötzlich die Sorge habe, meine Mutter könnte aufmerksam werden. »Geh einfach, Henri! Geh bitte und bring mich nicht durcheinander. Ich kann das nicht mehr.« Mit den Armen um eines meiner großen Kissen geschlungen, sitze ich zusammengekauert im Bett und unterdrücke meine Tränen.

»Nicht weinen.« Jetzt beruhigt sich sein ernster Ton. Der sanfte Klang in der Stimme schafft es, mich nicht zum Überlaufen zu bringen.

»Das hat so keinen Sinn.«

Mit langsamen Schritten bewegt Henri sich auf mein Bett zu.

»Nicht …«, wehre ich ab.

»Willst du mit mir über die Wahrheit reden?« Seine Hände streifen die Bettdecke glatt. Dann setzt er sich und will mich aus meinem Klammergriff befreien. »Entspann dich, Matti.« Seine Hände ziehen an meinen, um sie vom Kissen zu lösen.

»Kai kommt gleich.« Er stoppt – ich löse meine Hände von alleine. »Du musst jetzt gehen. Er sollte jeden Moment klingeln.« Entschlossen robbe ich mich Richtung Bettkante. Bevor ich aufstehen kann, probiert Henri ein letztes Mal meine Aufmerksamkeit mit seinem Blick zu halten.

»Matti …«

Ich bleibe – stehe nicht auf. »Henri …«

Wir schauen uns an. Wenige Zentimeter trennen uns. Jetzt entscheiden Sekunden, welchen Ausgang unsere Blicke wählen. Welcher Weg die Lösung – die vorläufige Lösung – ist, soll sich mit dem nächsten Wimpernschlag ergeben.

»Die Wahrheit ist, dass ich in Kai verliebt bin.« Ich löse meine Augen von seinen und stehe auf. Henri bleibt sitzen – atmet tief. »Er ist gleich da.« Mit flatternder Brust greife ich zu meiner Türklinke und winke ihn aus dem Zimmer.

»Tu wenigstens ihm den Gefallen«, sind seine letzten Worte, bevor er – ohne mir einen weiteren Blick zu schenken – durch die Tür verschwindet und etwas hinterlässt, was ich nicht einordnen möchte. Hinterlässt er sie? Die Wahrheit?

37

»Komm morgen einfach mal mit ins Fitnessstudio«, waren seine Worte gestern Abend. Jetzt stehen wir vor dem Eingang und ich frage mich, ob es eine gute Idee war, zuzustimmen. »Dann kannst du ein bisschen abschalten«, überzeugte mich Kai, als er spürte, dass mich etwas aus dem Konzept gebracht hatte. Dass es Henris Worte waren, weiß er nicht, aber die Idee, ihn beim Trainieren zu begleiten, klang für mich gut – sodass ich jetzt vor der Frauenumkleide stehe und es kaum wage, die Tür zu öffnen. Schon an meinen Leggings wird mir anzusehen sein, dass das Fitnessstudio nicht mein zweites Zuhause ist.

»Nimm einfach eine Leggings«, hat Kai mir geraten, als ich bereits gestern Abend überlegt habe, was ich anziehen kann. In dieser Hose fühle ich mich aber definitiv nicht wohl und bereue es in dem Augenblick, als ich nach langem Zögern die Tür öffne und mir die apfelförmigen Hintern ins Auge springen. Ummantelt von Stoff, der aussieht, als wäre er hauchdünn, aber gleichzeitig superfest und formend an der Haut anliegend.

Wieso haben Fitnessstudios diese eigenartige Atmosphäre? Als würde jeder beobachten und sicherstellen wollen, dass du weniger Gewicht stemmen kannst, oder abwarten, wann du vom Laufband fliegst. Grundsätzlich bin ich superneugierig, wenn es um neue Sportarten geht – denkt an das Hürdenlaufen –, aber das hier ist eine ganz andere Nummer und eigentlich hatte ich mir geschworen, wenn überhaupt, dann nur mit einer Freundin gemeinsam die gefürchteten Hallen zu betreten. Heute mache ich eine Ausnahme, ich muss eine für Kai machen.

»Sehr schick«, empfängt er mich, als ich beschämt durch die Tür komme.

»Das musst du nicht sagen.« Wir lachen und laufen zum Freihantelbereich.

»Hier trainiere ich immer, aber heute können wir auch erst mal an die Geräte gehen.« Wenn Typen wirklich Ahnung von etwas haben, macht sie das verdammt attraktiv. Womöglich ist es doch vorteilhaft, dass ich meine ersten Erfahrungen im Fitnessstudio mit jemandem sammle, der sich auskennt. Mit einer Freundin würde bei unseren Versuchen, die Geräte ohne Hilfe zu benutzen, mit Sicherheit nur Blödsinn rauskommen und wir wären schneller wieder draußen, als wir es uns mit den übermütigen Vorsätzen geschworen hatten.

»Hier kannst du unter anderem den Po trainieren.« Er zeigt auf die Beinpresse – so wie ich es mir habe sagen lassen. »Dein Po ist aber auch schon so super«, ergänzt Kai und zeigt mir die anderen Bereiche. Wir landen schließlich bei den Geräten, an denen man anscheinend die Schultern und Arme trainiert. »Bisschen Mukkis in den Armen geht noch, oder?« Mit einem frechen Grinsen kneift er mir in meinen Oberarm und erklärt mir die Ausführung. »Leg das mal weg.« Kai deutet auf das Haargummi, das auf der Sitzfläche liegt. Ich greife danach und bemerke im nächsten Augenblick, dass mir dieses Haargummi – um genauer zu sein, dieses Samthaargummi – bekannt vorkommt. »Das sieht aus wie Carlas«, seufze ich. Daran erinnert zu werden, wie unsere aktuelle Beziehung zueinander ist, schmälert meine Motivation zum Sportmachen sofort.

»Gibt bestimmt viele, die solche tragen, hab Carla hier noch nie gesehen.« Kai nimmt das Haargummi und macht mir die Übung vor, um mich abzulenken. Jetzt wird mir erneut bewusst, wie trainiert er eigentlich ist – seine Arme sind unglaublich definiert. »Wenn du so daran ziehst, geht es auf diesen Muskel.« Neben ihm setze ich mich an das gleiche Gerät und probiere, die Übung korrekt auszuführen. Kais Finger zeigen auf die betroffenen Muskelgruppen, und ich konzentriere mich darauf, dabei wenigstens halbwegs gut auszusehen.

»Probier es mal eher so«, beginnt er und stellt sich hinter mich. Seine Hände berühren meine Schultern und leiten die Bewegungen.

»Geht klar, Chef, ich kriege das hin«, scherze ich, doch genieße gleichzeitig seinen festen Griff. So langsam finde ich Gefallen an den verschiedenen Geräten und das Selbstbewusstsein, mit dem Kai seine Übungen ausführt, macht mich irgendwie stolz.

Von der Seite schielt er mich an und kontrolliert meine Haltung.

»Schau, ich bin jetzt auch Profi«, stichle ich.

»Du machst mir wirklich Konkurrenz, aber ich schwitze mehr.« Das stimmt – bei seinen nassen Haaren könnte man meinen, er sei eben aus der Dusche gekommen. Doch das macht ihn wieder nur noch attraktiver.

»Ich geh mal schnell ins Bad, einmal aufs Klo und bisschen Wasser ins Gesicht klatschen.«

Nervös, dass ich plötzlich allein am Rudergerät sitze, gebe ich ihm mit einem Nicken das Go. Konzentriert auf das Vor- und Zurückrutschen werde ich mit einem Mal aus meiner Konzentration geworfen, als ich sie von Weitem sehe. Mir war eigentlich bewusst, dass auch Greta hier trainieren geht. Ständig sehe ich es auf ihren Bildern, aber mir ist nicht in den Sinn gekommen, sie heute womöglich treffen zu können. Mit pochendem Herzen gebe ich alles, die Übung korrekt auszuführen und mich zu verhalten, als würde ich regelmäßig trainieren gehen. Wobei sie das wahrscheinlich sowieso durchschaut, da sie Dauergast ist und mit Sicherheit weiß, dass ich zum ersten Mal dieses Fitnessstudio betrete. Entschlossen läuft sie auf den Trainingsbereich zu. Wieso ausgerechnet auf den, in dem wir trainieren? Wieso ausgerechnet jetzt, wenn Kai nicht da ist? Sie soll nicht denken, dass ich mich allein hier ausprobiere. Meine Aufmerksamkeit für das Gerät lässt immer mehr nach, umso näher ich sie aus dem Augenwinkel angelaufen kommen sehe.

»Oh, was machst du hier?« In ihrer Stimme klingt eine Form von Ertapptwerden mit, als sich unsere Blicke versehentlich kreuzen. Auch meine Stimme stottert, da ich bewusst vermeiden wollte, ihr in die Augen zu schauen. Jetzt ist es doch passiert. »Bisschen trainieren«, sage ich mit einer Vorahnung, was sie darauf antworten wird.

»Ah, cool, bist du das erste Mal hier?« Diesen freundlichen Unterton hatte ich nicht erwartet.

»Ja, Kai hat mich mitgeschleppt.« Es scheint mir, als würde sie sich tatsächlich dafür interessieren, wieso ich hier bin.

»Wenn du Hilfe bei den Geräten brauchst, sag Bescheid.« Ich lächle sie überrascht an. Steht wirklich Greta vor mir? So kenne ich sie gar nicht und zweimal muss ich schlucken, bis ich mich für ihr Angebot bedanken kann.

»Danke, vielleicht nächstes Mal.«

Als wäre sie absichtlich nur zu mir gekommen, dreht sie um und steuert zurück auf die Umkleiden zu. »Okay, viel Erfolg noch!«

Kai erzähle ich nichts von der fraglichen Begegnung, als er zurückkommt. Ein paar Trainingssätze später entscheiden wir uns, zu gehen. Treffpunkt am Ausgang.

…

»Für dich.« Kai steht bereits draußen und hat offensichtlich ein Geschenk für mich. »Hast du die etwa gerade gepflückt?«, frage ich neugierig, als er mir achselzuckend die rote Blume entgegenstreckt. »Ganz eventuell von dem Teich dort drüben«, gesteht er und vervollständigt sein Geschenk mit einem zärtlichen Kuss. Auch wenn mich das Training besser von dem gestrigen Abend mit Henri abgelenkt hat, als ich zuerst dachte, ist es nun die rote Dahlie, die mich zurück neben das Blumenbeet seiner Mutter versetzt, sodass meine Gedanken es nur schwer schaffen, Henris letzte Worte nicht erneut analysieren zu wollen. *Tu wenigstens ihm den Gefallen.*

»Gehen wir am Wochenende eigentlich zusammen zum Wettbewerb?«, fragt Kai plötzlich und bringt damit direkt das nächste Zahnrad an Verzweiflung in Bewegung. Unmittelbar schießt mir das Szenario von der Halloweenparty in den Kopf. Ist es ironisch, mit ihm dort aufzutauchen, wo ich doch zu Beginn noch sein Experiment war?

Er merkt, dass ich zögere. »Sag nicht, du denkst noch an diesen Kuss im Fuchs.« Um mir die Sorge zu nehmen, hält er meine Hände fest und schaut mir tief in die Augen. »Niemand wird auf der Bühne etwas dazu sagen.« Dann zieht er mich Richtung Auto und schüttelt unbeeindruckt den Kopf.

Da die Anwesenheit für die Pädagogikkurse sowieso Pflicht ist, stimme ich zu. Es steht außer Frage, dass ich weder mit Henri noch mit Carla hingehe. Bevor ich allein dort auftauche, gehe ich besser mit Kai. »Ja, wir gehen zusammen hin.« Nicht nur Kais Freundesgruppe, sondern auch der Gedanke an Carlas Vortrag bereitet mir Angst. Es könnte durchaus passieren, dass sie ihn in unser beider Namen vorträgt. Unwissend darüber, was sie vorstellt, werde ich im Publikum sitzen und ihr schlicht und einfach vertrauen müssen – nicht gerade einfach in der aktuellen Zeit. Die letzten Pädagogikstunden gaben wenig Auskunft über ihren aktuellen Stand, und so neugierig ich auch bin, einen weiteren Anlauf, mit ihr zu reden, konnte ich nicht starten. »Wenn ich zu viel verrate, geht das Experiment nicht auf«, waren ihre Worte auf Rückfragen von Frau Bender. Dass sie jedes Mal damit durchkommt, kann ich nicht verstehen. Wahrscheinlich ist sie die letzte Zeit einfach nicht vorangekommen und redet sich jede Stunde aufs Neue raus. Es stresst mich, dass ich nicht weiß, was sie am Samstag erzählen wird.

»Mach dir keine Gedanken.« Kai startet den Wagen und erzählt vom aktuellen Stand der Jungs. Laut ihm hat sich der Vortrag in eine komplett andere Richtung entwickelt. »Wie Katzen dabei helfen, deinem Leben die Einsamkeit zu entziehen.«

Ich stutze. »Das ist das Experiment?« Ich kann mir das Lachen kaum verkneifen.

»Ja, ziemlich kreativ würde ich sagen.« Auch Kai ist kurz davor, laut loszuprusten. Sein Blick, der von der Straße zu mir wandert, genügt schlussendlich, dass es laut aus uns herausbricht. Unser Lachen synchronisiert sich, was die Situation gleich doppelt so lustig macht.

»Da bin ich ja mal gespannt«, antworte ich euphorisch.

»Wer weiß, vielleicht bringt ja jemand seine Katze mit.« Kai schaltet und biegt in unsere Straße ein.

»Jannes hat doch eine, oder nicht?« Ab und zu taucht sie auf seinen Bildern auf.

»Wenn er diese Killerkatze mitbringt, bleibe ich nicht im Publikum sitzen«, lacht Kai.

»Wieso Killerkatze?« Wir halten vor meinem Haus, aber gerade jetzt möchte ich nicht aussteigen. Ich genieße jeden lustigen Moment mit Kai, in dem ich nicht zweifle, sondern ich selbst sein kann – mit ihm Spaß haben kann.

»Da gibt es so einige Geschichten«, beginnt er, als er den Motor erneut startet und zu seiner Einfahrt fährt. Er hat es verstanden. Er hat gespürt, dass ich noch zu ihm mitkommen möchte. »Mal sehen, welche Horrorstorys du so auf Lager hast.«

Wir steigen aus, nehmen unsere Taschen und werden im Flur von seiner Mutter in Empfang genommen. »Aha, die Sportler! Da habt ihr bestimmt Hunger, oder nicht?« Ich freue mich jedes Mal, sie zu sehen, da sie mir das Gefühl gibt, willkommen zu sein.

»Ja, ein wenig«, antworte ich, als Kai mir schon ins Wort fällt.

»Nein, wir essen nicht mit dir, falls das deine nächste Frage beantwortet«, sagt er. Ich schlucke, als ich die Enttäuschung in ihrem Gesicht wahrnehme. Mit gesenktem Kopf verschwindet Kais Mutter in der Küche. Der Duft von brutzelndem Käse zieht in meine Nase, als mich Kai über die Treppe mit in sein Zimmer zieht. »Nervt die mich.« Kopfschüttelnd schmeißt er seine Sporttasche in die Ecke und zieht sein T-Shirt aus. In der Küche höre ich klimperndes Geschirr – wahrscheinlich das, das sie für uns auf den Tisch gelegt hat. Kai verhält sich doch sonst nicht so gegenüber seiner Mutter – oder habe ich es bloß nie mitbekommen? »Kommst du mit?«, reißt er mich aus meinen Gedanken.

»Hmm?«

Seine rechte Hand greift zu seinen Hosenbändeln. »Duschen.« Langsam streift er sie über seine Beine.

»Nee, alles gut«, wehre ich ab, als er die Hose mit seinem rechten Fuß auffängt und durch den Raum schleudert.

»Du willst doch nicht so bleiben, oder? Wir haben Sport gemacht.« Er packt meine Hand und zieht mich hinter sich her. Sein Zimmer ist riesengroß und er hat das Glück, ein eigenes Badezimmer zu haben, auf das er jetzt mit großen Schritten zusteuert. Wieder wird mir bewusst, wie ordentlich er lebt. Die Kleiderstange nach Farben sortiert – wobei der Großteil seiner Hoodies von Schwarz, Grau und Weiß geprägt ist. Auf der Glasplatte auf seiner Kommode kann ich kein einziges Staubkorn entdecken und die Bettwäsche ist frisch aufgeschüttelt. Nur das T-Shirt und die Shorts, die nun zerknüllt in der Ecke liegen, passen nicht ins Bild. Wird sie ihm es hinterherräumen? Ist seine Mutter für die Ordnung in seinem Zimmer verantwortlich? Kommandiert Kai seine Mutter herum? Eine bloße Vermutung, aber vom aktuellen Gefühl kann ich mir genau das vorstellen.

»Auf geht's.« Bestimmt macht er die Tür zu und schließt ab. Seine Augen verlassen meine dabei keine Sekunde.

»Ich dusche einfach später zu Hause«, probiere ich mich ein weiteres Mal zu drücken. Die Angst, sich ersten Erfahrungen zu stellen, macht sich in meinem Körper breit, aber ich frage mich, ob vielleicht genau jetzt der Moment ist, in dem ich mich dieser Angst stellen muss. Mich bei einem Jungen fallen zu lassen, so, wie ich es nie zuvor getan habe. Jedes Mal eine Ausrede zu finden, wird nicht die langfristige Antwort sein. Es wird der Augenblick kommen, in dem ich es zulasse. Ist das der Augenblick? Ich stehe mit dem Rücken zur Tür und fixiere das Tattoo unter seiner Brust.

Kais Augen sind weiter auf meine gerichtet. »Hier duschen ist schöner, vertrau mir.«

Soll ich ihm vertrauen – kann ich mich jetzt fallen lassen? Mein Kopf rattert, als er einen Schritt auf mich zumacht.

»Vertraust du mir?«, wiederholt er, bevor er seine Hände an den unteren Saum meins Tops legt. In meinem Kopf gehe ich alle Szenarien durch und lasse ihn entscheiden. Mein Kopf entscheidet.

»Ich vertraue dir.« Jede kleinste Berührung lässt mein Herz lauter pochen.

»Ich hab so lange auf den Moment gewartet.« Langsam zieht er mein Top Zentimeter für Zentimeter ein Stück weiter nach oben. Ich weiß, dass er lange gewartet hat. Ich weiß, dass er mit mir schlafen möchte. Er weiß, dass ich Zeit brauche. »Mathilda, du vertraust mir«, flüstert er, als er vorsichtig unter mein Top greift und es über meinen Kopf streift. In jeder Vene meines Körpers spüre ich die Anspannung. Ein Hagel aus Fragen und Sorgen lähmt meine Fähigkeit, zu denken. Zu überlegen, was richtig ist. Gibt es ein Richtig in dem Zusammenhang? Wer ist richtig? Ist Kai richtig? Gibt es die eine richtige Person? Immer noch – seine Augen sind auf meine fixiert. Doch jetzt schließt er sie und löst für einen

Moment den Knoten in meinem Kopf. Er küsst mich und lässt mich dabei alles vergessen. Ich möchte mich hier und jetzt fallen lassen – ihm nah sein. Er löst sich und tritt einen Schritt zurück. Jetzt betrachtete er mich von oben bis unten. Ich stehe in BH und Sportleggings vor ihm und schon prasseln sie wieder auf mich ein. Ich fange all die Fragen wieder auf, sammle sie und gebe ihnen das Recht, mich zu schützen. »Ziehst du dich auch aus?«, fragt er mit provokanter Stimmlage, während er an sich hinunterblickt. »Ich bin schon weiter als du, das ist nicht fair.« Mit zitternden Händen greife ich zu meinem Hosenbund. In meinem Kopf sammelt sich der Mut, diesen Schritt zu wagen. Ihm fällt es schwer, mir weiter in die Augen zu schauen, während ich die Hose über meine Beine streife. »Du brauchst keine Angst haben.« Jetzt stehe ich vor ihm – so entblößt, wie ich es nie zuvor vor einem Jungen war. Schwarzer BH und pinke Spitzenunterhose – noch nicht mal die Farben stimmen überein. Und jetzt? Jetzt stehe ich hier, immer noch mit dem Rücken zur Wand. Kai steht vor mir, mit dem Rücken zur Dusche.

»Ich lasse schon mal das Wasser laufen und aufwärmen.« Dann dreht er sich und stellt die Wassertemperatur ein. Wie angewachsen bleibe ich an der Tür stehen. »Kommst du?«, fordert Kai mich auf, während er zum Bund seiner Unterhose greift und sie schließlich auszieht. »Das Wasser ist warm.«

Mathilda, du kannst das. Du kannst auf deinen Kopf hören und die Fragen mit Ja beantworten. Ja, du kannst ihm vertrauen, du kannst dich fallen lassen. Ja, Kai ist richtig. Immer lauter pocht mein Herz, umso mehr ich mich mit dem Gedanken anfreunde, gleich zu ihm unter die Dusche zu steigen. Da steht Kai. Ich wage einen Blick über seinen nassen Körper. Es braucht nicht mehr viel, um auch dort zu stehen.

»Kommst du? Oder brauchst du Hilfe beim Ausziehen?« Ich muss mich weiter ausziehen, um mit ihm duschen zu können. Ich muss mich vor ihm entblößen, um dann zu ihm unter das Wasser zu steigen. Die Scheibe beschlägt mit jeder Sekunde, die ich überlege, ein bisschen mehr. Der Raum heizt sich auf, ich rieche das sinnlich markante Duschgel, sehe verschwommen, wie Kai sich damit einreibt. Gleich sehe ich durch den Beschlag nichts mehr von ihm. Ich überlege zu lange.

»Ich warte auf dich«, hallt es durch den Raum. »Mathilda, ich warte«, ruft er ein zweites Mal. Es fühlt sich an wie eine Zeitlupenaufnahme, als ich einen Schritt vor den anderen setze. Der Gedanke, mich ungeschützt vor ihm auszuziehen, legt mir ein flaues Gefühl in den Magen, das mir verbietet, dies zu tun. Ich bleibe so. Mit Unterwäsche wage ich den Schritt zu ihm in die Dusche und sehe an seinen zusammengezogenen Augenbrauen die Enttäuschung – beinahe genervt schaut er.

»Wieso verhältst du dich so?«, fragt er und berührt vorsichtig meinen Körper. Ich sage nichts und konzentriere mich auf seine Hände, die meine Arme mit Duschgel einreiben. »Ist doch alles cool, oder nicht?«

Schüchtern ziehe ich die Achseln hoch und fixiere mit meinen Augen die Armatur. Fühlt es sich so an, wenn man sich fallen lässt? Wenn man sich bewusst fallen lässt, weil man es möchte?

»An ein paar Stellen komme ich nicht dran.« Kai stoppt an meinem BH-Bügel. »Schau mich an, während ich ihn öffne, Mathilda.« Seine Hand hebt mein Kinn – lässt es nicht los. Die andere Hand wandert zu meinem Rücken – zum Verschluss. Seine Augen gleichen einem offenen Buch. Jedes Blinzeln entlarvt seine Fantasie ein wenig mehr. Halten möchte ich mich an Kais Augen, um den Augenblick entschlossen zulassen und genießen zu können. Meinem Bauch will ich erlauben, es zu genießen, aber er dreht sich – ich kann nicht hinschauen und es fühlen.

Kais schneller werdender Atem signalisiert die Sehnsucht nach meiner Nähe, die ihm in der Sekunde genehmigt wird, als er mit Daumen und Zeigefinger die Haken meines BHs öffnet. Vorsichtig streift er die Träger über meine Schultern und lässt den BH über meine Arme zum Boden gleiten. In jeder Zelle spüre ich das Pochen meines Herzschlages. Starr und machtlos stehe ich vor ihm. Seine Augen lösen sich von meinen und wandern ein Stück tiefer. Ist es das Gefühl, das ich spüren sollte, wenn ich mich fallen lasse? Wenn ich mich dazu entscheide, der Person, die mir alles bedeutet, meine Liebe durch meine Verletzlichkeit zu zeigen?

Sanft streift er mit seinen Fingern über meinen Bauch bis unter die Brust. Eine Berührung, die mich unvorbereitet nach Luft schnappen lässt. Sofort lässt er seine Finger zurück über meine Taille zur Hüfte streifen. Mit kontrolliertem Atem probiere ich, meinen Herzschlag zurück in den Takt zu bringen, meine Gänsehaut – die trotz warmen Wassers meinen gesamten Körper überzieht – loszuwerden und meine orientierungslosen Blicke zurück auf einen Pfad zu bringen. Seine Hände haben meine Hüfte fest im Griff. Ich spüre, wie seine Finger sich langsam auf den Weg unter die Seiten meines Slips machen. Einatmen – ausatmen. Einatmen – das Ausatmen wird mir verwehrt, als Kai mich erneut küsst und seinen Oberkörper fest an meinen presst. Jetzt spüre ich ihn so nah, wie ich es nie zuvor je mit einer anderen Person gefühlt habe. Fühlt es sich gut an? Soll es sich so anfühlen, wenn ich das erste Mal zulasse, jemandem meine zuvor unberührte Nähe zu schenken? Seine Zunge löst sich von meiner – ausatmen. In seinem Blick steckt die Erwartung, dass meinerseits die nächste Handlung in die Wege geleitet wird. Was erwartet er von mir? Ich weiß nicht, was ich hier tue. Ich kann nicht.

»Was ist eigentlich mit der Katze?« Worte, die plötzlich meinen Mund verlassen. Einen unpassenderen Moment für diese Frage gibt es wohl nicht, aber die einzige Frage, die mich schnell aus der Situation retten kann.

»Welche Katze?«, stutzt Kai, bevor er beginnt, meinen Hals zu küssen.

»Die von Jannes, wegen dem Wettbewerb.«

Schlagartig stoppt er. Er löst seine Lippen, zieht seine Finger von meinem Slip und guckt mich derartig verärgert an, wie ich ihn noch nie gesehen habe. »Das ist jetzt nicht dein Ernst, oder?« Augenrollend steigt er aus der Dusche. »Machst du das Wasser aus, wenn du fertig bist?« Er holt ein Handtuch aus dem Schrank und rubbelt sich die Haare trocken, während ich beschämt meine Brüste verdecke und mit dem Ellenbogen die Duscharmatur zudrücke. »Hast du ein Handtuch für mich?« Ich traue mich kaum, zu fragen.

»Im Schrank«, schnaubt er und hebt seine Unterhose auf. Die Sekunden, in denen ich vor Scham am liebsten im Erdboden versinken möchte, häufen sich zu Minuten. Ich sage nichts – ich denke nichts. Ich muss allein sein. Hier kann ich nicht unbeeinflusst denken. »Danke.« Meine Hände greifen ein Handtuch aus dem Schrank und werfen es unmittelbar um mich. Jetzt fühle ich mich sicherer – geschützter vor genau diesen Verletzungen.

»Ich creme mich noch kurz ein.« In Boxershorts steht Kai vorm Badezimmerspiegel und tropft sich Bodylotion über seinen Oberkörper. Eingewickelt fische ich noch schnell meinen BH aus dem abfließenden Wasser und verlasse das Bad – die Klamotten unter den Arm geklemmt. Augen zukneifen und mit nasser Unterwäsche in Leggings und Top schlüpfen.

»Wir sehen uns spätestens Samstag«, ruft Kai aus dem Badezimmer, als ich gerade zu meiner Tasche greife. Ich hatte sie auf den Schreibtischstuhl gelegt. Sie liegt nicht mehr allein da. »Ja, wir schreiben.« Ich nehme meine Tasche und verlasse sein Zimmer. Über der Stuhlkante lagen sein T-Shirt und die Shorts – gefaltet.

38

»Wenn ich daran denke, dass ich gleich zum Bus muss, könnte ich ehrlich gesagt kotzen. Heute ist Samstag! Wieso wird der Wettbewerb nicht auf einen Schultag gelegt – Freitag oder so –, wenn sowieso bald Wochenende ist? Zumindest einen freien Tag könnten wir im Gegensatz dafür bekommen.« Die Wut, die ich gerade an meinem Handy auslasse, sollte eher an das Lehrerzimmer gehen. Immerhin zeigt die Uhr eine deutlich angenehmere Uhrzeit als unter der Woche. Um 16 Uhr startet der Wettbewerb. Nach der letzten Stunde mussten wir gestern schon die Stühle aus den Klassenzimmern in die Aula tragen. Auf der Bühne wurden von der Technik-AG die Mikrofone angeschlossen und getestet, der Beamer ausgerichtet und die Lautstärke der Boxen angepasst. *Wenn wirklich so viele Leute kommen, wie Stühle hier inzwischen aufgereiht sind, dann bin ich doch sehr erleichtert, dass ich nicht vor den neugierigen Augen stehen und einen Vortrag halten muss* –, dachte ich mir, als ich gestern die grob geschätzten zweihundert Sitzmöglichkeiten sah. Carlas Entscheidung, den Vortrag allein zu halten, muss wohl gut überlegt gewesen sein – das hoffe ich zumindest für sie.

Ich hole dich dann gleich ab, erscheint plötzlich auf meinem Sperrbildschirm. Die Frage, ob Kai und ich tatsächlich gemeinsam hinfahren, ist in diesem Augenblick beantwortet.

Bin um zwanzig vor draußen, okay? Wenn es offiziell um vier Uhr beginnt, dann wird wohl inoffiziell der Einlass erst um vier starten – alles andere würde mich bei einer Schulveranstaltung wundern.

»Ja, freue mich auf dich«, antwortet Kai mit einem roten Herzen.

Die ersten drei Plätze des Wettbewerbs bekommen ein

Stipendium. Über das ausrichtende Programm haben die Gewinner die Möglichkeit, an diversen Partnerunis in Europa, aber auch innerhalb der USA Pädagogik zu studieren. Ich muss zugeben, dass dieser Preis einen enormen Wert hat, doch mir ist noch mal bewusst geworden, wie sehr ein Sieg mein Leben verändern würde. Will ich jetzt schon festlegen, wie meine berufliche Zukunft aussehen soll? Ich bezweifle das mehr und mehr. Wahrscheinlich sollte es einfach so kommen, dass ich heute nicht gemeinsam mit Carla auf der Bühne stehe. Die Möglichkeit, das Stipendium abzulehnen, besteht natürlich. Aber wenn man ehrlich ist, würde man sich solch eine Chance nicht entgehen lassen. Da habe ich lieber überhaupt nicht die Wahl. Ein Overthinker zu sein, kommt mir bei solchen wichtigen Entscheidungen nämlich absolut nicht entgegen, und so habe ich mir mit der Entscheidung, nicht vorzutragen, vorbeugend den Stress erspart.

Daher hält sich meine Aufregung vor dem Nachmittag in Grenzen, als Kai schließlich schreibt, dass er vor meiner Tür steht. »Bis heute Abend!«, rufe ich durch das Haus. Eltern und Geschwister sind zwar erwünscht, aber Mama und Vici kommen heute wegen der Arbeit und fehlender Motivation nicht mit. Eine Menge Aufgaben haben sich über die Woche bei meiner Mutter im Reisebüro angesammelt, sodass sie jede freie Minute nutzen muss, um die Komplikationen wieder geradezubiegen. Nichts Schlimmes, aber dennoch zusätzlicher Stress, bei dem eine Schulveranstaltung nicht besonders gut reinpasst. Obwohl Vici auf der gleichen Schule ist, bleibt sie lieber zu Hause und beendet das Puzzle, an dem sie seit Wochen sitzt. 1000 Teile sind zwar eine wirkliche Herausforderung, aber eine attraktivere Beschäftigung, als sich drei Stunden lang Theorien von Oberstufenschülern anzuhören.

»Keiner meiner Freunde geht hin, bitte lass mich zu Hause bleiben«, hat sie mich angefleht, als ich sie gestern bat, mitzukommen. Nach dem Reinfall in Kais Badezimmer war ich mir nicht sicher, ob er überhaupt noch mit mir zum Wettbewerb will. Aber jetzt, da er tatsächlich mit mir hinfährt, ist es sogar besser, dass die beiden zu Hause bleiben. Sie würden die angespannte Stimmung in der Aula sofort bemerken und sich womöglich auch fragen, wieso Henri und ich uns ignorieren, obwohl er vor ein paar Tagen doch noch zum Suppeessen da war. Die Schnürsenkel stopfe ich in die Seiten, ziehe das erste Mal in diesem Jahr meinen gefütterten Parka an und werfe mir einen dicken, cremefarbenen Schal um. Eine Sache, die mir doch daran gefällt, am Wochenende in die Schule zu gehen, ist diese andere Stimmung, die man verspürt. An so einem Tag habe ich besonders das Bedürfnis, mich hübsch zu machen, und nehme ebenfalls meine Mitschüler anders wahr, als ich es im normalen Schulalltag tue, also trage ich auch noch eine Schicht Lipgloss auf. Das mache ich nie, aber heute, wenn ich neben Kai sitze, möchte ich besonders auffallen.

»Na, du?« Kai wartet vor seinem Auto und begrüßt mich mit einem zärtlichen Kuss. Dann geht er zur Beifahrertür und öffnet sie wie ein Chauffeur. »Die Dame, wenn ich bitten darf.« Auch er hat sich ein wenig schick gemacht. Unter seiner schwarzen Winterjacke erkenne ich einen braunen Rollkragenpullover. Zusätzlich unterstreicht sein einnehmender Duft mal wieder das Klischee von meinem perfekten Partner. »Mal sehen, was die Jungs heute für einen Müll erzählen.« Kai hakt seinen Gurt ein und startet den Motor.

»Wenn ich auch nur ein Wort über mich höre, renne ich schneller nach draußen, als du hier in der dreißiger Zone unterwegs bist – fahr mal bisschen langsamer.« Wenn jemand zu schnell fährt, kriege ich das Bedürfnis, selbst zu bremsen, und drücke meinen rechten Fuß auf die imaginäre Bremse im Beifahrerfußraum.

»Die werden ein paar Töne über die Katzen rausspucken, bemerken, dass es nicht den Anforderungen der Wertungsrichter entspricht, sich schämen und nach erzwungenem Applaus von der Bühne laufen – so wird's sein.« Sein Fuß hebt sich vom Gaspedal.

Wenn das mal so stimmt. In der Schule angekommen, ist das Gewusel bereits groß. Im Flur aneinandergereihte Tische, an denen man sein Geld für Kakao und Waffeln liegen lassen kann, Lehrer blühen bei Gesprächen mit Eltern auf, kleine Geschwister rennen die Treppen hoch und runter und Schüler aus dem Oberstufenkomitee verteilen Flyer der Partneruniversitäten.

»Da bist du ja«, macht sich Jannes hinter Kai mit lauten Tönen bemerkbar.

»Schrei nicht so, spar dir die Stimme für die Bühne«, antwortet Kai und gibt ihm eine Faust.

»Ach, hör mir auf, gar keinen Bock auf die Scheiße. Du hast dich ja schön aus der Nummer rausgedreht.« Während sich Jannes weiter beschwert, löse ich mich aus Kais Hand und schaue unauffällig durch den Flur. Ich frag mich, ob er auch hier ist. Wir sind immer zusammen zu Schulveranstaltungen gegangen.

»Auf keinen Fall gehe ich hin, wenn du nicht mitkommst«, waren Henris Worte, als ich letztes Jahr nicht an der Schulolympiade teilnehmen konnte. Genau an dem Wochenende hat meine Oma ihren runden Geburtstag gefeiert, und obwohl Henris Aussichten für die Goldmedaille im Kugelstoßen ziemlich hoch waren, entschied er sich im Endeffekt gegen die Teilnahme. Ich möchte mich gerade wieder am Gespräch der beiden beteiligen, als ich ihn plötzlich sehe. Henri steuert auf einen der Tische zu und stellt sich für einen Kakao in die Schlange.

»Wollen wir uns was holen?«, fragt Kai.

»Hmm?«, stutze ich, als er zu den Tischen zeigt.

»Du starrst da so hin.«

Mist – ich dachte, ich hätte mich unauffällig verhalten. »Nee, alles gut, lass uns lieber schon mal reingehen, damit wir gute Plätze bekommen.« Ein Glück, dass genau jetzt die Türen der Aula geöffnet werden.

»Okay, viel Erfolg, Bro«, verabschiedet sich Kai von Jannes, nimmt meine Hand und läuft zum Eingang. Mein Kopf bleibt gesenkt, doch dass sich Henri Sahne für den Kakao bestellt, bekomme ich noch mit.

...

»Herzlich willkommen! Nach drei Jahren ist es endlich wieder so weit. Drei Jahrgangsstufen können sich mit einem selbst gewählten Pädagogikexperiment beweisen und am Ende des Nachmittags heißt es dann für drei Gruppen: herzlichen Glückwunsch zum Stipendium.« Unser Schulleiter Herr Drasch eröffnet den Wettbewerb, während noch die letzten ihre Plätze einnehmen. »Der Nachmittag wird lehrreich, kreativ und intellektuell.«

Kai schlägt sich die Hand vors Gesicht. »Mit Sicherheit. Wenn er erst mal die Katzen sieht, streicht er das letzte Wort von der Liste«, flüstert er. Wir sitzen in der dritten Reihe – mittendrin. Neben uns die Eltern von Dario, vor uns Herr Jansen, hinter uns Greta und ein paar Freunde von ihr. Ich sehe alle – alle außer Henri. Sitzt er überhaupt drinnen oder hat er sich kurzfristig umentschieden? Dass er hier ist, hatte mich sowieso schon gewundert, da er es war, der Carla und mich ständig mit diesem nervigen Pädagogikprojekt aufgezogen hat.

Vor ein paar Wochen haben Carla und ich uns noch vor ihm darüber aufgeregt, dass wir daran arbeiten müssen, und heute ist tatsächlich dieser Tag – nur nehmen wir ihn alle anders wahr als erwartet. »Die Technik sitzt, die Schüler stehen bereit und ich sehe an Ihren Augen, dass Sie es kaum erwarten können, die

Vorträge zu hören«, beendet Herr Drasch seine Ansprache. Durch die Reihen zieht lauter Applaus, ein paar Schüler jubeln – mit Sicherheit sarkastisch – und der Schulleiter macht die Bühne für die erste Gruppe frei. Drei Mädchen aus der Zwölf klatschen bei ihm ein und laufen über die Treppe nach oben. Umgekehrte Rangordnung anscheinend. Ich war mir sicher, dass die zehnte Klasse beginnt. Nachdem die ersten Gruppen vorgetragen haben und der Hälfte der Zuschauer bestimmt schon für ein paar Sekunden die Augen zugefallen sind, bin ich mit einem Schlag wieder hellwach.

»Als Nächstes sehen wir Dennis, Hendrik und Jannes auf der Bühne«, tönt es über die Lautsprecher. *Hätte nicht gedacht, dass aus einem Experiment eine wirkliche Beziehung entstehen kann*, klingt es wieder in meinem Kopf, als Dennis zum Mikrofon greift. Die Angst, dass ein Wort über mich auf der Bühne rausgelassen wird, hatte ich bis zu diesem Zeitpunkt verdrängt. Jetzt spüre ich die Auswirkungen und bereue es, hier zu sitzen. Einen tiefen Atemzug dauert es, bis Dennis startet.

»Hallo zusammen! Wir freuen uns, euch unser Experiment vorzustellen.« Mein Herz pocht und ich kann es kaum erwarten, von den Katzenbildern erlöst zu werden.

»Trotz anfänglicher Schwierigkeiten haben wir es geschafft, ein interessantes Projekt zu analysieren.« Jannes steht neben Herrn Peters, der sich um den Beamer kümmert.

»Eigentlich wollten wir euch ja ein anderes Projekt vorstellen«, fährt Dennis fort und gibt meinem Herz mit seinen Worten einen Tritt, der es noch schneller pochen lässt. »Doch gewisse Personen haben uns davon abgeraten – stimmt's, Kai?« Provokant zeigt er mit dem Finger in die Menge. Alle Blicke richten sich auf Kai und ich brauche einen Moment, um zu realisieren, was er da gerade von sich gegeben hat. Mein Atem stockt. Die Menge ist ruhig. Ich halte ihn weiter an, während Kai tief seufzt. Endlich schafft es Herr

Peters, die Datei auf dem USB-Stick zu öffnen, Dennis kann seinen Vortrag fortsetzen und ich – ich werde befreit. Die Sorge, vor der gesamten Schule blamiert zu werden, ist in der Sekunde, als mich die Babykatze auf der Leinwand mit großen Augen anschaut, aufgelöst.

»Wie Katzen dabei helfen, deinem Leben die Einsamkeit zu entziehen«, präsentiert Dennis stolz den Titel der Präsentation, was überall im Raum Gelächter auslöst. Selbstbewusst tragen die drei Jungs ihre angewandten Theorien vor und entgehen gekonnt den kritischen Lehrerblicken.

»Was ist das für ein Müll?«, flüstert Darios Mutter neben mir ihrem Mann zu. Auch Greta und ihre Freunde müssen sich das Lachen verkneifen, während immer weitere Katzenbilder die Leinwand zieren. Unter zögerlichem Applaus und mit der Gewissheit, dass sie nicht die Gewinner des Wettbewerbs sein werden, verbeugen sie sich und verlassen stolz die Bühne.

»Wie ich es gesagt habe, schau mal, die Leute vom Komitee.« Kai deutet in die erste Reihe. »Die schauen nicht wirklich begeistert«, lache ich, weil ich glaube, die Blicke der Wertungsrichter eins zu eins entschlüsseln zu können. »›So ein Schrott‹, denkt sich die Frau mit dem grauen Blazer«, flüstere ich.

Kai nickt. »Und der Typ mit der blauen Krawatte fragt sich gerade, was er überhaupt hier macht«, ergänzt er. Die Erleichterung macht sich in meinem Gemütszustand bemerkbar. »Das war die zwölfte Klasse. Nun fahren wir mit der elften Klasse fort«, spricht Herr Drasch in das Mikrofon.

Mit jeder vergehenden Minute merke ich dann doch, wie die Coolness, mit der ich den Raum betreten habe, auf dem Weg zum Sitzplatz liegen geblieben ist und beim Rausgehen längst platt getreten sein wird. Die elfte Klasse. Das bedeutet, Carla hält gleich ihren Vortrag, und mit jedem Ticken der großen Uhr über der

Bühne wird mir genau das mehr und mehr bewusst. Während Kai längst das Interesse verloren hat und dementsprechend lieber auf sein Handy starrt, sitze ich kerzengerade auf meinem Stuhl und starre auf die Bühne. Eine Gruppe nach der anderen präsentiert ihre Experimente, und ich habe das Gefühl, der Zeiger der Uhr wird festgehalten, so langsam wie er tickt – das ging eben noch schneller.

»Vielen Dank für eure Aufmerksamkeit«, beendet Emma aus dem anderen Pädagogikkurs schließlich den Vortrag. Das Klatschen schallt so laut wie bei keiner anderen Präsentation. Sogar Standing Ovations bekommen die vier und auch die Wertungsrichter lassen mit ihren Blicken einen Gewinn vermuten. Erleichtert verlassen Emma und ihre Projektpartnerinnen die Bühne und übergeben das Mikrofon an Herr Drasch.

Im Raum herrscht gute Stimmung, nach und nach setzen sich die Leute wieder auf ihre Plätze und die Begeisterung über den Vortrag ist nicht zu überhören. Und ich – ich sitze stumm auf meinem Stuhl und starre weiter. Ich starre auf die leere Bühne. Jeden Moment muss es so weit sein. Noch habe ich sie nicht gesehen und kurz macht sich Hoffnung in mir breit, dass Carla nicht auftauchen wird. Jedes meiner Sinnesorgane steht unter Höchstspannung und allein Herrn Draschs Atemzug, der leise über die Lautsprecher entweicht, reicht, damit sich meine Armhaare aufstellen. Ein zweiter Atemzug und auch die Beinhaare geraten in Bewegung. Um mich herum Gewusel. Kai tippt auf seinem Handy. Herr Jansen klatscht noch einmal doppelt laut für die letzte Gruppe und dann beginnt Herr Drasch zu sprechen.

»Als Nächstes sehen wir die Grup… wobei, es ist keine Gruppe. Sie ist allein.« Er kündigt Carla an. Der Applaus setzt wieder ein und ich versuche, mich dem Takt der anderen Hände anzupassen, aber ich kann bei der Geschwindigkeit nicht mithalten. Zu sehr bin ich damit beschäftigt, mich zu fragen, wieso Carla nicht zu Herrn Peters geht. Herr Peters ist für den Beamer verantwortlich – und damit auch für die Präsentationen. Carla und ich haben gemeinsam an einer PowerPoint-Präsentation gearbeitet. Wieso geht sie verdammt noch mal nicht zu Herrn Peters, um ihm den Speicherstick zu geben? Ohne zu ihm rüberzuschauen, geht sie mit einem undefinierbaren Blick an dem Technikpult vorbei und stellt sich in das obere Drittel der Bühne. *Ein undefinierbarer Blick.* Scheint es nur so, weil ich lange nichts mehr mit ihr zu tun hatte, oder ist sie wirklich nicht wiederzuerkennen? Bestätigt sich mein ungutes Bauchgefühl, das ich in Bezug auf diesen Abend hatte, jetzt wirklich? Die Carla, die dort oben auf der Bühne steht, ist nicht die Carla, die ich kenne. Die Carla, die ich kenne, ist selbstbewusst. Die Carla, die ich kenne, hat keine Schwierigkeiten, Vorträge zu halten. Die Carla, die ich kenne, würde nicht zulassen, dass ihre Hände am Mikrofon zittern. Doch das tun sie und jetzt merke ich, dass etwas gewaltig falsch ist. Die Carla auf der Bühne ist anders. Und jetzt beginnt sie mit unserem Vortrag – mit ihrem Vortrag.

…

Das Mikrofon knistert. Ihr Atem lauter – der der Zuschauer leiser. Das Ticken der Uhr langsamer – mein Herzschlag schneller. Die Aula eingehüllt von Stille. Laute Stille, die jede Sekunde gebrochen werden wird. »Unausgesprochene Hindernisse.« Carlas Kopf ist gesenkt. »Was mit uns passiert, wenn wir die Steine nicht aus dem Weg räumen.« Jetzt hebt sie ihren Blick. »Bei meinem Experiment habe ich mich darauf konzentriert, welche Macht der Kopf über unseren Bauch hat, wenn es um die Verdrängung von Gefühlen geht.« Der Atem der Menge bleibt leise – meiner droht, die Ruhe zu durchbrechen. Es sind die Worte, die es eindeutig machen. Der

Vortrag, den Carla jetzt hält, ist nicht der Vortrag, den wir gemeinsam vorbereitet haben. Und nachdem sie kurz erklärt, welche Theorien Teil des Experiments sind, kann ich nun nur noch eins tun – zuhören. Ich muss ihr zuhören.

»Über die Wochen hinweg habe ich ein Mädchen beobachtet. Dieses Mädchen dachte, sie sei sich ihren Emotionen bewusst. Sie glaubte, ihre Vorstellungen zu kennen. Der Weg schien frei. Kein Stein, der sie davon abhielt, diesen Weg zu gehen und am Ende die verschlossene Tür zu öffnen.« Carla hält kurz inne, blickt sich im Publikum um und redet dann weiter. »Es ist so einfach. Sie weiß, wer sie ist, was sie will und wie es funktioniert. Und dann – dann kommen die Gefühle. Gefühle sind scheiße. Gefühle zerstören deinen Plan. Gefühle legen Steine auf den Weg, der vor ein paar Tagen noch so einfach zu gehen schien. Wenn du es nicht erwartest, sind sie plötzlich da und du kannst nichts tun. Ich habe dem Mädchen dabei zugesehen, wie sie es bemerkt. Wie sie bemerkt, dass ihr Plan nicht aufgeht und die einzige Lösung die Konfrontation ist. Ich habe bei meinem Experiment genau das beobachtet. Die Realisation der Gefühle. Die Konfrontation mit der Wahrheit. Der Wahrheit, dass der Bauch ihr den Weg zeigen wird. Der Bauch weiß, dass er recht hat und sie glücklich machen wird – aber der Kopf ist stärker. Unausgesprochene Hindernisse. Das Futter der Verdrängung. Aber sind es überhaupt Hindernisse? Oder ist es bloß die getarnte Lösung?« Wieder macht sie eine kurze Pause. Es ist vollkommen still geworden. »Ich habe beobachtet, wie das Mädchen zu stolpern droht, wenn der erste Stein nicht aus dem Weg geräumt wird. Um einen Schritt weiterzukommen, muss sie sich eingestehen, dass sich etwas in ihrem Herzen bemerkbar macht – ehrlich zu sich sein. Sobald der erste Stein weg ist, liegen zwar immer noch Steine auf dem Weg, aber die Aussicht, ans Ziel zu kommen, wird größer. Dennoch glaubt das Mädchen, sie schafft es nicht. Neben ihr ein zweiter Weg. Auf diesem Weg liegen keine Steine. So einfach würde sie über diesen an ihr Ziel kommen und die Tür öffnen können – aber weiß sie, ob sich dahinter überhaupt das Ziel verbirgt, das für sie vorgesehen ist? Ihr Kopf fleht sie an, auf den anderen Weg zu wechseln, aber ihr Bauch muss spüren, dass die Tür die falsche ist. Es kommt der Tag, da liegt nur noch ein Stein vor ihr. Nach Tagen der Verzweiflung und Verlockung, auf den anderen Weg zu wechseln, steht sie nun vor ihm. Selbstsabotage blieb bis zu dem Tag ihre treuste Begleiterin. Sie erzählt mir, dass sie nachts kaum ein Auge zubekommt. Ständig liegt sie wach und denkt nach. Die wichtigsten Menschen in ihrem Leben könnten ihr nicht helfen. Sie will allein sein und sich ohne Hilfe mit den Gedanken konfrontieren. Die Last, die sie trägt, wird mit jedem Tag schwerer auszuhalten und die Auswirkung größer. Ihr Umfeld ist das Opfer und gewählte Entscheidungen bringen den Spielplan durcheinander. Sie erkennt sich selbst nicht wieder und hat Sorge, sich zu verlieren. Ich bemerke, dass sie noch etwas anderes beschäftigt. Sie kennt sie. Sie kennt ihre Lösung. Die Lösung, um den letzten Stein beiseite zurollen. Ich frage sie, woran es liegt, dass sie es nicht ausprobiert, jetzt wo sie schon so weit gekommen ist. Wieso sie ihren Lösungsweg nicht testet. ›Weil ich Angst habe‹, sind ihre Worte. Sie weiß es, doch die Angst hindert sie. Täglich versuche ich, ihr Mut zu machen. Ihr bewusst zu machen, dass sie sich trauen kann, weil die Last bloß schwerer wird und droht, sie aufzufressen.

Gefühle sind scheiße. Doch wenn du sie zulässt, wenn du die Steine nicht als Hindernis, sondern als Chance ansiehst, schaffst du es zum Ziel.

Mit meinem Experiment wollte ich euch zeigen, wie wichtig es ist, eure Gefühle in die Realität umzusetzen. Auch wenn ihr auf diesem Weg einige Rückschläge erfahrt, traut euch, eurem Herzen zu vertrauen, ehrlich zu sein. Ehrlich zu euch, damit ihr euren eigenen Weg findet!«

Stille.

Applaus.

Ich merke einen Blick an mir haften.

Zögerlicher Applaus.

Carla verbeugt sich.

Zögerlicher Applaus.

Carla läuft zur Treppe, dreht um, läuft zurück auf die Bühne.

»Oh, ich hab was vergessen. Ihr fragt euch wahrscheinlich, wie es mit dem Mädchen weiterging.

Nun – das Mädchen steht gerade auf der Bühne und rollt jetzt den letzten Stein beiseite. Hi, ich bin Carla und mein unausgesprochenes Hindernis, dass ich auf Mädchen stehe, ist jetzt keins mehr.«

Stille.

»Das ist mein Weg! Jeder geht mit seinen Gefühlen anders um. Und so mache ich es eben. Ich stelle mich vor euch und gestehe sie. Das heißt nicht, dass ihr es genau so tun müsst. Findet heraus, was euch glücklich macht und euch zu dem Ziel bringt, das für euch vorgesehen ist. Schafft es, ehrlich zu EUCH zu sein. Jetzt liegt das Ergebnis, auf das ich wochenlang hingearbeitet habe, vor mir. Unausgesprochene Hindernisse halten uns davon ab, zu unserem Glück zu finden. Das weiß ich nun und kann hier auf der Bühne mein Experiment erfolgreich abschließen. Vielen Dank.«

Applaus.

Lauter Applaus.

Der haftende Blick.

Henri.

Ich sehe Henri und er mich.

39

Carla / fünf Wochen zuvor

»Lass sie auf.« Fast hätte Dennis mir die Tür vor der Nase zugeknallt. »Oh, sorry«, lacht er und verschwindet im Flur. So wohnt er also. Ich wusste, dass Kais Eltern viel Geld haben, aber dass schon der Flur so spießig eingerichtet ist, habe ich nicht erwartet. Die goldenen Dekokerzen müssen echt nicht sein, da reicht schon die verspiegelte Schlüsselschale auf der Kommode – sinnlos. Ich schmeiße meine Jacke auf den Klamottenstapel und schaue mich unauffällig nach ihr um. Wenn du als eine der letzten auf Partys kommst, ist immerhin die Stimmung schon vorhanden. Gleichzeitig bist du aber die einzige Person, die nicht auf demselben Pegel wie der Rest ist.

»Ey, Carla, saufeeen«, grölt Jannes, als er mich in die Küche laufen sieht.

»Bin schon auf dem Weg.« Der einzige Ausweg, der mir jetzt bleibt, ist ein großer Schluck Wein – ich hoffe, es gibt welchen im Kühlschrank. Ansonsten kann ich vor Aufregung direkt wieder umdrehen. Wieso muss mir mein Magen diesen Scheiß antun, ich habe echt keinen Bock auf so ein Chaos. Ein Glück – da steht noch eine offene Flasche Rosé. Wenn mich jemand fragen würde, wie ich das Gefühl deute, das ich seit unserem letzten Abend nicht mehr loswerde, hätte ich keine Antwort. Ich muss herausfinden, was das für Emotionen sind, auch wenn ich Angst vor der Antwort habe. Im nächsten Moment macht sich ganz unvorbereitet von den Mundwinkeln aus ein Schauer in meinem Gesicht breit.

»Zoe, lass noch was holen«, höre ich aus dem Flur. Jetzt kann ich der Situation nicht entgehen und gebe alles, um die Panik zu unterdrücken, die sich in mir breitmacht. Scheiße, fühlt sich das ekelhaft an. Jagen kann man mich mit dem Gefühl, das mir seit Tagen hinterherrennt und mich in diesem Augenblick erneut einholt. Der Blick am Glas, doch ich kann ihn nicht halten – hektisch wandern meine Augen durch den Raum, bis ich ihre kreuze. Jetzt weiß ich, dass ich nicht die Einzige bin. Die Einzige, die diese Gedanken hat. Wir trauen uns beide nicht. Es geht einfach nicht. Wir haben Angst, uns einzugestehen, dass wir eine Frau geküsst haben – dass wir uns geküsst haben. Es kommt mir vor wie Minuten, in denen die Szenen aus Gretas Zimmer durch meinen Kopf schießen, und so gerne will ich diese verdammten Bilder auslöschen, aber es klappt nicht. Ich klicke auf den Papierkorb, doch sie bleiben im Ordner und ich kann nichts tun, um diesen Moment ungeschehen zu machen, ich sehe nur noch sie. Auch wenn ich mir nichts sehnlicher gewünscht habe, als dass es passiert – ich möchte es mir einfach nicht glauben.

Dieses Chaos treibt mich noch in den Wahnsinn und ich frage mich, wieso es nicht einfach sein kann. Bis zu dem Augenblick wusste ich nicht, dass es mich quälen könnte – doch das tut es. Ich will das doch gar nicht. Zoe bekommt von unseren gemeinsamen Sekunden nichts mit.

»Was trinkst du da?« Jetzt bin ich wieder in der Küche.

»Rosé, steht drinnen«, antworte ich Greta mit zittriger Stimme und deute mit meinem Blick auf den Kühlschrank. Ich hab keinen Bock auf diese Bauchkrämpfe – nervt mich alles.

»Sehen wir uns später?« Gretas Worte sorgen dafür, dass mir jetzt auch der letzte Atem geraubt wird.

»Klar«, bringe ich gerade noch so über die Lippen. Dann verschwinden sie. Durchatmen und nachdenken. Ich traue mich nicht, darüber nachzudenken, aber ist es das, worüber alle sprechen? Gefühle? Nein, Schwachsinn. *Du spürst, wenn es die richtige Person ist –* ach ja? Kann mir mal jemand sagen, wie sich dieses Spüren anfühlt? *Carla, hör einfach auf, darüber nachzudenken.*

»Uh, richtig schön.« Matti und Kai verteilen gerade ein paar Lichterketten, als ich durch die Terassentür laufe. »Carla! Seit wann bist du hier?«, stutzt sie, als hätte sie mich nicht erwartet.

»Eben erst gekommen. Partys werden doch erst spannend, sobald es dunkel ist.« Wie konnte es so weit kommen? Vor ein paar Wochen haben wir uns noch gemeinsam ausgemalt, wie es wäre, mit Kai und seiner Gruppe befreundet zu sein, und jetzt kommen wir nicht mal mehr zusammen zu einer Party. Das hier ist einfach ein riesiger Misthaufen und ich weiß, dass ich dazu beitrage, und kann trotzdem nichts daran ändern.

»Stimmt allerdings«, antwortet sie.

»Wir sehen uns später, ich lasse euch mal in Ruhe.« Ich klopfe ihr auf die Schulter und steuere erneut auf die Küche zu. Nicht nachdenken funktioniert einfach nicht. *Carla, hör doch einfach auf, über diesen Kuss nachzudenken.* Die Fragen müssen ein für alle Mal geklärt werden.

Ich trinke mir Mut an, tue etwas, das ich niemals für möglich gehalten hätte. Wieso kam sie überhaupt auf die Idee, mich zu ihr nach Hause einzuladen? Das hätte alles verhindert werden können, aber als sie mit ihrer zierlichen Hand mein Bein entlangstreifte, über meine Arme an meinem Kinn endete und mit den Worten »Ich weiß nicht, wieso ich das jetzt tue« diesen verdammt gefährlichen Kuss einleitete, jagte mir ein Schauer durch den Körper, den ich so nie zuvor gespürt hatte. *Hör jetzt auf, darüber nachzudenken. Ich flehe dich an.* Ob sie schon mal jemanden so leidenschaftlich geküsst hat? *Boah, Carla, es reicht.* Kann ich einfach an was anderes denken? Wie zum Beispiel – ich überlege eine Sekunde, bis ich erneut zum Kühlschrank blicke. Ein Glas geht noch, dann frag ich ihn einfach. Könnte unangenehm werden, beziehungsweise wird es mit Sicherheit unangenehm. Scheiß drauf, ich muss mit den falschen Vermutungen aufräumen. Jetzt habe ich die Chance. Das wird mir erneut bewusst, als ich ihn auf dem Sofa sitzen sehe – ein Glück, dass Matti ihn als Begleitung mitgenommen hat. Ich kann es doch so leicht herausfinden. Kurz mit dem Gedanken gespielt hatte ich schon mal, aber dass ich es gleich wirklich angehe, bringt meinen Puls zum Beben.

»Komm mal mit.« Mit meinem ordentlich gefüllten Weinglas winke ich ihn zu mir. »Nur am Trinken hier«, stichelt er und drückt sich aus den Kissen hoch.

»Brauche ich jetzt. Lass mal rausgehen.« Womöglich fragt sich Henri, wieso ich ihn hinters Gartenhaus ziehe, aber dafür gibt's 'ne solide Erklärung. »Komm, hier sieht uns keiner.« Sichtlich verwundert lässt er sich dennoch von mir hinter die Holzhütte ziehen.

»Wieso darf man uns nicht sehen?« Mit hochgezogener Augenbraue beobachtet er mich, wie ich noch einen großen Schluck nehme und mein Glas anschließend auf den Boden stelle. Dass ich den Kloß, der sich in meiner Kehle ausbreitet, runterdrücke, sieht er nicht. Wie soll er es auch ahnen? Er muss nicht erfahren, wieso ich das tue, was in den nächsten Sekunden passieren wird.

»Kann ich dich was fragen?«

Er nickt.

»Kann ich dich küssen?« – Einfach mit der Tür ins Haus fallen.

»Spinnst du?«

Okay, zu ruckartig gefallen? »Komm schon, lass mich nicht hängen.« Henri weiß nicht, ob er schockiert sein oder mich auslachen soll. Ich weiß es auch nicht. »Carla, du hast zu viel getrunken.« Er schaut mich zweifelnd an.

»Ja, um den Mut zu haben, dich zu küssen.« Wie romantisch. Für einen Augenblick nichts. Keine Antwort. Er schaut sich um. Schaut hinter sich. Schaut neben sich.

Ich kann nicht länger warten. »Verdammt, küss mich jetzt.« Jetzt packt er mich. Seine Finger krallen in meinen Nacken. Wenige Zentimeter trennen unsere feuchten Lippen.

»Küss du mich doch.« Er provoziert.

»Du lässt dich ja leicht überzeugen«, sage ich, dann gehe ich den letzten Schritt. Ich setze meine Lippen auf seine. Seine Hand gleitet in meine Haare. Aus tiefem Willen küsse ich ihn. *Mach es leidenschaftlich, Carla, schließ die Augen und stell dir vor, du spielst die Hauptrolle einer Romanze.* Seine Zunge berührt meine, der Kuss ist intensiv – fast wild. Mathilda lebt ihr perfektes Liebes-Szenario, und ich – ich stehe hier und knutsche mit Henri rum, um was zu fühlen. Seine Hände greifen meine Taille, ich verankere meine Finger in seinem Nacken – um was zu fühlen. Seine Hand an meinem Körper nehme ich wahr – ihre Hand an meinem Körper fühle ich immer noch bis ins kleinste Detail. Meine Augen öffnen sich und ich sehe sie – Greta schaut mir in die Augen und versetzt mit ihrem Kuss meine Armhaare in Bewegung. Ich blinzle. Sofort legt sich jedes einzelne Haar auf seine Ursprungsposition, als ihre Augen wieder seine sind.

»Was tun wir hier?« Henri löst sich von meinen Lippen und wischt seine mit der Hand ab. Ich halte ihn, drücke ihn an die Wand – akzeptiere es noch nicht.

Er schaut mich stirnrunzelnd an. »Geht's dir gut?«

»Es bekommt doch keiner mit.« Meine Hand drückt auf seine Brust, bevor sie zurück zu seinem Kinn findet, es nach vorne zieht und zu einem zweiten Kuss auffordert. Der Wunsch, etwas zu fühlen, lässt mit jeder Sekunde meine Hemmungen schrumpfen, also greife ich seine Hand, solange er den Kuss noch zulässt und mir erlaubt, seine Zunge zu umspielen. Seine Hand von meiner gehalten – von ihr geführt. Ich wage es. Bewege sie in Richtung meiner Hüfte, streife sie über meinen Po. Drücke sie fest – um was zu fühlen. Ich konzentriere mich. Sie bleibt. *Carla, konzentrier dich.* Sie bleibt. Nein – scheiße.

»Das reicht jetzt!« Er reißt seine Hand von meinem Körper und schüttelt erschrocken darüber, was in den letzten Minuten passiert ist, den Kopf.

»Ich wollte auch gerade aufhören.« Klarheit. Dass mein bester Freund dafür herhalten musste, ist zwar egoistisch und eine scheiß Aktion – das weiß ich selber –, aber er ist wohl der einzige Typ aus meinem Umfeld, den ich ohne Bedenken küssen kann. Für jemanden, der dieses Gefühl nicht kennt, ist es einfach, mich zu verurteilen, aber ich kenne es – kenne ich es? Ich weiß doch auch nicht. Kann ich nicht einfach einen genauso leichten Weg wie Mathilda gehen? Sie entspannt mit Kai auf Wolke sieben und ich knutsche mit ihrem besten Freund, um mir sicher zu sein, dass ich nicht auf Typen stehe. Sie würde uns auslachen, wenn sie wüsste, dass wir zwei uns geküsst haben. Jetzt schlucke ich. *Dass ich nicht auf Typen stehe*, wiederhole ich in meinem Kopf. Nein – viel zu voreilig. Dieser Kuss gerade sagt überhaupt nichts. Nur weil ich jetzt nichts gefühlt habe, heißt es noch lange nicht …

»Er geht mir Wasser holen! So fürsorglich, so süß, so niedlich«, tönt es plötzlich von der Terrasse. »Ist das Mathilda?« Schlagartig ist Henri alarmiert, drückt mich beiseite und läuft los. Ich sehe Henri nur abhauen. Mathildas Stimme reißt mich aus meinen Gedanken. Kann ich es jetzt schon wissen? Traue ich mich, mir zu glauben?

40

Die Gleichung, bei der ich dachte, das X gefunden zu haben. Carlas Gleichung. Das X, das mir Kopfschmerzen bereitet hat. Das X in ihrem Buch, das für »random Typ« steht, das ihr einen Kürbis schenkt. Das X ist nicht er. Das X ist sie. Das X ist Greta. Die Blumen. Die roten Blumen, die Carlas Mutter in die Vase stellen wollte, sind nicht die Blumen aus Henris Garten, es sind die Blumen vom Teich aus der Gartenanlage von Gretas Fitnessstudio. Das Samthaargummi im Fitnessstudio. Der angebliche Typ, der sie auf Gretas Gartenparty eingeladen hat. Es geht auf. Jetzt geht die Gleichung auf – sie ist fehlerfrei.

Es gibt nur dieses eine unausgesprochene Hindernis. Worte aus ihrem Buch, die ich jetzt verstehe. Das Hindernis bin nicht ich. *Das Hindernis ist, dass der Typ, von dem ich schreibe, eigentlich ein Mädchen ist.* Carla blättert auf die Seite, die die Gleichung komplett macht. »Ich hätte es dir viel früher erzählen müssen.« Sie klappt das Buch zu und nimmt meine Hand. »Matti, ich hab dich so vermisst.« Worte, bei denen ich aufpassen muss, dass in meinen Augen der Damm nicht bricht.

»Ich habe *dich* vermisst!«, antworte ich. Er bricht – bei uns beiden. Wir können unsere Tränen nicht halten.

»Wie haben wir es geschafft, so lange ohne einander auszukommen?«, schluchzt sie.

»Wir haben es nicht geschafft.« Lachend und weinend zugleich liegen wir uns in den Armen und verstehen, dass wir wohl die gesamte Zeit gleich gefühlt haben. Wir hätten viel früher miteinander sprechen sollen. Mein Herz überschlägt sich fast, so sehr habe ich ihm die letzten Wochen verboten, Gas zu geben. »Die Bühne hat nur dir gehört, ich habe immer noch Gänsehaut.«

Sie lächelt. Ihr Herz lächelt. »Ich hab mir gestern fast in die Hose geschissen.«

»Das war's wohl wert.« Wir prusten los. Diese Momente – genau diese Momente hab ich so unglaublich vermisst. Es fühlt sich an, als würde zumindest ein Stück in meinem Herzen wieder an den richtigen Platz gerückt werden.

»Süß, oder?«, sagt Carla, als sie meinen Blick zur Fensterbank bemerkt. »Ich hab mich so über diesen Kürbis gefreut.«

Ich schmunzle.

»Schon in dem Moment habe ich gespürt, dass sie es ist. Dass sie mich glücklich macht. Aber ich musste dieses Gefühl erst zulassen«, fährt sie fort.

Ich wische eine Träne aus ihrem Gesicht. »Und das hast du.« Ich greife zum Kürbis und spüre die Bedeutung, die er für sie hat. Eine Kleinigkeit fällt mir auf, doch die behalte ich für mich – noch.

...

Zu Hause angekommen erinnert mich meine Mutter an die Kartoffelsuppe, die sie heute Abend kochen möchte.

»Ich kann nicht. Muss noch was erledigen, esst für mich mit«, wimmele ich sie ab und laufe die Treppen zu meinem Zimmer hoch. Carla so glücklich zu sehen, gibt meinem Körper diese Energie. Es ergibt alles Sinn und ich bin so stolz auf sie. Die letzten Wochen waren eine Qual – für uns alle. Sie hat es geschafft. Sie ist die Vorreiterin. Und jetzt glaub ich zu wissen, was zu tun ist. Gedankenversunken trete ich durch die Haustür.

Findet heraus, was euch glücklich macht und euch zu dem Ziel bringt, das für euch vorgesehen ist. Carlas Worte, die mich vor seiner Tür enden lassen. Wochenlang habe ich diese Gefühle orientierungslos durch meinen Körper wandern lassen. Zu welchem Teil meines Körpers sie gehören, musste ich herausfinden. Ich musste mir dafür erst selbst eingestehen, dass es etwas zum Rausfinden gibt. Ich klingle. Jetzt stehe ich vor seiner Haustür und werde es tun – ich gebe meinem Herzen die Chance, zu sprechen.

Schafft es, ehrlich zu EUCH zu sein. Carla hat mir den letzten Ruck gegeben. Die Bühne war ihre, doch sie hat mir die Augen geöffnet und ich konnte mir erlauben, sie diesmal nicht wieder zu schließen – der Wahrheit eine Stimme geben und sich trauen, zu glauben. Ich höre Schritte im Hausflur – sehe eine Bewegung im milchigen Glas. Sekunden, in denen ich mir vorstelle, ihm gleich in die Augen zu blicken. Vor mir die Tür, die jeden Moment geöffnet wird. *Aber ich musste dieses Gefühl erst zulassen*, wiederholt Carla in meinen Ohren. Das Gefühl zulassen, damit ich es sortieren kann und in die vorgesehene Richtung lenke. In meinem Ohr erklingt jede einzelne Umdrehung des Schlüssels, bevor sich die Tür öffnet. Als sie das tut, schaue ich ihm in die Augen – ich schaue Kai in die Augen. »Hey.« Ich nehme einen tiefen Atemzug. Seine Hände fassen meine, um mir wortlos zu verstehen zu geben, dass er in Gedanken bei mir ist. Ein weiterer Atemzug, bis ich spreche – meine Gedanken sprechen lasse. »Du machst mich echt fertig, Kai. Auf der Halloweenparty hast du den ersten Schritt gemacht – du hast mir gesagt, dass du dich in mich verliebt hast. Du kennst mich und weißt, dass ich unsicher bin. Ich hab an dem Tag keine anderen Worte rausbekommen, als dass ich dich lieb habe. Liebhaben ist langweilig – ich weiß. Manchmal ist es einfach schwer, ehrlich zu sich zu sein und diesen einen weiteren Schritt zu gehen. Ich brauchte Zeit, um die Worte umzuwandeln – aussagekräftiger zu machen. Wenn du vor mir stehst, löst allein ein Blick von dir dieses Kribbeln aus, das mein Herz durchdrehen lässt. Ich weiß, megakitschig, aber so fühlen sich wohl Gefühle an, wenn man sie zulässt. Jedes unserer Treffen hat mir gezeigt, dass du der Richtige für mich bist. Die Momente, in denen du mehr Erfahrung als ich hattest, waren zwar irgendwie scheiße, aber von irgendjemandem muss ich ja lernen. Ja, ich fühle mich wohl in deiner Gegenwart, und ja, ich spüre diese Gefühle für dich. Ich möchte weitergehen. Mit dir. Mit dir möchte ich weitere Erfahrungen sammeln. Es tut mir leid, dass ich manchmal so kompliziert bin – und mit allem einfach langsamer als du. Es fühlt sich aber gut an, mich dir zu öffnen, und ich weiß, dass es für mich richtig ist. Ich fand dich schon immer gut, noch bevor du überhaupt wusstest, dass ich existiere. Schon lustig, dass wir jetzt wirklich hier stehen. Du machst mich echt verrückt und ich kriege abends kaum ein Auge zu, weil du die Person bist, die Schmetterlinge durch meinen Bauch schickt und ich all diese Gefühle ausschließlich meinem Herzen zuordnen kann. Tut mir leid, dass ich so übertreibe, aber ich glaube, jetzt ist einfach der Zeitpunkt gekommen, an dem ich an der Reihe bin. Ich kann mich nicht nur verstecken und meine Gefühle verdrängen. Du hast den ersten Schritt gemacht und jetzt bin ich dran. Kai, ich bin in dich verliebt.«

Ich atme aus und trete vom Spiegel weg. Das sind die Worte, die mir Bauchschmerzen im Kopf bereiten.

Jetzt weiß ich, was zu tun ist. Gedankenbefreit trete ich durch die Haustür. Jetzt kann es sprechen – mein Herz kann sprechen.

41

Wochenlang habe ich mich auf die Suche nach Carlas Gleichung begeben. Ich musste wissen, wie sie fühlt, was sie beschäftig und wer sie ist – und habe dabei gleichzeitig meine eigene Orientierung verloren. Tage, an denen ich meinem Kopf dankte – Nächte, in denen ich ihn verteidigen musste. Keine Minute lang habe ich meinem Bauch eine wirkliche Chance gegeben, mich aus der Spirale zu befreien. Ich spielte im Team »Kopf«.

Doch irgendwann setzten sie sich durch. Gefühle, auf dem Weg, den Plan zu ruinieren – er war perfekt und ging auf. Bauch gegen Kopf. Von Tag zu Tag wurde der Kampf stärker und ich konnte kaum zusehen. *Es gibt keinen Kampf, Matti – du bildest dir das ein. Es gibt nur diesen Weg und er ist perfekt – ist das so?* Keine leichte Entscheidung, mich dieser Frage zu stellen. Doch ich hab's getan. Als Carla auf der Bühne erzählte, dass sie die gesamte Zeit über ihr eigenes Experiment war, hat sich auch bei mir ein Puzzleteil nach dem anderen verknüpft. Jetzt ergibt es Sinn. Das Puzzle ist komplett, ich habe die Antwort gefunden. Mein Experiment beendet. Dass mein Herz vor Aufregung beinahe aus der Brust springt, ist eine Untertreibung. Zu wissen, ihm gleich in die Augen zu schauen, meinen Bauch sprechen zu lassen und mich ihm voll und ganz hinzugeben – mich verletzlich zu machen –, versetzt sämtliche meiner Nerven unter Höchstspannung. Doch die Gewissheit meiner Gefühle für ihn lässt sich nicht mehr leugnen. Auch wenn ich es selbst noch nicht für möglich halte, dass das gerade meine ehrlichen Gedanken sind, drücke ich auf die Klingel und weiß, dass es kein Zurück mehr gibt. Die Gefühle in die Realität tragen – der letzte Stein, um die

Schwelle zu überschreiten. Die Schwelle der Tür, die sich in diesem Augenblick öffnet. Als hätte er nur auf diesen Moment gewartet, steht er da. Auf den Moment, in dem wir beide sicher sind – sicher, dass es nur das gibt. Das ist die Antwort. Er schaut mich an – ich schaue ihn an. Zweimal einklatschen und zusammenkneifen, dann – festhalten. »Carlas Kürbis hatte keinen Smiley.« Meine einzigen Worte, bevor ich das Gefühl, nach dem ich so lange auf der Suche war, wiederfinde.

...

Ständig saß ich gedanklich in seinem alten grünen Auto und erlebte es wieder und wieder.

Zentimeter, Millimeter, bis es wirklich passiert. Bis es ein Gefühl auslöst, das ich noch nie zuvor gefühlt habe. Es passiert. Henri berührt mich. Sanft legt er seine Lippen auf meine. Dieser Augenblick, den ich niemals für möglich gehalten hätte, lässt mein Herz eine Sekunde aussetzen – bis es wieder anfängt. Es beginnt zu schlagen, so schnell, wie es noch nie zuvor geschlagen hat. Er löst sich kurz, schaut mir tief in die Augen, flüstert: »Mathilda« – dann packt er meinen Nacken und entfacht mit dem nächsten Kuss diesen Reiz, auch ihn zu berühren. Meine Hände gleiten über seine Oberschenkel, während seine in meinen Haaransatz tauchen. Ich küsse meinen besten Freund. Dass Henris Zunge nun auch noch meine – so gekonnt – umspielt, jagt einen Schauer von gewagter Lust durch meinen Körper. Die Autoscheiben beschlagen, der Sauerstoff wird knapp und mit jeder Berührung an meinem Körper fällt es mir schwerer, ein lustvolles Aufatmen zu unterdrücken. Ein Kuss, so ehrlich, so vertraut, so aufregend, brennend – doch zugleich absurd, leichtsinnig, gefährlich. Ich schwebe über mir. Es lässt mich alles vergessen. Für diesen Augenblick spüre ich nur uns.

…

Ich musste mir eingestehen, dass es wahr ist – dass dieser Kuss alles geändert hat.

Schon damals wusste ich, dass es ein anderes Gefühl ist – das richtige. Doch mein Kopf hat mich vom Sitz geschubst, nicht zugelassen, dass ich mich auf die Erinnerung einlasse, sondern dafür gesorgt, dass ich im Gefühlschaos versinke und den Überblick verliere. Aber irgendwann, da wurde er stärker. Mein Bauch hat es geschafft, mich festzuhalten. Die Kleiderauswahl vor unserer ersten Party, der Handstand auf der Tanzfläche, das Aufwachen in meinem Bett, Volleyballspiele in seinem Garten. Viel zu lange habe ich gebraucht, um mir einzugestehen, was er wirklich in mir auslöst. Die Autofahrten zu Taylors Musik, Kakao mit Sahne bei jeder Gelegenheit, der Hürdensitz, Abendessen mit meiner Familie. Gelegen kam mir der Kuss zwischen Carla und ihm. Die perfekte Ausrede, mich nicht darauf einzulassen. Selbstsabotage – zu der Zeit meine beste Freundin. Dazu mein Vorteil, dass Carla nichts von meinen Gefühlen wusste und ich somit die Verdrängung weiter füttern konnte, doch mir damit gleichzeitig mehr Schmerzen zufügte. Ich wollte glauben, dass der Kuss von Henri ausgegangen war, um mich zu schützen, obwohl ich tief im Inneren wusste, dass er keine Gefühle für Carla hatte. Meine eigenen Gefühle für ihn habe ich verdrängt und auf Kai projiziert. Ich habe mir ständig eingeredet, dass Kais Verhalten kein Grund zur Sorge ist. Das angeblich vergessene Kostüm, die Bloßstellung unter der Dusche, bedeutende Momente hat er kaputtgemacht und die Beziehung zu meiner Familie auf die Probe gestellt. Es häufte sich. Ständig schaufelte ich die Warnzeichen beiseite. Angestaute Emotionen ordnete ich falsch ein. Gefühle für Henri verwandelte ich in Vergebung, um Kai vor mir selbst zu verteidigen. Mein Kopf wollte es so sehr. Ich glaubte, ich könnte mich in Kai verlieben, doch es war nur die perfektionierte Vorstellung, die ich in meinem Kopf erschaffen hatte. Dass ich jetzt so denke, mir bewusst mache, dass ich nicht ehrlich zu mir war, traue ich mich kaum auszusprechen, aber ja, es stimmt. Ich habe den Weg gewechselt. Den mit den Steinen gewählt. Die richtige Tür, vor der ich dachte, zu stehen, war die falsche. Und jetzt stehe ich wirklich vor der richtigen und rolle meinen letzten Stein beiseite.

...

Henri sagt nichts – lächelt bloß. Zweimal einklatschen, zusammenkneifen, festhalten – *küssen*. Wir küssen uns – und in diesem Moment sind wir uns einig, dass es von nun an nur noch diese Reihenfolge gibt.

Epilog

Als mein Handy endlich am Koffer stehen bleibt, kann ich auch den letzten Pulli falten und einräumen.

»Wie viel willst du noch mitnehmen?«, fragt Greta und lässt durch die Betonung ihren Rat deutlich werden, nicht mit Klamotten zu übertreiben.

»Wie viele hast du denn jetzt schon, Matti?«, höre ich Carla hinter ihr.

»Glaube, neun Pullis, oder nee – ich hab noch einen vergessen, also zehn.« Ein Wunder, dass der Koffer überhaupt zugeht – zumindest denke ich, dass er zugehen wird. Carla liegt auf dem Teppich, schaut auf den Laptop und Greta hat es sich mit Carlas Handy auf dem Bett gemütlich gemacht. Wenigstens über Facetime wollte ich mich verabschieden, bevor ich zwei Wochen im Schnee verschwinde und mein Fokus ganz eventuell auf jemand anderem liegt.

»Zehn Pullis?! Die brauchst du niemals für die paar Tage«, stichelt Carla, während Greta der Aussage mit einem Nicken zustimmt.

»Nur weil ihr euch alle Klamotten teilen könnt«, kontere ich und wedele mit dem zehnten Pulli provokant vor der Kamera hin und her.

»Punkt für dich«, stimmt Greta zu und wendet ihren Blick zu Carla. »Hast du eine gefunden?«

Ich hebe mein Handy vom Boden auf und laufe zum Schminktisch, um zu checken, ob ich nichts vergessen habe. »Was guckt Carla da überhaupt?«

Greta drückt sich aus den Kissen hoch und legt sich neben Carla auf den Teppich. »Partnerunis«, erklärt diese, während Greta die Kamera switcht und die Gartenanlage abfilmt, die auf dem Laptop zu sehen ist.

»Das sieht ja aus wie …«, beginne ich skeptisch, als sie mir den Sportplatz zeigt.

»Amerika«, beendet Greta meine Vermutung und wirft Carla einen enttäuschten Blick zu.

»Ich schaue ja nur. Heißt noch lange nicht, dass ich unbedingt in die USA möchte.« Dann nimmt sie ihre Hand und streichelt Greta leicht über die Wange. »Ich nehme dich sonst einfach mit.« Sie schmunzelt und drückt ihr einen festen Kuss auf den Mund.

»Das ist mir zu kitschig«, ärgere ich die beiden und halte mir die Hand vor die Augen. »Tu mal nicht so, als ob du besser wärst.« Mit der Zunge streift Carla über Gretas Nasenspitze. »Du bist diejenige, die zwei Wochen in den Liebesurlaub fährt.« Greta wischt ihre Nase trocken und zieht die Augenbrauen zusammen.

»Seine Eltern sind dabei, nicht vergessen«, lache ich kopfschüttelnd und merke beim Blick auf die Uhrzeit, dass ich schon viel zu spät dran bin. »Na ja, ich muss jetzt los. Ich hoffe, ihr seid immer noch so ekelhaft verliebt, wenn ich wiederkomme.«

»In zwei Wochen hat sich das schon verdoppelt, keine Sorge.« Carla nimmt Greta das Handy aus der Hand und drückt mir einen Kuss auf die Linse.

»Hab dich auch lieb.«

Mit meinem Fuß bereits auf dem Koffer, beende ich den Anruf, werfe mein Handy aufs Bett, lege mich mit voller Kraft auf die Hartschale und versuche, den Reißverschluss zu schließen. »Den kann ich eigentlich auch mit ins Auto nehmen und später anziehen«, überlege ich laut, als der Koffer auch beim dritten Anlauf nicht zugeht und ich akzeptiere, dass der Pulli von Henri den meisten Platz wegnimmt.

»Sie sind da, sie warten im Auto«, ruft meine Mutter von unten, während ich mich darauf konzentriere, nicht auf der Treppe auszurutschen. »Kannst du mir mal helfen, Vici?« Ich hätte vielleicht doch nicht so übertreiben müssen.

»Der ist ja ultraschwer.« Vici streift noch einmal ihre Hand an der Hose ab, damit sie nicht am Koffer abrutscht, und nach ein paar Stopps auf den Stufen schaffen wir es, mein Gepäck im Flur zu stapeln, mit dessen Anblick wir selbst meine Mutter zum Lachen bringen. »Es ist traurig genug, dass du dieses Jahr Weihnachten nicht mit uns verbringst, aber von Ausziehen war noch lange nicht die Rede.« Sie drückt mir einen dicken Kuss auf die Wange und streckt mir meine Winterjacke entgegen.

»Ich melde mich ganz oft bei euch.« Auch wenn sie weiterhin die Stirn in Falten legt, sehe ich in ihren Augen, dass sie sich für mich freut – und genauso entschieden hätte.

»Versprich mir, dass du wenigstens ein paar Videos im Schnee für mich drehst.«

»Versprochen, und diesmal wirklich versprochen«, beruhige ich sie. »Henri ist ja da, also muss ich mir keine Gedanken machen, ob gute Ideen dabei herumkommen.« Ich werde die beiden vermissen. Weihnachten ohne Mama und Vici – eigentlich unvorstellbar, aber doch fühlt es sich richtig an.

»Kannst du mir auch was versprechen?«, fällt Vici im letzten Moment ein, als ich mich gerade umdrehe.

»Hm?«

»Kannst du Mama einen Skilehrer mitbringen?« Gleichzeitig prusten wir los und umarmen uns noch ein letztes Mal.

»Nichts lieber als das.« Lachend werfe ich die Jacke über meine Schulter, ziehe am Koffergriff und winke den beiden ein letztes Mal zu. Die hintere Autotür öffnet sich. Jetzt steigt er aus und empfängt mich mit einem großen Strahlen. Glücklich fallen wir uns in die

Arme, ich lasse meinen Koffer los und merke kaum, dass er beginnt, die Straße runterzurollen. Egal, den hole ich gleich. Alles, was in dieser Sekunde wichtig ist – ist er.

»Du weißt nicht, wie sehr ich mich freue.« Dann streift er mit dem Daumen über meine Lippe und küsst mich zärtlich. Jeder Kuss so besonders wie unser erster. Dass der Koffer inzwischen beinahe andere Autos rammt, scheint nur Henris Vater aufzufallen. Aus dem Augenwinkel sehe ich ihn aus der Tür steigen und kopfschüttelnd an uns vorbeilaufen. »Junge Liebe«, ruft er uns hinterher.

Henri löst sich von meinen Lippen, schaut mich an und küsst mich sofort wieder. »Ich kann nicht glauben, dass wir jetzt zwei Wochen zusammen haben.« Die Schmetterlinge in meinem Bauch wissen schon Bescheid, worauf sie sich die nächsten Tage einstellen müssen.

»Können wir los?« Henris Mutter winkt uns ins Auto, nachdem sein Vater den letzten freien Platz im Kofferraum mit meinem Gepäck gefüllt hat. »Du hast ihn ja dabei!« Henri schmunzelt, als ich mir den großen Fleecepulli über den Kopf ziehe, bevor ich den Anschnallgurt um mich lege.

»Wenn ein Pulli mitkommt, dann der hier.«

Als Henri mich gefragt hatte, ob ich dieses Jahr wieder mit in die Winterhütte seiner Familie kommen möchte, musste ich keine Sekunde lang überlegen. Seit Jahren wünsche ich mir, wieder in dem eingeschneiten Häuschen mit einer Tasse Kakao und extra viel Sahne vor dem Kamin zu sitzen und Karten zu spielen, nachdem man von der Schneeballschlacht und dem »Wer baut den größten Schneemann«-Wettbewerb mit roter Nase zurück ins Warme kommt.

Ohne Mama und Vici Weihnachten zu feiern, ist komisch, aber ich weiß, dass ich mit ihm das Gefühl, das ich in dieser besonderen Zeit brauche, nicht suchen muss. Henri legt seine Hand auf meine und gibt mir damit die letzte Sicherheit, zu unserem Haus zu blicken und zu wissen, dass es die richtige Entscheidung ist.

»Alle angeschnallt?« Sein Vater drückt auf die Hupe, tritt aufs Gas und winkt meiner Mutter, die noch die ganze Zeit an der Tür stand und uns mit einem Lächeln beobachtet hat. »Jetzt kann's losgehen.«

»Wieso fahren wir eigentlich nicht mit deiner grünen Schrottkarre?«, lache ich.

»Mein Plan war es eigentlich, anzukommen«, antwortet Henri und legt seinen Kopf auf die Schulter.

»Das hast du jetzt gesagt.« Henris Vorfreude ist kaum zu übersehen, und als er meinen Blick aus dem Fenster sieht, drückt er meine Hand noch ein bisschen fester. In den zwei Wochen werde ich den Anblick von Kais Haus nicht vermissen – da bin ich mir sicher. Ich verschränke meine Finger in Henris. Der Blick haftet an dem Buchsbaum neben Kais Haustür und versetzt mich zurück an einen der witzigsten Momente, die ich dieses Jahr mit Henri erlebt habe. Doch Zoes und Kais Worte sind noch fest in meinem Kopf notiert.

Dann mal viel Spaß mit deinen Teilnehmerinnen.

Die erste Person steht schon auf meiner Liste.

Es sind die Sekunden, in denen mir die Spinnerei durch den Kopf jagt. Was, wenn das Gespräch zwischen Zoe und Kai womöglich nicht auf die Tanzeinlage an Jannes' Geburtstag bezogen war, sondern Zoe die ganze Zeit von dem Pädagogikexperiment gesprochen hat – und ich die erste Person auf Kais Liste war? Das müsste aber dann bedeuten, dass Kai mich die gesamte Zeit über belogen hat und mich schon Wochen vor unserem ersten Kuss kannte. Ich kneife die Augen zusammen und lache in mich hinein. Das wäre viel zu paranoid und würde eher einem Romanende gleichen.

Was soll's. Das Kapitel »Kopf« ist abgeschlossen. Jetzt kann ich umblättern und meinem Bauch den Stift zum Schreiben geben.

Ich löse meinen Blick vom Fenster, lege ebenfalls den Kopf auf die Schulter und schaue ihm tief in die Augen. Alles, was jetzt noch wichtig ist, ist er – Henri.

Achtung, Spoiler!

Falls ihr in der #booktok-Community oder mit euren Freund*innen über *Bauchschmerzen im Kopf* reden wollt, sind hier einige Fragen, die euch den Einstieg erleichtern. :)
Ihr könnt euch unter dem #BiK vernetzen und alles rund um Matti, Kai und Henri besprechen.

- Kannst du Mathildas Handlungen nachvollziehen?
- Wie haben dir die Hauptfiguren gefallen?
- Die Entwicklung welcher Figur hat dich am meisten überrascht?
- Mit welcher Figur konntest du dich am wenigsten/am meisten identifizieren?
- Hat dich etwas im Buch besonders zum Nachdenken angeregt?
- Welche Szenen sind dir besonders im Gedächtnis geblieben?
- Was hat dich am meisten überrascht?
- Hast du durch das Buch etwas Neues gelernt?
- Hast du selbst schon einmal in einem Gefühlschaos wie Mathilda gesteckt?
- Würdest du lieber mit Henri oder Kai auf ein Kakaodate gehen?
- Glaubst du, dass Kai Mathilda die gesamte Zeit über belogen hat?
- Welche versteckten Hinweise hast du zu Carlas Geheimnis gefunden?
- Wie könnte die Geschichte von Mathilda, Henri und Kai weitergehen?
- Verstehst du den versteckten Hinweis auf der Buchrückseite?

Annis Kürbissuppe

Das Rezept für Mattis Lieblingsessen bei dir zu Hause!

Zutaten:

- 1 Hokkaido-Kürbis (ca. 800 g)
- 1 Zwiebel
- 1 Kartoffel (was auch sonst)
- 1 Apfel
- 1 Knoblauchzehe
- 2 EL Butter
- 1 l Gemüsebrühe
- Salz, Pfeffer
- 75 ml Kokosmilch
- ggf. Chiliflocken nach Belieben

Zubereitung:

- Viertele den Kürbis und entferne die Kerne mit einem Esslöffel. Jetzt kannst du den Kürbis waschen, trocken tupfen und in Stücke schneiden. Die Zwiebel, die Kartoffel und den Apfel solltest du schälen und würfeln, den Knoblauch schälen und hacken.
- Lass die Butter in einem großen Topf schmelzen und dünste die Zwiebel und den Knoblauch darin an, bis sie glasig sind. Füge

den Kürbis, die Kartoffel und den Apfel hinzu und dünste sie kurz mit.

- Lösche alles mit Brühe ab und würze mit Salz und Pfeffer. Lasse alles zugedeckt bei mittlerer Hitze ca. 15 Minuten köcheln.
- Füge die Kokosmilch hinzu und püriere alles. Schmecke die Suppe nach Belieben mit Salz, Pfeffer und vielleicht sogar Chiliflocken ab uuund … guten Appetit. :)

Danksagung

Jetzt sitze ich hier und frage mich, wie ich es geschafft habe, einen ganzen Roman zu schreiben, wenn mir nun plötzlich die Worte fehlen. Wie schreibt man eine gute Danksagung? Wie kann ich all den lieben Menschen danken, die mir allein durch ihr Zuhören unfassbar geholfen haben? An alle, mit denen ich auch nur kurz über meine Geschichte gesprochen habe: DANKE. Danke, dass eure Ohren für meine Gedanken offen waren. Es war eine unfassbar spannende Erfahrung, meinen ersten Roman zu schreiben, und die Zeit und die Unterstützung der Menschen, die Teil dieser Reise waren, werde ich nie vergessen.

Zuerst möchte ich meinen Dank meinem Verlag aussprechen. Danke, dass ich durch euer Vertrauen meine Kreativität ausleben und mich selbst vor neue Herausforderungen stellen konnte. Insbesondere möchte ich meiner Projektleiterin Hanna Kirsch danken. Von Anfang an hast du mich mit deiner positiven Energie begleitet und mir durch deine bloße Anwesenheit ein unglaublich sicheres Gefühl gegeben. Danke, dass du mich durch deine Euphorie gegenüber Henri und Matti so oft zum Grinsen gebracht hast. Danke auch dir, Marietheres Schoppmann, dass du meinen Designvorschlägen gegenüber so offen warst, wenn bei mir der Perfektionismus wieder angeklopft hat.

Ich erinnere mich, wie aufgeregt ich war, als ich mich das erste Mal mit meinem Lektor Kanut Kirches getroffen habe. Doch sofort ist die anfängliche Unsicherheit verflogen. Danke Kanut, dass du mich so offen empfangen hast und ich direkt wusste, dass wir ein tolles Team werden. Ich konnte mich öffnen und habe mich einfach wohl in unserer Zusammenarbeit gefuhlt.

Einige der schönsten Momente im Schreibprozess waren für mich die Abende, an denen ich meinen Freund*innen neue Szenen vorgelesen habe. Ein besonderes Dankeschön geht an Ana, Kira, Felix und meine Schwester Helen. Eure Ideen und Anmerkungen haben die Geschichte vollständig gemacht. Ana – als ich dich angerufen und dich gefragt habe, ob du meine Testleserin sein möchtest, hast du mich durch die Kamera angestrahlt, und in diesem Augenblick war ich einfach glücklich, so eine tolle Freundin zu haben. Danke für die Sicherheit, die du mir während der gesamten Zeit gegeben hast. Kira – mit wem hätte ich besser die Duschszene von Matti und Kai in meinem Wohnzimmer durchspielen können als mit dir? Nicht nur dein Auge fürs Detail war mir eine riesige Hilfe – du warst einfach da und das war das, was mir immer Kraft gegeben hat. Danke, dass es dich gibt. Felix – danke, dass ich dir zuhören durfte und du Carla geholfen hast, ihre Gedanken nach außen zu tragen. Heli – tut mir leid, dass ich oft zu sensibel für deine ehrliche Meinung war – sind wir ehrlich, es ist das, was ich an dir liebe. Ständig wollte ich dir neue Seiten vorlesen, weil es deine Kritik ist, die unglaublich bedeutsam für mich ist. Mama und Niklas, danke dass ihr, wie auch in diesem Kapitel meines Lebens, immer für mich da seid.

Abschließend schicke ich ganz viel Liebe an alle tollen Menschen, die mich auf meinen Social-Media-Kanälen unterstützen und die dieses Buch gerade in den Händen halten. Ihr schenkt mir euer Vertrauen. Danke.

Über die Autorin

Doreen Wilde, Jahrgang 1999, lebt in Köln und arbeitet dort neben ihrem Studium als Content Creatorin. Auf Social Media teilt sie ihre Leidenschaft für Kreativität, indem sie regelmäßig neue Projekte umsetzt. Ob eine eigene Castingshow für kreative Newcomer*innen, die Produktion eines Kurzfilmes oder ein Bücher-Kalender für ihre Community – bei Doreen läuft alles unter dem Motto »create to inspire«. Sie liebt die Freiheit, ihre Fantasien in die Realität umzusetzen und ihre Visionen sprechen zu lassen.
So ist auch ihr erster Roman *Bauchschmerzen im Kopf* entstanden. Inspiration kam dabei aber auch aus ihrer eigenen Schulzeit. Ebenso das Verhältnis zwischen Mathilda, ihrer Mutter und Vici ist in ihrer eigenen Familie wiederzuerkennen. Für Doreen bedeutet die Beziehung zu ihrer Schwester und ihrer Mutter alles – sie waren schon immer ein tolles Team zu dritt. Mit ihrer Geschichte möchte sie ihren Leser*innen den Mut geben, auf ihr Herz zu hören. Sich einzugestehen, dass die Stimmen im Bauch die Wahrheit sprechen. Sich trauen, zu glauben.